열 두 달 의 **연가** 2

열두 달의 연가 2

ⓒ 김이령 2013

초판1쇄 인쇄 2013년 10월 10일
초판1쇄 발행 2013년 10월 15일

지은이 김이령

펴낸이 박대일
편집 이문영 · 임수진 · 손수지 · 임유리 · 신지연
교정 박준용
마케팅 송재진
표지디자인 김은희

펴낸곳 파란미디어
출판등록 2004년 9월 14일 제313-2004-00214호

주소 121-897 서울시 마포구 성지1길 32-36 (합정동)
전화 02. 3141. 5589(영업부) 070. 4616. 2012(편집부)
팩스 02. 3141. 5590
전자우편 paranbook@gmail.com
카페 http://cafe.naver.com/paranmedia
트위터 @paranmedia

ISBN 978-89-6371-117-1(04810)
978-89-6371-115-7(전2권)

열두 달의 연가

2

김이령 장편소설

파란

유월

六月ㅅ 보로매 아으 별해 보론 빗 다호라
도라보실 니믈 젹곰 좃니노이다 아으 動動다리

더운 날이었다. 연일 내리던 장맛비가 엊그제부터 잠잠하
더니 푸른 하늘에 뜬 태양이 아침부터 기세 좋게 이글거렸다.
본격적인 더위가 시작되는 소서小暑와 동쪽으로 흐르는 물에
머리를 감고 목욕을 하는 날이라는 유두流頭가 겹친 이날, 혜완
은 영롱과 서로 손을 잡아 주며 나무와 풀숲과 바위와 자갈로
뒤덮인 계곡을 조심조심 걸어 들어가고 있었다.

유두일이니 산이나 계곡을 찾아 폭포 아래서 물맞이를 하
거나, 흐르는 물에 머리와 발을 적시고 절식과 햇과일을 준비
해 유두연流頭宴을 하러 가는 것이다. 물맞이나 머리 감기는 물
로 부정不淨을 씻어 냄으로써 몸과 마음을 정화하여 재앙을 털
어 버리려는 것에 본래의 뜻이 있지만, 실은 더위를 식힐 물놀
이란 의미가 컸다. 놀러 가는 것이니 들뜨고 즐거울 만하련만,
혜완은 눈길을 아래로 떨어뜨린 채 말없이 타박타박 걷기만 한

다. 집에서 출발한 이후로 그녀를 유심히 관찰하던 영롱이 마침내 물었다.

"무슨 걱정거리라도 있나요?"

"예?"

딴생각에 깊게 빠져 있었는지 혜완이 고개를 번쩍 들었다가 뒤늦게 질문을 알아듣고 멋쩍게 대답했다.

"……아닙니다."

"유두연을 가자고 먼저 제 손을 이끌더니, 영 내키지 않아 보여서요. 혹, 저기 앞서가는 양온승동정 때문인가요?"

영롱이 눈과 턱으로 그들보다 훨씬 앞에서 가고 있는 지량을 가리켰다. 그는 귀영과 나란히 걸으며 뭔가 즐겁게 떠드는 중이었다. 영롱의 목소리에 못마땅한 기색이 살짝 배어 있었다.

"사랑한다고 여럿 앞에서 부끄러움도 없이 큰 소리를 내더니, 나와서는 김씨 부인 옆에서 떨어지질 않으니 저이도 참 특이합니다. 어찌 눈에 뻔히 보이는 곳에서 다른 여인과……."

"전 상관없어요."

영롱의 비난이 거세지기 전에 혜완이 서둘러 막았다.

"그리고 양온승동정에게 귀영 언니와 함께 가 달라고 한 건 다름 아닌 저예요. 언니는 윤 공자와 더불어 계곡에 가는 줄 알고 굉장히 기대하고 있었거든요. 윤 공자가 없으니까 실망하는 게 너무 눈에 보여 안됐더라고요. 그래서 양온승동정더러 귀영 언니에게 윤 공자에 대해 이런저런 재미있는 얘기를 해 주십사 부탁했죠. 저분은 제 부탁을 귀찮아하지 않고 흔쾌히 들어주셨는걸요. 특이한 게 아니라 다정한 거예요. 보세요, 우리 셋이 한적하고 깨끗한 곳에서 편안하게 유두연을 하도록 이런 멋진 곳을 골라 직접 데려와 주기까지 했잖아요.”

“낭자는 정말 저이가 마음에 든 거요?”

영롱이 미심쩍은 눈을 가늘게 떴다.

“그날 정원에서, 좋다 싫다 말도 않고 가만히 있다가 저이가 마음을 받아 주겠느냐고 윽박지르듯 재촉하니 고개만 끄덕거린 거, 진심이었어요? 아무리 봐도 너무 뜻밖이라 고개를 저어야 할 것을 엉겁결에 그만 끄덕여 버린 것 같던데. 다들 저처럼 생각했을걸요. 모두 낭자와 저이의 눈치를 보다가 결국 놀지도 못하고 어색하게 각자 처소로 돌아갔잖아요. 그 후로도 둘이서 따로 만나는 걸 보거나 들은 적이 없는데, 정말 저이를 좋아하는 거 맞습니까?”

“무봉 어멈이나 하인들이 알면 참정 댁에 알리느니, 어머니께 연통하느니, 수선을 피울 것 같아서 조심하는 거라고 말씀 드렸잖아요. 귀영 언니나 윤 공자도 그래서 조용히 입 다물고 있기로 했고. 오늘 이렇게 저분과 함께 밖으로 나온 건 만난 게 아닌가요?”

“그러니까 오늘 유두연은 두 분이 다정한 한때를 보내기 위해 마련한 거였군요. 김씨 부인과 저는 아랫것들의 눈을 속이려고 동행시킨 거고요.”

“꼭 그렇다고 볼 순 없지만……, 겸사겸사 그렇게 됐네요.”

혜완의 표정이 여전히 시들했다. 영롱은 흐흥, 속으로 콧소리를 삼켰다. 좋아하는 남자와 나들이를 나온 처녀치곤 너무 심드렁해 보인다. 혜완을 바라보는 영롱의 눈이 더욱 가늘어진다. 그녀가 짓궂게 물었다.

"낭자에겐 7년 동안 사모해 온 운명의 그이가 있었잖아요. 불과 두어 달 전까지만 해도 그 운명을 간절히 기다리는 듯하더니, 양온승동정의 고백을 받는 순간 그만 7년 사랑이 사라져 버리던가요?"

"거기에 대해 임씨 부인께 묻고 싶은 게 있습니다."

혜완이 잡고 있던 영롱의 손을 살그머니 당겼다. 그녀의 입술이 머뭇거림을 반복해 말이 평소보다 조금 느렸다.

"만일 7년 동안 그리던 이를 만났는데……, 그 사람이 저를 알아보지 못한 채 저를 좋아한다면……, 이건……, 이건 정말 운명적인 거지요?"

"글쎄요. 운명적인지 아닌지가 중요한 게 아니라, 7년의 공백을 뛰어넘어 낭자가 그 사람에게 끌리는지 아닌지가 훨씬 중요하지 않겠습니까."

"제가 알지 못했던 동안에도 사랑해 왔던 사람이잖아요. 그런 사람이 저를 사랑하는데, 제가 그 사람을 사랑하는 게 맞지 않나요?"

"전 사랑에 대해 잘 모릅니다만, 그건 선물처럼 주고받는 것이 아니라고 생각해요. 낭자가 7년을 그 사람만 생각하며 보냈다고 해서 그 보상으로 그 사람의 사랑을 얻을 수 있는 게 아니듯, 그 사람이 7년 전의 어린 소녀인 줄 모르는 상태에서 낭자를 좋아한다고 한들 낭자가 사랑으로 보답할 수는 없는 거죠. 현재 만난 그 사람이 좋은지 그렇지 않은지, 단순하게 그것만 판단하면 되지 않을까요.”

영롱이 다소 냉담하게 덧붙였다.

“운명이니까 그렇다며 조건을 붙인다면 그 사람에겐 사실 그리 끌리지 않는 걸지도 몰라요.”

문득 느끼는 바가 있어 영롱이 혜완을 빤히 들여다보았다. 그녀의 한쪽 눈이 옅은 의심을 머금고 찌그러졌다.

“그 얘긴……, 양온승동정이 그 사람이란 말씀인가요? 7년 전, 낭자의 운명의 상대인 그 사람이 바로…….”

“아니, 아니! 그저 얼핏 그런 생각이 들어서……. 그래서 ‘만 일’이라고 했잖아요.”

황급히 부인한 혜완이 잠시 묵묵했다가 다시 조심스레 말을 꺼냈다.

“만나지 못한 동안엔 애타게 그리워했던 사람을, 정작 만나 고 나서 사랑하지 않을 수도 있을까요?”

“물론이죠.”

영롱이 잘라 말했다.

“만나지 못한 동안의 그리움이 사랑이라고 착각한 것에 불 과하다면 지극히 당연한 결과예요. 그리워했던 사람과 정작 만 난 사람은 같은 사람이면서도 같은 사람이 아니니까. 전에도 비슷한 말씀을 드린 적 있었죠. 아무 조건도 붙이지 말고, 7년 이니 운명이니 그런 거 없이, 그저 사랑하고 있는가만 스스로에게 물어보세요.”

“……어떤 게 사랑인지 모르겠어요.”

한숨 쉬듯 중얼거리는 혜완의 이마에 짙은 그늘이 드리웠다. 그 그늘을 만들어 내는 혜완의 고민을 짐작하면서도 영롱은 입 밖으로 꺼내지 않고 어깨만 으쓱했다.

“저도 모르겠군요. 하지만 저기 저분들은 잘 알 것 같은데요.”

영롱이 다시 저만치 앞에 있는 지량과 귀영을 가리켰다. 더운 바람 속에서 잠깐 귀를 기울이더니, 그녀가 엷은 비웃음을 머금었다.

“사랑에 빠진 분들이라서 그런지 퍽 즐거운 듯하네요.”

거리가 꽤 됐기 때문에 지량과 귀영이 나누는 대화의 내용은 혜완과 영롱에게까지 들리지 않았다. 하지만 간간이 들려오는 연한 웃음소리로 미루어 보면 영롱의 말대로 그들은 유쾌한 모양이다. 혜완이 말했다.

“귀영 언니는 윤 공자의 얘기라면 다 좋을 거예요. 양온승동정이 이야기를 재치 있게 하는 편이니 더 재미있겠죠.”

“사랑에 대해서 하나 알았네요. 사랑하는 사람에 대한 얘기라면 뭐든지 귀가 솔깃해진다는 거.”

“그래도 윤 공자가 함께 왔다면 귀영 언니가 훨씬 더 좋아했을 거예요. 아까 우리랑 걸으면서 귀영 언니 시무룩했던 거, 임씨 부인도 보셨죠?”

“또 하나 알았네요. 그 사람과 함께 있길 바란다는 거. 그 두 가지를 스스로에게 물어보면 되겠네요.”

“…….”

혜완은 말하지 않았다. 아마 말해 주지 않겠지. 그렇게 생각한 영롱은 말머리를 돌렸다.

“김씨 부인을 위해서라도 윤 공자가 이 계곡에 왔다면 좋았을 텐데요. 한 달에 몇 번 안 되는 급가인데 왜 오지 않았을까요?”

“부친이신 참지정사의 문생들이 모여 유두연을 가진답니다. 윤 공자는 부친을 대신하여 그 자리에 참석하고요. 자리의 주인 격이라 빠질 수가 없대요.”

“아하, 그래서 경시령도 보이지 않는 거로군요. 그분도 윤 공자 부친의 문생이라고 들었거든요. 그런데…….”

영롱의 시선이 또다시 앞서가는 지량의 등으로 날아갔다.

“……저분, 경시령과 동년이라면서요. 저분이 여기 있는 걸 보면, 윤 공자나 경시령도 그 자리를 빠져나올 수 있었던 게 아닌가요?”

“아니, 아마 그 반대일 거예요. 비록 좌주가 친히 참석하지 않는다 해도 그 아드님이 주관하는 자리를 문생들이 함부로 빠지진 않을 테니까요. 저분이 특이한 거겠죠.”

“알고 보니 저분, 처세에 능하지 못한 분이네요. 뭐, 그렇다고 경시령이 처세에 뛰어나 보이진 않지만. 아마도 경시령은 저분보다 규범을 철저히 따르는 분인 거겠죠.”

네, 그런 것 같아요. 혜완이 속으로 동조했다. 시율의 얘기가 나오자 그녀의 가슴 깊숙한 곳에서 움찔, 미묘한 동요가 일었다.

그녀는 오전에 문설주에 걸 유두면流頭麵을 건네려고 옆집으로 갔다가 시율과 만났었다. 유두면은 밀가루를 반죽해 동글동글하니 구슬 모양으로 빚은 국수인데, 유두날 유두면을 먹으면 더위를 먹지 않고 장수한다는 속신이 있다. 그리고 오색으로 물들인 구슬 모양의 유두면을 세 개씩 연결해 색실로 꿰어 몸에 차면 악신을 쫓는다고 한다. 액을 막기 위해 문설주에도 이 색색의 유두면을 걸기 때문에, 혜완은 이것을 주러 간 것이다.

그와 마주치고 혜완이 반갑게 인사했는데 돌아오는 답례가 어딘가 딱딱하게 느껴졌다. 그녀가 지량의 안내로 귀영 등과 유두연을 하러 가는데 같이 가지 않겠느냐고 청하자 시율은 따로 자리가 마련돼 나가는 길이라며 정중히 사양했다. 그녀가 아쉬워하며 다음번에 또 약재를 나눠 주러 교외로 가는 길에 동행하겠느냐고 묻자 그는 일이 많아져 시간이 없으리라고 짧게 못 박은 뒤 횡하니 대문 밖으로 나가 버렸다. 그녀는 그가 사라진 대문 저편을 멍하니 보다가 유두면을 건네주지 못했음을 뒤늦게 깨달았다. 그리고 그녀와 말하는 내내 그가 시선을 피했다는 것도.

내가 뭔가 잘못한 걸까? 혜완은 골똘히 생각했지만 무엇이 잘못된 것인지 알아낼 수가 없었다. 그녀는 집을 출발해 계곡에 이르는 동안 내내 시율이 이전과 왜 달라졌는지 고심했다.

"저……, 임씨 부인께 묻고 싶은 것이 또 하나 있습니다."

"어떤 것을요?"

마치 '무엇이든 물어보세요.'라고 하듯 영롱이 상냥하게 물었다. 혜완이 아까보다 더 망설이며 입을 뗐다.

"음, 이건 제 이야기는 아니고요, 다른 사람 얘긴데……."

흐흥, 자기 얘기란 소리지, 이건. 영롱은 대번에 혜완의 말의 이면을 읽었다. 그녀가 고개를 끄덕여 곧이곧대로 받아들이는 시늉을 하자 혜완이 한마디 더 보탰다.

"……제가 농지를 살피러 갔을 때 거기서 만난 제 또래의 처녀가 제게 털어놓았던 거예요."

"예, 알겠습니다. 그 처녀가 뭐라고 했는데요?"

"그 처녀가 말하길……, 얼마 전까지 친근하게 지내던 사람이 갑자기 자기를 피하는 것 같은데 그 이유를 모르겠답니다."

"친근하게 지내던 사람이 사내인가요?"

"어, 듣기로는……, 네, 그런가 봐요."

으흥? 이건 또 뭐람? 지금 혜완이 말하는 이가 7년 전 운명의 남자도, 대뜸 사랑을 고백한 지량도 아닌 새로운 사람임을 직감하고 영롱은 호기심 어린 두 눈을 반짝였다.

"그 처녀에게서 들었던 이야기를 좀 더 자세히 해 보세요."

"음, 그러니까……, 그 처녀는, 음, 사실은, 좋아하는 남자가 있다고 해요. 아주 예전부터 좋아했는데 오랫동안 못 만나다가 우연히 만난 남자였죠. 그 처녀는 남자에게 좋아한다고 말을 하기 어려웠어요. 혼자서 일방적으로 좋아해 왔던 데다가 그 남자가 이 처녀를 전혀 알아보지 못했거든요. 그녀는 시간을 좀 두고 그 남자에게 어떻게 마음을 털어놓을지 생각해 보기로 했어요. 그 남자에 대한 것들을 더 많이 알고 싶기도 했고요. 그녀는 그 남자의 친한 벗과 그 문제를 상의했어요. 그 친한 벗이 바로……."

"……그 처녀가 친근하게 지냈다는 그 사내로군요?"

"예, 맞아요."

뭐야, 이 꼬인 관계는. 영롱의 머릿속에 혜완이 친근하게 지내 왔다는 사내로 짐작되는 한 사람이 퍼뜩 떠올랐다. 영롱이 물었다.

"그 사내는 친구에게 그 처녀가 좋아하는 사람에 대해 귀띔해 주지 않았나요?"

"그 처녀가 비밀로 해 달라고 간곡히 부탁했거든요."

"그랬군요. 그래서 그 처녀는 좋아하는 사람보다도 그 사람의 벗과 더 친근하게 지내게 된 건가요?"

"아……."

혜완이 일순 당황하여 말을 잇지 못했다. 그렇게 생각해 본 적이 없었던 것이다. 그녀는 커다란 눈망울을 이리저리 굴리다가 가까스로 대답을 찾았다.

"더 친근하게 지낸 건……, 맞지만 그건 어디까지나 친구로서 그랬던 거예요. 그 두 사람은 남들의 의심을 살 만한 행동을 하지 않았어요. 만나면 그저 이런저런 얘기를 나누기만 했을 뿐이었죠. 아니, 그랬대요. 제 얘기가 아니라 어디까지나 들은 얘기니까……. 하지만 확실해요, 그 둘이 친구라는 거, 그리고 그 이상의 무엇도 아니라는 거는."

"적어도 여자 쪽은 그렇단 말이죠?"

"남자 쪽도 마찬가지예요. 그 처녀가 좋아하는 사람에 대해 이야기를 할 때도 성의 있게 귀 기울여 듣고 조언해 줬어요. 물론 다른 이야기를 훨씬 많이 했지만……, 아니, 했다지만."

어머, 그 남자, 정말 불쌍한 사내일 수도 있겠네. 영롱은 단옷날의 기억을 돌이켜 보았다. 지량에게 억지로 끌려나왔던 시율은 함께 가자는 혜완의 말 한마디에 순순히 따랐었다. 영롱은 처음 나왔던 질문으로 돌아갔다.

"그런데 그 사내가 그 처녀를 피하기 시작했단 말이죠?"

"네, 어느 순간 갑자기요. 전엔 자주 보고 웃으며 많은 말들을 주고받았거든요. 집안일이며 날씨며 주변 사람들 얘기며, 같이 있으면 얘깃거리가 떨어지지 않았죠. 그녀가 외출할 일이 있으면 함께 가기도 했어요. 그러다가 얼마 전부터 그녀가 찾아가도 집에 없는 거예요. 어쩌다 만나더라도 일이 몹시 바쁘다며 인사만 하고 지나쳐 가고."

"진짜 바빴을지도 모르잖아요?"

"그랬을지도 모르지만……, 그동안에도 바쁘지 않았던 건 아니었어요. 바빴지만 어떻게든 시간을 내줬거든요. 그런데 지금은 함께 있는 것이 불편하기라도 한 것처럼 눈조차 마주치려 하지 않아요."

아아, 불쌍한 사내 맞구먼. 영롱은 속으로 혀를 끌끌 찼다. 친한 벗을 사랑하는 여인을 사랑하게 된 그 남자는 벗이 그 여자에게 사랑을 고백하는 그 자리에 있었다. 여인의 곁을 벗이

지키게 된 지금, 그가 더 이상 그녀의 부름에 호응할 수 없는
것은 당연지사. 아마도 그는 그간 무척이나 마음고생을 했을
것이고 지금도 그러리라. 상처가 없다면 피할 리가 없으니까.

그럼에도 이 잔혹한 처녀는 사내가 자신을 멀리하는 걸 의
아하게 여긴다. 초롱초롱하니 영특하게 보이는 이 처녀의 두
눈 너머에 있는 머릿속은 사실 무지하기 짝이 없는 것이다. 무
신경한 계집애 같으니. 영롱은 드러나지 않게 혜완을 설핏 쨰
렸다.

"그 처녀는 뭘 알고 싶은 겁니까?"

영롱이 옅은 냉기를 실어 물었다.

"뭐가 문제인 거죠? 그 사내가 바빠서 만나 주지 않는다고
투정을 하는 건가요? 그녀는 좋아하는 사람이 따로 있잖아요.
앞으로는 좋아하는 남자와 집안일이든 날씨든 주위 사람들에
대해서든 이야기를 나누고 외출을 하면 되는 것 아닌가요?"

"그, 그렇긴 하지만……."

혜완은 아까보다 더 당황했다. 듣고 보니 뭐가 문제인지 모
르겠다. 그녀에겐 이제 지량이 있고 그와의 관계에 더욱 신
경 쓰고 공들여야 한다. 아직 그들 사이엔 연인다운 무엇도 없
는 상황. 사소하고 자질구레한 대화도, 약재를 나눠 주러 교외
로 외출하는 것도 지량과 보다 가까워질 수 있는 좋은 기회가
될 터다. 하지만 그녀는 지량과 함께할 생각을 미처 하지 못했
다. 으레 시율이 자연스레 떠올랐던 것이다. 왜? 왜 귀영 언니
도 임씨 부인도 재경이도 아니고, 무봉 어멈도 아니고, 유독 그

를 떠올렸을까? 그건 경시령과 내가, 우리가……, 우리가 아마
도……. 혜완이 조심스럽게 말했다.

"……친구니까요. 다른 사람에게 하기 힘든 얘기도 꺼낼 수
있고 그 얘기가 흘러 나갈 걱정도 없는, 아주 믿음직하고 편안
한 친구. 그렇게 가까이 지내던 벗이, 흉금을 솔직하게 터놓던
벗이 돌연 자신을 멀리하는 듯 보인다면 안타깝고 서운한 일이
잖아요. 그 처녀는 자기에게 잘못이 있는지, 그걸 알고 싶어 해
요. 자기가 잘못해 벗을 화나게 했는지를. 잘못이 있다면 마땅
히 고쳐야 할 것이고……."

"전 사내가 아니어서 사내의 속내를 잘 알지 못하지만……."

길어지는 혜완의 말을 영롱이 싹둑 잘랐다.

"……그 사내는 아마 화난 게 아닐 거예요. 화가 났다고 해
도 그 처녀가 뭔가 잘못을 해서가 아닐걸요. 화가 났다면 아마
자기 자신에게 났을 테죠."

"자기 자신에게? 무엇 때문에요?"

"글쎄요. 그건 그 사내만이 답할 수 있겠죠. 그 사내의 속마
음은 그 사내밖에 모를 테니."

영롱이 딱한 눈길로 혜완을 바라보았다.

"그 처녀에게 이렇게 말해 주세요. 그 사내를 그냥 내버려두
라고. 벗으로서 그 사내를 염려한다면 그가 그녀 곁에서 조용
히 멀어지도록 놔두라고."

"내버려……두라고요? 멀어지도록?"

"만약 그 처녀가 꼭 그 사내와 다시 예전처럼 가까이 지내야

겠다고 고집을 부린다면, 그녀에게 말하세요. 그 사내와 함께 있기를 바라는 이유, 진짜 이유를 곰곰이 잘 생각해 보라고.”

“진짜……, 이유?”

혜완이 이해가 가지 않는다는 얼굴로 영롱의 말을 되뇌었다. 그녀에게 임씨 부인의 말은 전에도 쉽지 않았지만 이번엔 훨씬 더했다. 그 말 속엔 무언가 따끔하고 껄끄럽고 불편한 또 다른 의미가 숨어 있는 것 같다. 알 듯하면서도 명료하게 잡히지 않는. 그 말은 어딘가 불길하고 불안한 냄새를 풍긴다. 제대로 파악하면 혜완을 송두리째 흔들 것 같은. 영롱이 속삭였다.

“어쩌면 그 처녀, 이미 그 진짜 이유를 알고 있는 게 아닐까요?”

작은 소리였지만 혜완은 분명히 들었다. 그러나 그녀는 답을 하지 못했다. 대답할 말이 마땅찮기도 했지만 그녀들의 앞에서 지량의 웃음소리가 크게 들렸기 때문이다.

“하하! 마음대로 빠져 조마조마하던 차에 딱 걸렸군!”

지량의 유쾌한 목소리가 계곡을 쩌렁하니 울렸다. 혜완과 영롱이 고개를 돌려 보니, 나무 그늘이 드리운 커다란 바위 위에 둘러앉은 한 무리의 선비들이 그들 곁에 선 지량을 올려다보고 있었다.

“어머.”

영롱이 선비들 사이에서 조금 전 그녀가 떠올렸던 ‘불쌍한 사내’를 발견하고 눈을 크게 떴다. 영롱은 옆에 있는 혜완을 살짝 곁눈질했다. 그녀보다 눈을 더 크게 뜬 혜완이 입을 작게 벌리고 멍하니 있었다.

　동년의 모임에서 시율의 자리는 항상 상좌上座였다. 그가 장원으로 급제했기 때문이다. 오늘 유두연에 시율과 그의 급제 동기들을 소집한 사람인 그들의 시험관이었던 참지정사 겸 판상서예부사가 왔다면 달랐겠지만, 홍패(紅牌:과거 합격자에게 주는 붉은 증서)가 없는 재경이 감기에 걸린 부친을 대신해 왔으므로 이날도 동년들은 장원을 존대하는 의미로 윗자리에 시율을 앉혔다.

　윗자리란 말을 하기보다 듣는 자리. 시율은 그의 오른편에 앉은 재경이 따라 준 술을 마시며 잠자코 동기들이 주고받는 이야기들을 듣고 있었다. 사실 그 대화에 끼고 싶은 마음이 없는데 자리는 끝까지 지켜야 하는 처지라, 시율은 다소 따분하고 지루했다. 현재 동기들의 주된 얘기 주제는 토지나 주택 등 부동산이다. 주로 어디에서 집을 사면 이익이 클 것인가에 대한 의견을 교환 중이다.

　"뭐니 뭐니 해도 황성 동쪽이 최고지. 궁궐과 관청들이 가까우니 등청할 때 편해서 집값이 세. 고관들이 많이 사니까 너도 나도 그 동리에 끼어들어 가고 싶어 하고."

　"그건 황성 남쪽 흥국리興國里도 마찬가지지. 변두리에 사는 관원들이라면 언젠가 그쪽에 집을 마련하고 싶어 한다고."

　"가산을 불리는 데는 시장 근처가 최고야. 남대가 저잣거리도 인기라고. 기름시장이 있는 남산리南山里도 사람들이 몰리잖아."

"시장에서 좀 떨어져 있지만 앵계리鶯溪里도 괜찮은데……."

당장 살 집을 구하기 위해 하는 말이 아니었다. 장차 재산을 불리기 위한 정보를 나누는 것이다. 그들 중에는 부유한 부모가 뒷바라지하여 급제한 자도 있지만 지방에서 유학 와 오랫동안 과거 공부에 열중한 바람에 궁핍해진 자도 있었다. 어떤 경우든 시간과 노력을 상당히 많이 들인 결과로 좁디좁은 입사의 문을 통과했으니, 높은 관위와 재물로 보상을 받고자 하는 마음들이 컸다.

그래서 진정한 선비이고 관직자라면 집안일에 무심하고 축재를 천하게 여겨야 한다는 사회적 통념을 겉으로는 따르는 척하면서도 실제로는 재산 증식에 비상한 관심을 가지고 그를 위해 다각도로 노력하는 중이었다. 차익을 많이 남길 수 있는 주택들을 물색하는 것 말고도, 부유한 혼처를 알아보거나 권세가와의 연줄을 만드는 데도 촉각을 곤두세웠다. 좌주의 아들이 주관하는 유두연에 참석한 것도 그 노력들 중 하나다.

"정 공은 어째 한마디도 안 하는구면."

동기 중 하나가 시율을 일깨웠다. 시율은 술잔을 입술에서 뗐지만 달리 할 말이 없었다. 침묵을 지키는 그를 외면하며 다른 동기가 쯧, 가볍게 혀를 찼다.

"정 공은 원래 동년 모임에 시큰둥해. 나서서 모임을 자주 만들고, 좌주님이나 선배들과 만남도 주선하고 그래야 하는데 말이야. 다른 모임들을 보라고. 이렇게 사람이 모이지 않는 동년이 우리 말고 또 있을라고?"

이 불평에 그 자리에 모인 이들이 크게 공감했는지 저마다 고개를 끄덕끄덕한다. 실제로 그들의 수는 꽤 적었다. 재작년 제술업(製述業:관료를 뽑는 시험 중 가장 격이 높은 과거)의 합격자는 모두 스무 명으로 단 한 명뿐인 을과乙科의 급제자 시율과 병과丙科 일곱 명, 지량을 포함함 동진사 열두 명이 있다. 갑과甲科는 애초에 뽑지 않으니 없기에 합격자 수가 좀 적은 편인데, 오늘 유두연에 참석한 사람은 거기서도 몇 명 안 되는 고작 일곱 명이다. 동년이 아닌 재경을 제외하면 사실 여섯 명이었다.

이런 저조한 참가율은 장원이 주도하여 자주 친목을 도모하지 않은 탓도 있겠지만 자세히 살펴보면 꼭 그래서만도 아니다. 급제자들은 첫 관직이 주로 외직이었으므로 개경에 없는 이들이 몇몇 있었다. 경관직京官職에 있는 사람은 시율이 유일했고 나머지는 지량과 마찬가지로 동정직이었다. 하루라도 빨리 동정직에서 벗어나 실직을 받고 싶은 이들은 부지런히 고위 관료들을 찾아 다녔는데, 그것도 아무 때나 만날 수 있는 게 아니어서 유두일처럼 끼리끼리 모여 술을 나누며 친목을 다지는 날이 최상의 기회였다. 좌주인 참지정사가 친히 나왔으면 모를까, 아직 국자감 학생에 불과한 재경에게 눈도장을 찍기보다는 높은 관직의 선배들에게 술 한잔 바치러 다른 모임으로 얼른 가 버린 것이다.

동년끼리의 결속력이 강하다고들 하지만 같은 학교 출신의 동기와 선후배들의 결속력은 그 이상이었다. 특히 국자감보다 더 높은 과거 합격률을 자랑하는 구재학당(九齋學堂:유학자 최충이 세운 사학) 출신들의 관계는 매우 끈끈했는데, 그 내에서도 조도 방造道榜이니 대빙방待聘榜이니 파가 여럿으로 나뉘었다. 조도 나 대빙은 모두 구재학당의 각 재의 이름들이다. 그 출신들이 후배들의 버슬길에 든든한 지원자가 되어 주곤 했던 것이다. 어쨌든 지방에서 근무하거나 유력한 선배들을 찾아간 동기들 을 제외하고 남은 인원이 여섯이다. 물론 이도 저도 아니면서 제멋대로 빠진 지량은 예외지만.

"서경진사가 장원이 됐으니 모셔 올 수 있는 선배가 얼마나 있겠어?"

누군가가 중얼거렸다. 대놓고 말한 것이 아니라 혼잣말이었 지만 모두가 들었다. 그때까지 기 죽은 모습으로 얌전히 있던 재경이 파르르했다.

"지금 그 말씀, 누가 하셨습니까?"

갑자기 쥐 죽은 듯 사위가 고요해졌다. 동년은 서로를 형제 로 여기는 사이. 유대감이 남다른 집단이었으나 시율과 지량은 동기들에게서 별로 환영받지 못했다. 국학이건 사학이건 개경 의 학교 출신들이 다수인 무리에서 서경 출신인 그들은 이질적 이었던 것이다. 특히 장원이기에 시율을 우대하면서도 개경 출 신의 동기들은 일등을 서경 출신에게 빼앗긴 것에 대해 늘 자 존심 상해 있었다.

재경의 분노를 산 누군가의 혼잣말은 그런 개경 출신 동년 의 속내를 여실히 드러낸 것이다. 한여름의 더운 날씨임에도 냉기가 싸늘하게 도는 가운데, 시율이 가만히 재경의 어깨를 건드려 만류하며 어색한 공기를 깨뜨렸다.

"미안하네. 다음엔 더 노력함세."

"이왕이면 장소를 고르는 데도 좀 더 신경 써 주게."

시율의 온화한 태도에 기가 산 동기 하나가 이기죽거렸다.

"오늘 이 자리를 얼마나 기대했는데 듣도 보도 못한 이런 구석진 곳을 찾아 우릴 끌고 왔는가. 개경 안팎에 좋은 곳이 좀 많아? 유두연을 하려면 맑고 잔잔한 시냇물이 굽이굽이 흐르는 자하동 계곡이 제일 먼저 떠오르는데."

"버들가지가 산들거리는 청교(靑郊:개경 나성 밖 동남쪽 교외)의 깊숙한 계곡도 좋지."

한 명이 냉큼 거들자 나머지도 한마디씩들 했다.

"청교역靑郊驛 앞을 지나는 웅천(熊川:개경 남쪽의 하천)도 괜찮아."

"박연폭포朴淵瀑布만 한 절경이 또 어디 있을라고. 거길 찾아 천마산天摩山으로 갔어야 했어."

"발을 적시지 않을 양이면 좀 멀리 가는 수고를 무릅쓰고 장단長湍의 석벽에 갔어도 좋은 구경을 했을걸."

"여길 고른 사람은 접니다!"

재경이 또 한 번 언성을 높였다.

"제가 장소를 잡았습니다. 시율 형님이 아니라요. 시율 형님은 그저 저를 따라왔을 뿐입니다. 불만이 있다면 저를 탓하시지요."

"허허, 우리야 오라는 대로 오고 가라는 대로 가는 사람들인
데 무슨 불만이 있겠는가?"

처음 장소를 운운했던 동기가 얼른 말을 바꿨다.

"재경 아우가 애쓴 것, 고맙네. 고맙긴 고마운데……, 불만
이 있어서가 아니라 더 좋은 곳이 많은데 왜 하필 이런 낯선 곳
을 정했느냐는 말이지."

"여기, 형님들께서 말씀하신 경치가 다 있습니다. 버들가지
가 있는 깊은 계곡에 맑은 시냇물, 작은 폭포와 웅덩이, 깎아지
른 듯한 절애까지. 온갖 풍광을 고루 갖추고도 사람들에게 알
려지지 않아 찾는 이가 드무니 오히려 한적하고 조용하여 좋지
않습니까. 형님들이 언급하신 곳들은 모두 지금쯤이면 사람들
이 몹시 붐빌 겁니다. 여기 있는 물과 나무와 돌과 햇빛을 온전
히 우리만 즐기는 것인데, 정말 멋진 장소가 아닙니까."

"멋지지, 아주. 그런데 말일세, 한갓져서 좋기도 하지만 그
렇기 때문에 섭섭하기도 하네."

"무슨 말씀이십니까?"

"유두연을 이렇게 우중충하니 사내들끼리 술 마시는 걸로
보내는 모임이 여기 말고 또 어디 있을지 모르겠어. 이런 자리
엔 으레 기녀들이 따라와 가무하고 술시중을 들어야지. 그냥
유생들도 아니고 모두 급제한 사람들인데, 이건 제대로 모양을
갖춘 잔치가 아니잖은가."

"그것은……, 제가 알아보는 게 늦어서 그만……. 웬만한 기
녀들은 다들 선약이 있고, 어렵게 구하긴 했는데 그 아이들만

저도 오늘 갑자기 다른 자리에 가게 되었다고⋯⋯. 제 불찰입니다. 죄송합니다."

재경이 쩔쩔매자 시율의 동기가 너그러운 척 손사래를 치며 껄껄 웃는다.

"그럴 수도 있지, 뭘. 재경 아우 잘못만도 아니야. 유두연에 오기로 한 기녀들을 다른 모임에 빼앗기는 일, 적지 않다네. 기녀들 따위가 무슨 신의가 있겠어. 하하⋯⋯. 경시서에 기녀만도 수백인데 몇 명 빼오기만 했어도 됐겠지만, 이미 늦었으니 그 말은 말기로 하지."

드러내고 시율을 비꼰 동기가 쩝, 아쉬운 입맛을 다셨다.

"이렇듯 한갓진 곳이니 다른 모임에 시중들러 온 기녀들을 감상하고 싶어도 못 하지 않나. 차라리 사람들이 많이 붐비는 곳이 구경할 게 더 많겠어."

"이 공이 있었다면 기녀들을 빼앗기는 일 따윈 없었을 성싶은데⋯⋯. 다른 곳의 기녀를 가로채 오면 몰라도."

뒤늦게 지량을 찾는 동기도 있었다. 그 옆에 있던 사람도 같은 생각을 했던 듯 안타까이 무릎을 두드렸다.

"그러게. 오늘 자리는 이 공이 주관했어야 했어."

"허, 살다 보니 이지량이 옆에 있었으면 하는 날도 오는군."

킥, 킥킥, 웃음소리가 번졌다. 그러나 웃음은 오래가지 않았다. 기녀들이 없다는 걸 상기하자 새삼 지루함이 짙게 느껴졌던 것이다. 혼인하고 아이까지 둔 사람도 있었지만 어떤 연회든 기녀를 끼고 노는 것에 익숙한 그들은 이 밋밋한 술자리가 재미없다. 좌주가 불참해 별다른 이점도 없는 유두연은 이제 몸과 마음을 정화한다는 본래의 의미를 완전히 잃었다. 한 사람이 문득 제안했다.

"심심하게 시간만 축낼 게 아니라 재미있는 놀이를 하면 어떨까? 쌍륙(雙六:주사위놀이)은 어때?"

"말판도 말도 투자(骰子:주사위)도 없는데 이 바깥에서 쌍륙을 어떻게 하나?"

다른 사람이 말판이나 주사위가 있으면 할 마음이 있는 듯한 말투로 반문하자, 제안자가 소매에서 작은 대통을 슬그머니 꺼냈다.

"투자라면 여기 있네. 말판은 바닥에 그리고 자갈들을 주워 말로 쓰면 되지."

"아이고, 이 사람 보게. 평시에도 대통에 투자를 넣어 다니다니, 자네 설마 요즘 박희(博戲:노름)에 빠진 게 아닌가?"

"박희는 무슨. 실직이 없어 심심하니까 때때로 한두 번 하는 거지. 그냥 재미야, 재미."

주사위를 꺼낸 제안자가 고개를 가로저었다. 그는 그 와중에 벌써 스물네 칸의 밭으로 나눠진 쌍륙판을 그리고 있었다. 본격적으로 팔을 걷어붙인 동기를 바라보며 시율과 재경을 제외한 나머지가 킬킬대고 웃었다.

"쌍륙은 사대부 여인들이 방 안에서 즐기는 놀이인데 이 사람, 만날 집에서 처와 이걸 하며 소일하나 보네."

"어디 사대부 여인들만 즐기나. 기녀들이 더 좋아해. 내가 알기론 이 친구 청루를 곧잘 드나들거든. 거기 아이들이 툭하면 쌍륙을 하자고 조르는 거겠지, 뭐. 몇 번 져서 가진 거 다 내주고 나오기도 했을걸."

"쓸데없는 소리 그만두고, 말로 쓸 조약돌이나 모아 오게."

바위 위에 뾰족한 돌로 쌍륙판을 그리던 제안자가 볼멘소리를 했다. 빠르게 말판을 완성한 그는 탁탁 손을 털며 만족스레 좌중을 둘러보았다.

"아무래도 이런 놀이에 내기가 빠지면 안 되겠지? 무얼 걸겠나?"

"이보게, 돈이나 물건을 걸고 노름을 하면 장형이야. 그것도 백 대."

제안자의 바로 옆에 있던 이가 시율을 힐끗 보며 주의를 주었다. 제안자도 시율을 힐끔거리곤 과장되게 목소리를 키웠다.

"아니, 누가 돈을 걸자고 했나? 음식을 걸고 내기를 하면 죄가 되지 않잖나. 여기서 내려갈 때 진 사람이 기루에서 모두에게 크게 한턱내는 거 어때?"

"아아, 그거 좋다. 기녀도 없는 유두연으로 헛되이 낮을 보내고 있으니 저녁엔 좀 제대로 놀아 보자고."

한 사람이 좋다고 손뼉을 치니 너도 나도 찬성한다. 시율이나 재경의 의견은 아랑곳없이 곧 저녁 술자리를 건 쌍륙놀이가 시작될 판이다. 그때 재경이 별안간 외쳤다.

"아니, 지량 형님!"

"뭐? 지량? 이지량?"

"그 친구가 왜?"

쌍륙판으로 집중되던 시선들이 일제히 한곳으로 이동했다. 어디서 나타난 것인지, 깜짝 놀란 모두의 눈길을 따갑게 받으며 지량이 크게 웃음을 터뜨렸다.

"하하! 마음대로 빠져 조마조마하던 차에 딱 걸렸군!"

뻔뻔스러운 그 웃음에 동기들이 동시에 눈을 휙 치켜떴다. 그들이라고 이 자리에 꼭 나오고 싶었던 건 아니다. 동기 하나가 날 선 목소리로 쏘아붙였다.

"전혀 조마조마해 보이지 않는데? 외직을 나간 것도 아니고 상을 당한 것도 아닌데 좌주님께서 마련한 유두연을 임의로 빠지다니 벌주 따위로 넘어갈 문제가 아니란 거, 자네가 더 잘 알겠지? 어딜 갔다가 이제야 어슬렁거리며 나타나나?"

"이보게, 잠깐."

다른 동기가 황급히 말렸다. 지량의 뒤로 좀 떨어져 선 아리따운 여인을 발견한 것이다. 게다가 더 멀찍한 곳에서 천천히 다가오고 있는 여자가 둘이다. 따따부따하던 동기도 여인들을 보고 합, 입을 다물었다. 조용해진 동기들을 죽 훑어보며 지량이 한쪽 어깨를 으쓱 추켜올렸다.

"난 자네들과 술 마시러 온 게 아닐세. 자네들이 여기 모여 있는 것도 몰랐어. 그러니 자네들과 이렇게 만난 건 '순전한 우연'이라고. 난 다른 분들과 유두연을 하기로 했거든. 자네들도 보다시피."

지량이 슬쩍 몸을 비틀어 세 명의 여인을 보였다. 꿀꺽, 군

침을 삼키는 소리가 여러 군데서 났다. 화려한 꾸미개로 치장하지는 않았으니 기녀는 아니고 민서나 노비에겐 당치않은 매우 고급스런 옷차림의 그녀들은 분명 사대부의 여인들이다. 조심스레 그녀들을 힐끔거리는 남자들의 눈에 경탄의 빛이 감돌았다. 세 명 모두 갓 아래 늘어뜨린 깁으로 가리고 있었는데 살랑대는 바람에 두 쪽으로 갈라진 깁이 흔들릴 때마다 언뜻언뜻 비치는 얼굴들이 그렇게 아름다울 수가 없다. 각각 전혀 다른 생김새의 그녀들은 저마다 고유한 미색을 뽐내고 있었다.

"뉘신가, 저분들은?"

지량에게서 가장 가까이 앉은 동기가 모기만 한 소리로 물었다. 지량이 뻐기듯 답했다.

"나와 정 공이 세를 든 집의 주인댁 숙녀들일세."

한숨처럼 가느다란 탄성이 헛기침에 섞여 나왔다. 시율과 지량을 번갈아 쳐다보는 동기들의 낯에 부러워하는 기색이 완연하다. 특히 세 명의 미인을 뒤에 세워 놓고 당당하게 서 있는 지량을 바라보는 눈빛들엔 질투마저 일렁였다.

"미인들과 유두연이라……. 이 공은 과연 오늘 계곡물에 마음의 부정을 씻을 수 있을지 모르겠구먼."

한 동기가 시샘 어린 조소를 던지자 지량이 맞받아 싱긋 웃었다.

"보아하니 자네들은 오늘 마음은 몰라도 몸은 확실히 정화하겠구먼. 아니, 꼭 그렇지도 않은걸."

지량이 바위에 그려진 말판을 보고는 한쪽 눈을 찡그렸다.

"정 공이 있는 자리에서 노름판이 벌어지리라곤 생각도 못 했는데."

"노름이라니? 단지 저녁에 한턱낼 사람을 가리려 했을 뿐이라네. 그리고 아직 시작도 안 했다고."

쌍륙을 제안했던 자가 항변하며 주사위를 주섬주섬 챙기는데 지량의 눈이 반짝 빛났다.

"저녁 식사 내기라고? 그건 너무 시시하잖아. 내가 좋은 제안 하나 할까?"

"내기를 걸고 하는 놀이는 도박이야. 도박은 장형 백 대, 모르나?"

엄숙하게 주의를 주는 한 동기에게 지량이 걱정 말라는 듯 손을 저었다.

"돈이나 물건을 걸지 않으면 죄가 안 되지. 아름답고 고상한 숙녀들과 보내는 한때는 어떤가? 내기할 만한가?"

"뭐? 지금 그 말, 진담인가?"

동기들이 깜짝 놀라 앉은자리에서 엉덩이를 들썩였다. 지량의 뒤에 있는 혜완 등도 동요하는 모습이었다. 지량만이 태연하고 느긋했다.

"난 내기에는 항상 진지하네. 사실 귀한 분들을 즐겁게 모시려는데, 나 혼자서는 부족한 듯하여 저분들께 죄송해하는 중이었다네. 마침 훤칠하고 재주 있는 사내를 일곱이나 만났으니 이 얼마나 다행스러운가. 자네들 중 두 명이 나와 함께 숙녀들께 봉사하면 참으로 고맙겠네만……."

"두 명? 일곱 중 둘만 필요하면 나머지 다섯은?"

"그러니 내기를 하자는 거지. 숙녀가 세 분이니 모시는 사내도 셋이면 족해. 진 사람은 저녁에 내가 추천하는 기루에서 한턱내는 걸세. 어때, 하겠나?"

"나는 하겠네."

조금 전 쌍륙을 제안했던 자가 주사위를 다시 꺼내며 자신 있게 나섰다. 그러자 다른 사람들도 답이 늦으면 내기에서 제외될까 봐 걱정되었는지 얼른 하겠다는 표시를 했다. 눈썹을 모으고 잠자코 있던 시율이 비로소 입을 열었다.

"이 공과 함께 오신 분들은 다른 이들이 유두연에 끼어들길 바라지 않으실 걸세. 자네들 마음대로 저분들의 자리를 망쳐서야 되겠는가."

"하지만 시율 형님……."

애가 단 재경이 시율을 툭툭 치는데 지량이 혜완 등을 향해 몸을 돌려 큰 소리로 말했다.

"소저와 부인들께 약속드립니다. 오늘 유두연을 앞으로 영영 잊지 못할 만큼 즐거운 자리로 만들겠으니 저를 믿어 주시지요. 염려하실 일은 전혀 없을 것입니다. 만일 기대에 어긋난다면 제가 크게 벌을 받겠습니다. 잠시만 지켜보시면 됩니다."

"지량! 그분들께 폐가 되는 일이다. 당장 그만둬!"

시율의 엄격한 목소리가 터져 나왔다. 정작 여자들은 말이 없는데 시율이 나서자 동기들이 그를 나무라며 지량의 편을 들었다.

“정 공은 우리를 잡배로 취급하는가? 모두 예의를 아는 사람들이야. 귀인들을 곤란하게 할 짓을 할 사람들이 아니라고.”

“많은 이들이 몰리는 곳에서는 여인들과 사내들이 거의 한 자리나 다름없는 가까운 곳에서 계곡물에 손과 발을 적시기도 한다네. 폭포 근처에 가 봐! 남녀 구별 없이 물맞이하겠다고 북적북적한다고.”

“싫으면 정 공은 빠지게. 자네가 빠져도 여섯 명이나 돼.”

동기들이 시율을 거칠게 밀어내고 지량에게 붙었다. 동기들의 지지를 등에 업은 지량은 바위에 그려진 말판을 밟고 섰다.

“시시한 내기가 아니니 시시한 쌍륙 따윈 그만두세. 내가 지금 막 재미있는 놀이를 하나 생각해 냈어. 재경 아우, 작은 조약돌을 될 수 있으면 많이 모아 주게.”

재경과 동기들이 금세 조약돌 수십 개를 주워 지량의 발 근처에 쌓았다. 지량이 가는 붓을 하나 꺼내 들었다.

“자네들 여섯, 아니, 정 공까지 일곱 명은 각각 1부터 10까지 숫자를 하나씩 마음대로 고르게. 서로의 숫자가 겹치지 않도록 말이지. 내가 이 돌들 위에 숫자를 쓰고 근방에 숨겨 둘 테니, 자기가 고른 숫자와 일치하는 숫자가 적힌 돌을 내게 가지고 와. 가장 먼저 가져오는 두 사람은 우리의 유두연에 낄 것이고, 나머지 다섯은 저녁에 청루에서 보도록 하지. 끝까지 돌을 못 찾은 사람이 한턱내는 거야. 물론 모두 돌을 찾으면 저녁은 내가 책임지지.”

“이 작은 돌들을 사방에 뿌린다고? 그걸 어느 세월에 찾겠나?”

동기 하나가 불평을 했다. 아닌 게 아니라 계곡 전체와 숲, 절벽과 폭포까지 합하면 무척 넓은 공간이다. 지량이 손가락으로 주변을 빙 둘러 가리켰다.

“이 바위에서 계곡 저편의 저 나무까지, 그리고 저기 아래쪽의 수풀에서 저 위쪽 계곡이 잘록하니 좁아진 여울까지만 찾으면 돼. 숫자마다 돌을 일고여덟 개 정도 뿌릴 테니 미리부터 낙담하지 말라고. 못 찾을 곳에 숨기지도 않을 테니까.”

“이 더운 날에 조약돌을 찾아 힘을 빼야겠는가?”

“뭘 해도 더운 날임엔 변함이 없어. 힘을 좀 뺀다고 달라지는 것도 없고. 자연을 벗 삼아 산보한다고 생각하게. 그늘에만 앉아 있는 것보다 조금 수고하는 편이 시원한 냇가에서 손발을 담글 때 더 각별하겠지. 그리고 그 정도 수고는 할 만하다고 생각하는데?”

또 다른 동기의 불평에 지량이 슬쩍 여자들을 곁눈질해 보였다. 그예 남자들이 서둘러 숫자를 하나씩 불렀다. 재경도 골랐는데 그의 숫자는 ‘8八’이었다. 지량은 혼자 무리에서 밀려나 묵묵한 시율에게 아예 숫자를 정해 주었다.

“정 공은 ‘6六’으로 하지.”

지량은 동기들을 돌려세운 다음 그들에게 보이지 않도록 돌들에 숫자를 써서 인근을 빠르게 돌아다니며 뿌렸다. 그러고는 사람들 곁에 다시 돌아온 그가 말했다.

“그럼 지금부터 시작하세. 나는 부인들을 위쪽 계곡으로 모

셔다 드리고, 저기 계곡이 좁아지는 여울목에서 자네들을 기다
리겠네.”

그의 말이 끝나자 동기들이 부리나케 주변을 부릅뜬 눈으로
훑으며 멀어져 갔다. 시율과 함께 지량의 곁에 남아 있던 재경
이 한숨을 지었다.

“저 형님들보다 빨리 숫자 8이 적힌 돌을 찾아야 한단 말입
니까? 이런 말씀 없었잖아요, 지량 형님. 형님이 여길 추천해
줄 땐…….”

“어허, 우린 우연히 만난 거라니까.”

지량이 눈을 째긋하며 재경의 소매를 당겼다. 그가 갑자기
놀란 표정을 지었다.

“어라? 이봐, 재경 아우, 자네 소매에 뭔가 있는데?”

“이쪽엔 아무것도 넣지 않았는데……, 어?”

재경이 소매 속에 손을 넣었다가 눈이 휘둥그레졌다. 소매
에서 꺼낸 주먹을 그가 펴자 손바닥 위에 숫자가 적힌 돌이 하
나 얹혀 있었다. 숫자는 8, 재경이 고른 그 숫자다.

“어이, 자네가 일착이군. 다행이야. 김씨 부인께서 동행하시
는데 자네가 없으면 어떡하나 걱정했었거든.”

지량은 재경의 환해진 얼굴을 보고 만족스레 웃은 뒤, 어금
니를 꽉 물고 자신을 노려보고 있는 시율에게로 눈을 돌렸다.

“자넨 계속 가만히 서 있을 텐가? 저들보다 늦으면 서 소저
와 부인들이 저들 중 하나와 물놀이를 할 수도 있어. 게다가 끝
까지 6이 적힌 돌을 찾지 못하면 한턱내야 한다고. 내가 추천

하는 청루는 무지 비싸.”

“량이 너, 아무리 재경이를 위해서라고 해도 서 소저까지 끌
어들이다니……. 누군가가 돌을 찾아오면 어쩔 작정이냐?”

화를 꾹꾹 눌러 담은 낮은 목소리로 시율이 으르렁거리듯
물었다. 지량이 피식, 코웃음을 치곤 똑같이 작은 소리로 속삭
였다.

“어쩔 작정은. 보면 모르겠어? 내가 사랑하는 서 소저를 즐
겁게 해 줄 작정이다.”

지량이 곧 목소리를 보통 때처럼 키웠다.

“어라? 정 공, 귀에 뭔가 묻은 것 같은데?”

지량이 손을 뻗어 시율의 귓가에 가까이 가져간 때였다. 퍽!
육중한 소리와 더불어 지량의 얼굴이 홱 돌아가더니 그가 옆으
로 휘청, 크게 넘어지려다 몇 발짝 비틀거리며 간신히 몸을 가
눴다. 앗, 깜짝 놀란 재경과 여자들의 짤막한 비명이 동시에 터
지는 가운데 시율이 아직 분노가 식지 않아 부르르 떨리는 손
으로 지량의 멱살을 움켜잡아 친구를 끌어당겼다. 아야야, 지
량이 터진 입술을 혀끝으로 핥으며 약한 신음을 흘렸다. 그러
나 그의 찡그린 낯에 바싹 얼굴을 들이댄 시율은 조금도 봐줄
마음이 없는 듯 지량의 멱살을 틀어쥔 손아귀에 힘을 더하며
또 한 차례 낮게 으르렁거렸다.

“사랑하는 이를 다른 사내들과의 내기에 상으로 걸겠단 말
이냐? 그게 네가 사랑하는 방식이야? 감히 그녀를 두고 이런
짓을 벌인다니, 당장 집어치우지 않으면 넌 오늘 내 손에 죽을

줄 알아!"

"이봐, 이봐! 그 주먹 좀 내려. 끝낼게. 이런 짓, 끝낼 테니까……."

그의 대답에 따라서 금방이라도 한 번 더 날아올 것 같은 시율의 주먹을 한 손으로 막으며 지량이 진땀을 흘렸다. 지량이 다른 한 손으로 재빨리 시율의 귀 뒤를 스치는가 싶더니 무언가를 잡은 것처럼 손을 우그려 쥐었다.

"어라, 벌써 끝났네? 이것 좀 보라고."

피가 배어나는 입술을 실룩여 히죽 웃으며 지량이 손을 펴 그 안에 든 것을 시율에게 보여 주었다. 누가 봐도 빈손이었던 그의 손바닥엔 놀랍게도 작은 돌이 하나 놓여 있었다. 지량이 손가락으로 돌을 집어 숫자가 적힌 면을 시율의 눈앞에 들이댔다. 숫자는 물론 6이었다.

"아야야."

지량은 화끈거리는 뺨을 손바닥으로 감싸며 앓는 소리를 냈다. 찢어진 입술에서 흐르던 피는 이제 멎었지만 벌겋게 부푼 얼굴 반쪽이 욱신거렸다.

"율이 자식, 진짜 세게 때렸어. 성급하고 모자란 놈 같으니."

그는 연방 투덜거리며 시원한 그늘을 찾아 앉았다. 그는 혼자였다. 계곡 중간의 여울목에 남아 동기들과의 내기를 끝내야 한다며 재경 혼자서 여자들을 인솔해 가기엔 무리임을 내세워 얼굴이 굳은 시율을 계곡의 깊숙한 안쪽으로 혜완 등과 함께 보내는 데 성공했던 것이다. 그렇게 시율과 재경에게 큰 봉사를 했는데 남은 것은 볼의 부기와 통증이라니, 투덜거리지 않을 수가 없다.

그는 편안하게 나무에 반쯤 기대어 드러누운 자세로, 각자의 숫자가 적힌 돌을 발견하여 가져올 동기들을 기다렸다. 아니, 사실은 동기들이 고역스러운 내기를 일찌감치 포기하고 다른 길로 빠져 숙녀들을 찾으러 갈 수도 있기에 그들을 감시했다. 다행스럽게도, 이미 유두연에 낄 기회를 잃은 줄도 모르고 그의 동기들은 드넓은 계곡에서 작은 돌멩이들을 뒤적이느라 열심히 땀을 흘리고 있었다.

"하여간 모범생이란 녀석들은 제가 갇힌 틀에서 벗어날 줄을 모른단 말이지."

지량은 나무와 계곡 사이로 얼핏얼핏 보이는 동기들을 비웃으며 작은 술병을 꺼내 조금씩 마셨다. 시간이 제법 흘렀는데도 그의 동기들은 끈기 있게 계곡을 차근차근 뒤졌다. 그들을 여유롭게 관찰 혹은 감시하며 몇 차례 술을 홀짝이다가 이윽고 지루한 나머지 지량이 하품을 할 때였다.

"저분들은 아직도 열심이네요. 그렇게도 처음 본 여자들과 놀고 싶을까?"

조롱기가 섞인 맑은 목소리에 지량이 올려다보니 영롱이 성실하게 계곡을 훑는 선비들을 한심하다는 듯 보고 있었다. 지량이 싱긋 웃었다.

"그 처음 본 여자들이 미인이면 사내 녀석들은 물불을 안 가리지. 게다가 저녁 술값을 감당할 정도로 씀씀이가 크지 않은 좀생이들이라.”

그는 몸을 일으켜 영롱이 옆에 앉게끔 시원한 자리를 내주며 물었다.

“다른 사람들은? 아직도 다 함께 있나?”

“윤 공자와 김씨 부인은 따로 갔습니다. 폭포에서 숲을 가로질러 내려가다 보면 시원하고 아늑한 동굴이 있대요. 서 소저와 경시령은 그 둘을 따라갈 정도로 둔한 사람들이 아니어서 폭포 앞 용소에 남아 있고 저만 여기로 돌아온 거예요.”

“부인은 왜 여기로 오셨소이까? 서 소저가 내 사람인 줄 알면서 그녀를 다른 사내와 단둘이 남겨 놓다니?”

지량이 짐짓 나무라는 척하자 영롱이 살짝 흘겼다.

“폭포에 이르러 보니 제 뒷머리에 꽂았던 채(釵:고정 다리가 두 가닥인 머리 장식)가 없어져 되짚어 오며 찾는 중입니다. 혹시 나리께선 못 보셨는지요?”

“아하, 여기에 진주가 달린 은채가 하나 떨어져 있어 주웠더니, 그게 부인 것이었소?”

지량이 능청맞게 품에 넣어 둔 머리꾸미개를 꺼내 영롱에게 보였다. 영롱이 비죽, 입술을 조금 내밀며 은채를 받았다.

“나리께서 가지고 계실 줄 알았습니다. 윤 공자와 김씨 부인이 따로 사라질 것은 나리께서도 이미 예상하셨을 터. 이 은채를 숨기신 것은 저더러 서 소저를 경시령 나리 곁에 두고 얼른 자리를 비키라는 뜻이었겠지요?”

“숨기다니? 주웠다니까.”

천연스럽게 반박한 지량이 술병을 입에 대고 빙그레 웃으며 중얼거렸다.

“난 눈치 빠른 여자가 좋더라.”

“역시 수릿날 나리의 사랑 고백은 거짓이었군요.”

지량의 혼잣말을 무시하고 영롱이 단정적으로 말했다.

“아까 나리가 경시령 나리의 주먹 한 방에 나가떨어지고 나서 숨겨 둔 돌멩이를 내놓을 때 확신했죠. 비록 입에서 피가 철철 나도록 맞았지만 주먹이 무서워 사랑하는 여자를 포기하실 분이라고 생각되진 않거든요. 나리는 처음부터 경시령 나리와 서 소저를 엮을 의도로 오늘 유두연을 마련했던 거예요. 수릿날 고백이 진짜였으면 그럴 수 있겠어요?”

“나가떨어지다니? 난 끄떡도 하지 않았어.”

지량이 냉큼 영롱의 말을 정정하고 오해 말라는 듯 확고한 어조로 덧붙여 말했다.

“난 아홉 살 이후로 녀석에게 진 적이 없어. 한 번도!”

“네네, 그러시겠죠.”

그의 멍든 뺨을 물끄러미 보며 영롱이 고개를 끄덕였다. 그런 건 관심에도 없다는 듯, 그녀가 아까 하던 말을 이었다.

“그 가짜 고백 말이에요. 아무리 나리라도 재미로 그러신 건 아니겠죠? 경시령 나리가 서 소저를 좋아하는 걸 전부터 알고 있었던 거죠? 동무가 좋아하는 여자를 가슴속에만 품고 미적거리는 걸 보다 못해 나서신 건가요? 경쟁자 행세를 하며 질투라도 불러일으키면 경시령 나리가 서 소저에게 적극적으로 다가갈까 봐요? 제 생각엔 경시령 나리가 나리 뜻대로 움직여 줄 것 같지 않은걸요. 그분은 다른 이들의 마음을 살피느라 감정을 억지로 누르는 사람이니까.”

“알아.”

지량이 술병에 입을 댄 채 말했다. 씁쓸한 미소가 그의 입가에 맺혔다.

“질투니 뭐니 그런 거 생각하지도 않았어. 그냥 화가 치밀어서 녀석을 혼내 주고 싶었던 거지. 자식이 제 앞가림도 못 하는 주제에 내 걱정을 하면서 시시콜콜 간섭하잖아. 짜증이 확 나더라고. 그래서 ‘오냐, 네 원대로 네가 좋아하는 여자, 내 것으로 만들어 보여 주마!’ 생각한 거지. 세상에 둘도 없는 미련한 녀석이야, 진짜. 서 소저를 좋아하면서 그녀가 누굴 좋아하는지 조금도 몰라. 서 소저는 사실 내가 아니라…….”

“……경시령 나리를 좋아하는데 말이죠.”

“뭐야, 임씨 부인도 알고 계셨던가? 과연 눈치 빠른 여자일세.”

“하지만 서 소저 스스로도 자기가 누굴 좋아하는지 몰라요. 그래서 경시령 나리는 소극적일 수밖에 없었던 거예요. 그리고 여기엔 또 다른 문제가…….”

영롱이 말을 끊고 잠시 지량을 빤히 쳐다봤다.

“……나리께선 예전에…….”

약간의 망설임과 의혹이 뒤섞인 그녀의 말이 다시 끊겼다.

지량이 못 알아듣고 고개를 갸우뚱하자 영롱은 말투를 예사롭게 바꿨다.

"문제는 서 소저에게도 있다고요. 그녀는 꿈속의 왕자님을 그리고 있어요. 아주 어렸을 때 꾼 꿈에서 나온 왕자님. 지금 서 소저는 꿈속의 왕자님과 경시령 나리 사이에서 혼란스러워하고 있어요. 그녀가 꿈에서 깨어난 뒤라야 두 사람은 서로 마음을 나눌 수 있을 거예요."

"꿈속의 왕자님이라니, 그게 뭐야?"

지량이 기가 막혀 입을 딱 벌렸다가 곧 쯧쯧, 혀를 찼다.

"하여간 여자들이란!"

"남자들이라고 크게 다르지 않아요. 여자를 함부로 대하는 남자들 중엔 과거의 여자에게서 받은 상처를 내내 안고 있는 사람도 있거든요. 옛 여자를 잊지 못하는 자신이 한심하고 답답해 그 울분을 엉뚱한 여자에게 풀어 버리는 거죠. 그런 남자나 환상의 왕자님을 찾는 여자나 미숙하긴 마찬가지죠."

"……."

문득 말문이 막혔는지 지량은 말이 없었다. 다소 굳은 얼굴로 입맛을 쩝, 다신 그는 나머지 술을 홀짝거리기 시작했다. 술이 들어가자 유들유들한 그의 목소리가 다시 나왔다.

"뭐, 꿈속을 헤매든 깨어나든 둘을 붙여 놨으니 작은 진전이라도 있겠지. 아님 더 괴로워하든가……."

말끝을 늘이던 그가 파뜩 영롱을 못마땅하니 보았다.

"너, 서 소저에 대해 꽤나 건방지게 지껄이는구나? 내가 경고했었지. 그 집 숙녀들에게 언행을 조심하지 않으면 관부의 오라로 다스릴 거라고.”

“저를 관부에 넘기지 않는 대가로 저는 나리께서 원하는 걸 뭐든 하겠다고 약속했습니다. 오늘 제가 유두연에 따라온 것, 서 소저를 경시령 곁에 남겨 둔 것, 그리고 서 소저가 왜 경시령을 좋아하면서도 갈팡질팡하는지 알려 드린 것까지 이 모든 것을 나리가 원하는 바라 생각하여 행하고 말했습니다. 제 생각이 틀렸습니까?”

“너, 아주 여유롭구나?”

주눅 들지 않고 대답하는 영롱이 놀랍기도 하고 언짢기도 해 지량이 콧잔등을 찡그렸다.

“일전에 살려 달라며 애원할 때와 너무 다른데? 내가 널 못 잡아들일 거라고 철석같이 믿는 모양이지?”

“네, 나리께선 절 이대로 놔두실 수밖에 없을 거예요.”

영롱이 자신만만하게 턱을 치켜들었다.

“오늘처럼 쓸모 있어서가 아니라도, 나리께서 저를 관부에 끌고 가시기엔 늦었죠. 제가 끌려가면 제가 죄인인 줄 알면서도 잠자코 있었던 나리도 무사하지 못하실 테니까요. 같은 오보(五保:다섯 집 단위의 이웃) 안에서 도죄(徒罪:도형을 받는 죄) 이상에 해당되는 죄인이 있는 줄 알면서도 고발하지 않으면 크게 처벌을 받는다죠? 전 관원은 아니지만 좀 알아요.”

“앙큼한 계집이로구나. 내가 크게 실수했군. 너 같은 걸 동정하는 게 아니었어.”

“동정이요? 어떤 것을?”

“네가 관성에서 도망친 건 수령이 네 얼굴을 지지려 했기 때문이라며? 아무리 관에 소속된 기녀가 관물官物이라지만 아픔을 느끼는 건 여느 사람들과 다르지 않을 터. 관성현령이 기녀를 다루는 방식에 문제가 있었던 거라 생각했지.”

“문제가 있었다는 정도인가요? 그 동정, 대단치도 않네요.”

“넌 고을 수령에게 해를 입혔어. 사정이 다소 참작될 수는 있지만 현령이 한 짓과 네가 저지른 죄는 비교가 안 돼.”

“그렇겠지요. 나리도 그 현령과 똑같은 남자이고 관원이니. 제겐 나리의 말씀, 동정으로 들리지 않았어요. 협박이었죠.”

“그래서 거꾸로 날 협박하겠다? 하하, 그거 괜찮은 계책이야. 아주 쓸 만해. 하지만 나만 경계해선 소용없을지도 몰라.”

지량은 그녀에게 바싹 다가앉으며 음흉하게 속살거렸다.

“율이가 널 의심하는 것 같거든. 어쩌면 벌써 무언가 알아챘을지도…….”

“경시령……께서? 어떻게?”

“몰라, 그건. 어쨌든 그 녀석은 조심하는 게 좋아. 나랑은 달리 법을 철저히 준수해서 민인의 모범이 되는, 아주 제대로 된 관원이거든.”

영롱의 낯빛이 순간 변했다. 그녀를 안심시키려는 듯 지량이 익살스럽게 말했다.

“괜찮아. 녀석에게도 내게 했듯이 당당하게 협박하라고. 널 잡아가려면 서 소저와 나까지 다 데려가야 할 거라고. 아무리 녀석이라도 그 말엔 주춤하겠지. 겉으로는 단단해 보여도 사실 그 속은 무지무지 연약하거든. 철저해 보이는 한편으로 융통성도 꽤 있어. 어쩌면 지금도 네 정체를 알았지만 서 소저와 나를 생각해 끙끙대고 있을지도 모르지.”

아마 분명 그럴 거야. 지량은 단옷날 그에게 ‘어째서 그런 여자를……. 네게 전혀 어울리지 않아.’라고 말했던 시율을 떠올렸다. 율이가 이 계집을 진짜 임씨 부인이라고 생각했다면 ‘그런 여자’라고 할 리가 없어. 게다가 시율은 ’기루의 여자들과 마찬가지’라고 똑똑히 말했었다. 그건 이 계집이 도망친 기녀임을 율이가 알고 있다는 얘기지. 알면서도 내버려두었다는 건 앞으로도 눈감아 준다는 뜻. 왜?

‘녀석은 내가 이 계집에게 반했다고 생각하는 거야.’

그게 아니라면 ‘임씨 부인에게 관심이 있는 거냐? 정말로?’라고 무섭게 다그치지 않았을 것이다. 율이 이 자식, 멍청한 녀석. 지량은 영롱을 한 번 쳐다봤다가 곧 눈길을 돌렸다.

‘이런 계집에게 반하다니, 이 이지량이 그럴 리가 있겠냐?’

그는 다시 한 번 영롱을 쳐다보았다. 율이가 날 그토록 염려하는 건, 이 계집이 기녀이기 때문이겠지. 내가 예전의 방황을 되풀이할까 봐. 하지만 그건 공연한 걱정이다, 정시율. 예전에도 그랬듯이, 내가 사랑하는 사람이 기녀일 수는 있어도 기녀이기 때문에 내가 사랑하는 건 아니니까. 그러니 만약 내가 이 계집에게 반한다면 이 계집이 기녀라서가 아니라…….

‘생각할 필요도 없다. 난 이 계집에게 빠지지 않을 테니까.’

지량은 얇은 천 사이로 드러나는 영롱의 얼굴을 가리려는 듯 손을 내밀어 그녀의 갓에 늘어진 깁을 정돈해 주었다. 영롱이 흠칫 고개를 물리자 그가 놀리듯 말했다.

"너, 혹시 율이에게 끌려가더라도 심심하진 않겠다. 네가 날 함께 끌고 갈 것 아니냐."

"나리는 보통 선비들과는 정말 다르네요."

어이가 없어 영롱이 고개를 흔들자 지량은 흰 이를 드러내며 웃었다.

"네가 만난 보통 선비들은 어땠는데?"

"재미없는 사람들이었죠. 따분하고 답답하고 함께 있으면 하품만 나오는. 그러면서도 자기가 최고인 줄 알고 기녀들 앞에서 유세를 떨며 거들먹거리는. 그러다 자기보다 조금이라도 센 사람이 들어오면 기녀들 앞임에도 부끄러운 줄 모르고 천박하게 알랑거리는."

"그 말은, 난 재미없지도 따분하지도 답답하지도 않은 사내란 말인가?"

"지금까지는요. 적어도 아직까지 저기서 돌을 찾아 헤매는 저분들과는 달라 보여요."

영롱은 저 멀리 띄엄띄엄 흩어져 있는 지량의 동기들을 가리키며 실소했다.

"끈기가 대단한 분들이네요. 우둔하기도 하고. 계곡 여기에서 저기까지라지만 깔린 돌멩이가 몇 개인데. 더구나 저분들이 고른 숫자가 적힌 돌멩이는 있지도 않을 텐데. 나리께선 경시령이나 윤 공자가 고른 숫자랑 아무도 고르지 않은 숫자만 적어서 흩어 놓았을 테죠. 어떤 숫자가 됐든 뭐라도 적혀 있는 걸 발견하면 쉽게 포기하지 못할 테니까.”

“천만에. 난 저들이 고른 숫자도 썼어. 하나씩이긴 하지만. 뭐, 찾아내기엔 좀 부족할 수도 있지. 이쯤이면 포기하고 올 때가 됐는데…….”

지량이 술병을 비우고 자리에서 일어났다. 그는 하늘을 올려다보고 미간을 찌푸렸다.

“아까까지만 해도 맑았는데 구름이 잔뜩 끼었군. 장맛비가 남쪽으로 내려갔다가 다시 올라오는가.”

그의 말이 끝나기 무섭게 투둑, 투두둑, 빗방울이 떨어지기 시작했다. 곧 계곡 전체에 비가 내렸다. 지량은 동기들이 우왕좌왕하며 바위나 나무 밑으로 몸을 피하는 것을 보았다.

“부르려고 했는데 그런 수고를 할 필요가 없게 됐군. 빗줄기가 더 굵어지면 알아서 돌아들 가겠지. 오늘 유두연은 이걸로 끝난 듯해.”

“서 소저와 김씨 부인은요?”

영롱의 물음에 지량은 그녀 쪽으로 고개를 돌렸다. 그녀의 얇은 저고리가 젖어 들고 있었다.

“자기들끼리 알아서 하라지.”

무심하게 대꾸한 그는 영롱을 커다란 나무에 딱 붙이고 자신도 그 옆에 서서 비를 피했다. 나무의 무성한 가지와 잎들이 빗방울을 튕겨 내며 그들의 커다란 우산이 되어 주었다. 그러나 비가 점점 세차게 내리자 물방울이 들이치지 않는 공간이 좁아졌다. 지량은 그녀가 덜 젖도록 자신 쪽으로 끌어당겼다. 부쩍 가까워진 그녀의 이마와 자존심 세어 보이는 콧대가 지량의 눈에 들어왔다. 우윳빛으로 희게 빛나는 그녀의 살결에서 비의 습기와 섞인 축축하고도 달콤한 향기가 풍겨 그의 코를 자극했다. 지량은 그녀의 향기를 깊게 들이마셨다.

사람이 없는 숲이란 정말 좋다. 재경은 귀영의 손을 잡고 걸으며 생각했다. 이렇게 거리낌 없이 손을 잡을 수 있고 또 금방 놓지 않아도 된다니. 늘 그녀와의 소소한 접촉에 목말라 있던 그에게 이 시간은 시험공부를 하느라 며칠 부족했던 잠을 몰아자는 휴일보다 더 소중하고 달았다. 그들은 동굴을 찾아 숲의 가운데를 가로지르는 중이다. 둘이서만 가겠다는데도 아무도 말리지 않았다. 함께 가자며 끼어들지도 않았다. 오늘 일이 착착 잘 풀려 재경은 기분이 썩 좋았다.

"지량 형님은 정말 대단해요. 형님이 시킨 대로 했더니 다 잘되었습니다. 유두연 장소를 이곳으로 정한 거나 기녀들을 부르지 않은 거나 따로 동굴에 가는 거 모두 지량 형님이 일러 주었는데, 애초부터 이렇게 우리를 붙여 줄 작정이었나 봅니다. 형님 머릿속에는 이 모든 것이 이미 다 그려져 있었던 거지요."

"공자님께서 흐뭇해하시니 저도 기뻐요. 그런데……"

재경을 따라 살포시 웃던 귀영이 지량의 이름을 듣고 문득 걱정스레 눈썹을 모았다.

"……양온승동정은……, 좀 이상한 분 같습니다."

"지량 형님이? 그분은 원래 좀 특이합니다만……."

"완이를 사모한다면서 오늘 같은 날 그 곁에 있어 주질 않잖아요."

"다른 형님들과의 내기를 마무리 짓고 뒤따라온다고 한걸요. 제가 볼 땐 다른 형님들이 완이에게 눈독을 들일까 봐 확실히 떼어 놓고 오려는 듯했습니다."

모든 것이 지량의 덕분이라 감사한 마음만 가득한 재경이 변호했지만 귀영의 찜찜한 안색은 변하지 않았다.

"그럴지도 모르지만……, 그분은 다른 사람은 안중에 없고 오로지 자신의 방식만 고집해요. 우리 중 아무도 오늘 이렇게 될 거라고 알지 못했어요. 공자님은 조금이나마 미리 들은 것이 있지만 저는 물론 완이나 임씨 부인, 경시령조차 몰랐잖아요. 오직 그분만이 계획했고 그분만이 알고 있었죠. 완이에게까지 아무 말 않다니, 너무한 것 아닌가요?"

"아, 너무한 건가요?"

"그분은 남들과 상의하는 법이 없어요. 혼자 생각하고 혼자 결정해 버리는 분 같아요. 다른 사람들은 그저 자신의 뜻에 따르기만 하면 된다고 여기시는 듯하고요. 처음 완이에게 고백을 할 때도 그랬어요. 말은 점잖게 했지만 결국은 '내가 널 좋아하니 너도 날 받아들여!'란 식이었잖아요. 그런 식으로 행동하는 사람은 아마 혼인한 뒤에도 처에게 아무런 상의 없이 독단적으로 매사를 처리할걸요. 아휴, 완이가 처음부터 완전히 밀려서 얼떨결에 승낙해 버렸으니…….”

“얼떨결……이라고요?”

“그럼요. 완이는 생각도 못 하고 있었는데 그분이 워낙 사납게 밀어붙이니 어어, 하다가 고개를 끄덕인 거라고요. 사실 완이가 사귀려 한 사람은…….”

귀영이 아차 싶어 성급한 입을 꽉 다물었다. 하마터면 혜완의 원래 상대가 그녀의 헤어진 남편임을 실토할 뻔했다.

금행과의 충격적인 대면 이후, 그녀는 자신만이 알게 된 이 어마어마한 사실을 말하고 싶어 입이 근질근질해 못 견딜 지경이었다. 하필 금행이 혜완의 운명의 상대라는 걸 안 직후에 지량이 고백을 한 데다 금행이 비밀을 지켜 달라고 신신당부하는 바람에 침묵을 지킬 수밖에 없었던 그녀는, 혜완을 볼 때마다 기묘한 죄책감에 시달리곤 했다. ‘네 운명의 그이는 내가 알아! 하지만 네 운명의 그이는 나를 못 잊어 네게 갈 수가 없대. 어떡하니, 완아?’ 그렇게 귀영의 가슴은 알 수 없는 우월감과 미안함으로 혼란스러웠던 것이다.

그래서 이왕 지량이 혜완을 사모한다고 선언하고 혜완이 그를 받아들였으니 잘된 일이다 싶기도 했다. 혜완이 7년이나 그렸던 운명의 그이를 그토록 쉽게 포기하고 지량을 선택한 것이 의아하긴 했지만, 귀영은 자세하게 따질 엄두가 나지 않았다.

혜완이 운명의 그이를 기어코 찾겠다면 그녀는 금행에게 들었던 얘기를 끝까지 묻어 둘 수가 없는 것이다. 결국 재경과 알콩달콩한 만남을 이어 가는 그녀의 주변에 다시 금행이 등장하게 될 것이고 그건 귀영에게 매우 곤혹스런 일이 될 터다. 그러니 귀영으로서는 혜완이 운명의 그이 대신 지량을 선택한 것이 다행스러웠다. 그런데 지량의 태도를 보니 너무 제멋대로인 듯해, 혜완을 아끼는 언니로서 귀영은 불만을 살짝 가지게 되었던 것이다.

그러나 귀영의 복잡한 속내를 짐작조차 하지 못하는 재경은 지량을 변호하지 않을 수 없다.

“지량 형님이 도와주시지 않았더라면 저는 부인과 이렇게 단란한 시간을 결코 가질 수 없었을 겁니다. 보면 우리들은 모두 가슴속에 바람만 있을 뿐 그 바람을 실행하는 데에 과감하지 못한데, 지량 형님이 그 부분을 알아서 해결해 주고 있습니다. 완이의 경우도, 부인께서는 잘 모르시겠지만, 사실 마찬가지입니다. 완이가 선뜻 드러내지 못했던 마음을 지량 형님께서 척 알아보시고 먼저 나서 준 거랍니다.”

“그게 무슨 뜻이죠? 완이가 전부터 양온승동정을 사모하고 있었다는 말인가요?”

“사모했는지 어떤지는 제가 알지 못합니다만……, 완이는 분명 지량 형님에게 크게 관심이 있었습니다. 그래서 지량 형님과 시율 형님에게 세를 준 겁니다.”

“그럴 리가! 그분들께 세를 줄 당시에 완이는……, 완이는 따로 염두에 둔 사람이 있었어요.”

그녀가 가진 정보의 확실성을 믿어 의심치 않았기에, 귀영은 재빨리 반박했다. 오직 자신만이 알고 있는 비밀이 왜곡된 사실을 바로잡을 수 있다는 자부심이 그녀의 입을 가볍게 만들고 말았다.

"완이는 말이죠, 7년 전에 이미 어떤 사람에게 마음을 빼앗겼거든요."

"아하! 역시 그랬군요."

재경의 의기양양한 대꾸에 귀영은 어리둥절했다. 그녀는 의심스러운 눈을 동그랗게 떴다.

"역시……, 그렇다니요?"

"7년 전에 완이는 지량 형님을 만났었거든요."

"엣?"

귀영은 깜짝 놀랐지만 이내 평정을 되찾았다. 만남도 어떤 만남이냐가 문제인 것이다.

"하지만……, 완이가 만났던 사람은 아이 초라니……."

"그렇죠. 그때 지량 형님은 호기심에 제 부친을 졸라 아이 초라니를 했었죠."

"에엣?"

이번엔 귀영의 놀람이 진정되지 않았다. 도대체 이게 어떻게 된 거지? 혜완이 7년 전 만난 사람은 금행이 분명하건만, 재경의 이야기는 그녀를 완전히 미궁 속에 빠뜨렸다. 귀영의 민감한 반응에 재경은 고개를 갸웃하지 않을 수 없었다.

"그런데 부인께선 왜 그리 놀라시는지……?"

그가 묻는 말에 귀영이 뭐라 해야 할지 몰라 또 흠칫하는데 별안간 다른 사람의 목소리가 가까이서 들렸다.

"이거 진짜 짜증나는구먼!"

"그러게. 별것 아니다 싶어서 시작했는데 끝이 안 보여."

지량과 시율의 동기들이었다. 재경과 귀영은 동굴을 찾아 숲을 가로지른다고 생각했지만 방향을 잘못 잡아 이들이 돌멩이를 찾고 있는 곳으로 우회해 되돌아온 것이다. 재경이 황급히 귀영과 함께 풀썩 주저앉아 몸을 숨기는데 또 말소리가 들렸다.

"난 하나도 못 봤는데 자넨 뭐라도 찾았는가?"

"찾긴 했는데 내 숫자도 자네 숫자도 아니야. 하나둘 숨어 있는 걸 보면 내가 고른 숫자도 어딘가 있을 것 같긴 한데……. 이 여우 같은 이지량이 얼마나 잘 숨겼는지 도통 보이질 않는구먼."

"암만 해도 헛고생이지 싶어. 이러다 날이 저물어 버리는 건 아닌지, 원. 잘못하면 우리보다 재경이가 먼저 찾겠어."

"어이쿠, 그건 미녀들에게 재앙인데? 재경이 같은 바보가 옆에서 알짱대면 답답해서 유두연이고 물놀이고 다 집어치우고 싶을걸."

"그건 그래. 우리 유두연도 사실 따지고 보면 그 녀석이 다 망친 것 아닌가. 장소도 이런 외진 곳을 골라잡질 않나, 기녀도 놓치고. 이제까지 그 녀석이 뭐 하나 제대로 하는 걸 본 적이 없어. 그런 멍청한 녀석을 좌주님 아들이라고 동기나 다름없이 대접해야 하니, 쯧쯧."

돌 찾기에 싫증이 난 그들이 비난의 화살을 재경에게 돌렸

다. 물론 그들은 재경이 듣고 있을 줄 꿈에도 몰랐겠지만, 재경
도 그가 형님들로 모시는 이들이 이렇게까지 그를 멸시하고 깔
보는 줄은 몰랐었다. 하필이면 그가 제일 멋있게 보여야 할 귀
영의 옆에서 이런 수모를 겪고 있으니, 재경의 얼굴이 하얗게
질렸다. 그는 부끄러움을 이기지 못하고 슬그머니 귀영의 손을
놓았다. 평소엔 그의 비위를 맞춰 주던 형들의 험담이 계속되
었다.

"그런 주제에 아까 우리한테 눈 부라리는 거 봤어? 정시율
에게 서경진사라고 한마디 한 걸 가지고 아주 잡아먹으려고 하
더구먼. 참 나, 건방지게 누가 누구한테."

"그 바보, 여태 감시도 통과 못 했다며?"

"감시에서 떨어지는 횟수로 기록이라도 세울 모양이야. 국
자감에 있으니 망정이지 우리 학교 후배였으면 창피해서 술자
리에 부르지도 못해."

"그 녀석, 국자감에서 9년 꼭꼭 채우고도 성적이 형편없어
결국은 쫓겨날 거야. 좌주님에겐 물론이고 우리 동년들에게도
수치야."

날씨가 좋았으면 그들이 언제까지 재경을 헐뜯을지 몰랐
다. 톡톡, 한두 방울씩 떨어지는 빗방울이 그들의 대화를 중단
시켰다.

"어라, 비가 오잖아?"

"하늘이 시커먼 게 꽤 올 것 같은데?"

그 말에 호응하듯 후드득 굵은 빗방울이 쏟아지기 시작했

다. 당황한 선비들이 피난처를 찾아 뛰었다.

"비가 계속 오면 내기는 어떻게 되는 거야? 우리가 돌을 못 찾았으니, 그럼 이지량이 이기는 건가?"

"무슨! 자연이 훼방을 놓았으니 당연히 무효지. 술값 낼 걱정 없으니 그까짓 돌멩이는 이제 잊어버리자고!"

술값의 부담에서 벗어나기 위해서인지 그들은 계곡을 서둘러 내려갔다. 그들이 사라지면서 재경에 대한 험담도 더 이상 이어지지 않았지만 재경은 앉은자리에서 고개를 푹 숙인 채 얼른 일어서지 못했다. 귀영도 그의 옆에서 미동 없이 가만히 앉아 있었다. 툭, 투둑, 투두둑, 빗줄기가 그들의 머리와 어깨를 서늘하게 적셨다. 귀영이 살그머니 그의 손을 잡았다. 재경의 목과 어깨가 더욱 움츠러들었다.

"부인께서도……, 다 들으셨지요? 저는……, 바보……입니다. 남들이 다 손가락질하는."

그의 목소리가 빗소리에 묻힐 정도로 기어들었다.

"부인께선 국자감을 마치고 감시를 통과할 때까지 노력하라고 하셨지만, 그러고 나서 가족에게 부인의 이야기를 하라고 하셨지만, 이제 아셨을 겁니다. 그때는 어쩌면 영영 오지 않으리란 걸."

"그때가 영영 오지 않아도 전 괜찮습니다."

귀영이 더욱 세게 그의 손을 잡았다.

"제가 공자님께 바라는 것은 시험을 잘 보는 것도, 급제를 하는 것도 아닙니다. 가족들에게 저를 소개하는 것도 바라지 않습니다. 저와 함께 있어 행복하다고 웃어 주는 것, 제 손을 말없이 놓지 않는 것, 저런 비열한 자들의 어리석은 비난에 주눅 들지 않는 것, 그런 것들을 바랍니다. 저는요, 공자님, 가문의 명성이나 부유한 가산, 혹은 막강한 인맥 때문이 아니라 공자님의 다정하고 진실한 마음에 끌렸습니다. 저들은 머리와 재주가 뛰어나 세상의 인정을 받고 높은 자리에 올라 권력을 잡을지는 모르나 누군가의 가슴을 따스하게 데워 줄 수가 없는 사람들입니다. 저들은 남의 마음에 생채기를 내고 잔인하게 헤집으며 그걸 즐거워하는 사람들입니다. 그런 사람들과 정반대인 공자님은 지금 그대로도 훌륭한 사람입니다. 제가 사모하는 분입니다.”

“아아, 부인!”

재경이 귀영의 손을 으스러져라 쥐었다. 그녀의 다정한 말이 고마운 한편으로 못난 자신이 미안하여 그의 입술이 바르르 떨렸다.

“다른 이들이 저를 어떻게 보는지 알면서도 제가 미워지지 않습니까? 창피하여 피하고 싶지 않습니까?”

“저는 공자님을 제 눈으로 보고 제 귀로 듣고 제 손끝으로 느낄 거예요. 다른 이들이 뭐라고 하든, 공자님이 얼마나 아름다운 분인지 저는 보고 듣고 느낄 수 있어요.”

“정말이지 부인은 부족한 저를 채우기 위해 하늘에서 내려보낸 천녀입니다!”

재경이 감격하여 와락 그녀를 끌어안았다. 그의 품에 귀영이 다소곳이 기대자 그의 가슴을 무겁게 짓누르던 열등감이 비에 씻겨 나가듯 가셨다. 그는 목멘 소리로 띄엄띄엄 말했다.

"저는, 부인, 저는 결코, 부인 앞에, 부끄럽지 않은 선비가, 되겠습니다."

"공자님은 정직하고 진실한 선비인데 제가 왜 부끄러워하겠어요."

"공부도, 열심히, 하겠습니다."

"노력하시는 모습은……, 언제나 보기 좋지요."

"이번 감시, 꼭, 통과하겠습니다."

"이번이 아니라도 다음이 있고, 다음이 아니면 또 그다음이 있으니 조급할 거 없어요."

"아니, 이번에 꼭, 기필코, 통과하겠습니다. 남부끄럽지 않은 사람으로서, 부인 앞에, 당당히 서겠습니다."

"……그래요."

그녀가 대답을 머뭇하자 재경이 슬픈 어조로 물었다.

"저를 믿지 못하십니까?"

"어머, 믿지 못하긴요. 믿어요. 네, 열심히 공부하셔서 꼭 시험에 통과하시길 바랄게요."

귀영이 손을 들어 그의 뺨을 살며시 어루만졌다.

"이것만은 잊지 마세요. 저는 언제나, 어떤 경우에도 공자님을 믿는다는 걸."

그녀가 재경을 올려다보며 애틋하게 미소했다. 그 미소가 그를 자석처럼 끌어당겼다. 재경은 천천히 고개를 기울여 귀

영의 입술을 부드럽게 물었다. 그녀의 입술은 비에 젖었음에
도 몹시 뜨거웠다. 서툴지만 정성스럽게, 재경은 그녀의 입술
을 조심조심 더듬었다. 두 눈을 감은 귀영이 두 팔로 그의 목을
껴안고 입술을 살짝 벌려 그를 맞았다. 그녀의 호응에 힘입어
재경이 더욱 간절하게 그녀를 탐하여, 수줍게 시작된 입맞춤은
거듭될수록 깊고 진해졌다. 그들 위로 장맛비가 쏟아졌지만 두
사람은 서로를 꼭 부둥켜안은 채 떨어질 줄을 몰랐다.

어쩌다가 이렇게 된 걸까. 시율은 쏟아지는 폭포수를 막막
하니 바라보았다. 지량은 처음부터 혼자 떨어져 나갔고, 재경
은 제발 따라오지 말라는 눈짓을 째긋거리며 김씨 부인과 함께
자리를 떴고, 곧 돌아오겠다던 임씨 부인은 어디까지 갔는지
올 줄을 모른다. 그의 옆에는 혜완뿐이었다. 그녀와 아침에 싸
늘하게 인사를 나누고 서먹하게 헤어졌는데, 불과 반나절 만에
단둘이 남아 있게 되어 시율은 곤혹스러웠다. 그녀를 애써 피
하려 했던 노력이 물거품이 되고 만 것이다. 그의 입에서 저도
모르게 엷은 한숨이 새어 나왔다.
"화……나신 거예요?"
조용히 침묵을 지키던 혜완이 불쑥 말을 꺼내 시율은 움찔
놀랐다. 그가 돌아보니, 그녀는 혼나는 어린아이처럼 잔뜩 겁
을 집어먹고 커다란 눈동자를 불안정하게 굴리고 있었다. 무릎
위에 얌전히 겹쳐진 소매가 들썩들썩 움직이는 것이 그 안에
있는 손가락들이 쉴 새 없이 꼼지락거리는 모양이다. 뜻밖의

질문에 당혹한 시율이 그녀를 바라보기만 하자, 혜완의 소매가 더욱 심하게 들썩였다. 그녀는 시율의 눈치를 살피며 다시 주저주저 입을 열었다.

"경시령께선……, 전엔 이러지 않으셨어요. 언제나 웃으며 얘기를 들어 주셨고 또 웃으며 얘기를 해 주셨는데……. 이렇게 말없이 언짢은 얼굴로 저를 쳐다보지도 않으시니……. 꼭 화가 난 것처럼요. 제가 경시령을 화나게 할 짓이라도 했는지요? 아니, 분명 했겠지요? 그렇지 않다면 경시령께서 이렇게 갑자기 달라지실 리가……."

"낭자께선 어떤 잘못도 하지 않았습니다."

망연히 듣고 있던 시율이 황급히 혜완의 말을 잘랐다.

"낭자 때문에 제가 화가 나다니, 절대 그렇지 않습니다. 그건 있을 수 없는 일입니다."

"하, 하지만 경시령께선 요즘 들어 부쩍 말수도 없고 웃지도 않으시고……, 아무리 봐도 화난 사람으로 보여요. 화나신 거, 맞지요?"

"……아닙니다."

시율이 서글프게 미소했다. 대답이 늦어진 것은 그녀의 말이 맞았기 때문이리라. 그는 화가 났었다. 아마도 단옷날 그때부터. 아니면 그 이전부터. 누구에게, 무엇 때문에?

그는 씁쓸하니 솔직하게 덧붙여 말했다.

"제가 화가 났다면 그건 낭자나 다른 누구의 탓도 아닌 저 자신 때문일 겁니다. 그러니 화를 내는 상대도 다름 아닌 제 자신입니다.”

“아.”

혜완은 깜짝 놀라 입을 동그랗게 벌렸다. 임씨 부인이 말한 그대로 경시령이 말하다니, 신기하기도 해라! 아무래도 임씨 부인에겐 사람의 마음을 꿰뚫어 보는 재주가 있나 보다. 그녀는 아직 미심쩍은 듯 거듭 확인하기 위해 물었다.

“정말이요?”

“정말입니다.”

그가 나직하고도 단호하게 말했다. 오랜만에 그녀를 똑바로 응시하는 그의 눈은 전에도 그랬듯이 정직해 보였다. 입가에 옅게 맺힌 미소는 씁쓰레했지만 전과 다름없이 부드럽고 다정했다. 혜완은 비로소 안도했다. 나 때문이 아니었구나! 그러나 그녀는 곧 걱정스러운 표정으로 고개를 갸웃했다. 웬만해선 화를 낼 것 같지 않은 그녀의 상냥한 친구가 어째서 언짢았던 것인가? 그 이유를, 혜완은 한 가지밖에 찾지 못하겠다.

“경시서의 일이 그렇게나 바쁘고 고된가요? 그래서 집에 돌아와서도 늘 바깥일에 골몰하여 얼굴빛이 밝지 않은 것인가요? 그래서 집에 머무는 때가 거의 없고, 그래서 저를 만나도 인사만 하고 지나쳐 가고?”

시율이 또 한 번 쓰게 웃었다. 그는 혜완에게 고개를 크게 끄덕여 주었다.

“……예, 경시서의 일이 몹시 바빠 몸도 마음도 여유가 없었습니다. 전에 이미 그렇게 말씀드렸듯이.”

“정말로 바쁘셨기 때문이란 말이죠? 아아, 다행이에요.”

혜완이 완전히 마음을 놓고 활짝 얼굴을 폈다. 기분이 가뿐해진 그녀는 그를 조용히 내버려두라는 영롱의 충고를 까맣게 잊고 전과 다름없이 친근하게 말을 이어 갔다.

“제게 좋은 일이 있었어요. 경시령께 꼭 말씀드리고 싶었는데 도통 기회가 없어 못 했지 뭐예요.”

“좋은 일이요?”

“네, 이거 보이세요?”

혜완이 자신의 허리띠를 가리켜 보였다. 허리띠에 여러 가지 장식을 달아 멋을 부리고 신분을 드러내는 것이 귀인들의 차림새라, 혜완의 허리띠에도 금은이나 호박 등의 보석으로 만든 방울이나 채색한 실로 엮은 끈들이 매달려 대롱거리고 있었다. 여러 개의 장식 가운데 혜완의 손가락이 가리킨 것은 그중에서도 눈에 띄는 채색 끈이었는데, 화려하고 예뻐서가 아니라 단순하면서도 투박한 모양의 매듭이 두드러져 보이는 것이라서였다. 자랑스레 반짝이는 혜완의 눈이며 기분 좋아 방싯거리는 입을 보면, 아마도 누군가로부터 받은 선물인 듯하다.

예리한 무언가에 깊숙이 찔린 듯 시율의 가슴 한구석에 날카로운 통증이 스쳐 지나갔다. 그는 애써 잔잔히 미소하고 물었다.

“누가 준 것입니까?”

“어? 어찌 아셨어요? 맞아요!”

그녀가 더욱 환하게 웃었다. 시율은 가슴을 또 한 번 쿡 찔리는 기분이다. 그래도 그는 미소를 잃지 않았고 그에 혜완이 한층 으쓱했다. 그녀가 장난스럽게 말했다.

"누가 준 건지 맞혀 보세요."

"……."

시율은 그저 조용히 웃기만 했다. 떠오르는 사람이 없는 게 아니다. 그녀가 이렇게 흥이 날 정도면 준 사람은 아마도……. 하지만 그는 아무렇지도 않게 혜완처럼 활짝 웃으며 그녀의 연인을 입에 올릴 수가 없었다. 그가 묵묵히 있자 혜완이 맞히지 못할 줄 알았다는 얼굴로 말했다.

"예전에 제가 약을 주러 간 아이를 기억하세요? 숫구멍이 닫혀 얼굴과 몸이 비틀어지는 아이요. 그 애의 어미가 이걸 직접 만들어 보내 준 거예요."

"그 여인이요? 그날 제가 낭자와 그 집에 들렀을 땐……."

"네, 앞으로 오지 말라고 했던 그 여인이요. 이번에 무봉이가 곡식을 나눠 주러 갔을 때 이걸 제게 전해 달라고 주더래요. 지난번에 죄송했다고, 사실은 늘 감사하고 있다고 말하더래요. 갑자기 그러는 이유는 모르겠지만……."

혜완은 곰곰이 생각하는 듯 이쪽저쪽으로 눈을 굴리다가 시율의 얼굴에 시선을 딱 고정했다.

"혹시 경시령께서 어떻게 하신 게 아닌가요?"

"……아닙니다. 제가 무엇을 하겠습니까?"

"귀신을 들먹여 저를 따돌리는 자들을 혼내 주겠다고 하셨잖아요. 혹시 아이 엄마나 동리 사람들을 찾아가 크게 꾸짖으신 게 아닌가요?”

“그렇지 않습니다.”

시율이 그녀의 의심하는 눈빛을 정면으로 받으며 단호히 말했다. 그 동네를 혼자 찾아가 아이 엄마 등을 만난 것은 사실이었으나 사람들을 을러메 겁을 주거나 하진 않았다. 그는 단지 아픈데다 따돌림까지 당하는 아이의 억울함과 그런 아이를 혼자 감당해야 하는 어려움을 하소연하는 여인의 이야기를 잠자코 들어 주었을 뿐이다. 그리고 여인이 한탄하는 동안 보채는 아이를 잠시 안아 어르며 달래 주었다. 여인은 아이를 살갑게 대하는 시율에게 고마워했고, 시율은 그런 여인에게 지나가듯 혜완의 이야기를 슬쩍 흘렸다.

그것이 여인의 태도에 변화를 가져왔을까? 그건 알 수 없는 일이다. 시율이 찾아가기 전부터 여인은 혜완에게 냉랭하게 대한 일을 후회하고 사과하려고 마음먹었을지도 모른다. 아니면 시율의 말을 듣고 혜완의 처지와 제 아이의 그것이 겹쳐 보였을지도. 어쩌면 갑자기 찾아온 관리에게 일종의 압박감을 느꼈을 수도 있다. 어떤 이유로 아이 어미가 사과와 함께 선물을 보냈든, 시율이 생각하기에 그가 특별히 무엇을 해서 그렇게 된 것은 아니었다. 또한 혼내거나 꾸짖은 일이 없으니, 아니라는 그의 대답은 결코 거짓이 아니다.

혜완에게 채색 끈을 선물해 준 사람을 알게 된 시율은 그녀와 똑같이 만족스레 웃었다. 그는 기쁜 마음으로 축하했다.

“그 아이 어미가 낭자의 진실한 마음을 뒤늦게 깨달은 것입니다. 진심은 반드시 통하기 마련이니, 차차 다른 이들도 그 여인과 마찬가지로 낭자에게 다가설 겁니다.”

“네, 그렇게 믿어야죠. 어쨌든 다음엔 아이를 보러 가도 되겠어요. 그렇죠?”

벌써 아이를 볼 생각에 들떴는지 목소리가 높아진 혜완이 문득 시율의 눈치를 살피더니 조심스럽게 물었다.

“다음에……, 함께 가실 순 없을까요?”

“…….”

시율이 즉답을 하지 않자 그녀는 곧 말을 바꿨다.

“참, 요즘은 너무 바쁘셔서 곤란하시겠지요. 그럼 언젠가 시간이 나면…….”

“이 공에게 말씀하셔서 그와 함께 가시는 게 어떻겠습니까?”

시율이 나지막이 말했다.

“전에는 낭자께서 이 공에게 마음을 전하지 못하고 그에게 가까이 가길 어려워했지만 지금은 다릅니다. 오늘 유두연을 그와 함께 즐기러 오셨듯이 빈자를 구휼할 때도 동행하시지요. 이 공이 있는데 제가 따로 낭자와 만나는 것은 바람직한 일이 못 됩니다.”

아마 이렇게 확실히 말하라고 그녀와 단둘이 있는 기회가 생겼는지도 모른다. 시율은 그렇게 생각했다. 그의 마음속 방황과 갈등, 비겁함을 매듭지을 기회. 시율은 가슴에 쓰린 통증을 느끼며 되풀이해 말했다.

“낭자께서는 이 공과 맺어지기를 항상 바라 왔고 이제 그리되었으니, 기쁘거나 즐겁거나 슬프거나 안타까운 모든 일들을 그와 나누십시오.”

“그분은 저랑 아무것도 나누려 하지 않는걸요.”

혜완이 작은 목소리로 중얼거렸다. 입술을 앙다문 그녀의 입가에 거북한 웃음이 맺혔다가 지워졌다. 더 작게 그녀가 또 중얼거렸다.

“그리고 저 역시 그분이랑 뭘 나눠야 할지 모르겠어요.”

조금 전 화사하게 피었던 그녀의 낯빛이 우울하게 가라앉아 시율을 당혹스럽게 했다. 그녀가 살포시 짓는 미소가 처량해 보여 그의 가슴도 무겁게 내려앉았다. 혜완이 입술을 뾰족하니 내밀어 투정하듯 말했다.

“그분도 경시령처럼 너무 바쁜지 저와 얘기할 틈도, 만나서 외출할 틈도 없어요. 그분을 만나기 전엔 만나기만 하면 다 잘 될 거라고 생각했는데, 막상 만나고 나니 어떻게 하면 좋을지 제가 몰랐잖아요. 그분이 좋아한다고 말해 줘서 ‘그럼 이제 뭔가 일이 생기려나?’ 생각했는데 그 이후로 또 막막해요. 귀영 언니의 말로는 재경……, 아니, 윤 공자는 국자감에서 급가를 받을 때마다 언니를 찾는다는데, 그분은 날마다 급가나 다름없는데도 저를 찾지 않죠.”

“낭자께서……, 이 공을 찾으셔도 되지 않습니까. 바로 옆집 인데요.”

“찾은 적 있어요. 두 번. 한 번은 채소를 살핀다기에 텃밭에 같이 갔는데 정말 열심히 물과 거름을 주고 잡초를 뽑더군요.

제 얼굴을 거의 보지도 않았어요.”

“그래도……, 뭐라도 얘기는 했겠지요.”

“네, 어린 시절 얘기. 경시령께선 어렸을 때 그분과 고누를 둬서 진 사람이 이긴 사람의 명령을 하나씩 따르는 내기를 하셨다면서요? 경시령이 져서 명령을 받았는데 차마 하지 못하고 엉엉 울었다고…….”

“제 기억에 그런 일은 없습니다만.”

시율이 눈살을 찌푸렸다. 내기에 져서 엉엉 울었다니, 그는 정말 기억나지 않는다. 연인끼리 할 얘기도 많을 텐데 하필이면 그런 얘기를, 그것도 그녀 앞에서. 쓸쓸하니 그늘졌던 혜완이 풋, 터져 나오는 웃음을 애써 깨무는 것을 보고 시율은 저도 모르게 따지듯 물었다.

“어떤 명령을 제게 했다고 이 공이 말하던가요?”

“아, 그게……, 조금 민망한 얘기라…….”

“민……망한?”

“골목에 나가서 첫 번째로 지나가는 여자에게 바지를 벗어 엉덩이를 보여 주라고 했대요.”

민망하다고 해 놓고선 혜완이 거침없이 빠르게 말했다.

이런 망할. 시율이 어금니를 꽉 물었다. 그게 도대체 언제 적 일인가? 울음을 터뜨렸다면 부끄러움을 알았을 나이이니 일곱 살? 혹은 여덟 살? 물론 그건 중요한 게 아니다. 시율은 흠, 작은 헛기침과 함께 화제를 원래대로 돌리고자 했다.

“제 기억엔 없군요. 아마도 재미있게 꾸미려고 과장된 부분이 있을 듯합니다. 그런 얘기 말고 다른 얘기들도 했겠지요.”

“했어요. 그분이 제사에 쓸 유밀과를 훔쳐서 호되게 맞고 갇혔는데 경시령이 빼내 준 얘기, 아픈데 약을 먹기 싫어서 문병 온 경시령을 속여서 대신 먹게 한 얘기, 하과(夏課:사학의 유생들이 여름에 모여 하는 공부) 때 밤에 몰래 빠져나가 막대기와 흰 천으로 스님들을 놀라게 했는데 경시령이 그 잘못을 뒤집어쓰고 벌 받은 얘기……. 그런 얘기들, 재미있게 들었어요. 워낙 이야기를 실감나게 하는 분이라서요. 하지만 그런 재미있는 이야기가 끝나고 그분은 청루에 가야 한다며 일어났었죠. 나머지 한 번은 찾아갔지만 만나지 못했어요. 이미 청루에 간다며 외출한 뒤였거든요.”

잠시 밝아졌던 혜완의 얼굴이 다시 어두워졌다.

“그분은 무슨 마음으로 저를 좋아한다고 말한 걸까요? 이렇게 내팽개쳐 두면서. 오늘도 유두연을 함께하자고 왔지만 오는 길 내내 제겐 말 한마디도 제대로 건네지 않았어요. 오히려 좋아한다고 말하기 전까지가 더 다정하고 친절했어요. 지금 그분에게 저는 뭐랄까, 그래요, 노래에도 나오는 것처럼, 더 이상 쓸모없어 벼랑에 버린 빗 같아요.”

“그럴 리가…….”

시율은 말을 못 잇고 입을 다물었다. 외롭게 눈을 내리깐 그녀의 얼굴엔 섭섭함이 묻어났다. 위로할 말을 건네고 싶지만 떠오르지 않는다. 대신 묵직한 죄책감이 그를 짓눌렀다. 이것은 그의 탓이 아닐까? 지량이 그녀를 받아들이겠다고 선언한 것은 그에게 화가 났기 때문이었다. 지량은 그에게 풀어야 할 분노를 그녀를 냉대함으로써 해소하려는 것일까? 만일 그렇다면, 두 사람이 여럿 앞에서 연인이 된 이상 그가 나설 자리가 없다고 생각했지만, 뭔가 해야 하지 않을까? 무엇을? 시율에겐 아직 답이 없었다.

"가장 친한 분을 몰래 험담하는 거, 듣기 거북하시죠?"

혜완이 또 시율의 눈치를 살폈다. 심각해진 그를 의식해 그녀는 표정과 목소리를 밝고 가볍게 가다듬었다.

"사귄 지 얼마 되지 않아 제가 낯설어 그런가 봅니다. 경시령께는 워낙 아무 얘기나 스스럼없이 늘어놓다 보니 이런 고민까지 털어놓네요. 사실은 귀영 언니나 임씨 부인과 상의해야 하는데……, 그 두 사람에게 말하려니 어쩐지 자존심이 상해서요."

그녀가 축 처진 기분을 훌훌 털어 버리듯 어깨와 등을 쪽 곧게 폈다.

"이제부터 잘하면 되죠, 뭐. 지금까진 저도 미온적으로 그분을 대했으니 노력하려고요. 제가 오랫동안 기다렸던 분이니까요. 노래도 말하잖아요. 벼랑에 버린 빗 같아도 돌아보실 임을 좋겠다고요. 열심히 따라가면, 언젠간 돌아봐 주겠죠?"

질문을 던진 모양새였지만 답을 바라지는 않았는지 혜완은 시율에게서 그들 앞의 폭포로 눈길을 돌렸다. 시율은 말없이 그녀의 옆얼굴을 바라보았다. 언젠간 지량이 이 얼굴을 돌아봐 줄 것인가? 모르겠다. 너는 이 얼굴을 가까이서 보고 사랑스럽게 어루만지고자 사모한다고 큰소리쳤던 것이 아니었던가? 시율은 지량에게 묻고 싶었지만 그는 이 자리에 없다. 아니, 있더라도 감히 물어보기 어렵다. 지량의 답이 결코 긍정적이지 않을 것 같기에. 긍정적이지 않은 답은 곧 자신의 책임이라고 생각하는 시율이다.

"그런데 있잖아요."

혜완이 폭포에 눈을 고정한 채 입을 열었다.

"임을 좇고 싶지 않을 수도 있을까요?"

이건 무슨 뜻? 시율은 폭포 소리에 묻혀 작게 들린 그녀의 말을 자신이 제대로 들었는지 일순 의심한다. 혜완이 또 말했다.

"오랫동안 기다렸던 것 때문에, 그게 아까워서 임을 좇는 거라면 어쩌죠? 도대체 왜 임을 좇는 거죠?"

그녀가 그를 돌아보았다. 이번엔 답하길 바라는 것인가? 이번에도 떠오르는 답이 없는데. 시율이 난감하니 그녀를 응시하는데 툭, 투둑, 빗방울이 그와 그녀의 머리 위에 떨어졌다. 그가 하늘을 올려다보니 시커먼 구름이 어느새 푸른 하늘을 다 잡아먹었다. 곧 많은 비가 쏟아지기 시작했다.

"일어서십시오. 여기 있다가는 다 젖고 맙니다."

시율이 일어나 주위를 둘러보며 피할 곳을 찾았다. 계곡을 가로지르며 포개진 바위들을 건너면 아름드리나무들이 우거진 숲이 있다. 그곳을 피난처로 정하고 그가 먼저 발을 뗐다. 폭이 넓은 긴 치마를 입고 있는 혜완의 걸음이 더뎠기 때문에 계곡을 건너는 사이 그들은 꽤 젖었다. 바위들 위에도 빗물이 줄줄 흘러 몹시 미끄러웠다. 계곡을 거의 다 건넜을 무렵이었다.

"앗!"

발끝에 힘을 주어 침착하게 잘 걷던 혜완이 그만 바위의 미끄러운 면을 잘못 디뎌 크게 휘청했다. 시율이 재빨리 그녀의 손목을 잡아 힘껏 끌어당겼다. 그가 워낙 세게 잡아챈 터라 균형을 잃은 혜완의 몸이 그의 품으로 빨려 들어가듯 기울었다. 다행히 둘은 부딪치지 않았지만 서로의 가슴이 닿을 정도로 가까워졌다. 그 순간…….

혜완은 이상한 기분이 들었다. 그녀의 감각이 예민해진 동시에 마비된 듯 어긋난 느낌. 그녀의 이마에 와 닿는 그의 따뜻한 입김이 선명하게 느껴졌다. 귀에 또렷이 들리는 그의 숨소리. 평소와 같은 듯하지만 약간 빠르고 불규칙했다. 그리고 그녀의 손목을 움켜쥔 손. 뜨거웠다. 그럼에도 조금 전까지 똑똑히 느꼈던 감각들은 완전히 사라져 버렸다.

빗물에 젖어 어깨와 등에 척척하니 달라붙는 저고리의 불쾌한 촉감이 느껴지거나 마구 쏟아지는 폭포수와 장맛비의 낙하 소리가 들리지 않는다. 이 불균형한 감각이 마치 계곡에 있으면서도 없는 듯, 전혀 별개의 세상에 갇힌 듯한 착각을 불러일으켰다. 환술에 걸린, 그녀와 그만이 존재하고 그들만이 알고 그들만이 느끼는 독립된 세상.

이 사람도 나처럼 느끼고 있을까? 혜완은 살그머니 눈을 들었다. 그리고 마주친 그의 눈동자. 진하고 어둡고 탁한 그의 눈동자는 무언가를 간구하듯 가늘게 떨렸다. 그 눈빛은 매혹적이었지만 어딘가 두려움을 느끼게 한다.

혜완은 천천히 눈길을 내렸다. 그녀의 시선이 머문 곳은 손목. 아직 그가 꽉 쥐고 있는 손목을 감싼 열기가 더욱 민감하게 느껴진다. 그리고 그 열기는 그녀의 팔을 통해 가슴으로, 심장으로 흘러들어 피를 빠르게 돌게 한다. 그녀의 입에서도 따뜻한 숨이 가쁘게 새어 나온다.

"괜찮으십니까? 다치진 않으셨는지요."

시율이 희미하게 한숨을 쉬며 그녀를 놓아주었다. 순간 혜완이 갇혀 있던 그들만의 작은 세상이 깨졌다.

혜완이 말없이 고개를 까딱이자 시율이 그녀에게서 돌아섰다.

"이쪽으로 오십시오."

그가 등을 보이며 앞서 걷자 혜완의 감각이 다시 원래대로 돌아왔다. 축축한 옷, 폭포 소리, 빗소리. 그녀는 그의 뒤를 쫓아 발걸음을 뗐다. 아주 길게 느껴졌던 기묘한 환술의 시간이 사실은 극히 짧았음을 혜완은 새삼스레 깨달았다.

칠월

七月 보로매 아으 百種 排ᄒᆞ야 두고
니믈 ᄒᆞᆫ ᄃᆡ 녀가져 願을 비ᅀᆞᆸ노이다 아으 動動다리

"부인께선 호랑이띠라 하셨는가? 올해가 경신년庚申年
이니, 바로 인寅, 오午, 술戌의 해에 태어난 사람에게 삼재三災
가 드는 해요. 들삼재, 눌삼재, 날삼재, 요 삼재 3년 중에서도
가장 운수가 사나운 해가 들삼재인데, 부인이 딱 여기 걸려들
었단 말입니다. 뭐, 얼굴만 봐도 알 수 있는 바, 액운이 끼어도
아주 단단히 끼었소이다. 부인의 장조증(臟燥症:신경병으로 일종의
히스테리)은 그 시작에 불과해요. 앞으로 닥칠 우환이 이 집 대
문 앞에서 쫘악 대기 중이란 말이오."

　다지가 손가락을 꼽아 해를 세어 가며 주워섬겼다. 짧게 깎
은 머리에 회색 마포 장삼을 걸치고 한쪽 손으로 염주를 돌리
며 목소리를 굵직하니 깔아 말하는 모습이 영락없는 승려였다.
그는 앞에 앉은 여인이 별다른 반응 없이 멀뚱멀뚱 쳐다보고만
있자 미리 조사했던 정보를 하나 풀었다.

“아니, 이미 닥쳤구먼. 이 집 누군가에게 얼마 전 변고가 생겼을 텐데……. 혹 아드님이 다치진 않았소? 말에서 떨어졌다거나…….”

“어머머, 맞아요. 둘째가 달포 전에 낙마해 다리가 부러졌어요.”

호들갑스럽게 호응했지만 여인의 표정엔 아직도 조금 무덤덤한 빛이 남아 있었다. 개경 변두리에서 좀 산다 하는 이 부인은 무당이나 술사들을 곧잘 섬겨 점을 자주 보곤 했는데, 아는 사람으로부터 용한 술승들이 있다는 얘기를 듣고 은밀하게 집으로 불러들인 참이었다. 이쪽에서 먼저 하소연하지 않아도 알아서 집안에 무슨 일이 있는지 다 아는, 심지어는 집에 있는 은수저 개수나 장독대의 옹기 개수까지 척척 맞히는 신묘한 술승들이라고 들었기에 여인은 어느 정도 예상했었나 보다.

아들의 낙마 사고를 대뜸 끄집어내어 맞히는 걸 보면 깜짝 놀랄 만도 하지만, 그녀의 지인들은 다 아는 사실인 만큼 소개한 이가 미리 나불거렸을지도 몰라 여인의 감동이 덜했다. 그것을 눈치챈 다지가 옆에 앉은 득재를 드러나지 않게 쿡 찌르니 마치 깊은 명상에 잠긴 듯 눈을 감고 꼼짝도 않고 있던 득재가 중얼중얼 주문을 외듯 한마디 흘린다.

“그보다 더 큰 문제가 있어. 남편이 안 돌아와, 남편이…….”

“어머머, 제 남편은 매일 집에 오는데요?”

여인이 즉각 반박했지만 목소리가 불안정하게 떨렸다. 이 법사들은 진짜인가 봐! 득재의 중얼거림에 여인의 불신이 깨끗이 사라진다. 그녀가 이들을 집에 부른 이유를 정확히 짚었던 것이다. 아직 누구에게도, 이들을 소개해 준 지인에게도 말한 적 없는 고민이었던 터라 낯선 술승들에 대한 신뢰도가 급격히 올라갔다. 이미 이 집의 여종 하나를 구슬려 부인의 성향과 그 외의 많은 정보를 충분히 확보한 다지는 그녀의 목소리가 변한 순간을 번개같이 잡아내고 득재를 한 번 더 찔렀다. 득재가 야단치듯 큰 소리를 내질렀다.

"몸만 들어오면 뭐해? 마음이 나가서 안 돌아와. 마음을 밖에 두고 돌아와!"

"아이고, 아이고, 대사님!"

여인이 비명을 지르듯 부르자 눈을 감은 득재가 손을 들어 허공을 더듬으며 말했다.

"어허, 보인다, 보여……."

"보여요? 뭐가 보이실까나? 혹시 제 남편이요?"

"그렇지. 내 눈엔 다 보여. 마음을 둔 곳……."

"마, 마음을 둔 곳? 거기……, 거기가 어디요?"

"아유, 정말 예쁘네. 선계가 따로 없어. 이러니 집에는 껍질만 돌아오지."

"아이고, 그 계집이에요! 맞아! 잠꼬대로 아유 예뻐, 예뻐, 아주 속을 박박 긁더라니까! 어느 동네 계집인지, 그것도 보입니까?"

"아, 보인다, 보여. 펄럭펄럭 푸른 깃발……."

"푸른 깃발이면 역시, 처, 청루? 내 그럴 줄 알았지! 아이고,

거기가 어느 청루요?"

요사이 노심초사하며 가슴을 까맣게 태우는 일이라 그만 자제심을 잃고 여인이 속내를 드러내자 다지가 기회를 놓치지 않고 그녀를 꾄다.

"부인이 까닭 없이 탄식하고 울고 웃으며 가슴의 통증을 호소하는 이유가 여기 있소. 멋모르는 의원들은 장조증이네 부인심통(婦人心痛:부인의 심장과 명치 부위가 아픈 병)이네 이것저것 갖다 붙여 비싼 약 팔기에 급급하지만, 실은 이 집 바깥주인의 바람기에 치밀어 오른 울화가 심장에 켜켜이 쌓여 병이 된 것. 지금은 청루에 드나들며 옷 사 주고 패물 사 주는 정도에 지나지 않지만, 곧 따로 집을 마련해 이 집의 재산을 야금야금 빼돌릴 터. 지금 당장 대비하지 않으면 3년 내로 거덜 나게 되오."

"어느 청루, 어느 계집인가요? 그걸 말씀해 주셔야지!"

여인이 답답해하는데 다지가 품속에서 종이를 하나 꺼낸다.

"어느 청루이며 어느 계집인 줄 알면 어쩌겠소? 물불 안 가리고 쳐들어가 그년의 머리채를 잡아 뜯고 세간을 부순다 한들 손님을 받은 기녀에게 누가 죄를 줄까. 부인만 욕을 먹고 변상을 해야 할 것이니 울화만 더 쌓여. 여기 방 안에 앉아서도 그 계집을 없애고 서방의 마음을 되돌릴 수 있는 특별한 주부(呪符:부적)가 있으니 사서 쓰시오."

"부적은……, 이미 써 봤는걸요. 여기 가까이 사는 무당에게 몰래 찾아가……."

"어허! 이런 변두리 영험 없는 무당의 부적을 어디다 비교해? 그건 그냥 종이 쪼가리지만 이건 여기 계신 대사님의 법력이 실려 있는 신통한 부적이오. 우리 대사님으로 말할 것 같으면……."

다지가 척 절도 있게 손을 들어 두 눈을 감은 채 입속으로 뭐라 뭐라 꿍얼꿍얼하는 득재를 가리켰다.

"……얼마 전 송에서 오신 주금(呪噤:주문으로 악귀를 쫓거나 질병을 치료함)의 대가로, 본래 태의감(太醫監:의약과 치료를 관장하는 관아)에서 일하시던 주금사(呪噤師:태의감에 속한 기술관 서리)였으나 보다 깊이 있는 공부를 위해 망망한 저 바다를 건너 송나라까지 가 주금에 관한 모든 것을 통달하고 귀국하신 분이오. 정묘일丁卯日이던가, 열흘쯤 전에 송나라 황제가 보낸 의관醫官이 고려 땅에 도착한 거 아시오? 그 의관이랑 동행했더랬지."

"어머머, 저도 들었어요. 송에서 온 명의! 성상 폐하의 풍비(風痺:중풍으로 몸의 한쪽을 쓰지 못하는 병증)를 치료하러 왔다던데……. 어머머머, 세상에나! 그 의관이랑 아는 사이세요?"

여인의 눈에서 호의적인 호기심이 파릇하니 돋자, 다지가 어깨를 으쓱하며 허풍을 떨었다.

"아주 잘 안다기보다는, 그 마馬씨 의관이 다른 재주는 용해도 주금이 약해 배 위에서 조금 가르쳐 준 정도라오. 하지만 그것만으로도 그 의관은 성상 폐하의 환후를 며칠 내에 호전시켰답디다. 어제 마 의관이 대사님께 고맙다고 선물도 보내왔어요. 그리고 성상 폐하께 우리 대사님의 법력에 대해 말씀을 올렸다나? 곧 황궁에서 대사님을 부를 모양입디다."

"어머머머머, 그래요? 의관이 마씨라고 듣긴 했는데, 나머지는 죄 모르는 얘기네……."

"소문나면 너도 나도 달려와 고쳐 달라고 아우성을 칠 테니 일절 얘기하지 말라고 우리가 마 의관 쪽에 단단히 일러두었어요. 이름을 날리는 건 우리의 바람이 아니거든. 그저 한 사람, 한 사람의 힘들고 어려운 처지를 해결해 주는 것이 삶의 보람이지요."

옆길로 새려는 이야기의 줄기를 다지가 얼른 바로잡았다.

"지금 중요한 건 이 주부에 얼마만큼의 법력을 담느냐는 것이오. 바깥주인을 꾀어낸 계집의 얼굴을 못 쓰게 만드는 데는 은 일곱 냥, 얼굴뿐 아니라 불수로 만드는 데는 은 한 근, 아예 없애는 데는 세 근, 이렇게 세 단계가 있으니 마음에 드는 걸로 하나 고르시지요. 시세에 비해 엄청나게 싸게 부른 값이니 에누리는 없소이다."

"계집을 처치하기만 하면 남편이 정신을 차려 집에 마음을 둘까요?"

"남편의 마음이 완전히 돌아오려면 은 세 근의 단계를 택하고 거기에 한 근을 더 얹어야 합니다. 이전 단계들은 계집을 혼내 주는 데엔 확실하지만 완벽한 마무리까지는 힘들다고 봐야지요."

가격 차이가 상당했으나 여인은 절약보다 효험을 선호하여 은 네 근을 냈다. 다지는 재빨리 은을 챙기고 득재의 콧김과 음절이 불분명한 주문을 불어넣은 종이 쪼가리를 여인에게 주었

다. 여인이 부적을 조심조심 챙기는데, 다지가 누런 종이 하나
를 또 꺼낸다.

"바깥주인의 일이 해결된다고 부인의 액운까지 사라지지는
않는지라, 가까운 시일 내에 분명 화를 입을 것이니 각별한 예
방이 필요합니다. 이 부적 역시 쏟아붓는 법력의 양에 따라 세
단계로 나뉘는데, 들삼재 한 해만 유효한 경우엔 은 한 근, 눌
삼재까지 2년 유효한 경우는 한 근 반, 날삼재까지 3년을 예방
하고자 하면 두 근이올시다. 햇수가 늘어남에도 액수를 배로
받지 않는 것은 아무래도 삼재가 드는 해의 악운이 가장 독하
기 때문이오. 혹여 올해는 들삼재의 부적만 사고 나머지는 나
중에 사야겠다고 생각하신다면, 따로따로 사려면 값이 한 근씩
으로 동일하여 결국 세 근이 필요하다는 걸 알려 드립니다. 그
러니까 간단히 요약하자면, 세 개 따로 사면 세 근이고 묶음으
로 사면 두 근이라는 것이지요."

"두 근에 묶음으로 하겠어요."

씀씀이가 후한 여인이 시원시원하게 답했다. 얼씨구, 오늘
아주 봉 잡았구나. 다지는 신이 나서 세 번째 누런 종이를 꺼
냈다.

"부인처럼 앞날을 미리미리 대비하는 현명한 분께 특별히
추천하는 주부입니다. 태어난 간지에 따라 돌아오는 삼재도 막
아야 하지만, 더 큰 재앙은 바로 소겁小劫의 끝에 오는 대재앙,
즉 소삼재小三災라오. 부인께서도 불자시니 들어 보신 적이 있
을 테지요."

“글쎄, 잘은 모르겠어요. 보시와 공양에 힘쓰고 불살계不殺戒를 지키면 된다고 들었습니다만……."

“그렇죠. 대부분이 부인처럼 두루뭉술하게 알고 있습니다. 대사찰의 고명한 승려들도 그렇게만 말해 주고 말아요. 마치 소겁의 끝이 멀고 먼 훗날인 것처럼 말하지요. 하지만! 세상의 끝이 다가오고 다음 시작이 준비되고 있다는 거, 이젠 아셔야 합니다. 몇몇 선견지인들이 무시무시한 시대가 눈앞에 닥치고 있음을 널리 알리는 중이거든요. 무슨 얘기냐, 사람의 목숨이 8만 살부터 시작해 백 년마다 한 살씩 줄어 열 살이 되는 때가 바로 소겁, 알고 계시죠? 이 수명이 서른 살이 되면 기근재饑饉災, 즉 굶주리는 재난이 와서 많은 사람들이 죽습니다. 수명이 스무 살이 될 때는 역려재疫癘災, 어떤 명의도 고칠 수 없는 역병이 돌아 살아남는 사람들이 거의 없게 되죠. 열 살이 되는 해엔 큰 전쟁이 일어나 서로 싸우다 몰살하는 도병재刀兵災가 일어납니다. 들어 보셨나요?”

“들어 본 듯도 한데……."

“경전에 쓰여 있습니다. 중생에 보시하면 기근겁에 태어나지 않고, 승려를 공양하면 역병겁에 태어나지 않고, 만 하루 동안 불살계를 지키면 도병겁에 태어나지 않으리라고. 보통은 그렇게만 알고 넘어가 버립니다. 그런데 이걸 오랫동안 연구하고 낱낱이 파헤치고 조사하고 계산해 봤더니! 그건 멀고 먼 옛날에 태어난 사람들에게 한 얘기고 그때 보시와 공양을 게을리하고 무심하게 살생한 사람들이 요즘 태어났다는 겁니다.”

"예? 그럼 지금이 불가에서 말하는 그 소삼재가 닥치는 때라고요?"

"그렇지요. 부인께선 참으로 명민하시어 몇 마디만 들어도 척 알아들으십니다그려. 선견자들이 예측하는 바, 올해가 될지 내년이 될지 그 이듬해가 될지 정확히 콕 맞히기는 어렵지만, 수년 내로 우리는 기근재를 맞게 됩니다. 이 재난을 피해 갈 수 있는 중생은 많지 않아요. 아주아주 드뭅니다. 여기 주금의 달인인 대사님이 만든 이 부적이 있어야 그 속에서 살아남고 재산을 잃지 않으며 지금보다 훨씬 부자가 될 수 있습니다."

"이 부적이 있어야? 만일 없으면……."

"없으면 그냥 대기근에 휩쓸려 이 재산들 다 없애고 말라비틀어져 죽는 거죠. 선택된 사람들만 살아남는 거니까요. 이 부적이 바로 선택의 표지가 됩니다. 이미 정해져 있는 재앙을 돌이킬 수는 없기에, 많은 사람이 선택되지도 못해요. 선택받는 사람은 그야말로 극소수. 부인의 결단으로 부인 스스로와 가족, 그리고 가산을 보호받을 수 있는 겁니다."

몇 차례 더 이어진 다지의 선동적인 설득에 넘어간 여자는 결국 세 번째 부적도 비싸게 샀다. 네 번째 부적까지 권했으나 이번엔 여자가 고개를 내저었다. 그 후로도 은을 더 뜯어내고 싶은 다지가 여자의 비위를 살살 맞추며 무심한 남편을 침상에서 사로잡는 방법이나 낭비가 심한 아들들에게 절약을 가르치는 법 등을 주워섬기며 이야기를 이어 나갔는데 그다지 큰 소득은 없었다.

여자는 쌓인 설움과 울화를 터뜨리며 대화의 상대가 되어 준 이 엉터리 술승들에게 맛있는 다과와 약간의 선물을 내놓긴 했지만 더 이상의 은을 바치지는 않았다. 마침내 끝이 보이지 않는 여자의 수다에 질린 다지와 득재가 자리에서 일어나 그 집을 나섰다.

"아, 여편네, 했던 말을 몇 번이나 하고 또 하고……."

말하기를 거의 전담하다시피 했던 다지가 뻐근한 턱과 피곤한 목을 쓱쓱 문질렀다. 반면 가만히 눈을 감고 앉아서 가끔 주문을 외는 척 중얼중얼하기만 한 득재는 쌩쌩하니 기분 좋게 은이 가득 든 바랑을 툭툭 건드렸다.

"오늘은 진짜 엄청 짭짤했다. 그 여자, 남편 얘기 나오니까 껌뻑 넘어가더구먼. 제대로 듣지도 않고 팍팍 내놓던데."

"몸종이 눈치챌 정도로 끙끙거리면서도 후련하게 얘기한 적이 없으니 딴에는 어마어마한 고민이었겠지. 봤냐? 남편이 푹 빠진 계집을 없애 준다니까 눈빛이 번쩍하던 거? 은 네 근이라는데도 표정 하나 안 바뀌고 냉큼 사더라. 그만큼 간절했나 봐. 하긴 그 남편이 기녀에게 바친 은이 한두 근이겠냐? 우리가 고통받는 중생 하나를 구원한 거야."

"우리도 구원을 받았지! 은 네 근에 삼재 퇴치 부적 두 개 값 다섯 근, 합이 아홉 근이라! 내가 생각해 낸 거지만 이렇게까지 잘될 줄은 몰랐다. 이렇게 죽 나가면 한 달 안에 갑부 되겠다."

득재가 일의 시작이 제 머리에서 비롯한 것임을 내세워 우쭐하자 다지가 자신의 헌신을 상기시켰다.

"어이, 어이, 이 주먹코야. 계획은 네가 냈는지 몰라도 실질적으로 은을 거둬들인 건 내 세 치 혀라는 걸 잊은 거냐? 나 없이 너 혼자였다면 무슨 재주로 소삼재, 대삼재 나불거리겠느냐, 응?"

"그건 그렇다."

득재가 감자처럼 생긴 코를 킁, 크게 한번 들이마시고 순순히 인정했다.

"역시 다지 넌 아는 게 많아. 비록 깊이는 얕지만 바다처럼 넓어. 난 주금이니 뭐니, 송나라 의관이니 소삼재니 다 몰랐어. 그런데 부인네들이 그런 말들에 고개를 끄덕끄덕하는 걸 보면 진짜 있는 얘긴가 봐?"

"진짜 있는 얘기에 내가 살짝 양념을 쳤지."

"히히, 자식, 그런 놈인 줄 알았다니까! 기특하다, 인마!"

"그러니까 지금 우리 일이 술술 잘 풀리고 있는 건 8할이 내 덕이야, 자식아. 넌 내 옆에서 뭐 했냐? 그저 시키는 대로 눈 감고 가짜 다라니나 웅얼거렸지."

다지의 깔보는 말투에 득재가 발끈했다.

"네가 이렇게 돌아다닐 수 있는 게 누구 덕이더라? 그때 경시서 관리에게 붙잡혀 꼼짝없이 곤장 맞고 노역에 끌려갈 뻔한 거, 잊어버렸냐? 나 아니었으면 네 볼기짝은 갈기갈기 찢어졌을걸. 그리고 지금쯤 어디 공사장에서 일하고 있겠지. 내가 속동(贖銅:속죄금)을 내 줘서 절장(折杖:사형 이외의 형벌을 장형으로 환산하여 집행하는 방식) 열세 대로 끝난 거다. 알지? 그 속동이 얼만지는 기억하냐? 자그마치 스무 근이야, 스무 근. 그것도 빚을 낸 거라고, 인마. 이자도 비싸. 내가 그걸 감수하면서도 널 빼낸 거, 잊으면 안 돼, 자식아!"

"알아. 기억해. 안 잊어."

다지가 머쓱하니 짧게 깎은 머리를 긁었다. 몇 달 전 그는 불시에 시찰을 나온 경시령, 즉 시율에게 걸려 되를 조작한 죄로 벌을 받게 되었다. 곡식의 양을 속여 판 데다 오래된 쌀을 섞어 판 죄까지 더해져 도형 1년의 중형을 치르게 됐다. 그때 경시서에서 가구소(街衢所:죄인을 잡아 가두는 관부)로 넘어간 그를 꺼내 준 사람이 득재였다. 득재는 책임 관원에게 뇌물을 바쳐, 관품이 있는 자나 노소불구자老小不具者, 혹은 혐의는 있되 확증이 없는 죄인에게만 허락되는 속동을 다지에게도 적용하게끔 했다. 득재의 노력으로 다지는 곤장도 원래보다 훨씬 적게 맞고 옥을 나왔다. 다지가 득재의 말을 유순히 따르게 된 것은 이 때문이다. 그에겐 갚아야 할 돈이 상당했던 것이다.

오늘 간 집의 부인처럼 쉽게 속고 돈도 잘 쓰는 여인을 만나면 수월하지만, 늘 그런 최고급 먹잇감만 만나는 건 아니었다. 오늘 여자는 정말 근래에 좋지 않은 일이 계속 생겨 부적을 마구 사들였지만, 대부분의 여자들에겐 큰 사건이 없었다. 아니, 사실은 여자들이 앞뒤 안 가리고 걸려들 만큼 사전 조사를 하기가 쉽지 않아 준비가 덜된 경우가 많았다. 그럴 땐 말상대를 좀 해 주다가, 소삼재를 들먹여 세상의 끝이 왔다고 협박하여 싼값에 부적을 파는 게 고작이었다.

거기에 두 사람이 묵고 있는 숙소의 숙박비며 식대며 사전 조사 비용이며, 들어가는 금액이 꽤 많았다. 방금 득재가 한 달 안에 갑부 되겠다고 설레발쳤지만 그건 희망 사항일 뿐, 빚을 갚고 본전을 뽑은 뒤 이문까지 두둑이 남기려면 턱이 부서지는 한이 있더라도 열심히 나불거려야 하는 것이다.

다지가 하늘을 올려다보았다. 무더위가 여전히 맹위를 떨치건만 해는 벌써 기울고 있었다.

"시간이 어찌 되었나? 한 집 더 할까?"

"소개받은 집도 없고 와 달라는 집도 없는데?"

의욕이 넘치는 다지와 달리 득재는 오늘은 이걸로 충분하다고 생각하는 듯했다. 그저 앉아서 중얼거리는 게 다인 역할이었지만, 날이 너무 더운 터라 진기가 다 말랐던 것이다.

"그냥 가지? 아무 집이나 막 들어갈 순 없잖아."

"오늘이 무슨 날이냐? 백중(百中:음력 칠월 보름)이다. 승려라면 중생을 위해 탁발을 베풀어야지. 대문이 높게 솟아 있고 담이 긴 집을 골라서 문을 두드리자. 발우(鉢盂:공양 그릇)를 채워 주면 '이 집에 심상찮은 기운이 서려 있는데 위로받지 못한 원혼이 음덕을 누르고 있다.'고 몇 마디 하면 돼. 그럼 세 집 중 한 집, 아니, 못해도 열 집 중 하나는 걸려들걸."

다지의 말대로 오늘은 백종百種이라고도 불리는 백중이다. 도교식으로 부르는 명칭은 중원中元인데, 불교가 융성한 고려에서는 관리들에게 이날의 앞뒤를 합해 총 사흘의 휴가를 줄 정도로 중요한 명절이었다. 농촌에서는 여름 동안 정신없이 바빴던 농사일을 한숨 돌리고 그간 쌓였던 피로를 풀기 위해 먹고 마시고 노는 날이었지만, 개경과 같은 도시에서는 부녀자들을 중심으로 부모와 망자를 위해 음식을 마련해 공양하는 우란분재(盂蘭盆齋)에 참석하러 절에 많이들 간다. 이날은 승려들이 하안거(夏安居:음력 4월 보름에 시작해 7월 보름에 해제하는, 외출을 금하고 수행하는 불가의 제도)를 끝내는 날이기도 하여, 승려들은 우란분재를 주관하고 석 달 동안 중단했던 탁발을 하러 나간다.

다지의 말은 마침 절까지 가지 않더라도 집에서 망혼제를 하는 백중이고 하니, 탁발승 시늉을 하며 은근슬쩍 조상의 혼을 들먹여 점까지 치도록 부추기자는 뜻이다. 괜찮은 생각이었지만 더운 날 종일토록 술 한 방울 마시지 못한 득재는 빨리 숙소로 돌아가 저녁을 먹고 싶은 마음에 떨떠름했다.

"곧 어두워지는데 언제 세 집, 열 집 두들기고 있겠냐? 내일도 있으니 오늘은 이만 후퇴하자, 응? 나, 아주 파김치가 됐거든? 일도 쉬엄쉬엄 해야지, 돈만 좇다가 몸 망가지면 다 무슨 소용이야."

득재가 고개를 젓자 다지는 더 이상 조르지 않았다. 말재주를 부려 여인들을 꾀어 속이는 핵심적인 일을 수행하는 사람은 자신이었지만, 이 사업을 먼저 생각해 내고 밑천을 마련한 쪽은 득재라, 동료에게 주눅이 좀 든 상태였기 때문이다. 평소보다 오늘 수입이 좋았기에 순순히 양보한 점도 있었다.

그리고 그 역시 매우 피로했다. 앉아 있는 게 다였던 득재가 파김치처럼 늘어질 정도라면, 주야장천 입과 혀를 놀린 그는 거의 흐물흐물 녹아 형체가 없어질 지경이다. 다지도 한 병 마시는 즉시 곯아떨어질 독한 술이 절실했다. 그런 참인데, 그들이 묵고 있는 방에 들어서는 순간 향기로운 술 냄새가 콧구멍을 가득 채우는 바람에 녹신녹신한 두 사람의 머리가 핑그르르 돌았다.

"어서 오십시오, 대사님들."

방에는 짙은 술내와 더불어 그들을 맞이하는 사람이 있었다. 의자에서 일어선 그 사람은 키가 훌쩍 크고 용모가 뛰어난 사내다. 득재가 어리둥절하여 선 자리에서 한 바퀴 빙글 돌아 방을 둘러보며 확인한다.

"여기, 우리 방 맞지?"

득재가 다지에게 물어본 말인데 낯선 사내가 냉큼 답한다.

"맞습니다. 제가 대사님들을 뵙고 싶어 돌아오시길 밖에서 기다리다가, 저녁때가 다 되어 가기에 방에 상을 차려 달라고 했습니다. 허락 없이 거처하시는 곳에 발을 들인 무례를 용서하십시오."

"무례하긴 좀 무례한데……."

득재가 사내보다 탁자 위에 차려진 음식들과 술병에 시선을 꽂았다. 아까 부잣집에서 점잔을 빼느라 먹는 둥 마는 둥 했던 다과는 지금 시야를 뿌듯하게 채우는 기름에 지진 요리에 비할 바가 못 되었다. 이런 저녁상을 미리 준비해 놓고 기다리는 사내의 무례는 짜증보다는 호기심을 불러일으킨다. 득재와 똑같은 마음으로 다지가 탁자 앞에 앉으며 말했다.

“우릴 기다린 지 한참인가 본데, 젊은이가 가지 않고 우리를 기다린 것은 참 잘한 일이오.”

이 청년이 그들의 새로운 먹잇감이 되고자 제 발로 찾아온 것을 다지는 직감적으로 알아챘던 것이다. 그는 청년을 아래위로 죽 훑었다. 보통 복서나 주술에 관심을 가지고 그 영능에 기대려는 이들은 대부분 여자다. 남자들, 특히 사족의 사내는 관심은 있되 밖으로 드러내길 꺼리고, 사족 중에서도 젊은이들은 점쟁이나 주술사를 냉소한다. 그럼에도 사족 차림의 잘생긴 젊은이가 그들을 찾아와 음식까지 차려놓고 기다린다는 것은, 다지가 추측하기에 이 청년의 성향이 외모와는 달리 여성스럽든지, 아니면 술사들에게 매달릴 정도로 절박한 사정이 있든지, 그것도 아니면 모종의 계획에 술사들을 이용하고 싶기 때문이리라. 다지는 애매모호한 표정으로 청년을 바라보며 애매모호한 말을 지나가듯 던졌다.

“이마에 서린 기운을 보니 머지않아 태양이 구름 속에서 나오는 운세라, 곧 귀인을 만나 도움을 얻겠구먼. 하나 게으르면 기회가 멀리 달아나리니, 주춤거리지 말고 조언을 구해야 할 터인데…….”

“어쩐지 대사님께서는 제 마음속을 다 읽고 계신 듯합니다.”

청년이 눈웃음을 치며 잔 두 개에 술을 가득 부어 다지와 득재에게 권했다.

“방금 말씀하신 귀인이란 바로 대사님들이 아닐는지요.”

“그럴 수도 있고, 아닐 수도 있고.”

다지가 받은 술잔을 천천히 비우며 대답했다. 아까까지는 피곤에 절어 술 한 잔이면 그냥 쓰러질 것 같았는데 지금은 오히려 머리가 산뜻하니 말개진다. 그의 민감한 코가 청년이 권하는 술에서 향긋한 돈 냄새를 맡았던 것이다. 청년이 그의 기대에 어긋나지 않는 제안을 할까? 그렇다. 청년은 거두절미하고 담백하게 요점을 말했다.

"대사님들께서 어떤 처녀를 찾아가 가까운 앞날을 점쳐 주셨으면 합니다."

"어떤 처녀를 찾아가라고? 그 처녀의 앞날을 댁이 알고 싶은 게 아니고?"

득재가 의아하여 불쑥 묻자 다지가 탁자 밑으로 그의 발을 지그시 밟았다. 중얼중얼 신비로운 주문이나 외우는 보조적인 일을 맡은 득재의 역할에 어울리지 않는 참견으로, 전체적인 일을 주도하는 이는 어디까지나 다지 자신이었던 것이다. 다지는 빈 술잔을 청년 쪽으로 내밀어 한 잔 더 받고는 도사 흉내를 내듯 목소리를 묵직하게 깔았다.

"그 처녀가 누구인지는 모르나, 모든 사람들의 앞날은 이미 정해져 있소. 하지만 여기 계신 대사님의 주금으로 약간의 변화를 줄 수도 있지. 이분으로 말할 것 같으면, 얼마 전 송에서 오신 주금의 대가로 본래 태의감에서 일하시던 주금사였으나 보다 깊이 있는 공부를 위해 망망한 저 바다를 건너……."

"저는 그 '약간의 변화'를 원합니다."

장황해지는 다지의 말을 청년이 썩둑 잘랐다.

"제가 원하는 방식으로 말이지요. 가능할는지요?"

"가능? 허허, 그런 것쯤이야 여기 대사님께는 누워서 떡 먹기지. 문제는 주금에 얼마만큼의 법력을 불어넣느냐는 것인데……, 대사님의 주문을 입힌 부적은 기본적으로 세 단계로 나뉘고 각 단계별로 세부적인 효과를 조절하여 금액이 증감될 수 있다네. 기본은 상해, 병마, 죽음으로……."

"부적은 없어도 됩니다."

청년이 또 다지의 설명을 일축했다.

"사실 법력을 쓰실 필요도 없고요. 대사님들께선 제가 일러 드린 대로 그 처녀에게 말씀만 해 주시면 됩니다."

"허허, 우리에게 그릇된 점을 치라는 말인가."

말은 언짢은 척했지만 다지는 속으로 올 것이 왔구나 싶었다. 점을 치고 부적을 팔다 보면 언젠간 이렇게 거짓으로 복서하여 누군가를 속여 달라고 찾아오리라 예상했었다. 어느 쪽이든 거짓말을 꾸며 대는 건 마찬가지. 보수만 넉넉히 준다면 마다할 이유가 없다. 술사의 명예를 손상시키는 일이니 웃돈을 보태야 한다고 말할까? 다지가 생각하는데 청년이 쓸데없는 참견을 한다.

"누구를 해치거나 하는 일이 아니니 가책을 느끼지 않으실 겁니다."

얼씨구, 가책은 애초부터 느끼지 않거든? 별걱정을 다 하셔. 다지가 쩝, 입맛을 다셨다. 청년이 눈치 빠르게 다지의 불만을 달랬다.

"대가는 충분히 치르겠습니다. 대사님들께서는 그 처녀에게서도 복채를 받으실 것이니, 이득이 두 배올시다."

"미래를 예견하는 것은 과거를 비춰 보는 것에서 출발한다네. 당사자도 모르는 과거를 알아내는 데 얼마나 많은 법력이 필요한지 모르시는구먼."

청년이 예상한 대가가 얼마인지 모르겠지만 일이 그리 호락호락하지 않다는 걸 강조해 더 받아 낼 셈으로 다지가 말하자 청년이 빙그레 웃었다.

"그 법력도 아껴 두시지요. 그 처녀의 과거에 대해서도 제가 다 일러 드리겠습니다. 그 처녀가 대사님을 믿지 않을 수 없도록 말이지요."

사전 조사가 필요 없다면 꽤나 수월한 일에 속한다. 이거 별로 돈 안 되는 일 아닌가 몰라? 다지가 눈살을 찌푸리는데 이어지는 청년의 말이 그의 귀를 쫑긋 세웠다.

"그 처녀는 어릴 적부터 귀신이 붙었다는 소문이 자자하게나 오랫동안 마음고생을 하고 있는 터라, 대사님들께서 그 귀신을 물리쳐 주신다면 사례를 아주 톡톡히 할 것입니다. 그 때문에 처녀의 모친이 재물을 물 쓰듯 하거든요."

"아아, 그런 딱한 사정이 있는 처녀가 있다니……, 얼른 만나고 싶구먼. 그렇지요, 대사님?"

만족한 다지가 득재를 쿡 찔렀다. 잠자코 술을 마시며 둘의 이야기를 듣던 득재가 어어, 하고 깨어나 청년을 빤히 들여다보며 물었다.

"댁은 그 처녀와 무슨 관계인데 우리에게 거짓으로 점을 치라고 하시오?"

"저는 그 처녀의……, 운명의 상대입니다."

"운명의 상대?"

원한, 복수, 저주, 해코지 등을 주로 상담해 왔던 다지와 득재가 전혀 기대하지 않았던 어휘에 똑같이 눈썹을 일그러뜨리며 목소리를 높였다. 둘은 말장난인가 싶어 크게 뜬 눈으로 청년을 보는데, 제 운명의 상대라는 여자에게 거짓 점을 말해 달라는 그 남자는 굉장히 진지하다.

"이제 설명을 드리죠."

이야기를 본격적으로 전개할 태세로 탁자 위에 올려놓은 두 손을 맞잡고 몸을 앞으로 기울인 이 청년은 물론 금행이었다.

"난 정말이지 이해가 안 가."

짤까닥짤까닥 베 짜는 소리를 이기기 위해 귀영이 큰 소리로 말했다. 그녀와 나란히 베틀을 두고 빠른 속도로 베를 짜는 혜완과, 발과 손의 박자가 번번이 어긋나기만 하는 영롱이 아무런 대꾸도 하지 않았기 때문에 귀영은 그만 혼잣말을 한 셈이 되었다. 하지만 귀영은 굴하지 않고 더욱 크게 되풀이했다.

"이해할 수가 없다고. 아무리 생각해도 이해 못 해."

"뭘 말이에요?"

날실 틈으로 북을 넣을 엄두도 못 내고 일단은 베틀신을 신은 다리를 오므렸다 펴는 연습만 해 보며 영롱이 물었다. 귀영이 기다렸다는 듯 냉큼 대답했다.

"완이가 기다렸던 7년 전 그이가 바로 양온승동정이라잖아요. 그걸 나나 임씨 부인에게 한마디도 안 했고. 이건 도저히 이해할 수 없는 일 아니에요? 어떻게 그럴 수가 있는 거니, 완이 넌?"

혜완은 여전히 말없이 일에만 열중했기에 영롱이 또 귀영의 말을 받아 주었다.

"7년 전 그이가 양온승동정이라는 게 이해가 안 간다는 뜻인가요, 아니면 그 얘길 김씨 부인께 하지 않은 게 이해가 안 간다는 뜻인가요?"

"둘 다요."

귀영은 흐트러짐 없이 율동적으로 손발을 놀리며 그에 맞춰 빠르게 말했다.

"양온승동정이 바로 그 사람이라니 그것부터 믿기 어렵지만, 우선은 수릿날에 그분의 그 저돌적인 고백을 완이가 순순히 받아들인 거, 그건 그분이 7년 전 그이란 걸 그 전부터 완이가 이미 알고 있었단 말이잖아요. 그런데 우리한테 말하기는커녕 눈치조차 주지 않은 거, 임씨 부인은 아무렇지도 않아요? 아니, 임씨 부인은 이 집에 온 지 그리 오래되지 않아 그렇다고 치더라도 나는, 나는 다르잖아요. 거의 매일 완이랑 붙어 있다시피 했고, 피를 나누지는 않았지만 친자매나 다름없다고 여겼었는데! 난 수릿날에 완이가 갑자기 변심한 줄 알고 까무러치도록 놀랐었어!"

"서 소저도 너무 놀라 믿기지 않아서 그랬겠죠. 7년이나 오매불망하던 임이 그렇게 가까이 있을 줄 짐작이나 했겠어요?"

"그 사실을 알게 된 지 한두 달이면 말도 안 해요. 양온승동정이 세를 들러 이 집에 왔던 때가 이월이에요. 윤 공자의 얘기로 추측해 보면, 완이는 그때 벌써 알았던 거라고요. 어느새 반 년이 다 돼 간다고요. 지난번 유두연 때 우연히 그 얘기가 나왔기에 망정이지, 안 그랬으면 난 지금까지도 몰랐을 거예요. 내가 몰랐으면 부인도 모르는 거고요. 서운하지 않아요?"

"뭐, 서운할 것까진……. 김씨 부인도 윤 공자에 대해 서 소저에게 숨겼었잖아요."

"아니, 그건……."

말문이 막힌 귀영이 입술을 옴찔했다가 변명하듯 중얼거렸다.

"……완이에게 알렸다가 혹시 무봉 어멈이나 다른 사람들도 알게 되고, 그러다가 참정 댁에까지 알려질까 봐……. 참정 댁에서 저를 탐탁지 않게 여기실 게 빤한데 두려웠어요."

"서 소저도 마찬가지 아닐까요? 김씨 부인의 경우는 윤 공자가 먼저 다가온 거지만 서 소저는 혼자 일방적으로 연심을 품고 있었어요. 양온승동정이 어떻게 나올지도 모르는데 섣불리 말하기 더 어려웠겠죠. 김씨 부인에게 알렸다가 혹시 무봉 어멈이나 다른 사람들이 알게 되고, 그러다가 양온승동정 본인도 알게 됐는데 그분이 서 소저에게 관심이 없다면, 서 소저로선 그보다 더 곤란한 일이 없을 테니까."

"어머? 저, 전 아무에게도 말하지 않아요. 제가 왜 무봉 어멈이나 다른 사람들에게 입을 가볍게 놀리겠어요? 지금도 완이랑 양온승동정의 관계를 알고 있는 사람은 저랑 임씨 부인, 윤 공자, 그리고 경시령뿐이잖아요. 제가 섭섭했던 건, 양온승동정이 고백하기 전까진 완이 혼자 끙끙 앓았을 텐데 그 고민을 가장 가까운 저랑 나누지 않았다는 거예요. 내가 완이에게 그 정도밖에 안 되는 사람이었나 싶고……."

"언니는 언제나 내게 가장 가까운 사람이에요, 귀영 언니."

혜완이 한창 부지런히 놀리던 손과 발을 우뚝 멈추고 입을 열었다. 귀영의 투정을 계속 듣기가 힘들었던 것이다. 한편으로는 귀영의 불만이 수긍되었기 때문이기도 하다. 그녀도 귀영이 재경과의 관계에 대해 자신에게 한마디도 하지 않았던 것에 약간의 배신감을 느끼지 않았던가. 혜완은 귀영에게 미안하다는 표시로 겸연쩍게 웃었다.

"양온승동정이 7년 전 그 사람인 걸 알게 되자마자 언니에게 얘기하지 않은 거, 미안해요. 처음엔……, 너무 뜻밖이라 믿어지지 않았어요. 막상 만나니 기쁘고 들뜨기 이전에 어떻게 해야 하나 갈피를 잡을 수가 없더라고요. 나 혼자 긴 세월 그리워했던 거지 그분은 나라는 애를 기억도 못 하는데, 덜컥 좋아한다고 말할 수도 없고. 임씨 부인 말씀대로 그분이 내 마음을 알게 되더라도 내게 무관심할 것 같아 겁도 났고요. 그리고 무엇보다도 언니에게 더 말하기 힘들었던 건……."

혜완이 살그머니 입술 끝을 물었다. 말할까 말까 망설이는 그 표정에 귀영도 베 짜기를 멈췄다. 영롱은 아까부터 발을 쉬고 있었다. 혜완이 머뭇거리다가 말을 이었다.

"……확신이 없어서랄까……."

"확신? 무슨?"

귀영의 눈이 호기심으로 번득였다. 곤혹스러운 듯 혜완의 미간이 좁아졌다. 혜완 자신도 어떻게 설명해야 좋을지 모르겠다는 얼굴이다.

"언니에게 운명의 상대를 알아냈다고 자랑할 수 있을 만큼의 확신이요."

"그게 무슨 뜻이야? 자랑하면 되지, 무슨 확신이 필요해?"

"귀영 언니는 알 거예요. 내가 7년 전에 헤어졌던 그분과 만나길 얼마나 손꼽아 기다렸는지. 올해는 특히나 더 그랬다는 걸. 바로 그분과 약속한 해잖아요. 내가 열아홉이 된. 만나기만 하면 '아아, 드디어 만났구나!'라고 펄쩍 뛰며 기뻐할 거라고 생각했어요. 그런데 재경이를 통해서 그분이 누군지 안 순간, 마음이……. 아, 모르겠어요. 왜 그렇게 느꼈었는지. '드디어 만났구나!'가 아니라 '어째서 저 사람이?'란 생각이 먼저 떠올랐어요. '난 저 사람을 만나기 위해 7년이란 시간을 보냈던가?' 그런 생각이요. 그런 어정쩡한 기분이 드니까 귀영 언니에게 '양온승동정이 바로 내 운명의 그 사람이래요.'라고 말할 수가 없었어요. 언니는 분명 잘됐다며 기뻐하고 축하해 줄 텐데, 내가 언니만큼 기뻐하지 않는다면 그건 너무 이상하잖아요. 그래서 내겐……, '맞아, 이 사람을 만나기 위해 7년을 견뎌 낸 거야.'라고 확신이 들 때까지 시간이 필요했어요.”

“그럼 완이 네가 수릿날 양온승동정을 받아들인 건, 확신이 섰기 때문이니?”

“…….”

“왜 말이 없어? 확신이 없는 상태에서 받아들인 거였어, 그럼?”

“양온승동정은 멋진 분이에요. 잘생기고 재미있고 글이든 음악이든 무예든 못하는 것 없이 다재다능한 분이죠. 이미 젊은 나이에 급제까지 했고. 많은 여인들이 그분을 사모할 거예요, 분명히. 또 많은 여인들이 그분을 만나기 위해 7년 동안 기다릴 수 있겠다고 생각해요.”

“확신이 선 거야, 그럼?”

“……아뇨. 난……, 모르겠어요. 난…….”

“뭐? 반년이나 생각한 결과가 ‘모른다.’란 말이니? 아유, 답답해!”

갑갑해진 귀영이 발을 구르자 베틀신의 코끝에 매달린 줄이 당겨지며 신대가 용두머리를 돌려 베틀이 화를 내듯 왈캉, 소리를 냈다. 혜완의 미간이 더 구겨졌다. 귀영의 재촉에 짜증이 나서가 아니라 자신의 모호한 마음을 뚜렷하게 표현할 말을 찾기 어려워서이다. 혜완이 말을 이었다.

“나 생각해 봤어요, 귀영 언니. 양온승동정이 예전 아이 초라니였다는 걸 안 뒤로 죽. ‘난 그분을 만나기 위해 7년을 기다렸던가?’ 하고. 그리고 얼마 전에 깨달았어요. 7년을, 그분을 만나기 위해 보냈던 게 아니라는 걸. 난 나를 위해 그 7년을 보냈던 거예요."

"완이 널 위해?"

"그래요, 나를 위해. 지독하게 외로웠던 내 자신을 위해. 혼자 남아 미칠 것 같았던 그 시간을 견디기 위해 내게도 뭔가가 필요했어요. 어머니가 괴로움을 덜고자 순례와 보시에 집착했듯이, 나도 아이 초라니와의 재회에 집착해 암흑 같은 시기를 이겨 내려고 했던 거예요. 재회가 실제로 이루어지든 아니든 그건 사실 문제가 되지 않았던 거고요. 임씨 부인의 말씀이 나를 일깨워 줬어요."

"완이 넌 그러니까……, 양온승동정을 좋아하지 않는단 말이니?"

귀영이 성마르게 물었다. 그녀에겐 이러저러한 복잡한 설명보다도 혜완이 지량을 좋아하는지 아닌지가 더 중요했다. 혜완이 그녀가 원하는 답을 했다.

"네, 귀영 언니. 아마도 난 그분을 사모하는 게 아닌가 봐요."

"수릿날에 그이의 고백을 받아들인 것도 진심이 아니었던 거고?"

"아니, 진심으로 받아들였어요. 그분을 내 운명이라고 생각했기 때문에요. 운명의 상대가 나를 사랑한다는데, 나 역시 그를 사랑하는 게 마땅하다고 생각했던 거예요. 이젠 돌이킬 수 없게 됐지만……."

"왜 돌이킬 수가 없어요?"

체념적인 혜완의 말을 영롱이 날카롭게 잘랐다. 뭔가 잘못한 기분에 혜완이 더듬거렸다.

"사, 사랑하지 않는다 하더라도 그분은 여전히 제가 7년 동안 기다렸던 분이고……, 또 이미 그분께 승낙을 해 버린 뒤라……."

"맙소사. 사랑하지 않더라도 운명의 그이란 건 변함이 없다는 뜻이에요?"

"운명이란 사람의 힘으로 어쩌지 못하는 것 아닌가요? 7년 전 그 사람이 제 집에 들어오게 된 건 예삿일이 아니잖아요. 하늘이 정한 인연이 아니고서야……. 그리고……."

귀영의 재촉보다 영롱의 추궁이 더 당황스러운 혜완이 난감하니 덧붙였다.

"……그분의 마음을 받아들였는데 얼마 되지 않아 거절하면 남자와 가볍게 사귀고 헤어지는 여자라고 생각할 거예요."

"누가요?"

"네?"

영롱의 질문이 하도 뜻밖이라 혜완은 어안이 벙벙했다. 누구냐니, 그거야 당연히……. 그러나 그녀는 그만 그대로 입을 다물고 말았다. 지량과 더불어 또 한 사람이 머릿속에 떠올랐던 것이다. 그녀가 묵묵해진 이유를 아는 듯 영롱이 휴, 작게 한숨을 쉬었다.

"서 소저의 사랑은 참 이상합니다. 운명의 그이가 누구인지 몰랐던 7년이 차라리 더 행복했던 것 같군요. 그때는 상상만으로도 즐겁고 들뜨고 설레었겠지요? 비록 혼자만의 설렘이었겠지만 지금처럼 운명이란 말에 얽매여 억지로 연인 노릇을 하려는 것보다 훨씬 사랑에 가까워 보입니다. 서 소저는 행복한 사랑을 꿈꿔 운명의 그이를 그리워하며 기다렸던 게 아닌가요? 지금은 오히려 운명에 스스로를 가두기 위해 사랑을 포기하고 있어요.”

“그런…….”

“지난번 서 소저가 말한 그 처녀가 서 소저보다 더 낫습니다. 그 처녀는 친구인 사내의 마음을 헤아리려고 애쓰며 자기에게 무슨 잘못이 있었는지 반성할 자세라도 갖췄죠. 서 소저는 운명의 상대라고 말만 하지, 양온승동정의 마음은 아예 관심도 없어요.”

“아…….”

질책하듯 매서운 영롱의 말에 혜완은 할 말을 완전히 잃었다. 영롱이 노리고 던졌는지는 모르겠지만 그녀가 내뱉은 한마디 한마디가 혜완의 가슴을 푹푹 찔렀다. 대화에서 소외된 귀영이 못 참고 끼어들었다.

“그 처녀라니, 누구를 말하는 거예요?”

“있어요. 친구로서 친근하게 지내는 남자가 갑자기 쌀쌀맞아져 왜 그럴까 고민하는 처녀가. 서 소저가 농지를 살피러 갔을 때 만난 처녀래요. 그 남자랑 계속 친교를 유지하고 싶은데 무슨 방법이 없겠느냐고 의논을 하더래요. 그래서 서 소저가 제게 조언을 구했었죠.”

"어머, 난 그런 얘기도 못 들었는데. 완이 너, 정말 내겐 아무 말도 안 하는구나? 정말 이러기야?"

귀영이 또다시 서운한 기색을 노골적으로 드러냈다. 그 처녀가 실은 자신이노라, 솔직하게 털어놓을 수 없는 혜완이 난처하니 영롱을 보는데 영롱은 한술 더 떴다.

"그 처녀, 우리처럼 유두일에 그 남자와 계곡에 갔다고 했죠? 그날은 둘 사이가 어땠다던가요?"

엣? 그게 무슨 소리? 혜완이 눈을 휘둥그렇게 떴다. 영롱이 눈을 가늘게 뜨고 째긋 짜그렸다. 그걸 본 혜완의 안색이 싹 바뀌었다. 아아, 바보. 임씨 부인에게 무슨 애길 했던 거야, 나는! 이 여자는 그녀가 짐짓 다른 사람의 이야기를 하는 척하며 자신의 고민을 상담한 사실을 처음부터 알고 있었던 것이다. 게다가 지금은 유두일에 시율과 단둘이 있었을 때의 일을 숨김없이 밝히라고 대놓고 요구하고 있다. 영롱은 재촉까지 했다.

"그 처녀는 그 남자와 변함없이 가까이 지내고 싶어 했잖아요. 남자가 자신에게 화가 난 게 아닐까 걱정하면서. 그 남자, 화가 나 있던가요?"

"임씨 부인, 그 처녀 애긴 그만……."

"왜요? 그 처녀를 돕고 싶어 제게 의논하기까지 했으면서. 말해 보세요. 저도 성의껏 조언해 드릴 테니."

"그래, 애기해. 혹시 완이 너……, 내가 있어서 말하기 싫은 거니?"

망설이는 혜완을 보고 귀영의 서운함이 깊어졌다. 귀영은

획 고개를 돌리고 허리를 감싼 부티를 벗으며 앞을깨에서 일어
나려 했다.

"나 때문에 이야기하기 거북한 모양이니 내가 나갈게. 누군
지도 모르는 사람 얘기, 내가 들어서 뭐하겠니?"

"아이참! 귀영 언니, 그런 거 아니에요. 거북하지 않으니까
그대로 있어요. 얘기할게."

혜완이 서둘러 말리자 귀영이 앞을깨에 엉덩이를 붙이고 초
롱초롱 빛나는 눈을 깜빡였다. 누군지도 모르는 사람 얘기라지
만 남녀가 둘이 계곡에 있었다니 그 얘기가 자못 궁금하다. 어
휴, 혜완이 한숨을 쉬며 영롱에게 말했다.

"그 남자, 그 처녀에게 화가 난 게 아니래요. 그날도 웃으면
서 그 처녀 얘기를 귀 기울여 들어 줬고요. 그동안 남자가 너무
바빠서 좀 소원해진 걸, 처녀가 오해한 모양이에요."

"그럼 그 남자, 바쁜 시간이 좀 지나가면 예전처럼 지낼 거
라고 하던가요?"

"아, 아니요……."

혜완이 어깨를 축 늘어뜨리며 말끝을 흐렸다. 듣고 있던 귀
영이 고개를 갸웃했다.

"왜? 친구라며? 완이 너랑 윤 공자처럼 어릴 적부터 친하게
지내는 소꿉동무가 아닌 거야, 그 사람들은?"

"그 남자와 가까이 있고 싶어 하는 진짜 이유를 곰곰이 생각
해 보라는 게 그 처녀에게 주는 제 조언이었는데, 잘 생각해 봤
다던가요?"

　귀영의 물음들을 무시하고 영롱이 혜완에게 재차 물었다. 혜완은 대답 대신 눈길을 살그머니 아래로 떨어뜨렸다. 딱히 그녀의 대답을 바라지 않았던 듯 영롱이 곧바로 말했다.

　"그 처녀에게 물어봐 주세요. 그 남자의 옆에 있을 때 그 처녀의 몸은 보통 때와 다름이 없는지를."

　"보통 때와 달라지는 건 뭐죠?"

　"예를 들면 평소대로 숨을 쉬는지, 열이 오르지는 않는지, 닿지도 않았는데 저릿저릿해진다든지, 가슴이 두근두근 뛴다든지 하는 거요. 참, 그날은 장맛비가 내렸었잖아요. 나무나 바위 아래 좁은 곳에서 함께 비를 피하면서 손을 잡거나 어깨가 닿거나 했을 텐데. 그렇죠?"

　영롱이 갑자기 돌아보는 바람에 귀영이 흠칫했다. 손을 잡거나 어깨가 닿는 정도가 아니었던 귀영은 얼굴이 화끈 달아올라 고개만 끄덕끄덕했다. 영롱이 다시 혜완을 보며 물었다.

　"그 두 사람은 그런 일도 없었나요?"

　"처녀가 미끄러질 뻔해서 남자가 손목을 잡아 세워 줬는데, 아니, 세워 줬다는데……, 그런 걸 말씀하시나요?"

　"그런 거죠. 남자가 손목을 잡았을 때 그 처녀는 아무렇지도 않았다던가요? 혹 그녀의 몸에 평소와 다른 변화가 있었다던가요?"

　"글쎄요, 별로……. 처녀가 똑바로 서자마자 남자가 금세 손목을 놓아주었으니까요."

　어이구, 시시하기도 해라. 그러곤 끝? 영롱은 픽, 코끝으로

비웃었지만 흔들리는 혜완의 눈동자를 보고 이내 그녀가 거짓
으로 대답했음을 알아챘다. 영롱의 목소리가 부드럽게 누그러
졌다.

"그럼 그 처녀에게 다시 한 번 생각해 보라고 전해 주세요.
손목이 잡혔던 순간 그녀는 편안하게 숨을 쉬었는지, 손목과
얼굴이 뜨거워지진 않았는지, 팔과 가슴이 저릿해지면서 심장
이 세게 뛰진 않았는지."

"그러기엔……, 너무 찰나적이라……."

"노래 중에 이런 게 있습니다. 들어 보신 적이 있으리라 생
각합니다만."

영롱이 작은 소리로 노래를 불렀다.

빨래하는 시내 수양버들 옆에서
내 손 잡고 마음 고백한 백마 탄 사내,
처마에 석 달 내내 비가 내려도
손끝에 남은 향기 차마 어찌 씻을까.[1]

"나, 이 노래 알아요."

귀영이 알은척했다.

"죄를 지어 제위보(濟危寶:빈민 구호 기관)에서 도형을 사는 여

---

1 浣紗溪上傍垂楊 執手論心白馬郎
  縱有連簷三月雨 指頭何忍洗餘香
  <제위보(濟危寶), 익재난고(益齋亂藁) 4권에 한역되어 실린 고려가요>

인이 일하다가 어느 남자에게 손을 잡힌 것이 수치스러워 지은
노래잖아요."

"손을 잡힌 것이 수치스러웠다면 손끝에 남은 향기를 씻지
못할 이유가 없지요."

영롱이 즉각 반박했다.

"자신을 욕보인 사내를 백마 탄 젊은이라고 멋지게 그리지
도 않았을 거고요. 이건 사랑에 빠진 여자의 노래랍니다."

"사랑에 빠진……."

혜완이 조그맣게 중얼거리자 영롱이 얼른 받았다.

"그렇죠, 사랑에 빠진. 빨래터에서 잠깐 만난 사내와 사랑에
빠진 여인의 노래죠. 사랑에 빠졌기에 손을 한 번 잡히고 그만
헤어졌지만 두고두고 여운이 남은 것입니다. 석 달 동안 내리
는 비도 없애지 못하는 향기와 함께. 사실 냄새라는 게 얼마나
빨리 사라지는 겁니까? 그런데 여전히 백마 탄 사내의 향기를
느끼는 것은 그와 닿았을 때의 그 감각을 깊이 기억하고 있다
는 말이지요. 그러니 그 처녀에게 한번 물어보세요. 유두일 그
사내에게 잡혔던 손목의 감각이 지금도 생생하니 느껴지는지."

"느껴……지면요?"

"그러면 그 두 사람, 그냥 친구가 아닌 거네."

귀영이 또 알은척했다. 이번엔 영롱이 그녀에게 맞장구를
쳐 주었다.

"네, 저도 김씨 부인과 같은 생각입니다."

"아, 우리 너무 오래 쉬고 있었던 게 아닌가요? 일을 마저

해야죠."

계속 말을 잇기가 거북해진 혜완이 쉬고 있던 손발을 다시 재게 움직이기 시작했다.

"추석까지 부지런히 길쌈하지 않으면 안 돼요. 비단은 아무 때나 짤 수 있지만, 이 삼베나 움집에서 짜는 모시는 찬바람이 불고 건조해지면 실이 자꾸 끊어져서 바디를 오르내리기도, 북을 넣기도 힘드니까. 이제 칠월도 하순에 접어들었으니 잡담하느라 낭비할 시간 없어요. 하루 한 필, 목표를 잊지 말자고요."

"그 목표, 난 이미 채웠는걸."

귀영이 말코에 둘둘 감긴 피륙을 가리키며 대꾸했다. 손이 유난히 빠른 그녀는 같은 시간 동안 길쌈하면 남들보다 두 배는 많이 짰다. 빠르기만 한 게 아니라 손끝이 워낙 야무져서 쫀쫀하고 탁탁하게 옷감을 짰다. 색실로 무늬를 넣어 가며 짜는 솜씨도 뛰어났다. 이런 재주를 가졌는데도 가산을 불리지 못한다고 구박받다가 쫓겨난 것은, 귀영이 일을 못하거나 게을러서가 아니라 남편이었던 금행의 씀씀이가 지나쳤기 때문이리라.

어쨌든 남들이 종일 걸려 짤 한 필을 한나절도 안 돼 뚝딱 끝낸 귀영은 손을 놓고 쉴 자격이 충분했다. 귀영이 부티끈을 풀고 자리에서 일어났다.

"휴, 덥다. 일을 하더라도 땀을 식혀 가며 해야지. 화채라도 먹을까? 어때요, 임씨 부인?"

"좋습니다."

귀영이 말을 건네자마자 영롱이 기다렸다는 듯 앞을깨에서 엉덩이를 뗐다. 열심히 일하는 두 여자의 눈치를 보느라 다룰 줄 모르는 베틀을 붙잡고 낑낑대던 그녀로서는 귀영의 제안이 반갑기 짝이 없다. 혜완만이 길쌈에 열중했다. 귀영이 문으로 걸어가며 물었다.

"완이 넌 아예 쉬지 않는 거야?"

"한 필 다 짜려면 멀었는걸요. 전 저녁 먹을 때까지 계속할래요. 두 분이서 잠시 쉬고 오세요."

혜완이 일감에서 눈을 떼지도 않은 채 대답하며 손발에 속력을 더했다. 귀영은 더 권유하지 않고 영롱과 함께 방을 나갔다. 두 사람이 나가고 나서 혜완 혼자 남은 방에 쩔꺼덕쩔꺼덕, 베틀 소리가 외로이 울렸다. 쩔꺼덕쩔꺼덕, 쩔꺼덕, 쩔꺽. 이내 소리가 잦아들었다. 대신 하아, 길게 내뿜는 한숨 소리가 방을 채웠다.

북을 살며시 무릎 위에 얹어 놓고, 혜완이 자신의 왼쪽 손목을 오른손으로 가만히 감싸 쥐었다. 한참 동안 손을 감싸고 있던 그녀는 하아, 다시 새어 나오는 한숨과 함께 손을 놓고 북을 집어 들었다. 쩔꺼덕쩔꺼덕, 베틀 소리가 도로 시작되었다. 그 소리는 여전히 규칙적이었지만 아까보다 느릿하고 어딘가 축 처져 있었다.

"완이를 그냥 내버려두면 안 되겠어요."

귀영이 화채 그릇 속에 담긴 숟가락을 휘휘 저으며 말했다.

"솔직히 전, 수릿날 양온승동정이 우리 앞에서 완이에게 큰

소리로 고백할 때부터 예감이 좋지 않았어요. 완이는 그날 그 고백을 승낙하지 않았어야 해요."

"그렇죠. 단지 7년 전에 만난 인연 때문에 사랑하기로 결심하다니, 어이없는 일이죠. 결심으로 사랑할 수 있다면, 사대부들이 기녀들과 어울리느라 처에게 소홀하지 않을 텐데. 아무리 정략적인 혼인이라도 결심만 하면 애처가가 될 테니까."

영롱이 빈정거리듯 맞장구를 치는데 귀영이 고개를 가로저었다.

"아니, 제 얘긴 그게 아니에요. 7년 전 인연이 사랑으로 이어지는 건 근사한 일이죠. 문제는 7년 전의 인연을 제대로 만났느냐는 거예요."

"무슨 뜻이지요?"

"완이가 양온승동정을 사랑하지 않는 건, 그분이 완이의 운명의 상대가 아니기 때문일지도 모른다는 뜻이에요."

영롱의 한쪽 눈썹이 찌릿 올라갔다. 또, 또 그놈의 되지도 않는 운명. 그녀의 입가에 피곤한 미소가 떠올랐다.

"그보다는 사랑하지 않으니 운명도 물 건너간 거겠지요."

"아니, 아니에요, 임씨 부인. 진짜 운명의 그 사람을 만났다면 완이의 감정은 또 달랐을 수 있어요."

하여간 이 여자나 저 여자나 못 말리는 바보들이야. 영롱은 짜증으로 일그러지려는 입술을 달래 부드럽게 웃었다.

"서 소저가 7년 전 만난 아이 초라니가 운명의 그 사람이고, 그가 바로 양온승동정이라면서요. 윤 공자가 말했고 서 소저가 확인했습니다. 이미 진짜를 만났는데 어찌 다른 진짜를 또 만나겠습니까?"

"정말로 진짜를 만난 걸까요?"

귀영이 심각한 얼굴로 나지막이 속삭이듯 물었다.

"진짜가 따로 있는데 완이가 잘못 알고 있는 거라면요? 완이가 정작 그리워했던 운명의 상대가 양온승동정이 아니라면?"

"아니면 그만이죠."

귀영과 달리 영롱이 대수롭지 않게 대답하며 어깨를 으쓱했다.

"이번 일로 서 소저는 운명의 상대 따윈 없다는 걸 깨닫게 될 테니까요."

"그렇지 않아요, 임씨 부인. 운명의 상대가 없는 게 아니라 운명의 상대를 착각한 거라고요."

"착각이라니, 서 소저가 7년 전에 만났던 사람이 양온승동정이 아니란 말씀입니까? 김씨 부인은 뭔가를 알고 있는 것처럼 말씀하시네요. 뭐죠, 그것이?"

"어, 그게……."

귀영은 얼른 말을 잇지 못했다. 그녀가 '알고 있는 뭔가'를 폭로하면 헤어진 남편 금행을 들먹여야 하기에 말문이 막힌 것이다. 금행이 아직도 그녀를 못 잊어 하는 점도 말하기에 부담스러웠다. 그녀는 친동생처럼 아끼는 혜완의 연적이 되어 버리는 난처한 상황을 맞게 되길 원치 않았다. 그리고 이 사실들을 재경까지 알게 되는 것도 두려웠다. 하지만 남들이 모르는 비밀을 쥐고 있다는 우월감을 과시하고 싶은 마음에, 귀영은 애매하게 말을 돌렸다.

"거기에 대해선 더 이상 묻지 말아 주세요, 임씨 부인."

"……?"

"그리고 지금은 제가 무얼 알고 있는가가 중요하지 않아요. 문제는 완이가 양온승동정을 사랑하지 않으면서도 그분과의 교제를 중단하지 못한다는 거예요. 양온승동정이 운명의 그이가 아니라는 걸 알게 되면, 완이는 확실하게 태도를 정할 수 있어요. 그러니까 양온승동정이 진짜 7년 전 그 아이 초라니였는가를 확인하는 게 지금은 가장 중요해요."

"당장 교제를 그만두지 않는 건 그분이 운명의 상대이기 때문만은 아닌 듯한데……. 어차피 교제라고 할 것도 없잖아요, 두 사람 사이는."

"어쨌든 이런 식으로 완이가 질질 끌려가는 거, 그냥 보고만 있을 수는 없어요!"

귀영이 숟가락을 탁 내려놓고 벌떡 일어났다.

"양온승동정을 찾아가 7년 전 일을 물어봐야겠어요. 그이가 지금 집에 돌아와 있을지 모르겠지만. 혹시 또 청루에 갔으려나……."

"요즘엔 청루에 흥미가 없다며 발길을 잠시 끊었어요. 이 시간쯤엔 화초를 돌본다고 정원에 곧잘 있더군요."

영롱이 무심결에 아는 대로 말하자 귀영이 '어라?' 하는 눈빛으로 그녀를 돌아보았다.

“임씨 부인이 어떻게 그분의 일과를 아시나요?”

“제가……, 정원에 바람을 쐬러 갈 때 거기서 일하는 걸 몇 번 봤거든요.”

“그럼 정원으로 가요, 우리.”

“저도요?”

“그럼요. 우린 완이에게 크게 은혜를 입은 사람들인데, 알아서 완이를 적극 도와야지요.”

“그렇군요.”

영롱은 귀영의 손에 이끌려 자리에서 일어났다. 그녀는 혜완을 돕기보다는 귀영이 무얼 하는지 보는 재미가 괜찮을 것 같아 순순히 정원으로 함께 갔다. 영롱의 말대로 지량은 정원에서 새로 심은 화초들을 돌보다 나무 그늘 아래서 시원한 바람을 즐기고 있었다. 그가 부스스 일어나 부인들에게 공손히 인사를 하는데, 귀영이 다짜고짜 신문하듯 물었다.

“양온승동정께선 정말 계동 대나에 참여하였습니까?”

“예?”

난데없는 질문에 지량이 고개를 갸웃하자 영롱이 보충 설명을 덧붙였다.

“김씨 부인은 나리께서 7년 전 아이 초라니로 분하신 적이 있는지 묻고 싶은 겁니다.”

“대나의 아이 초라니라……. 아아, 그게 벌써 7년이나 됐나?”

지량이 기억을 더듬으며 혼잣말을 하자 귀영의 눈빛이 의심으로 물들었다.

"7년입니다. 그 이전도 안 되고 그 이후도 안 돼요. 정확하게 7년 전인지 알고 싶습니다."

"글쎄요, 7년 전이면 제가 열다섯쯤인데……. 예, 그때쯤이죠. 그런데 어찌 그 일을 물으시는지요? 어릴 적 황궁을 구경하고 싶어 장난삼아 끼어든 일인데, 혹 윤 공자와 관련해 궁금하신 거라면 드릴 말씀이 없습니다. 의례가 몹시 늦어 윤 공자는 그냥 집에서 잤거든요."

"윤 공자가 아니라 서 소저에 관련해 궁금한 거예요, 저는."

대수롭지 않게 설렁설렁 대답하는 지량에게 귀영이 쏘아붙이듯 말했다. 그녀의 의구심 어린 눈길을 아래위로 받으며 지량은 더욱 어리둥절해지고 말았다.

"저는 서 소저를 이 집에 와서 처음 알았습니다. 개경에 올라온 것도 올해 초고요."

"하지만 대나는 개경 황궁에서 여는 의례니, 그때 개경에 계셨겠지요. 7년 전, 아이 초라니의 차림으로 숲에서 열두 살짜리 소녀를 만난 적이 있습니까? 정확히 대답해 주세요."

"정확히? 없습니다."

"없어요?"

지량의 짧은 대답에 놀라서 목소리를 높인 사람은 영롱이었다. 귀영은 '그럼 그렇지!' 하듯 낯빛을 반짝 폈다. 이번엔 영롱이 의심 가득한 눈빛을 지량에게 마구 뿌리며 말했다.

"꽤 지난 일이라 나리께선 기억이 가물가물한 듯하니, 좀 더 곰곰이 생각해 보십시오. 윤 공자는 나리께서 7년 전 아이 초라니가 된 날에 서 소저를 만났었다고 했답니다. 혹 서 소저가 열두 살보다 더 어리거나 더 나이 들어 보여 그리 답하신 게 아 닌지요. 나이에 관계없이 어떤 여자아이를 만난 일은 기억나지 않으십니까?"

"나이에 관계없이 여자를 만났는데 기억이 안 날 리가……. 어라?"

왜 이 여자들이 이토록 심각한지 이해할 수 없었던 지량이 일순 멈칫했다. 영롱이 그를 다그쳤다.

"생각이 나셨어요?"

"설마!"

귀영이 낯을 찡그리며 낮게 중얼거렸다. 두 여자를 번갈아 쳐다본 지량이 거꾸로 그녀들에게 물었다.

"제가 7년 전 열두 살의 서 소저를 만난 일이 왜 중요합니 까?"

"그건 서 소저가 그 아이 초라니를……."

"잠깐만요, 임씨 부인."

영롱이 설명하려는 것을 귀영이 얼른 막았다.

"사정을 밝히기 전에 먼저 확인부터 해야 합니다. 이분은 서 소저를 사모하시니, 7년 전 일을 들으신 후에 진실을 숨기실지 도 몰라요."

귀영은 다시 신문하는 어조로 지량에게 엄숙하게 물었다.

"무례하게 굴어 정말 죄송하지만, 제발 먼저 답해 주세요. 정말로 7년 전에 완이를 만나셨어요?"

"아닙니다. 제가 7년 전에 아이 초라니로 분한 것은 맞지만, 서 소저가 만난 그 아이 초라니와 저는 같은 사람이 아닙니다."

지량이 거리낌 없이 즉답하자 여인들의 희비가 다시 엇갈렸다. 영롱은 믿을 수 없다는 듯 고개를 가로저었고, 귀영은 자신이 알고 있는 비밀이 진실임을 확신해 안도했다. 두 여자의 상반된 얼굴을 흥미롭게 바라보던 지량이 귀영에게 공손히 부탁했다.

"제가 솔직하게 답을 드렸으니 부인께서도 진실을 숨기지 말아 주십시오. 7년 전 서 소저와 어떤 아이 초라니가 만난 일에 무슨 특별한 의미가 있는지요?"

"완이를 연모하는 양온승동정께는 참으로 가슴 아픈 얘기가 되겠지만, 화내지 마시고 들어 주세요. 완이가 수릿날 양온승동정의 마음을 받아들인 건, 사실 양온승동정을 다른 사람으로 잘못 알고 그런 거랍니다."

"다른 사람?"

"바로 7년 전에 숲에서 만났던 아이 초라니요. 공교롭게도 그때 양온승동정도 아이 초라니를 하여, 서 소저나 윤 공자가 혼동했나 봅니다."

"7년 전 만났던 아이 초라니인 줄 알고 수릿날 제 마음을 받아들였다고요?"

"그래요. 아, 이런 말씀을 드리게 돼서 저도 마음이 편치 않아요. 양온승동정으로선 너무 큰 충격일 텐데……."

"뭐, 괜찮습니다. 편하게 말씀하시지요."

"완이는 그 아이 초라니를 7년 동안 꼬박 운명의 임으로 그리워해 왔답니다. 단 한 번의 만남이 완이의 가슴에 깊이 새겨져 결국 알지도 못하는 사람을 사랑하게 돼 버린 거예요. 그런 여자의 마음, 양온승동정께선 이해할 수도 인정할 수도 없겠지만……."

"천만에요. 완벽하게 이해합니다. 인정하고말고요."

지량이 묘하게 웃으며 영롱을 슬쩍 돌아보았다.

"꿈속의 왕자님이 꿈속에서만이 아니라 실제로 있는 사람이었군요."

영롱이 눈썹을 삐죽 추켜세웠다. '어쨌든 당신은 아니잖아.'란 뜻으로. 지량이 다시 그를 불쌍하게 쳐다보는 귀영을 마주보았다.

"김씨 부인 말씀은 그러니까, 서 소저가 7년 전 숲에서 아이 초라니를 만났는데, 그에게 첫눈에 반해 7년이나 짝사랑해 오다가, 올해 이 집에 세 든 저를 그 사람으로 착각하여 지금까지도 그렇게 오해하고 있다는 것이지요? 수릿날 제가 청한 교제도 사실은 저를 사랑해서가 아니라, 오로지 저를 그 아이 초라니로 여겨 7년간의 사랑을 배반할 수 없어 승낙한 거고요."

"네, 말씀 잘하셨어요. 바로 그거죠. 7년간의 사랑을 배반할 수 없어서! 어쩌면! 양온승동정께선 완이를 지극히 사랑하셔서 그런지 그녀의 마음을 정말로 잘 이해하고 있네요!"

"제가 여자의 마음을 좀 아는 편이라서요."

"다정하시기도 해라! 안타깝지만 이 말씀까지 드려야겠는데……. 그러니 결론적으로, 완이는 양온승동정을……, 아, 차마 제 입으로는…….”

“사랑하지 않는다고요? 잘 알겠습니다.”

“오, 어쩌면 그리도 이해가 빠르신가요! 그리고 주제넘은 참견입니다만, 사정이 그러니 완이를 진심으로 사랑하신다면 그녀를 놓아주시는 것이…….”

“그렇군요. 제 사랑을 고집하여 서 소저를 붙잡는다면 그녀가 괴로울 테고, 그건 그녀의 행복을 바라는 제 소망에 어긋나죠.”

“어쩌면 이렇게 시원시원하실까! 양온승동정께선 완이가 진짜 운명의 임을 만나더라도 훼방을 놓거나 하지 않으실 것 같아요.”

“훼방이라니! 서 소저의 행복을 위해서라면 제가 나서서 그 운명의 임을 찾겠습니다.”

풋, 지량이 말끝에 그만 작은 웃음을 터뜨리고 말았다. 지량의 넓은 도량에 감탄하여 신나게 말을 이어 가던 귀영이 그 웃음에 찔끔하여 영롱의 손을 가만히 잡아 끌어당겼다.

“양온승동정께 혼자 계실 시간을 드려야 할 것 같아요. 우린 이만 물러가죠.”

귀영에게 이끌려 정원을 나서며 영롱은 의아하다는 눈으로 지량을 흘낏 보았다. 끅끅, 웃음을 참는 그가 얼른 나가라고 손짓했다. 왜 저렇게 즐거워하지? 영롱이 이해할 수 없어 고개를 갸웃거리며 귀영을 따라 중문을 지나는데, 닫힌 문 너머로 으하하, 지량의 폭소가 들렸다.

"너무 충격을 받아 제정신이 아닌 모양이에요."

귀영이 두려움에 젖은 목소리로 속삭였다.

"나중에 정신을 차리고 길길이 날뛰는 건 아니겠지요? 자길 망신 줬다고 완이에게 해코지라도 하면……."

"공연한 걱정 아닐까요? 그럴 분은 아니라고 봅니다."

저이가 정말 서 소저를 좋아했던 것도 아니고 말이지. 그렇게 생각한 영롱이 귀영에게 물었다.

"이제 어떻게 하실 작정인가요? 양온승동정이 서 소저의 운명의 상대가 아닌 걸 확인했으니, 그다음엔……."

"당장 완이에게 이 사실을 알려야죠. 운명의 그이가 따로 있으니, 양온승동정과의 교제는 당연히 없었던 일로 하라고."

귀영이 문득 두 손을 맞잡고 걱정스레 눈살을 찌푸렸다.

"그럼 완이는 다시 진짜 운명의 그이를 기다리겠죠? 아, 완이에게 말을 해야 하나?"

"무슨 말을 해요?"

영롱이 고민에 빠진 귀영을 날카로운 눈길로 탐색했다.

"양온승동정이 서 소저의 운명의 그이가 아니라는 거, 김씨 부인은 정원에 들어서기 전부터 확신하고 있었죠? 어떻게 알고 있었어요? 뭘 알고 있는 거죠? 혹시 진짜가 누군지 김씨 부인은 알고서……."

"그 이상 알려고 들지 마요!"

귀영이 소스라치며 손을 들어 영롱의 입을 막는 시늉을 했다.

"나, 날 가만히 내버려둬요, 임씨 부인. 난 정말 말할 수 없으니까!"

귀영이 홱 몸을 돌려 빠르게 걸어갔다. 뭐야, 정말? 뒤처진 영롱이 기가 막혀 흥, 코끝으로 실소했다. 온몸으로 뭔가 알고 있다고 말하고 있구먼. 그녀는 귀영을 쫓아 걸음을 재촉했다. 혜완이 있는 방으로 향할 줄 알았던 귀영이 방향을 틀어 대문 쪽으로 가자 영롱도 따라갔다. 대문에선 무봉 어멈이 누군가와 실랑이 중이었다. 가까이 가 보니 승려 차림의 사내 둘이 대문 앞에 버티고 서 있었다.

"아유, 우리 마님이면 몰라도 아씨는 점복을 좋아하지도 믿지도 않는다니까요. 우리 아씨가 그놈의 점쟁이들 때문에, 아니, 술사님들의 예언으로 몇 년 동안 마음고생이 아주 심하거든요. 어느 사찰에서 나왔다고 말씀만 하시면 거기로 쌀이랑 베랑 챙겨 보내 드릴 테니 오늘은 이만 돌아가 주시지요."

"무슨 일로 시끄러운가, 무봉 어멈?"

귀영이 마치 집의 주인처럼 끼어들었다. 그녀는 이 집에서 혜완과 마찬가지의 대접을 받고 있었기에 무봉 어멈이 꾸벅 절하며 귀찮아하지 않고 설명했다.

"탁발하러 온 스님들인 줄 알고 쌀 한 말 보시하고 보내려고 했는데, 주인아씨에게 긴히 할 말이 있다고 자꾸만 졸라서요."

"어허, 조르다니! 우리가 무슨 젖 달라고 조르는 어린애인 줄 아나?"

승려로 보이는 사내들, 곧 다지와 득재 중 다지가 꾸짖듯 말했다.

"우린 바다를 건너온 주금사들이네. 주금사가 뭔지나 아는 가? 주문 한 번으로 귀신을 물리치고 만병을 고치며, 저주를 내리고 복을 불러오는 기적의 술사를 말해. 들어는 봤는지 모르겠지만, 성상 폐하의 환후를 다스리며 의약을 관장하는 태의감에서도 주금사들은 아주 중요한 일을 맡고 있단 말일세. 특히 여기 계신 대사님으로 말할 것 같으면, 신묘한 능력으로 하늘과 땅의 이치를 읽어 지붕만 봐도 그 집 주인의 과거와 미래를 훤히 들여다볼 수 있네. 탁발하러 문을 두드린 게 아니라, 이 댁 지붕에 서린 기운으로 주인아씨에게 곧 반가운 일이 생길 것을 감지해 그걸 알리고자 한 것일세."

다지는 새롭게 등장한 귀영에게 눈길을 돌렸다. 나이 지긋한 여비가 직수굿하게 대하는 것으로 미루어 그녀가 그들의 목표물, 이 집의 여주인이 틀림없다고 생각한 다지가 넌지시 운을 뗐다.

"아씨께서는 오랫동안 외로우셨군요."

"저……요?"

귀영이 영문을 몰라 동그란 눈을 깜빡였다. 다지가 실눈을 뜨고 그녀를 찬찬히 훑었다.

"밤마다 그 사람을 생각하며 만나기만을 손꼽아 기다리시는군요."

"아, 아니, 그게……, 무슨 망측한 말입니까?"

귀영은 가까이 있는 무봉 어멈을 의식해 펄쩍 뛰었지만 속으로는 뜨끔하니 정말 놀랐다. 난생처음 보는 술사가 어떻게 내 마음을 알았지? 귀영에게 ‘밤마다 생각하는 그 사람’이란 물론 재경이다. 그녀가 당황하는 모습을 보고 다지가 옳거니 하여 옆에서 말없이 눈을 감고 있는 득재를 드러나지 않게 찔렀다.

“긴 시간의 기다림이 드디어 끝을…….”

“김씨 부인께선 여기서 무얼 하십니까?”

득재가 주문을 외듯 천천히 입을 떼는데 마침 영롱이 귀영의 뒤에서 물었다. 새로운 여인의 등장에 깜짝 놀란 다지가 재빨리 득재를 다시 찔러 그의 입을 막았다. ‘김씨 부인’이라 불린 눈앞의 여자가 그들의 목표물이 아님을 단박에 알아차린 것이다. 그러면 새로 나타난 이 여자가 이 집의 주인아씨, 그들이 만나러 찾아온 그 사람인가? 그건 영롱이 스스로 답을 주었다.

“서 소저에게 간다고 했잖아요.”

이 여자도 아니구나. 다지는 큰 실수를 저지르기 전에 나서 준 여인에게 고마움을 느꼈다. 하마터면 일을 시작도 하기 전에 망칠 뻔했다. 다지의 눈동자가 빠르게 귀영과 영롱, 무봉 어멈 사이를 오가다가 귀영에게 딱 멈췄다. 이 여자가 제일 쉽겠어. 다지는 생각했다. 방금 전에도 애매모호한 한마디에 지레 제 이야기인 줄 알고 낯빛이 바뀐 여자다. 이런 여자가 그들을 안채까지 데려다 줄 안내역으로 딱 알맞다. 다지가 귀영을 향해 점잖게 말했다.

“이 댁의 아씨께 전해 주시겠습니까? 7년 전의 만남이 이제야 결실을 맺게 되리라고 말입니다.”

“뭐……라고요? 7년 전의 만남?”

귀영의 안색이 정말 하얗게 바뀌었다. 영롱이 앞으로 나와 의심스레 물었다.

“어디서 무슨 말을 듣고 오셨습니까?”

“듣다니요? 저희들은 그저 길을 지나가다 이 댁 지붕에 서린 어떤 기운을 읽고 멈춘 것입니다. 보통 사람들은 전혀 느끼지 못하는, 우리 주금사들만이 알아챌 수 있는 운명의 기운을.”

“운명!”

귀영이 작은 소리로 헐떡이듯 외쳤다. 다지가 얼른 그 말을 받았다.

“운명의 재회지요. 7년 전에 끊긴 듯했던 인연이 다시 이어지는 운명의 재회.”

“들었어요, 임씨 부인? 들었어요?”

귀영이 얼이 나간 얼굴로 영롱을 돌아보았다가 곧 무봉 어멈의 팔을 잡고 흔들었다.

“이분들, 안으로 모셔요. 내가 완이를 불러올게.”

“예? 하지만 낭천 아씨, 혜완 아씨는 술사들의 말은…….”

“아냐, 다른 때는 몰라도 이번에는 들을 거야. 그렇죠, 임씨 부인?”

귀영은 영롱에게 동의를 구했지만 영롱은 눈살을 살짝 찌푸릴 뿐 답하지 않았다. 굳이 그녀의 동의가 필요하지 않았던 귀영은 그 길로 곧장 혜완을 찾아 종종걸음을 쳤다.

"아이고, 낭천 아씨도, 참. 어휴, 할 수 없네."

무봉 어멈이 혀를 차며 다지와 득재를 들어오도록 했다. 영 롱은 그들이 무봉 어멈의 안내를 받아 집의 안쪽으로 걸어 들 어가는 것을 물끄러미 눈으로 좇았다. 그녀의 눈길을 뒤통수로 따갑게 느꼈는지 다지가 슬쩍 뒤를 돌아보았다. 그녀와 눈이 마주친 다지가 고개를 한 번 갸웃하더니 다시 앞을 보고 걸어 갔다.

퇴청하여 집으로 향하던 시율은 자신을 부르는 소리를 듣고 말을 세웠다. 지량이 다가오고 있었다. 시율은 지량이 바로 옆 까지 오기를 기다려 나란히 말을 걸리며 물었다.

"어딜 다녀오는 길이냐?"

"국자감에."

"거긴 왜?"

"꼬맹이를 만나 확인할 게 있었거든."

"재경이에게 확인을 해? 뭘?"

쿡, 대답에 앞서 지량이 웃음부터 뱉었다. 킬킬, 곧 웃음소 리가 조금씩 커지더니 푸하하, 요란하게 터졌다.

"뭐야? 량이 너, 기분이 상당히 좋은가 보구나. 재밌는 일이 라도 있었니?"

친구를 따라 시율도 은은히 미소했다. 평소에도 유쾌한 지 량이지만 오늘은 더하다. 지량이 끊임없이 터져 나오는 웃음을 간신히 억제하며 고개를 끄덕였다.

"응, 몹시 재미있어서 눈물이 다 난다."

지량은 시율을 힐끔 보더니 킥킥, 다시 웃었다. 그러다가 이내 정색하며 말했다.

"네게도 확인할 게 있다, 정시율."

"뭘?"

시율은 옅은 긴장감을 느꼈다. 지량이 그더러 정시율이라고 성과 이름을 한꺼번에 부를 땐 대개 화가 났을 때다. 지량은 좀처럼 화를 내지 않는 편이지만 화를 낼 때는 나름의 타당한 이유가 있었다. 요즘 들어 친구가 그에게 화를 낼 만한 일이란, 시율의 짐작으로는 그녀와 관련이 있을 것 같다. 아니나 다를까 지량이 말한다.

"서 소저에 관해서."

역시나! 시율은 친구의 시선을 피해 눈을 아래로 떨어뜨렸다. 단옷날 '난 물러 주지 않을 거다!'라며 지량이 으르렁댔던 그때 이후로 그들은 같은 집에 함께 살면서도 혜완을 입에 올린 적이 없었다. 이제 와서 무엇을 확인하겠다는 거지? 시율은 거북함을 느꼈지만 지량은 거리낌 없이 물었다.

"율이 넌 여전히 서 소저를 좋아하지?"

"……."

"나와 서 소저가 교제하는 걸 옆에서 묵묵히 참아 내는 이유가 뭐야? 3년 전의 일 이후로 여자를 사귀지 못하는 날 위해서? 날 연모하는 서 소저를 위해서? 아니면 둘 다?"

"……."

“넌 내가 서 소저를 연모하지 않는다는 걸 알잖아, 율아.”

“네가 여럿 앞에서 공언한 만큼, 네 말에 책임을 질 거라고 생각했었다.”

시율이 무겁게 입을 뗐다.

“네가 내게 화가 나서 뱉은 말이었다고 해도, 이미 말해 버린 이상 넌 책임을 져야 한다고 생각했어. 책임을 지기 위해서라도 네가 서 소저와 잘 지낸다면, 그것만으로도 좋다고 생각했다. 널 위해서도, 서 소저를 위해서도. 하지만 그게 잘못된 생각임을 알았다. 사랑 없이 책임만으로 하는 교제는 껍데기에 불과해. 서 소저는 네 무심함에 크게 상심했어. 너도 괴롭겠지. 내가 널 그렇게 몰았기 때문이다. 모두 내 잘못이다.”

“아니, 네 잘못이라고 추궁하는 건 아니고…….”

“내가 잘못했으니 내게 풀어라, 량아.”

시율이 고삐를 당겨 말을 멈춰 세우고 고개를 들어 지량을 똑바로 쳐다보았다.

“내게 화난 건 내게 풀어. 날 꾸짖고 때려. 그리고 그녀를 더 이상 힘들게 하지 마라.”

“힘들게 하지 말라는 건, 이제부터 진심으로 그녀를 아껴 주라는 얘기야? 날 사모하는 그녀를 실망시키지 말라는 뜻?”

“아니, 그건 널 힘들게 하는 일인걸. 이제 거짓된 교제는 집어치워. 그녀에게 솔직하게 말하고 그녀도 선택할 수 있는 기회를 줘.”

“그럼 너도 그녀에게 솔직하게 말할 테냐, 네 마음을?”

"……그래, 나도 기회를 갖고 싶다."

"내가 거짓된 교제라도 계속 끌고 간다면?"

지량이 얄밉게 웃었다.

"장부가 여럿 앞에서 공언한 만큼 책임을 져야 하잖아."

"그렇다면 너를 때려눕히고서라도 그런 허울뿐인 교제를 그만두게 하겠어."

"흥! 내가 네게 맞아서 뻗을 것 같으냐? 내가 네게 진 건 아홉 살 때가 마지막이었어! 기억해 보라고, 정시율!"

지량이 성과 이름을 붙여 불렀지만 그의 얼굴에 성난 기색은 조금도 없었다. 반대로 그는 활짝 웃고 있었다. 곧 그가 정색했다.

"너 설마, 지난번 유두일에 날 한 대 친 걸 가지고 네가 마음만 먹으면 날 때려눕힐 수 있을 거라고 생각하는 건 아니겠지? 그건 서 소저 앞이라서 내가 봐준 거야! 잊지 마. 우리가 진짜 붙으면 뻗는 건 내가 아니라 너라는 걸!"

"그럴지도 모르지만 네게 흠씬 두들겨 맞더라도 너와 서 소저의 교제는 반드시 그만두게 만들겠다."

시율이 몹시 단호하게 말했기에 지량은 기분이 좋아졌다. 지량의 목소리가 자연 명랑하게 높아졌다.

"지금 그 말로 넌 이 얘길 들을 자격이 생겼다, 율아."

"얘기? 무슨?"

"너, 예전에 우리가 개경에 놀러 왔을 때, 아이 초라니가 된 일을 기억하니?"

"아이 초라니……를? 우리가?"

"헛, 이런 멍청이. 세상에, 그걸 잊어버렸어? 왜, 우리 열다섯 살 때, 내가 황궁 구경하고 싶다고 좨주님께 졸라서……."

"아아, 그거! 그래, 기억이야 하지만 워낙 오래된 일이라 잘은……. 갑자기 그 얘긴 왜?"

"대나의가 끝난 뒤에 꼬맹이랑 만나기로 했다고 내가 흥국사 숲으로 널 보낸 것도 기억하니?"

"그랬었나? 그랬던 것 같기도……."

"그 숲에서 꼬맹이가 아니라 어떤 귀여운 여자애를 만났던 것도 기억해?"

"여자……애? 글쎄……."

시율이 멍한 표정으로 고개를 살살 흔들었다. 열다섯 당시엔 나름대로 강렬한 경험이었지만, 그날의 일들을 마음에 두고 곱씹어 본 적이 없는 그는 여러 해가 흐르는 동안 까맣게 잊었던 것이다. 그는 중요하지 않다고 생각하는 일은 다시 끄집어내지 않도록 기억의 밑바닥에 쑤셔 넣어 버리는 사람이었다. 그런 시율과는 반대로 소소한 일이라도 꼼꼼하게 기억하는 지량은 답답해 속이 터질 지경이다.

"경서만 처음부터 끝까지 달달 외우면 뭐해? 정작 중요한 걸 잊어버리니, 원! 기억해, 이 바보야! 기억하지 못하면 안 된다고! 어떤 여자애를 만났었잖아, 그 숲에서! 내가 갔을 땐 여자애가 떠난 직후였고! 내가 예쁜 숙녀라고 했더니 숙녀가 아니라 꼬마라고 네가 코웃음 쳤잖아! 이래도 기억 안 나?"

"아아, 그래, 기억이 나는 것도 같다. 그런데 그게 왜?"

지량이 마구 몰아붙이자 그 기세에 밀려 시율이 대강 얼버무렸다. 그게 지량에겐 더욱 짜증스러웠다.

"이 바보야, 기억하란 말이다, 좀! 그 여자애가 바로 서 소저라고!"

"뭐?"

무덤덤했던 시율의 표정이 급변했다.

"내가 서 소저를 만났었다고? 그날, 아이 초라니 노릇을 했던 날에?"

"그래, 그러니 기억해! 그 좋은 머리를 걸레 짜듯 짜서라도! 서 소저는 그날 이후로 네 생각만 했다는데 넌 뭐냐, 대체?"

"내 생각만 해? 무슨 소리냐? 자세하게 말해 봐, 량아!"

"간단히 말하면 이런 얘기야. 7년 전 계동 대나의, 우리가 재미로 아이 초라니가 됐던 그날, 난 흥국사 옆 숲에서 꼬맹이를 만나 귀신을 잡아먹는 나자를 보여 주려고 했었어. 난 방상시 탈까지 빌려 갈 생각으로 율이 널 먼저 숲으로 보냈지. 하지만 그 숲에 있었던 사람은 꼬맹이가 아니라 웬 낯모를 여자아이, 서 소저였어. 당시 좌주님 댁에 머물렀던 서 소저가 소꿉동무인 꼬맹이의 얘길 듣고 귀신을 만나러 숲에 왔던 거야. 꼬맹이가 나자를 두고 귀신이라고 잘못 말했나 보더라고. 어쨌든 그날 숲에서 널 만난 서 소저는 네게 강한 인상을 받았고, 그날의 만남을 운명적으로 받아들인 모양이야. 그 후로 지금까지 7년 동안 이름도 신분도 사는 곳도 모르는 그 아이 초라니, 그러니까 널 마음속 깊이 사모하며 다시 만나기를 간절히 바랐다는 거야. 얼굴조차 기억을 못 하면서 말이지. 그러다가 올해 정월에, 꼬맹이가 우리가 살 셋집을 구하려고 서 소저를 찾아가 옛날 일을 말한 거지. 꼬맹이는 흥국사 숲에서 날 만나는 걸로 생각했기 때문에 당연히 그 아이 초라니가 나라고 말했고, 그 때문에 서 소저는 그만 날 너로 착각해 버렸던 거야."

아아, 일이 그렇게 된 거였어? 시율은 어처구니없는 사실에 현기증을 느끼고 손으로 이마를 짚었다. 언젠가 혜완이 그에게 말했었다. '오래전 제가 힘겨울 때 우연히 그분의 도움을 받았는데, 그게 제겐 특별하고 값진 위로였어요. 그 후로 늘 그분을 다시 뵙길 바랐고, 그 바람이 깊어져 사모의 정이 되었습니다.'라고. 그랬구나, 그랬었어! 시율이 바싹 마른 입술을 지그시 깨물었다. 그녀가 말했던 '그분'이 나였어. 량이가 아니라 바로 나! 아아, 그때 난 량이가 아닌 내가 그녀를 위로했었더라면 얼마나 좋았을까 생각했었는데, 사실은 내가 어린 시절의 그녀를 위로한 '그분'이었다니!

시율의 눈썹이 문득 구겨졌다. 그런데 내가 무슨 위로를 했던 거지? 그의 머릿속에 그려지는 7년 전의 그날은 아직 뿌옇게 흐려 있었다. 지량이 계속 말을 이었다.

"운명의 상대가 나타났으니 그를 사랑하리라고 아마 서 소저는 생각했겠지. 오랫동안 외로운 가운데 혼자서 키워 온 사랑이니만큼 그녀에겐 소중했을 거야. 하지만 서 소저는 혼란에 빠졌어. 왜? 그토록 기다렸던 상대를 재회했는데도 그에게, 즉 나에게 도무지 끌리지 않았던 거야. 그럼에도 그녀는 그걸 인정하고 싶지 않았겠지. 열두 살 이후로 그녀의 행복은 사랑하는 사람을 상상하는 거였을 테니까. 그래서 당장 끌리지는 않지만 운명의 상대를, 꿈속의 왕자님을 포기하지 않은 거겠지. 그 때문에 네게도 날 사모한다고 말한 거고, 내 고백에 응한 거야. 사실은 그녀 자신이 날 사랑하지 않는다는 걸 이미 알고 있으면서도 고집을 부린 거라고.”

지량이 킬킬, 다시 웃음을 물었다.

“그것도 모르고 난 네가 꼬맹이네 누님에게 실연당했다고 생각했지 뭐냐!”

“그건 또 무슨 소리야?”

“그날 숲에서 나도 서 소저를 잠깐 봤잖아. 난 그녀가 너와 몰래 만나는 사이인 줄 알았거든. 내가 그 여자애에 대해 얘기 좀 하려는데 네가 신경질을 팍팍 부리며 진저리를 치기에 ‘어라? 이놈이 나 몰래 개경 처녀를 사귀려고 하네?’ 이렇게 생각했었지. 도대체 어느 댁 규수를 꾀었나 싶어서 그 여자애를 따라갔었거든. 그런데 그 여자애가 좌주님 댁으로 들어가더라고. 당연히 꼬맹이의 누님이라고 생각했었지. 우리랑 나이 차가 제일 적은 다섯째 누님이라고 말이야. 오늘 국자감에 가서 꼬맹이를 만나 그 여자애가 다섯째 누님이 아니라 서 소저란 걸 확인했지.”

“그런 얘길 왜 내게 하지 않았어? 내가 여자애를 사귀는 줄

알았다면 량이 네 성격에 그냥 넘어가지 않았을 거잖아. 두고
두고 날 놀려먹었을 거 아니야.”

시율이 따지듯 물었다. 그런 건 7년 전에 미리미리 확인을
하란 말이다! 지량이 쓰게 웃었다.

“누님이 금방 혼인해 버렸잖아. 네가 말수가 부쩍 적어지고
노는 것도 시들해진 게 그때라서 누님의 혼례에 충격을 받은
줄 알았지.”

“뭐? 그땐 본격적으로 공부에 매달리기 시작한 때잖아. 난
너처럼 놀면서도 성적이 나오는 사람이 아니었다고.”

“너무 열심히 공부하기에 실연한 괴로움을 어떻게든 잊으려
고 애쓰는 줄 알았다. 그래서 네 앞에선 다섯째 누님에 관해서
입도 뻥긋하지 않았어. 놀릴 마음은 아예 없었고. 놀리기는커
녕 어떻게 실연의 상처를 위로해야 되나, 그 생각뿐이었지.”

“위로라고? 넌 공부하겠다는 날 청루에나 끌고 다녔어.”

“여자에게서 받은 상처는 여자로 치료해야겠다 싶어서 말이
야. 예쁜 기녀들을 보면 마음이 좀 풀리지 않을까 해서.”

“마음을 풀어 주려고 했다? 계고 전날이면 꼭 청루에 끌고
가서 술을 진탕 먹인 게? 이튿날 시험에서 난 성적이 뚝 떨어
졌다고. 아마 넌 그때 일등이었겠지?”

“중요한 건 까맣게 잊어버린 주제에 그런 시시한 건 잘도 기
억하고 있냐? 그 이후론 나 혼자 청루에 갔잖아! 네가 하도 싫
다고, 그럴 시간에 공부나 하겠다고 고집 부리는 바람에!”

“그건 네가 그 기녀에게 빠져서…….”

시율이 대꾸하다 말고 아차, 입을 다물었다. 지량은 아무렇지도 않은 듯 피식 웃었지만 시율은 가슴이 무거워졌다. 이어지는 그의 목소리도 자연 무거워졌다.

"미안하다. 경솔하게 말해서."

"뭐, 사실이잖아."

"듣고 보니 네가 그렇게 방황한 것도 사실은 나 때문이었구나. 내가 실연한 줄 알고 즐겁게 해 주기 위해 청루에 데리고 다니다가……."

"무슨 헛소리냐. 나 즐거우라고 간 거야. 네가 아니라, 이 멍청아."

지량이 시율을 야단치듯 언성을 높였다.

"그리고 지금은 네 얘기 중이었어. 서 소저가 그리워한 운명의 그이가 바로 너라잖아. 도대체 7년 전에 넌 서 소저에게 뭘 한 거야? 무슨 얘길 했기에 열두 살 여자애 마음을 사로잡은 거야?"

"모르겠어. 기억이……, 안 나."

"어이구, 이 한심한……."

지량이 쯧쯧 혀를 차자 시율이 겸연쩍게 고개를 끄덕였다.

"네 얘기를 들으니 언뜻언뜻 그날 밤이 떠오르긴 해. 하지만 아주 희미해. 황궁에 간 건 기억하지만 나례가 어땠는지는 기억 못 해. 숲에 간 건 기억하지만 여자애와 무슨 일이 있었는지는 전혀 모르겠어. 어쩌면 황궁이나 숲이 생각나는 것도 정말 기억이 되살아나서가 아니라 그저 네 말을 들었기 때문에 이미 알고 있는 황궁과 흥국사 옆 숲이 머릿속에 그려진 걸지도 몰라. 서 소저는 네게서, 아니, 그러니까 사실은 내게서 아주 특별하고 값진 위로를 받았다고 했어.”

“헤에, 네가 위로를?”

지량이 날름 혓바닥을 내밀었다.

“내 세밀하고 생생한 기억으로는 넌 그날 나한테 무지 짜증을 냈었던 것 같은데, 여자애 앞에선 달랐나 보지? 예뻐서 그랬나?”

“서 소저는 어렸을 적부터 귀신이 붙어 가족과 노비들을 역신에게 바쳤다는 허황한 복서에 시달렸다고 했으니, 내 위로란 아마도 그것과 연관이 있지 않을까?”

“으흠, 충분히 그럴 수 있겠는데……. 정말 생각이 안 나?”

지량의 물음에 시율이 머리를 가로저었다. 그 캄캄한 밤의 숲에서 열다섯의 그는 열두 살의 그녀와 마주하고 무슨 얘기를 했을까? 그가 두 눈썹을 모으고 골똘히 생각에 잠기는데 지량이 그의 어깨를 탁탁 두드렸다.

“괜찮아! 기억 좀 못 하면 어떠냐? 그때 숲에서 만난 아이 초라니가 너였다는 것만 밝히면 되지. 넌 서 소저가 7년이나 짝사랑해 온 운명의 사내라고. 운명의 그 사람인 네가 그녀를 사랑하는 걸 알게 되면, 서 소저는 좋아서 어쩔 줄 모를걸.”

“서 소저에게 밝힌다고? 예전에 만났던 사람이 나란 걸?”

시율의 눈썹 사이 간격이 더욱 좁혀졌다. 그가 단호히 말했다.

"그건 안 돼."

"뭐? 왜?"

말 위에서 지량이 펄쩍 뛰었다.

"그녀는 운명의 상대를 기다리고 있어. 네가 바로 그 사람이라고. 그리고 넌 서 소저를 좋아해. 진짜 운명이라고 해도 되겠다! 네가 그 사람이라고 밝히기만 하면 서 소저는 사랑할 사람을 사랑하게 되고 넌 더 이상 사랑 때문에 괴로워하지 않아도 돼. 모든 게 간단히 해결되는데, 뭐가 문제야?"

"난 서 소저가 내 운명의 사람이어서, 7년 전 만난 소녀여서 지금 그녀를 사랑하는 게 아니야. 난 그녀를 기억도 못 해. 얼굴도, 함께 나눈 얘기도, 아무것도. 내가 만난 서 소저는 정월에 자련사에서 처음 만난 여자야. 임지를 떠나 서경으로 가는 길에 잠시 동행했던 여자고, 그때 그녀에게 반했어. 그리고 내가 세든 집의 주인인 그녀를 좋아해. 7년 전 여자애가 아니라."

"그래서?"

"물론 그녀도 날 좋아했으면 해. 하지만 7년 전 만난 아이 초라니였던 내가 아니라, 자련사에서, 길에서, 그리고 추동의 집에서 만난 나를 좋아했으면 해."

"어차피 똑같은 사람이잖아. 너 혹시, 그녀를 기억 못 하는 게 마음에 걸려서 네가 그 아이 초라니였다는 걸 털어놓지 않겠다는 거냐? 그녀는 널 내내 잊지 않았는데 넌 죄다 까먹어 버려서? 그게 미안해서?"

"아니야. 분명 미안한 일이긴 하지만 그것 때문에 밝히지 않겠다는 건 아니야. 그녀가 날 사랑하지도 않는데 운명의 남자란 이유만으로 선택되는 건 싫어. 소위 그 운명의 남자가 아니더라도 난 그녀의 마음을 얻을 수 있어야 한다고. 이제까지 그녀에게 난 운명의 남자와 같은 사람이 아니었어. 그러니까 그 운명의 남자와 난 경쟁자야. 난 7년 전의 나와 떳떳하게 경쟁해서 그녀를 얻어야 해.”

“이 멍청한! 이 바보 같은! 넌 꼬맹이보다 훨씬 더 멍청한 녀석이야!”

버럭 소리를 질렀지만 지량은 웃고 있었다. 경쟁 좋아하시네. 그녀는 이미 널 좋아하고 있다고. 이젠 다 귀찮다는 듯 그가 손을 휘휘 내저었다.

“네 자신이 경쟁자라고? 잘난 척하고 있네. 맘대로 멋 부려 보시지. 난 이제 도와주지 않을 거니까.”

“량이 너도 내 경쟁자야.”

시율이 지량을 돌아보고 말했다.

“물러 주지 않겠다고 했잖아.”

“네겐 물러 주지 않지, 물론.”

지량이 야지랑스럽게 웃었다.

“하지만 날 다른 누군가로 착각해 억지로 사랑하려고 애쓰는 여자를 놔둘 수가 없어서 말이야. 네가 싫다니 7년 전 아이초라니가 누군지 내 입으로 밝히지는 않겠다만, 적어도 그게 내가 아니라고는 말해야 하지 않겠냐. 나와의 교제를 무를지 그냥 끌고 갈지는 서 소저가 결정하겠지. 아니, 내가 말하기 전에 김씨 부인이 이미 얘기했으려나?"

"김씨 부인?"

시율이 의아하여 묻자 지량이 유쾌한 얼굴로 쩝, 입맛을 다셨다.

"그래, 김씨 부인. 그이는 내가 마음에 안 드나 봐. 왜인지는 모르겠지만 내가 서 소저의 운명의 남자가 절대 아니길 바라는 눈치던데? 흥, 꼬맹이랑 잘된 게 누구 덕분인지도 모르고서. 낮에 정원에서 쉬는데 임씨 부인이랑 들이닥쳐서는 7년 전 아이 초라니가 정말 맞느냐고 죄인 다루듯 추궁하더군. 서 소저의 진짜 운명의 임이 나타나더라도 훼방 놓지 말라고 엄포까지 놓고. 그 부인이 무서워서라도 널 방해할 수가 없겠다. 서 소저가 가만있더라도 김씨 부인이 교제를 무르라고 내 멱살을 잡을지도 모르니……."

낄낄거리던 지량이 문득 웃음을 멈췄다. 어느새 다다른 그들 집 문 앞에서 서성거리는 사람을 발견한 것이다. 지량이 말에서 내리자 시율도 따라서 내렸다. 그들은 보폭이 큰 걸음으로 성큼 걸어 곧 대문에 이르렀다.

"임씨 부인께서 웬일로 여기에 계십니까?"

지량이 먼저 영롱에게 말을 걸었다.

"바깥출입을 지극히 삼가시는 분께서 어찌 저녁 시간에 남자들의 집 앞에……."

"빨리 말씀드려야 할 것 같아서요."

영롱이 지량의 말을 가로채고 자신의 앞에 우뚝 선 두 남자를 번갈아 보았다. 지량이 고개를 삐딱하게 갸울이며 물었다.

"무엇을?"

"진짜 7년 전 아이 초라니가 나타났습니다."

"뭐요?"

영롱의 한마디에 지량이 고함치듯 소리를 높였다. 그는 어이없다는 낯빛으로 시율을 돌아보았다. 시율도 크게 뜬 눈으로 지량을 마주 보았다. 두 남자가 얼이 빠진 듯 말이 없는 가운데 영롱이 빠르게 말을 이었다.

"자칭 영험하다는 술사들이 찾아와 7년 전에 끊긴 인연과 운명의 재회에 대해 집주인에게 할 말이 있으니 만나고 싶다고 청했습니다. 서 소저는 처음엔 그들을 미심쩍어 했습니다만, 그들이 7년 전에 아이 초라니를 만난 일이며 그 아이 초라니가 나례 주문을 외워 준 일, 서 소저가 열아홉이 되는 해에 만나기로 한 일 등을 맞히자 믿지 않을 수가 없었죠."

"헤, 진짜 운명의 남자는 주문을 외워 줬었군?"

지량이 놀리듯 시율을 돌아보았다.

"내 정확한 기억으론, 내가 아는 누구는 나 때문에 추운 날에 바깥에서 주문이나 외우게 됐다고 엄청 투덜댔는데."

"그래서 어떻게 됐습니까, 임씨 부인?"

시율이 지량을 외면하고 영롱에게 물었다. 영롱은 지량의 말에 뭔가가 있다고 생각했지만, 시율이 있는 자리에서 당장 물어볼 상황이 아닌지라 하던 얘기를 마무리 지었다.

"현재 운명의 남자는 서 소저를 만날 생각이 없지만 하늘이

정해 준 운명에 따라 서 소저가 열아홉이 된 올해 두 사람은 만
나게 될 거라고 술사들이 예언했습니다. 다가오는 팔월 초하
루 신시(申時:오후 3~5시) 즈음하여 광통사 옆에 있는 숲으로 가
면 반드시 오랜 인연을 마주칠 거라고요. 이번에 만나지 못하
면 올해 안에 서 소저는 반드시 큰 화를 입으리라고 협박까지
덧붙였답니다.”

“호오, 그 운명의 남자라는 사람, 서 소저를 만날 생각이 없
는 게 전혀 아닌 듯한데? 시간과 장소까지 명시한 걸 보면 오
히려 그 반대로구면.”

지량이 팔꿈치로 시율의 허리를 쿡 찌르며 말했다. 그가 영
롱을 향해 물었다.

“서 소저는 뭐라고 했습니까? 가겠다고 하던가요?”

“양온승동정이 운명이 아니라는 김씨 부인의 말에 서 소저
가 매우 놀랐습니다. 거기에 술사들이 워낙 신통하게 맞히니
마음이 흔들리는 모양이에요. 술사들이 간 뒤 아무 말도 없이
길쌈에만 전념하는 듯 보이지만, 아마도 제 생각으론……, 초
하루에 그곳으로 가지 않을까 싶습니다.”

영롱의 대답에 지량이 고개를 주억였다. 그도 같은 생각을
했던 것이다. 지량은 입을 굳게 다물고 있는 시율에게 어깨를
으쓱해 보였다.

“이 정도면 시원하게 툭 터놓는 게 낫지 않겠냐? 생각지도
못한 경쟁자까지 나타났다고. 그것도 진짜보다 그날을 더 상세
하게 기억하는. 잘못하면 경쟁에서 밀려날지도 몰라, 너.”

"그건 서 소저가 선택할 일이지."

시율이 침착하게 가라앉은 목소리로 말했다.

"난 7년 전의 일은 몰라. 난 지금의 나로 맞붙겠다. 상대가 누구든."

딱 잘라 말을 맺은 시율이 대문을 두드렸다. 하인이 문을 열자 말을 끌고 가게 한 뒤 그는 그대로 집 안으로 들어갔다.

"멍청한! 그렇게 쇠고집 부려 봤자 하나도 멋있지 않다고. 말 한마디면 저도 서 소저도 피곤하지 않을 것을."

시율이 사라지자 아직 열려 있는 대문에 못마땅한 눈길을 던진 지량이 쳇, 빈정거렸다. 그에게 영롱이 다가왔다.

"경시령의 지금 말씀, 무슨 뜻인지요?"

그녀의 물음에 지량은 한쪽 눈을 찡긋하며 엉뚱한 대답을 했다.

"김씨 부인 좀 만나게 해 줘."

팔월

八月ㅅ 보로믠아으 嘉俳니리마론
니믈 뫼셔 녀곤 오늘낤 嘉俳샷다 아으 動動다리

"초하루여서 다행이야."

약한 바람에 하늘거리며 그의 입술을 자꾸 간질이는 풀을 밀어내며 지량이 말했다.

"쉬는 날이라 등청하지 않고 이렇게 훤히 밝은 낮에 여유롭게 수풀 속에 들어앉아 있을 수 있으니 말이야. 하마터면 공무를 팽개칠 뻔했잖니. 그렇지?"

"쉬는 날이라 등청을 하지 않은 건 나야."

지량의 옆에서 시율이 조용히 대꾸했다. 시율도 자신의 얼굴을 어루만지는 풀들을 손으로 치웠다. 팔월 초하루, 가을바람이 솔솔 부는 광통사 옆 수풀 속에서, 두 사람은 몸을 움츠리고 앉아 사찰에서 숲 쪽으로 넘어오는 오솔길을 주시하는 중이다. 바로 혜완을 찾아온 술사들이 운명의 재회를 예고한 그날 그 시각에. 시율이 조금 언짢은 어조로 덧붙여 말했다.

"그리고 난 사사로운 일로 공무를 팽개치지 않아. 네가 끌고 오지 않았더라면 이 시간에 이런 볼썽사나운 꼴로 여기에서 웅 크리고 있지 않았을 거야."

"하지만 서 소저가 외출 준비를 한다잖냐, 임씨 부인에 따르 면. 서 소저가 네 경쟁자를 만나러 여기로 오는 게 분명한데 집 에서 편하게 책이나 읽고 화초나 돌보고 있을 수만은 없잖아. 그냥 경쟁자도 아니고 너인 척 7년 전의 일을 무기로 들고 오 는 가짜 녀석을 내버려둘 참이야? 네 말마따나 놈이 누구든 맞 붙어야지."

"그렇다고 이렇게 풀숲에 숨어서 지켜봐야 되냐?"

시율이 뻣뻣해진 목덜미를 주무르며 힐난하듯 물었다. 넓적 한 돌을 찾아 깔고 앉긴 했지만 길을 오가는 이들에게 눈에 띄 지 않도록 몸을 감추려면 그들은 풀들이 빽빽한 좁은 공간에 서 긴 다리들을 불편하게 접고 등과 목을 구부려야 했다. 그리 고 풀들이 끊임없이 귀나 코, 뺨과 입술을 스치는 것도 참아야 했다. 그러나 시율의 불만은 거북한 자세에서 비롯하는 것만은 아니었다. 그가 말했다.

"내가 맞붙는다는 건, 그 가짜를 힘으로 다스려 쫓아내겠다 는 뜻이 아니었어. 7년 전 일과는 상관없이 혜완 낭자가 내 마 음을 받아들일 수 있도록 노력하겠다는 말이었지. 그리고 누군 가의 만남을 몰래 살핀다는 건 아무래도 꺼림칙해. 정정당당한 사내가 할 짓이 아냐."

"얼씨구. 정정당당하게 굴다가 가짜에게 그녀를 채여도 그런 소릴 할래? 놈이 나타나서 서 소저를 무슨 말과 행동으로 구워삶을지 모르는데 태평하기는. 넌 지금의 너와 지금의 서 소저가 서로 좋아하길 바라지만, 알아 둬라. 서 소저는 바로 며칠 전까지만 해도 단지 운명의 상대라고 생각해서 날 좋아한다고 스스로에게 암시를 걸었던 사람이란 걸."

"그러니까! 난 그런 암시를 이용하면서까지 그녀의 거짓된 사랑을 받고 싶지 않아. 그런 관계는 금방 깨어지게 돼 있어. 진심으로 누군가를 사랑하게 되면 그런 암시는 더 이상 힘을 발휘할 수 없을 거라고. 난 그녀가 진심으로 사랑하는 누군가가 되고 싶은 거야. 그녀의 운명의 상대가 아니라."

"율이 넌 너무 과정을 중요시하는 경향이 있어. 진짜 현명한 사람은 상대의 유형에 맞게 문제를 해결할 수 있어야 해. 너와 서 소저는 똑같지 않아. 그걸 잊으면 안 돼. 넌 7년 전 일 따윈 대수롭지 않게 생각해서 기억에서 깨끗이 지워 버렸지만, 서 소저는 그 일을 일생일대의 운명적 사건으로 여기고 지금까지도 거기에 매달리고 있단 말이다. 술사들의 점에 혹해 널 사칭하는 가짜 녀석을 만나러 오는 것만 봐도 그녀는 제대로 판단하는 능력이 부족해."

"그렇지 않아. 서 소저는 네가 생각하는 것 이상으로……."

"서 소저뿐 아니라 여자는 다 그래. 그 가짜 녀석이 겉보기에 굉장히 그럴싸한 녀석이라면 그녀는 넘어갈지도 몰라. 어쩌면 사랑하게 돼 버릴지도 모르지."

"그녀가 가짜를 사랑한다면 그건 그녀가 판단이 모자라고

어수룩해서가 아니라 놈에게 그녀를 사로잡을 매력이 있어서
일 거야. 7년 전 일 이상의 무언가가 있기 때문에 사랑하게 되
는 거라고. 하지만 그런 일은 없을 거야.”

“엥? 어째서 그렇게 확신을 하는 거야?”

지량이 의외라는 듯 가늘게 뜬 눈을 찡그렸다. 서 소저가 자
기를 좋아하는 줄 이 바보가 진작 알고 있었나? 지량이 의구심
에 찬 눈으로 보는데 시율이 그를 향해 엷게 웃었다.

“널 운명의 남자로 알았으면서도 서 소저는 선뜻 널 사랑하
지 못하고 갈등했었어. 너처럼 괜찮은 녀석도 그녀의 마음을
사로잡지 못했는데, 가짜 노릇이나 해서 여자를 속이려는 놈에
게 서 소저가 마음을 빼앗길 리 없지.”

“그건 맞는 말이다만······.”

지량이 만족스레 씨익 웃었다. 그러면서도 그는 고개를 저
었다.

“······사랑은 이치를 따져 가며 빠져드는 게 아니라서. 멋진
여자들이 못난 놈들의 손아귀에서 벗어나지 못하고 허우적거
리는 경우가 그리 드물지 않거든.”

지량이 곧 웃음을 지우고 정색했다.

“그러니까 율이 네 말인즉 서 소저가 놈에게 넘어가지도 않
을 텐데 이런 체면 사나운 꼴로 몰래 지켜보는 짓 따윈 못 하
겠다는 거냐? 그럼 더 이상 내 옆에서 구시렁거리지 말고 그만
돌아가서 편하게 발 뻗고 쉬시든가.”

“······.”

지량의 핀잔에 시율이 턱을 움찔했다. 지량이 못을 박듯 선언했다.

"얼마든지 가라고. 난 처음부터 구경을 온 거니까 여기서 무슨 일이 있든 보기만 할 거다."

"가겠다는 말은 하지 않았어."

시율이 흠, 무안쩍은 헛기침을 했다.

"7년 만의 재회를 빙자해 양갓집 처자를 거짓으로 꾀어내는 자를 가만두면 안 되잖아. 나라에서도 요망하고 잡된 점술을 금하고 있는데 술사까지 끌어들였으니 마땅히 그 죄를 다스려야지."

"연적으로선 관심이 없지만 율령을 어기는 자는 용서하지 않겠다? 대단히 투철한 관원이구나, 정시율은. 서 소저에게 집적대는 놈을 잡아 팔다리를 꺾어 버리고 싶다고 솔직하게 말하지그래?"

"관원이 사감으로 남을 두들겨 패면 되겠냐?"

시율이 눈살을 찌푸리며 말했다. 그는 자신의 속내를 속속들이 들여다보는 지량 때문에 조금 짜증이 난 상태였다. 그는 스스로에게 다짐하듯 지량에게 부탁했다.

"그러니 내가 놈을 때리려 하면 량이 네가 말려 줘."

"싫은걸."

지량이 콧방귀와 함께 잘라 말했다. 그는 심술궂은 웃음을 입가에 달고 놀리듯 말했다.

"난 어디까지나 구경꾼으로 왔다니까. 그리고 넌 나나 다른 경쟁자를 때려눕히고서라도 서 소저를 차지해야지. 그러기로 결심한 거 아니었냐?”

끙, 시율이 떠름하게 입을 다물자 지량이 지루한지 하품을 길게 했다.

“시간이 많이 지난 것 같은데 왜 아무도 오지 않는 거야? 서 소저도, 가짜 녀석도. 해는 아직 한참 남았다만…….”

지량이 돌연 눈을 반짝이며 수풀 너머로 길 저편을 살폈다.

“왔다.”

나지막이 속삭인 지량이 시율의 어깨를 툭 쳤다. 시율의 시선도 지량의 그것을 따라 움직였다. 호젓한 길 위에 폭이 넓은 비단치마 아랫단까지 몽수를 길게 늘어뜨린 여자가 나타났다. 혜완이었다. 정말 왔구나! 그녀의 모습에 시율의 가슴 한쪽이 아릿하게 쓰라렸다. 어째서 어린 시절에 스치듯 만나고 헤어져 버린 아이 초라니를 그토록 잊지 못하는 걸까? 시율 자신은 금세 잊어버리고 말았던 그 순간을. 이렇게 거짓 점술에 속아 넘어갈 정도로 절실하게.

그는 천천히 걸어오는 그녀를 풀들이 얽혀 생긴 작은 틈으로 안타깝게 바라보았다. 혜완이 몽수로 얼굴을 가린 채 인적이 없는 길의 이쪽저쪽을 힐끔거리며 머뭇머뭇 발걸음을 떼고 있었다. 아직 길 위에는 그녀 혼자뿐이다.

“여자를 기다리게 하다니, 돼먹지 못한 놈이야.”

지량이 시율에게만 들릴 만큼 조그맣게 중얼거렸다. 시율이 머리를 가볍게 저었다.

“놈은 기다리고 있었어. 저기.”

시율이 손가락으로 오솔길에 새롭게 등장한 사람을 가리켰다. 키가 우뚝 크고 멋스럽게 차려입은 사내였다. 책을 들고 읽으며 혜완의 뒤를 멀찍이서 느릿하니 따라 걸어오는 그 사내를 주시하며 시율이 소곤거렸다.

“광통사에서 이쪽으로 넘어오는 길목 어딘가에서 서 소저가 나타나길 기다렸다가 뒤따라온 거야. 술사들이 뜻밖의 만남을 예언했는데 놈이 미리 나와 어정거리고 있으면 이 재회를 조작한 게 들통 나 버릴 테니.”

“맞아. 놈이 점점 서 소저에게 가까이 다가간다.”

지량이 고개를 끄덕이며 흥미진진하게 관찰하다가 가까워진 사내를 아래위로 훑어보고 문득 콧등을 찡그렸다.

“꽤 미끈하게 생긴 놈인걸. 운명의 남자가 아니더라도 웬만한 여자는 설레겠어. 임씨 부인 말로는 김씨 부인이 오로지 저 놈의 생김새에 반해서 만난 지 얼마 안 돼 청혼을 받아들였다더니, 그럴 수도 있겠구나 싶다.”

“내 보기엔 꼬맹이가 훨씬 낫다.”

시율이 입술을 실룩 비죽이며 대꾸했다. 불쾌해진 그의 착 가라앉은 목소리엔 경멸이 엷게 깔려 있었다.

“이미 기별한 처를 찾아가 그 처의 순진함을 이용해 함께 사는 처자의 신상이나 캐내는 자다. 인품으로는 꼬맹이와 비교가 안 돼.”

“하지만 눈에 먼저 들어오는 건 인품이 아니라 얼굴이라고.

어, 저 자식 봐라? 서 소저 옆을 그냥 지나가잖아?”

지량의 말대로 호사스런 차림의 사내, 금행은 느릿하지만 큰 보폭으로 혜완과의 거리를 빠르게 좁히더니 이내 그녀의 곁을 지나쳤다. 그저 길을 가는 사람인 듯, 혜완에게 아무런 관심도 없는 듯 그녀에게 조금도 한눈팔지 않고 성큼성큼 걸었던 것이다.

저놈은 그놈이 아닌가? 시율과 지량의 머릿속에 똑같은 의문이 떠오른 그때, 금행이 책장을 한 장 펄럭 넘겼다. 그 바람에 책 속에서 빠졌는지 종이 한 장이 팔랑팔랑 가볍게 나부껴 금행의 몇 발짝 뒤, 그러니까 혜완의 몇 발짝 앞에서 낙엽처럼 땅에 내려앉았다. 혜완은 눈앞의 종잇조각을 보고 흠칫하여 걸음을 멈췄지만 금행은 여전히 책을 보면서, 아니, 책을 보는 시늉을 하며 속도를 늦추거나 빨리하지 않고 예사롭게 걸었다. 그 모양으로 봐선 종잇조각이 책에서 빠진 걸 전혀 모르는 듯하다.

“자식, 굉장히 자연스러운데?”

지량이 거의 감탄에 가까운 어조로 말했다.

“바람까지 계산하고 떨어뜨린 건가? 서 소저 눈에 딱 띄면서도 전혀 계획적으로 안 보여. 모르는 사람이 보면 그냥 지나가는 사족인 줄 알겠어. 이러면 저놈이 아니라 서 소저가 먼저 말을 걸지도 모르겠다.”

지량이 말하는 동안 혜완이 떨어진 종이를 집어 들었다. 무심결에 종이를 들여다본 그녀가 또 한 번 흠칫했다. 그녀는 걸음을 빨리해 앞서 걸어가는 남자를 쫓기 시작했다.

"저기……, 선비님, 이걸 떨어뜨리셨습니다."

지량의 예측대로 혜완이 먼저 말을 걸었다. 그녀의 부름에 비로소 금행이 멈춰 서서 뒤를 돌아보았다. 공교롭게도 그가 멈춘 자리는 시율과 지량이 몸을 숨긴 수풀 바로 근처라, 두 사람은 금행이 자신 쪽으로 다가오는 혜완을 발견하고 의아하다는 빛으로 눈을 멀뚱거리는 것까지 세세하게 볼 수 있었다. 마치 책에 정신이 팔려 오솔길에 저 아닌 다른 사람이 있는 줄도 몰랐다가 화사한 젊은 여자가 나타나 놀란 듯한 얼굴이다. 그 표정이 워낙 그럴듯하여 지켜보는 시율과 지량이 다시금 저놈이 그놈이 아니라 다른 놈인가 헷갈릴 지경이다. 혜완이 제 앞까지 이르러 걸음을 멈추자 금행이 부드러운 미소를 머금고 물었다.

"혹시……, 지금 저를 부르셨습니까?"

"우웩."

수풀 속에서 지량이 혀를 빼물었다. 말의 사이사이를 살짝 늘이는 금행의 말투와 힘을 잔뜩 준 낮은 목소리가 한껏 부리는 멋이 역겨웠던 것이다. 하지만 상대에 따라서는 나긋나긋하고 다정하게 들릴 수도 있는 법. 금행에게 종잇조각을 내미는 혜완의 귀에도 그리 거슬리지 않았던 듯, 그녀의 눈동자에 담뿍 담긴 기대와 설렘은 조금도 줄지 않았다.

"이 종이, 선비님의 것이지요?"

"종이요? 무슨…….."

끝까지 능청대며 종이를 건네받은 금행이 그제야 깜짝 놀란 척 눈을 휘둥그레 떴다.

"아, 아니, 이게 어쩌다가……. 빠지지 않도록 잘 넣어 두었는데, 왜……."

돌려받은 종이를 허둥지둥 책갈피에 다시 꽂고 금행이 혜완에게 정중히 고개를 숙였다.

"정말 감사합니다. 하찮은 종잇조각이지만 소중한 추억이 담긴 터라 항상 지니고 다니는데, 낭자가 아니었다면 오늘 영영 잃어버릴 뻔했습니다. 거듭 감사드립니다."

"소중한 추억이 담겼다고 하셨나요?"

혜완의 목소리가 가늘게 떨렸다. 금행을 바라보는 그녀의 눈동자도 살짝 흔들렸다.

"죄송하지만 그 종이에 적힌 글귀……, 언뜻 봤는데 혹시 그건……."

"아, 보셨나요? 풀이가 쉽지 않은 글이라 보통 사람은 좀 괴이하게 여길 수도 있습니다만……, 사실 그 글귀는 주문이랍니다. 귀신을 쫓는 주문이죠."

금행은 그를 망연히 바라보는 혜완에게 겸연쩍이 웃어 보였다.

"귀신을 쫓는 주문에 소중한 추억이 담겼다는 말이 이상하게 들리신 모양이군요. 하긴 유자가 주문이 적힌 종이를 품고 다니니 곱지 않게 보실 만합니다. 술사나 무당이 사족 행세를 하고 다닌다고 생각하신대도……."

"아뇨! 그런 뜻으로 말씀드린 게 아닙니다."

혜완이 서둘러 고개를 가로저었다. 가슴이 두근거리는지 그녀는 몽수의 한쪽 자락을 움켜쥔 손으로 왼쪽 가슴을 지그시 눌렀다.

"그런 오해는 전혀 하지 않았어요. 사람마다 추억이 깃든 물건이 제각각일 텐데, 주문이 적힌 종이도 그중 하나일 수 있겠지요."

"아니, 저는 술사나 무당으로 오해를 받더라도 상관없습니다. 이전에도 그런 오해를 받은 적이 있지만 제겐 선비의 명예만큼이나 귀한 추억이라서요. 어릴 적 일순간에 지나지 않은 추억이지만, 하루도 빠짐없이 날마다 이 주문이 적힌 종이를 보며 그때를 회상하는 게 저의 가장 큰 행복이거든요."

혜완이 아, 하고 입을 작게 벌렸다. 동그랗게 뜬 그녀의 커다란 눈망울이 마구 흔들렸다. 쯧쯧, 지량이 혀를 가볍게 찼다.

"보아하니 '하루도 빠짐없이'라는 말에 서 소저가 감격했나 보다. 진실은 그 반대인데."

"시끄러워."

시율이 이를 갈듯 퉁명스레 대꾸했다. 금행을 날카롭게 째리는 그의 눈이 화르르 불타올랐다. 추억에 젖어 든 듯 아슴아슴 느릿해진 금행의 목소리가 그의 곤두선 귀에 들렸다.

"오래전 이름 모를 한 어린 소녀에게 이 주문을 외워 준 적이 있었습니다. 이름뿐 아니라 그 소녀에 대해 아는 게 하나도 없는 상태에서 헤어졌는데, 헤어지고 나니 자꾸만 생각이 나는 겁니다. 후회했죠. 한 번이라도 다시 만나고 싶은 마음이 몹시 간절했습니다. 하지만 마음뿐이었죠. 만날 방법이 없었으니까요! 할 수 없이 그 소녀에게 외워 준 주문을 종이에 적어 부적처럼 지니고 다녔습니다. 그 소녀와 유일하게 나눈 추억이 그 주문이니까요. 그걸 가지고 있으면 언젠가는 그 소녀와 다시 만날 수 있을 것 같아서요. 귀신을 쫓아내는 주문이지만 그 소녀에게로 인도해 줄 주문처럼 여겨져서요. 왜냐면 그 소녀는 귀신이 붙었다는 흉한 점을 받았었거든요. 아, 마치 여인네 같군요. 이런 얘기를, 그것도 처음 뵙는 낭자께 이런 얘기를 늘어놓다니……, 부끄럽습니다.”

“아니, 괜찮아요. 저는…….”

“왜 낭자께 이런 말을 줄줄 하는지 제 스스로가 이해되지 않습니다.”

혜완의 말을 자르며 금행이 유심히 그녀의 눈을 들여다보았다.

“정말 이상합니다. 저는 이제껏 이 얘기를 아무에게도 한 적이 없는데……, 낭자의 눈을 마주하니 저도 모르게 그 소녀가 떠올라서 그만……. 어쩐지 낯익은 느낌이 듭니다. 마치 예전에 어디선가 본 듯한…….”

“어쩌면 제가 바로…….”

“아아, 그럴 리가 없는데, 나는! 참으로 어리석구나.”

또다시 혜완의 말문을 막은 금행이 혼잣말을 하며 턱을 마구 쓰다듬고 머리를 흔들어 댔다. 그러고는 그녀를 향해 고개를 들고 헛헛하니 웃었다.

"죄송합니다. 제가 그 소녀를 그리는 마음이 몹시도 간절하여 모르는 분을 붙잡고 헛소리를 하였습니다. 실례를 용서하십시오. 저는 이만 가 보겠습니다."

금행이 깍듯하니 인사하고 미련 없이 돌아섰다. 그리고 정말 가 버릴 것처럼 크게 한 걸음을 뗐다.

"잠깐만요!"

혜완이 다급히 불렀다. 금행이 멈춰 서서 천천히 그녀를 돌아보았다. 왜 부르는지 모르겠다는 듯 고개를 갸웃하며. 혜완이 숨을 한 번 크게 들이쉬고 바르르 떨리는 입술을 열었다.

"저예요."

"예?"

금행이 고개를 반대로 갸웃하며 그녀에게 다시 다가섰다. 혜완의 목소리가 작아 못 들었기에 반문한 것이 아니다. 그녀의 목소리는 무척 작았지만 그녀의 말을 이미 예상하고 있었기에 금행은 척 알아들을 수 있었으니까. 걸려들었어. 그가 속으로 흐뭇하게 웃는데 혜완이 감격 어린 목소리로 되풀이해 말했다.

"방금 말씀하신 그 소녀, 저예요. 나례의 축귀 주문을 외워 준 그 아이, 바로 저라고요."

"뭐라고요? 낭자가 바로 그 소녀?"

금행의 손에서 책이 툭 떨어졌다. 그는 한 손으로 이마를 짚고 너무 놀라 어안이 벙벙한 표정으로 눈만 여러 번 끔쩍거렸다. 그렇게 잠시 뜸을 들인 후 그는 비로소 정신을 차린 사람처럼 낯빛을 가다듬고 말을 더듬었다.

"그, 그럴 수가! 어, 어떻게 이런 우연이! 미, 믿을 수가, 믿을 수가 없습니다. 도무지 믿을 수가 없어……."

"저도 믿기지 않아요. 술사들의 말을 믿어야 하나 고민하다가 한번 속아 보자는 마음으로 나온 것인데……. 그럴 리는 없겠지만 만에 하나 하늘이 재회할 기회를 주신다면 그냥 지나쳐 버려서는 안 되겠다는 생각에 온 것인데……."

"정말, 정말로 제가 생각하고 있는 그 소녀가 맞습니까? 어쩌면 낭자와 저는 서로 착각하고 있을지도 모릅니다. 제가 그 소녀를 만났던 것은 7년 전입니다."

"맞아요. 7년 전이었죠. 제가 그 주문을 처음 들었던 때가."

"주문만으로는 확신할 수 없습니다. 저는 엄연한 유자이지만 당시엔 아이 초라니 차림을 하고 있었습니다. 아니라면 당장 말씀해 주십시오."

"아이 초라니까지 말씀하시니 도저히 착각이라고 할 수가 없습니다."

"그것까지 맞는다는 말씀입니까?"

"네, 전 어둠 속에서 초라니 탈을 보고 귀신인 줄 알았었죠. 생각나세요? 제가 처음에 귀신이라고 불러서 선비님께선 깜짝 놀라셨죠."

어이쿠, 그런 일이 있었어? 더 확인하려고 나불거렸다간 삐끗할라. 금행은 곧 두 팔을 쳐들고 환호성을 올렸다.

"아아, 하늘이, 부처가 도우신 게 틀림없습니다. 꿈에도 못 잊던 그 소녀를 만나게 되다니!"

"저를……, 잊지 않으셨어요?"

혜완이 수줍게 물었다. 부끄러워하는 은은한 미소가 그녀의 입가에 떠올랐다. 그녀의 반응에 고무된 금행이 뜨겁게 말을 토했다.

"잊다니요! 어떻게 그때 그 소녀를 잊겠습니까? 집으로 돌아와 어리석은 제 머리를 마구 두들겼습니다. 이름을 물어볼걸, 아니, 사는 동네라도 물어볼걸! 그러면 그 동리를 다 뒤져서라도 다시 볼 텐데! 그렇게 통탄하며……."

"제가 사는 동네, 그때 가르쳐 드렸었잖아요."

헉, 그랬어? 금행은 경솔한 입을 합, 다물었다. 고맙게도 혜완이 알아서 무마해 준다.

"하긴 선비님께서는 그때 개경의 지리를 거의 모르시는 것 같았어요. 동리 이름을 가르쳐 드려도 영 기억하실 눈치가 아니었죠."

"하하, 그땐 저 역시 어려 제가 사는 동리 외엔 잘 몰랐던 터라……."

어물어물 받아넘기고 금행은 얼른 감개무량한 표정을 지으며 말머리를 돌렸다.

"어쨌든 7년 전 그 소녀가 바로 낭자인 거로군요. 그땐 정말 어린 소녀였는데 이렇게 아름다운 소저로 제 앞에 다시 나타나시다니, 하마터면 아예 몰라보고 지나칠 뻔했습니다."

"그때 전 겨우 열두 살이었어요. 많이 달라졌으니 몰라보시는 게 당연해요."

"아니, 그렇지만도 않습니다. 낭자의 이 눈……, 꼭 닮았습니다. 제가 늘 꿈속에서 그려 왔던 그 소녀와. 그래서 저도 모르게 지난날을 입에 올리고 말았던 겁니다."

"제 얼굴을……, 기억하신다고요?"

"감히 기억한다고는 말하지 못하겠습니다. 정말 예쁜 소녀라 도저히 잊을 수 없었지만 시간이 지나면서 점점 윤곽이 희미하게 지워져 갔으니까요. 하지만 늘 상상해 왔죠. 그때로부터 1년이 지나고 2년이 지나면서 제 상상 속의 낭자는 어린 소녀에서 차츰 아리따운 숙녀로 자라났습니다. 그리고 7년이 지난 오늘, 제가 상상해 왔던 그 여인이 바로 제 앞에 있습니다. 제가 그리던 그 얼굴, 그 자태로. 다른 점이 있다면 딱 하나, 현실의 낭자는 상상보다 더 아름다운 분이란 겁니다."

"아……."

혜완이 말을 못 잇고 고개를 외로 틀었다. 그 때문에 시율은 그녀의 얼굴을 볼 수 없었지만 어쩐지 붉어졌을 것 같다. 시율은 바싹 마른 입술을 초조하게 물었다. 입술에서 깔깔하니 쓴 맛이 났다. 기억이 나지 않아 거짓말을 지어내더라도 난 저 자리에 섰어야 했던 게 아닐까? 비로소 후회가 밀려들었다. 7년 만의 재회에 저토록 설레어하는 그녀라니. 혜완의 보드라운 목소리가 바람을 타고 들렸다.

"저도 늘 선비님을 생각했었습니다."

쿵, 시율의 심장이 내려앉았다. 허, 옆에서 지량이 허탈한 웃음을 깨물었다.

"난 일곱 달이나 가까이 있었는데, 왜 서 소저는 내게 저런 말을 한마디도 안 했을까? 저놈이 나보다 낫다고 보냐, 율아? 응? 도무지 모르겠네, 서 소저의 취향을."

정말 모르겠다, 그녀의 마음을. 시율은 말없이 애꿎은 입술만 잘근잘근 씹었다. 지량에게 다가가는 것을 그렇게나 망설였던 그녀가 어째서 저 겉만 번드르르한 사기꾼에겐 쉽게 마음을 여는 걸까? 놈의 근사한 얼굴을 보자마자 그만 홀랑 넘어가 버린 걸까?

시율은 수풀 너머로 자신의 노릇을 하는 가짜가 기쁨에 겨워 히죽 웃는 것을 보았다. 움켜쥔 그의 주먹에 저절로 힘이 들어갔다. 지금 당장 뛰쳐나가 저놈을 때려눕혀? 벌떡 일어나고 싶은 그를 억제한 것은 다시 들려오는 그녀의 목소리였다.

"꼭 한 번 다시 만나고 싶었어요."

저런 사랑스러운 목소리라니! 시율의 가슴이 찢어질 것만 같았다. 그 가슴을, 끔찍하게도 증오스러운 가짜의 대답이 갈고리로 긁어내듯 깊숙이 할퀴었다.

"아아, 낭자께서도 저와 똑같은 생각을 하고 계셨군요! 저는 7년 전 그날 이후로 낭자를 잊어 본 적이 없습니다. 왜냐하면 전 처음 본 순간에 낭자를……."

"그럼 저를 찾아오실 작정이셨나요? 그날 약속한 대로?"

응? 약속? 금행은 한순간 당황했지만 이내 귀영이 털어놓은 정보를 상기하고 침착해졌다.

"낭자가 열아홉이 되면 다시 주문을 외워 주겠다는 그 약속 말씀이십니까? 예, 그 약속, 지키고 싶은 마음이야 간절했지만……."

"전 해마다 섣달그믐이면 그곳으로 갔었어요. 선비님을 만나기 위해서요. 특히 올해는……, 제가 열아홉이 된 해예요."

"아아, 그럼 올해 섣달 그믐날 그곳으로 가면 되는 거였군요……."

그런데 '그곳'이 어디야? 금행은 운명을 좋아하는 이 처녀에게 빈틈을 보일까 봐 정신을 바짝 차렸다. 섣달그믐보다는 몇 달 빠르지만 이왕 만났으니 그걸로 된 거 아냐? 금행이 생각하는데 혜완이 말했다.

"섣달그믐은 아니라도 올해 만났으니 정말 선비님과는 인연이 있는 모양입니다."

"그렇죠, 그렇습니다. 저도 지금 막 그런 생각을 했더랍니다."

"전 무척 기뻐요. 다행스럽고요. 굳이 섣달그믐이 아니라도 오늘의 만남으로 7년 동안 지고 있던 마음의 빚을 내려놓을 수 있을 것 같아서요."

"예, 저도 기쁘기 한량없습니다. 저 역시 7년 동안 지고 있던……, 예?"

신명 나게 그녀의 말을 되풀이하던 금행의 혀가 순간적으로 꼬였다. 왠지 모를 불안감에 휩싸여 그의 목소리가 한결 조심스러워졌다.

"마음의 빚……이라니요?"

"선비님께선 죽음까지 생각한 저를 구해 주셨습니다."

"아하하, 그런 과찬의 말씀을……. 저는 그저 낭자가 너무 안타까워서……. 뭐, 대단한 일을 한 건 아니었지요."

"선비님께는 대단한 일이 아니었겠지만 제겐 열두 해 짧은 생에서 가장 대단한 순간이었어요. 선비님께서 주문을 외운 그때, 전 정말로 제게 붙었다는 귀신이 떨어져 나간 듯이 상쾌했었거든요. 귀신이 또 붙을까 봐 걱정되면 또 쫓아 주겠다고 하신 선비님의 그 말씀이 오랜 불안에 시달리던 저를 안심시켜 주었어요. 살아갈 희망을 안겨 주셨다고 할까요. 실제로 그 뒤로 전 여전히 귀신이 붙은 아이라고 따돌림을 당했지만 꿋꿋이 버틸 수 있었어요. 지금까지도요."

"아아, 그런 말씀을 하시니 왠지 가슴이 벅차오르는군요. 전 미처 생각지도 못하고 한 일인데……."

"그러게요. 참 놀랍지요? 무심결에 베푼 누군가의 작은 도움이 다른 누군가에겐 생을 관통하는 커다란 위로와 희망이 된다는 거. 전 그래서 7년 전 그날 이후로 제 주변의 사람들을 돌아보게 되었어요. 그리고 세상의 온갖 고통에 시달리는 사람들을 보게 됐고요. 선비님께서 제게 도움을 주었듯이 저도 누군가에게 작게나마 의지가 되고 싶었어요. 그래서 제가 할 수 있는 일들을 찾아 하기 시작했어요. 약과 의복을 나누어 주고 외로운 사람을 만나면 집으로 데려왔죠. 그런데 지나고 보니 다른 이에게 도움이 되고 싶어 베풀었다고 생각한 것들이 사실은 제게 또 다른 위로가 되더군요. 제가 세상에 필요 없는, 해로운 아이라는 생각이 더 이상 들지 않게 되었어요. 지금도 제 상황은 7년 전과 크게 다르지 않지만 저는 충분히 행복해졌어요. 이 모든 게 선비님의 그 주문에서 비롯된 거예요. 전 선비님을 만나면 그걸 깊이 감사드리고 싶었어요. 그래서 늘 선비님을 생각했고, 그래서 꼭 한 번 다시 만나고 싶었어요."

"그리고 결국 우리는 이렇게 만났습니다."

금행이 흥분된 목소리를 높였다. 그는 빨리 본론으로 들어가고 싶었다.

"이젠 우연히라도 만나기를 소망하며 서로 애태울 필요가 없어진 거죠. 그동안은 이름도 나이도 사는 곳도 집안도 몰랐지만, 지금부터는 그 모든 것을 다 알게 될 테니까요. 제 소개를 먼저 하자면……."

"아니, 말씀하지 말아 주세요."

"뭐, 뭐라고요?"

의외의 반응에 금행은 너무 놀라 말을 더듬었다. 수풀 속에 있던 두 사람도 깜짝 놀라기는 마찬가지. 혜완만이 차분했다.

"저는 단지 선비님께 감사의 인사를 드리고 싶었을 뿐입니다. 오늘 놀라운 우연으로 만나 7년이나 미뤘던 고마움을 드디어 표하게 돼서 다행스럽고도 기쁘게 생각합니다. 선비님을 만나지 못하면 만나지 못하는 대로 조용히 잊으려고 했거든요."

"이, 잊는다고요? 어, 어째서?"

이게 아니잖아? 귀영의 말로는 분명 첫눈에 반해서 지금까지도 잊지 못한다고 했는데 조용히 잊긴 왜 잊어? 금행의 벙한 얼굴이 이내 일그러졌다. 혜완이 말했다.

"전 그동안 감사한 마음을 어떻게든 전하고 싶어 선비님을 만나길 바랐지만 어쩌면 이것도 제 욕심에 불과한 것일지 모르겠어요. 7년 전 선비님께선 제게 이름도 신분도 아무것도 일러 주지 않으셨습니다. 다른 이를 위로하고 돕는 데에 대가를 바라지 않았기 때문이겠지요. 그저 제가 선비님께 도움을 받은 것처럼 저도 자신을 드러내지 않고 남을 돕는 것, 그게 선비님의 고결한 마음에 보답하는 길이라는 생각이……."

"저는 예전에 제가 한 일에 대한 어떤 보답도 원하지 않습니다."

금행이 손을 번쩍 들어 그녀의 말을 가로막았다. 이야기가 그의 기대와 어긋나게 돌아가고 있다. 빨리 제대로 수습해야 하는 것이다. 그는 재주껏 애절해 보이는 표정을 지었다.

"저는 감사의 인사도 필요치 않습니다. 제가 왜 날마다 낭자를 그리며 한 해가 지날 때마다 달라질 낭자의 모습을 상상했겠습니까? 제가 왜 낭자에게 외워 준 주문을 적어 항상 몸에 지니고 다녔겠습니까?"

"저는……."

"첫눈에 끌렸습니다. 그래서 그 어린 소녀를 두고두고 잊지 못했습니다. 너무 어려 그 순간엔 좋아한다고 깨닫지도 못했지만 시간이 지날수록 절실하게 느꼈습니다. 그 소녀가 아니면 안 된다는 사실을. 그녀만이 저의 운명이란 것을. 지금도 강하게 느낍니다, 저는. 우리 둘 사이에 끊을 수 없는 인연을, 운명을!"

금행은 '운명'이란 말을 특히 힘주어 강조했다. 그 단어가 그녀의 약점임을 그는 이미 들어 알고 있다.

"낭자께선 놀라운 우연이라고 하셨지만 오늘의 만남은 분명 우연 이상입니다. 어떻게 제가 산책하는 길을 낭자께서도 같은 시간에 걸었을까요? 7년 동안이나 줄곧 만나지 못한 두 사람이 말입니다. 또 주문이 적힌 종이가 딱 그때 책에서 빠지다니, 우연이라기엔 너무도 기막히지 않습니까? 이건 운명이라고 부를 수 있습니다, 충분히!"

그러나 금행의 부르짖음에도 그녀는 동요하지 않았다.

"굳이 운명이라 하신다면……, 아까도 말씀드렸듯이 선비님의 오래전 도움에 대한 제 마음의 빚을 내려놓을 수 있도록 하늘이 저와 선비님을 이 길 위에서 만나게 해 준 거라고 전 생각해요. 저는 선비님께 감사의 마음 외엔 다른 마음을 가지고 있지 않습니다."

거짓말, 새빨간 거짓말이야! 금행은 그렇게 외치고 싶은 마음을 꾹 누르며 나름대로 자신의 매력이라고 여기는 부드러운 눈웃음을 살살 쳤다. 아예 톡 까놓고 공격적으로 나가기로 작정한 그가 나긋하게 말했다.

"저기, 저는 지금, 낭자를 보지 못했던 지난 7년 동안 내내 연모해 왔다고 말씀드리는 거거든요?"

7년이나 짝사랑하던 상대가 나타났는데 거기에 더해 이만큼이나 생겼으니 어느 여자라도 정신이 나갈 정도로 황홀해하리라. 그런 자신감을 애초에 달고 나왔던 그였다. 눈앞의 이 여자는 단지 부끄러워 사모의 정을 드러내지 못하고 딴소리를 늘어놓을 뿐이라고밖에 생각할 수가 없었다. 그럼 이쪽에서 먼저 숙이고 들어가 주지! 금행은 나름대로 사랑이 담뿍 담긴 시선을 던졌으나 그게 혜완을 한 발짝 물러서게 했다.

"저는 아닙니다."

혜완이 잘라 말했다. 그녀는 자신이 물러선 만큼 다가오려는 금행을 손을 들어 막았다.

"7년 전 그 아이 초라니를 내내 잊지 못했지만 지금 연모하지는 않아요. 제게 선비님은 사실 오늘 처음 만난 사람과 거의 마찬가지입니다. 저는 여전히 선비님에 대해 아는 바가 없고 선비님을 사모할 시간조차 없었습니다. 그건 선비님도 마찬가지예요. 선비님께서 7년 동안 연모한 사람이 저라지만 아마도 실은 저와 다른 사람, 저의 7년 전 모습에 선비님의 상상을 입힌 환영일 거예요."

"비록 환영이라고 해도 연모하는 건 사실입니다! 그리고 단언컨대 낭자 역시 저의 7년 전 모습에 낭자의 상상을 입힌 환영을 사모하여 그리워해 왔을 겁니다. 장장 7년 동안을요! 그렇지 않습니까? 분명히 그렇지요?"

"그런 점이 없었던 건 아니지만……."

거침없는 금행의 공격에 혜완이 찔끔하여 말끝을 흐렸다. 그녀가 주춤하자 금행이 더욱 박차를 가했다.

"환영이라고요? 환영을 사랑했으니 사랑이 아닌 걸로 치자고요? 아니, 그 환영도 접니다. 출발은 저라고요. 그리고 이젠 환영이 아니라 진짜가, 실체가 이렇게 눈앞에 있습니다. 운명처럼 말이죠. 더 이상 환영을 사랑하고 싶지 않다면 실체를 사랑하면 되는 일 아니겠습니까. 저는 이미 7년간의 상상을 벗겨 버린 눈앞의 낭자를 사모하고 있습니다. 왜 그런지는 사람의 말로 설명할 수가 없습니다. 그냥 그렇게 되어 버린 겁니다. 사랑이란 것이 원래 그렇지 않습니까. 마치 운명이 저를 부리는 것처럼. 그렇습니다. 저는 저항할 수 없는 운명을 느낍니다."

"제겐 그 운명의 힘이 느껴지지 않아요."

혜완이 미안스러운 낯으로 고개를 살래살래 저었다.

"그리고 오늘의 만남에 운명이니 그런 거창한 말을 붙이고 싶지 않습니다."

"그럼 운명 같은 애긴 빼 버립시다."

그녀의 완강한 태도에 당황한 금행은 금세 공격적으로 웅변하는 자세를 버리고 그녀의 비위를 맞추는 쪽으로 선회했다.

"7년의 그리움도 잠시 옆으로 밀어 놓고 말이죠. 지금부터 시작이라고 생각하고 조금씩 서로를 알아 나가면 되지 않겠습니까. 제가 낭자를 사모하는 마음으로 바라보듯 곧 낭자도 저를 같은 마음으로 보시리라고 단언할 수 있습니다."

"그럴 수가 없게 됐어요. 제겐……."

혜완이 더욱 세차게 고개를 저었다.

"……제겐 이미 좋아하는 분이 있습니다."

쿠쿵, 금행의 귀에 날벼락 치는 소리가 울렸다. 이건 얘기가 완전히 다르잖아! 그의 멍하니 벌어진 입술이 가까스로 달싹였다.

"조, 좋아하는……, 분이라고요? 제가 아니라……, 다른 사람을?"

"죄송해요."

사과할 일인지 판단이 서질 않았지만 혜완은 일단 사과했다. 금행의 넋 나간 얼굴이 무척 안돼 보였기 때문이다.

"사모하는 분이 있습니다. 그러니 선비님의 마음을 받을 수가 없어요."

"어떻게 그럴 수가 있습니까?"

금행이 울먹이며 부르짖었다. 그는 아직 이 부유한 외톨이 처녀를 포기할 수가 없었다.

"7년 전 우리의 만남을 기억해 보십시오. 우리가 어려서 그날은 깨닫지 못했지만 분명 서로에게 호감을 가지고 연모의 싹을 각자의 마음에 틔웠습니다. 오랜 시간이 흐르는 동안 저도 낭자를 잊지 않고 낭자도 저를 잊지 않았는데, 다른 사람이라니요?"

"선비님께서 저를 잊지 않은 건 정말 뜻밖입니다. 선비님께서 저를 기억하실 거라곤 기대하지 않았어요. 돌이켜 보면, 사실 그날 선비님은 저를 약간 귀찮아하는 눈치였거든요. 저 혼자서만 그날을 가슴에 새긴 줄 알았습니다."

"저도 가슴에 새겼거든요? 아까 주문을 적은 종이를 부적처럼 가지고 다니는 것도 보셨잖습니까. 지금에 와서 다른 사람이 있다고 말씀하시면 저는 어떡합니까?”

“그냥 그렇게 되어 버린 것을, 저도 어찌할 수가 없습니다. 방금 말씀하셨지요, 사랑이란 것이 원래 그렇다고. 저도 지난 7년을 생각하여 저항하려고 노력했지만 소용없었습니다.”

“다시 한 번 노력하면 달라질지도 모르지요.”

금행이 실망이 깃들었던 눈을 새삼 번득였다. ‘저항’이란 말이 그에게 희망을 불어넣었던 것이다.

“아마도 낭자는 저를 기다리다 지쳤나 봅니다. 그래서 다른 남자가 눈에 들어온 겁니다. 저를 대신할 사람을 찾은 거죠. 이제 제가 나타났으니 대신할 사람은 필요 없겠습니다. 그렇지 않습니까?”

“아니, 그건 오해예요. 전 사실 이제껏 어떤 사람을 선비님으로 착각하고 있었는데…….”

“그 사람이군요. 내 대용!”

“그것도 아니에요. 선비님으로 착각한 그 사람을 사모하지 못했기 때문에 비로소 알았던 거예요. 7년 전의 기억은 이제 제게 한순간의 추억에 지나지 않는다는 걸. 제가 사모하게 된 분은 7년 전의 그 일과는 전혀 상관없는 사람, 선비님으로 착각했다는 사람의 벗이에요.”

“그럴 리가…….”

금행이 도무지 믿기지 않는다는 듯 두 손으로 머리를 감쌌다. 그도 그럴 것이 단옷날까지만 해도 이 여자는 그를, 정확히 말하면 그가 사칭하는 7년 전의 아이 초라니를 좋아한다는 확실한 정보가 있었던 것이다. 귀영을 만난 직후라 시간을 좀 두고 접근하려고 두어 달 기다렸는데, 그사이 여자가 변심했단 말인가? 금행은 좀처럼 단념하지 못하고 물었다.

"도대체 언제부터……, 언제부터 7년 전의 일을 단순한 추억으로 묻어 버린 것입니까?"

"그건 저도……, 모릅니다. 그분에게 끌리는 마음을 최근까지도 모르고 있었어요."

"그럼 사실은 지금도 모르는 게 아닙니까?"

"아니, 지금은……, 알아요."

혜완은 수줍게 대답하다가 금행의 눈이 번쩍 뜨이는 것을 보고 서둘러 부연했다.

"빨래터에서 백마 탄 사내에게 손을 잡힌 여자의 노래를 아시나요? 석 달이 지나도 그 향기를 씻을 수 없다고 하는 노래요."

"……?"

"제 친구가 그러더군요. 그녀가 사랑에 빠졌기에 그 향기를 잊지 못하는 거라고. 그 애길 듣고 알았어요. 그래서 제가 유두일을 한 달이 훨씬 넘도록 염두에 두고 있었구나 생각했었죠."

무슨 말인지 전혀 모르겠어. 얼핏 뺨이 발그레해진 여자를 보며 금행은 생각했다. 그녀의 마지막 몇 마디는 거의 그의 책갈피에 꽂힌 축귀 주문처럼 알아들을 수 없는 해괴한 소리였다. 다만 한 가지 분명한 것은 지금 자신의 계획이 어긋나도 한참 어긋났다는 것이다. 이대로 물러나기는 억울한데 도대체 어떡한담? 이렇게 허무하게 거절당하리라곤 손톱 끝만큼도 상상해 보지 않은 그가 허둥지둥 머리를 짜내는데 혜완이 몇 걸음 더 물러섰다. 길 저편에서 그녀를 부르는 소리가 들렸던 것이다.

"그렇게 슬픈 낯빛을 하시니 제 마음도 무겁습니다. 어쩌면 만나지 않는 게 더 좋았을까요? 하지만 감사의 뜻은 꼭 전하고 싶었어요. 감사하고도 죄송합니다. 저 소리 들리시는지요. 시간이 많이 지났나 봐요. 광통사에 두고 온 제 하인들이 기다리다 못해 저를 찾아 이쪽으로 오는 모양입니다. 저는 이만 돌아가야겠습니다."

아, 안 돼. 아직 난 다음 방법을 생각하지 못했다고. 금행은 퍼뜩 정신을 차렸지만 그의 눈에 힘이 세어 보이는 덩치 큰 종복과 그 종복이랑 꼭 닮은 중년의 여자가 오솔길로 접어들고 있었다. 그리고 그가 뭐라 하기도 전에 혜완이 그에게 공손히 절을 하고 뒤돌아 빠르게 걸어가 하인들과 합류하더니 이내 사라져 버렸다.

"이런 젠장맞을!"

텅 비어 버린 길 위에 우두커니 서서 금행이 허공에 대고 욕을 뱉었다.

"수릿날엔 이런 얘기 단 한마디도 없었다고! 이게 어떻게 된 거니!"

그는 충격이 컸는지 어깨를 축 늘어뜨린 채 서 있는 자리에서 좀체 움직이질 못했다.

"너, 지금 웃고 있냐?"

수풀 속에서 모든 것을 보고 듣던 지량이 시율의 옆구리를 퍽 지르며 물었다.

"내가? 아니, 전혀."

시율이 짐짓 근엄하게 대답했지만 이미 목소리의 음색이 조금 전과 판이했다. 수풀 너머를 응시하는 그의 눈매는 여전히 날카로워 보였지만 실은 즐겁고 행복한 기분에 취해 많이 무뎌져 있었다.

녀석, 좋아 죽는구먼. 단정하게 다물었지만 흐뭇함에 취해 저도 모르게 움찔움찔 실룩거리는 시율의 입술을 보고 지량은 불만 아닌 불만을 품었다. 앞으로 율이가 어떤 서툰 방법으로 서 소저에게 사랑을 애걸할지 흥미진진하게 구경할 참이었는데 서 소저가 먼저 털어놓을 줄이야. 혜완은 그들이 수풀 속에 있는 줄 모르고서 말한 것이지만 지량으로서는 영 김새 버렸다. 저놈이 서너 발짝만 더 서 소저에게 다가갔다면 그 즉시 율이가 여길 박차고 나갔을 텐데. 지량은 기대만큼 적극적이지 않았던 금행을 탓하며 그를 짜증스레 째렸다.

혜완을 사이에 두고 두 남자가 치고받고 싸웠으면 차라리 재미있었으리라 생각하니, 수풀 속에서 한참이나 궁상스레 쪼그려 앉아 있던 수고가 못내 아쉽다. 그런 동무의 섭섭함을 알고 풀어 주려 했음인가, 시율이 우두둑 손가락 뼈마디를 세게 꺾었다.

“이제 술사와 결탁하여 양갓집 처녀를 유인하려고 한 저놈
의 죄를 묻자.”

친구의 말에 지량의 눈이 반짝 빛났다. 죄인이라도 사감을
가지고 때리면 안 된다고 말했던 시율이었지만 지금 단단히 말
아 쥔 그의 주먹에는 사감이 뚝뚝 묻어났다. 지량이 씩 웃으며
물었다.

“한 대 치게?”

“필요하면.”

수풀 너머를 노려보며 시율이 있어났다. 우둑, 그의 주먹에
서 다시 위협적인 소리가 났다. 다리를 휘감는 풀들을 헤치고
시율은 망연자실하니 서 있는 금행을 향해 성큼 발을 내딛었
다. 그는 여전히 웃지 않았지만 지량이 그렇게 신난 친구를 보
기는 처음이었다.

풍년을 축복하는 만월이 뜬 중추 가윗날. 지량은 그가 여름
내 가꾼 화초들에 둘러싸여 홀로 병째 술을 마시며 검은 밤하
늘에 눈부시게 빛나는 커다란 달을 감상하고 있었다. 작은 술
병을 금세 비우고 만 그가 마지막 한 방울까지 목구멍에 털어
넣고자 병을 탈탈 터는데, 사각사각 치맛자락 끌리는 소리가
가까이 다가왔다. 그가 꽃나무에 기댄 몸을 부스스 일으키니
영롱이 앞에 서 있었다.

지량이 얼굴을 비스듬히 기울여 그녀를 흡뜬 눈으로 보았
다. 혼자 있는 공간을 침범당해 언짢은 것인지, 외로웠던 차에

누군가 와서 반가운 것인지, 달빛에 드러난 그의 표정으로는 분간하기 어렵다. 영롱이 들고 온 술병 하나를 두 손으로 공손히 바쳤다.

"혹시 필요하신가요?"

"역시 눈치가 빨라."

비로소 지량이 웃음을 비쳤다. 그는 술병을 받아 들고 그녀가 앉을 자리를 내주기 위해 옆으로 조금 비키기까지 했다. 새 술을 한 모금 넘기고 그가 물었다.

"내가 여기 정원에 있는 줄 어떻게 알았지? 아무에게도 말하지 않았는데."

"몰랐습니다. 나리를 찾아온 게 아니거든요."

당연히 자신을 찾아왔으리라 단정하는 그의 눈빛을 영롱이 가차 없이 튕겨 냈다. 내심 머쓱해진 지량이 볼멘소리를 했다.

"그럼 왜 왔는데?"

"이 정원은 이 집에서 제가 마음 놓고 쉴 수 있는 유일한 휴식처예요. 김씨 부인은 앵계로 나가 윤 공자와 함께 달을 본다고 하고, 서 소저는 명절을 맞아 빈자들에게 옷과 음식을 나눠 주러 나갔으니 어차피 혼자 감상할 보름달을 이왕이면 편한 곳에서 편하게 보려고 온 거예요."

"하지만 술병을 가져온 건 내게 주기 위해……."

"저도 술을 마실 줄 안답니다. 좋아하기도 하고요. 그래서 혼자 술 마시는 것도 종종 즐기죠. 술과 떼려야 뗄 수 없는 인생을 살았거든요."

쩝, 지량이 무안한 입맛을 다셨다. 그는 술병을 그녀에게 돌려주려 했다가 이미 입을 댄 터라 그냥 두어 모금 꿀꺽꿀꺽 더 마셨다. 영롱이 그를 딱하게 쳐다보았다.

"중추회음中秋會飮이라, 가윗날 사대부들은 달이 잘 보이는 누각이나 정자에 모여 술을 나누는데 나리께선 벗들에게서 부름을 받지 못하셨습니까? 어찌 잔도 없이 땅바닥에 앉아 홀로 술을 드십니까?"

"내가 공들여 키운 꽃나무와 풀들이 우거진 이 자리가 어떤 누각이나 정자보다 운치 있어. 그리고 난 함께 마실 사람을 내가 불러. 내 마음에 드는 사람으로. 오란다고 맘에 없는 자리에 가는 사람 아니라고."

"네에, 그래서 혼자시군요. 얼마 전까지만 해도 연모하는 처녀가 있어 유두일에도 함께 계곡으로 놀러 가시지 않으셨던가요? 그 연인은 어쩌시고요?"

영롱이 놀리듯 묻자 지량이 태연스레 말했다.

"차였어."

"어머, 그래요? 나리께선 여자에 관해 꽤나 자신만만하신 듯 보였는데……. 거절당하기도 하네요."

영롱은 고소한 웃음을 참지 않았다. 지량도 빙그레 웃었다.

"며칠 전에 서 소저가 날 찾아와 정중히 사과했어. 많이 생각하고 또 생각했는데 아무래도 날 사랑하지 않는다는 결론이 나왔대. 내가 아닌 다른 사람을 사모하고 있다면서 크게 화를 내 달라고 하더군."

"그래서 화난 척하셨나요?"

"난 나를 사랑하지 않는 여인을 사랑할 수 없는 놈이라 서 소저의 마음을 안 이상 나 역시 사랑하지 않는다고 했지. 나도 다른 여인들을 마음 놓고 만날 테니 서 소저도 부담 없이 그 사모하는 사람을 마음껏 사랑하라고 했어."

"그러곤 끝? 사귄다고 선언할 때만큼이나 간단하네요, 두 분의 이별."

"그런데 서 소저가 한 가지 더 사죄할 일이 있다고 하더군. 사모하는 남자가 나랑 퍽 가까운 사람이래. 나를 기망할 의도는 없었지만 결과적으로 모양이 그렇게 됐으니 내가 화를 내더라도 할 말이 없다면서. 그래서 서 소저와 난 원래부터 인연이 아니었으니 내 친형님을 사모하고 혼인까지 하더라도 난 아무렇지도 않다고 대답해 줬지."

"하지만 서 소저는 아무렇지도 않을 순 없을 거예요."

영롱이 걱정스레 말했다.

"아무리 연심이 없었다고 해도 연인으로서 나리를 허락했는데 하필이면 나리와 가장 가까운 벗인 경시령에게 사모한다고 고백할 수 있겠어요? 두 분의 우정을 생각하면 서 소저로서는 못 할 짓이죠. 차라리 나리께서 7년 전의 일도 다 알고 있고, 단옷날 고백도 가짜였다고 모두 털어놓는 게 낫지 않을까요?"

"난 그 두 사람 문제에서 비켜나는 게 나아."

지량이 아랫입술을 비죽 내밀고 고개를 저었다.

"이젠 율이가 알아서 하겠지. 그래야 되고. 서 소저가 나와

율이 사이의 우정 때문에 곤란해한다면 그것도 율이가 풀어 줘
야지.”

“드디어 경시령께서 나서시는 건가요?”

영롱이 반색을 했다가 이내 눈살을 찌푸렸다.

“경시령께선 보기보다 너무 굼떠요. 서 소저가 딴 남자를 만
나러 가는 걸 놔두다니. 그냥 막아서서 사랑을 고백하면 됐을
텐데.”

“서 소저가 운명의 남자를 만나겠다는데 율이가 막을 순 없
잖아. 뭐, 좀 굼뜬 건 사실이지만 녀석도 다 생각이 있어서니까
걱정 말라고. 허울뿐인 연인이었지만 일단은 서 소저와 내 관
계가 정리되는 게 먼저인 거고, 녀석이 서 소저에게 멋지게 보
이도록 고백하려면 준비가 필요하잖아. 그쪽으론 머리가 잘 안
돌아가는 녀석이지만 나 몰래 선물까지 산 거 같던데? 아마 오
늘 서 소저에게 제 마음을 털어놓을 작정일걸. 맡은 공무도 산
더미인데다 가짜 녀석이랑 한통속인 술사들까지 찾아다니느라
고 도통 시간을 낼 수 없었는데, 오늘에야 가윗날 급가를 받았
으니까.”

“그래서 찾았나요, 그 엉터리 술승들은?”

“아직. 숙소를 며칠 간격으로 옮기는 모양이야. 가짜 녀석이
알고 있는 객점에는 이미 없었어. 가짜 녀석이 묘사한 놈들의
외양을 그려서 탐문하는 수밖에.”

“그 술사들의 거짓 점술로 피해를 본 사람들의 고발이 있지
않겠습니까?”

"점을 보는 부인들은 대부분 남에게 비밀로 하고 싶은 고민 때문에 술사를 들인 거야. 그이들이 집안의 허물을 누설하면서 까지 사기꾼을 잡는 데 협조하리라고 기대할 수는 없지."

"그럼 초하루에 서 소저를 만났던 가짜, 김씨 부인의 예전 남편은요? 어떻게 되었나요? 그 사람이라도 먼저 혼내 줘야 하는 거 아닌가요?"

"놈이 서 소저에게 거짓말을 하긴 했어도 재물을 빼앗거나 상해를 입힌 게 아니니 죄를 묻진 못해. 거짓 점의 대가로 은을 챙긴 술사들과는 다르지."

"그래서 멀쩡하니 돌려보냈어요? 법 따위에 얽매이지 말고 흠씬 두들겨 줘야 사기꾼 노릇을 그만두죠."

"그러게. 나도 율이가 주먹을 불끈 쥐기에 한 방 먹이나 싶어서 잔뜩 기대했는데, 너무 싱겁게 끝나 버렸어. 녀석이 지레 겁을 먹고 율이가 묻는 말에 꼬박꼬박 대답하는 통에 결국은 아무 일도 벌어지지 않았다고."

쯧, 지량이 잇새로 혀 차는 소리를 냈다. 그날, 우둑우둑 손마디를 꺾어 가며 손을 풀었던 시율은 정작 그 주먹을 써먹지 못했다. 상대가 관원임을 안 금행이 옴팍 기가 죽어 그 앞에서 설설 기었던 것이다. 가뜩이나 여간해선 누굴 때릴 시율이 아닌데, 혜완이 좋아하는 사람이 누군지 들어 버렸으니 하늘로 둥실 날아오를 듯 기분이 좋아져 순순히 응하는 금행을 모질게 잡도리할 이유가 없었다. 재미난 구경을 하겠다고 시율의 곁에 꼭 붙어 있던 지량에겐 심심하고 따분한 오후였었다.

"모든 게 서 소저 탓이야, 이건."

지량이 술을 마시며 심술궂게 투덜댔다.

"서 소저가 원래대로 운명과 진짜 사랑 사이에서 갈팡질팡했어야 돼. 새로 나타난 그 가짜로 인해 조금이라도 고민하는 모습을 보였어야 됐다고. 그래야 율이가 긴장해서 초조하게 쩔쩔매는 모습을 볼 수 있는데! 율이가 겉으로는 아닌 척해도 요 며칠 얼마나 신이 나서 들떠 있는지, 보기에 거슬려."

"초하루에 무슨 일이 있었습니까? 서 소저와 경시령 사이에요?"

"모르고 있었어? 서 소저가 아무 말도 않던가?"

"김씨 부인이 얘기해 달라고 조르고 또 조르는데 아무 말도 않을 순 없죠. 그렇다고 세세하게 말하지도 않았어요. 7년 전 아이 초라니를 정말 만나긴 했지만 앞으로 다시 볼 일은 없을 거라고만 했죠. 그 이상은 김씨 부인이 아무리 물어도 묵묵부답이에요. 김씨 부인도 더 듣길 포기했고요. 그런데 경시령이 신이 났다니, 서 소저가 뭘 어쨌는데요?"

"있어, 그런 거."

귀찮은 듯 지량이 심드렁하니 한마디 하고 다시 술을 마셨다. 그는 혜완이 그 숲길에서 누굴 좋아하는지 그녀의 입으로 드러낸 후로 어쩐지 맥이 풀리고 따분해졌다. 친구가 하루라도 빨리 좋아하는 여자와 마음이 통해 알콩달콩 사랑하길 바랐던 그였지만, 막상 그렇게 되려고 하니 자신이 나설 일도 없어져 버리고 무료해진 것이다. 그리고 이젠 시율도 재경도 각자에게 어울리는 연인을 찾았으니 혼자만 남은 느낌이 든다. 그는 큼직하게 뜬 보름달을 올려다보며 한 모금 더 마셨다.

"외로운 달이군."

헛헛하니 내뱉은 그의 말에 영롱이 웃었다.

"외롭다니요. 저 달은 풍작을 축복하는 달인걸요."

그녀도 지량을 따라 위를 올려다보았다. 엷은 구름 한 조각이 달을 지나고 있었다.

"올해는 풍년이네요, 하늘을 보니."

"뭘 꼭 아는 것처럼 말하는군. 천문이라도 볼 줄 안다는 거야?"

"서 소저가 얼마 전에 가르쳐 줬죠. 가윗날에 비가 내리면 흉년인데 올해 추석은 맑으니 다행이라고. 또 맑아도 구름이 한 점도 없으면 안 된대요. 보리농사가 흉작이란 뜻이라나요. 달이 보이지 않을 정도로 구름이 많아도 흉년이고요, 구름이 끼되 적당히 있어 달이 잘 보여야 풍년이랍니다. 오늘 하늘엔 구름이 끼었지만 여기저기 흩어져 있고 크고 밝은 달을 사방에서 볼 수 있으니 풍년이죠."

"흥, 그 정도는 농사를 짓지 않아도 다 알아. 아니, 네가 몰랐던 걸 보면 기녀에게는 잘 알려지지 않은 속신인가?"

지량이 빈정거렸지만 영롱은 담담하니 넘겼다. 오히려 그녀는 그를 동정하듯 물었다.

"한가위의 달을 보며 외로운 달이라니, 가족 생각이라도 하신 건가요? 객지에 나와 사는 사람은 이런 명절에 부모님을 뵈러 가는 경우도 많은데, 왜 가지 않으셨죠?”

“난 서경에 집이 있어. 그리고 가윗날 급가는 하루야. 하루 만에 서경에 들렀다 다시 개경으로 돌아오는 건 아무래도 어렵지.”

“경시령이면 급가에 제한을 느껴 못 간다고 해도 나리께선 동정직이니 괜찮지 않습니까?”

“너, 은근히 내 속을 긁고 있어.”

지량이 눈을 슬쩍 흘기긴 했지만 진짜 언짢은 표정은 아니었다. 그는 얼마 남지 않은 병 바닥의 술을 마시기 위해 고개를 한껏 젖힌 김에 등 뒤의 나무에 비스듬히 기댔다. 그 바람에 처음부터 나무에 붙어 있던 영롱과 한결 가까워졌다. 그가 코웃음을 섞어 자조하듯 말했다.

“아직 동정직이라 가족을 찾아뵐 면목이 없다. 장성한 세 아들 중 부모님께 걱정을 끼치는 유일한 골칫덩이라. 한량이나 다름없는 자식이 얼굴을 내미는 게 불효야.”

“제가 듣기로는 굉장한 효자시던데요?”

영롱이 눈길을 내려 자신의 오른쪽 어깨에 거의 기댈 것처럼 다가온 지량의 얼굴을 곁눈질했다. 그녀의 말이 우스운지 달빛 아래 그의 미소가 쓰게 번졌다.

“효오자아?”

“형님 두 분에 이어 나리까지 삼형제가 모두 급제하셨다고요. 그 공으로 나리의 어머님께선 나라에서 해마다 내려 주는 녹봉을 받으신다고 김씨 부인에게 들었습니다. 윤 공자가 자신의 일처럼 자랑하며 말했대요. 사족으로서 부모님을 기쁘게 하는 데 급제만 한 것이 또 있겠습니까? 가문을 빛낸 아드님을 자랑스러워하시면 몰라도 골칫거리로 여기다니, 그럴 리가 있나요?”

지량이 또 한 번 쓰게 웃었다. 이 시대엔 아들 셋 이상을 과거에 급제시킨 여자에게 조정에서 곡식을 내려 치하했다. 때로는 작위를 줄 때도 있었다. 위의 두 형이 연달아 좋은 성적으로 급제했고 막내인 지량도 등수는 처졌지만 어쨌든 합격하여 그의 어머니는 매해 서른 석을 받게 되었다. 그것만 놓고 보자면 집안뿐 아니라 동리, 나아가 서경 전체의 자랑이었지만, 지량을 따로 떼어 보는 시선들은 그리 곱지만은 않았다.

사실 그는 어릴 적부터 형들을 제치고 부모와 스승의 기대를 한 몸에 받았었다. 그것도 재경이 귀영에게 자랑삼아 얘기하고 귀영이 또 영롱에게 옮겼는지 영롱이 말을 꺼냈다.

“나리의 형님들도 일찍 과거에 합격했지만 집안에서는 나리께 더 기대를 걸었다면서요. 진정 집안을 일으킬 사람은 바로 나리라고요. 서경의 학교에서도 나리를 따라올 유생이 없었다고 들었어요. 스승님들께서도 나리가 장원으로 급제할 거라고 장담하셨다던데요. 물론 결과적으로 경시령이 장원이긴 했지만……, 원래는 나리께서 경시령보다 훨씬 더 공부를 잘하셨다던데요.”

“그런 열화 같은 기대를 짓뭉개 놨으니 내가 가도 반기지 않는다는 말이지.”

“급제하여 관원이 된 것으로는 모자란단 말씀입니까? 장원이 아니면 안 된다는 건가요? 그럼 해마다 낙방을 되풀이하는 선비들은 어쩌죠?”

“글쎄, 기대가 큰 만큼 실망도 큰 법이니……. 아니, 아마도 장원이 문제가 아니라 장원이 되지 못한 그 이유가 못마땅한 거지.”

“장원이 되지 못한 이유? 장원보다 장원이 아닌 이가 훨씬 많습니다. 장원이 아니라고 탐탁지 않아 하다니, 아마 나리의 형님들께서도…….”

“그런 게 아니야. 내가…….”

지량이 퉁명스레 그녀의 말을 끊었다. 안 좋은 기억을 떠올렸는지 그의 미간에 자잘한 주름이 깊게 패었다.

“내가 분별없는 망동으로 모두를 실망시켰을 뿐이야.”

“나리께서요? 짓궂다고는 생각하지만 분별이 없어 보이진 않는걸요.”

“사람이 마물에 미혹되면 스스로를 제어할 수 없게 되지.”

“마물?”

지량은 눈을 삐딱하게 치켜뜨며 영롱을 올려다보았다. 그녀가 그를 내려다보고 있었다. 은은한 달빛이 그녀의 젖빛 얼굴을 더욱 창백하게 물들여 신비롭게 보이게 했다. 지량이 혼잣말처럼 중얼거렸다.

“너 같은.”

“뭐라고요?”

"여자란 마물이지. 특히나 남자를 꾈 줄 아는 여자는."

"나리께선……, 사랑을 하셨군요."

"사랑?"

풋, 지량이 차갑게 실소했다. 그러나 그는 곧 고개를 끄덕였다.

"그렇지. 말하자면, 사랑이지. 사랑했어, 미친놈처럼."

"나리께서 사랑했던 분은 그러지 않았나요? 아니면 그분도 역시 나리를 사랑했는데 두 분이 맺어지지 못할 장애라도 있었나요?"

"그 여자가……, 사랑을?"

또 혼잣말을 중얼거린 지량이 영롱에게 다시 시선을 던지며 빈정거리듯 물었다.

"넌 사랑을 해 봤느냐?"

"저요? 아니요."

무슨 질문인가 싶으면서도 영롱은 즉각 자신 있게 답했다.

"제 마음을 깡그리 무시하고 제 몸만 탐하여 욕정을 풀다가 남에게 넘기기 아까워 불에 지져 버리려는 자들을 사랑할 수 있겠는지요. 사랑의 말을 강요하여 억지로 한 적은 있지만 그때마다 욕지기가 올라오는 걸 간신히 참았습니다."

"그렇겠지. 기녀들 따위가 무슨 사랑을 알겠는가."

지량이 키득키득 웃자 그의 흔들리는 머리와 어깨가 그녀의 얇은 저고리 소매를 스쳤다. 소매의 떨림이 팔로 전달되어 흠칫하는 동시에 영롱은 기이한 불안감을 느꼈다. 그녀가 조심스레 물었다.

"기녀……인가요? 나리께서 사랑한 그 사람?"

"그래."

지량이 자못 유쾌하게 대답했다.

"기녀지. 본래 황경의 기녀보다 서경의 기녀를 더 쳐주지만 그 여잔 그중에서도 돋보이는 축에 속했지. 다른 재주보다도 노래를 특히 잘 불렀어. 얼굴보다 그 목소리에 먼저 반했는데 노래를 자주 듣다 보니 어느새 그 여자에게 푹 빠졌지. 열일곱, 물불 안 가릴 나이의 철없는 소년은 과감하게 밤에 그 여자의 집 담을 넘어 들어가 내가 널 사랑하니 너도 날 받아들이라고 으르렁거렸지. 난 강요라고 생각하지 않았는데 지금에 와서 돌이켜 보니 그 여자는 강요라고 여겼을지도 모르겠군. 그 여자, 내가 찾아가기 전부터 날 사랑하고 있었다고 말했는데, 속으로는 구역질을 참느라 고생하지 않았을까?"

"그 기녀가 정말로 나리를 진작부터 사모했을 수도 있잖아요."

"그럴지도. 어쨌든 1년 반 동안 난 기루에서 살다시피 했어. 그 여자도 날 사랑한다고 철석같이 믿어 행복했기에 공부 따윈 안중에도 없었지. 그리고 그날이 온 거야. 드디어 그 여자의 본색이 드러난 그날이. 여느 때처럼 난 학교에서 몰래 빠져나가 그 여자를 찾아갔어. 그 여자, 울고 있더군. 어느 늙은 고관의 기첩으로 들어가게 됐다는 거야. 나를 사랑하지만 기루에 빚으로 얽매여 있으니 어쩔 수 없다나? 마지막으로 한 번만 안아 주고 잊어 달라는데, 난 도저히 그럴 수가 없었지.”

“그럴 수가 없으면요? 어떻게 하죠? 함께 도망이라도 가나요?”

“그렇게 대놓고 비웃지 말라고. 물론 비웃을 만하지만……. 맞아, 함께 달아나자고 했었지.”

“나리께서? 맙소사. 달아났다가 잡히면 과거고 뭐고 없어요. 인생을 포기했군요, 완전히.”

“열아홉이야. 가슴속 열기가 가득 차 폭죽처럼 빵빵 터질 때라고. 사랑하는 여자를 늙은이에게 그대로 무기력하게 빼앗길 순 없잖아.”

“그래서 그 여자가 뭐라던가요? 철모르는 소리 그만두라던가요?”

“처음엔 그랬지. 하지만 곧 그 여자도 도망치고 싶다고 했어. 나와 헤어져 살 수 없을 것 같다고. 그래서 우린 야음을 틈타 도주하기로 했지.”

“하지만 계획대로 되지 않았겠죠? 그때 도주했다면 지금의 나리는 없었을 테니까요.”

“맞았어. 계획대로 되지 않았어. 난 약속 장소에서 밤새도록 기다렸지만 그 여자는 끝내 나오지 않았어. 그리고 다음 날, 기루에 찾아간 나는 알게 됐지. 내가 그 여자를 기다리고 있던 그 시간에 그 여자는 늙은이의 여자가 됐다는 걸.”

“그래서 광분하셨나요? 분별없이 망동을 부리셨어요?”

“거의 폐인이 됐지. 마시고 부수고 때리고. 모두 말렸지만 아무 소용 없었지. 율이조차도 그땐 손을 쓸 도리가 없었어. 나중엔 완전히 미쳐서…….”

다시 떠올려 생각해 봐도 어이가 없었는지 지량이 킥, 웃음을 물었다. 무슨 미친 짓을 저질렀나 싶어 영롱이 눈을 동그랗게 뜨고 보는데 그가 아무렇지도 않게 말했다.

“……늙은이 집 담을 넘어 별채로 숨어들었지.”

“그녀를……, 만나셨어요?”

“만났지. 만나서 물었지. 왜 나를 속였느냐고. 왜 나와 함께 가지 않았느냐고. 아아, 지금 생각하니 퍽도 지질했군. 그땐 왜 그리도 절박했을까!”

“그녀가……, 뭐라고 대답했나요?”

“날 위해서라고 하더군. 서경에서 가장 촉망되는 인재인 날 더 이상 망칠 수가 없다나? 도망가도 얼마 안 가 잡힐 텐데, 천인인 저야 무슨 욕을 당해도 괜찮지만 내가 죄인이 되는 건 도저히 못 보겠다고. 그렇게나 나를 사랑한다며 또 눈물을 짜더군. 그 모습을 보니 역시 그 여자를 포기할 수가 없었어. 그래서 물었지. ‘나랑 도망갈래?’라고. 그랬더니 그 여자, 뭐라고 했게?”

“제발 잊어 달라고, 잊고 나리의 길을 가시라고 했겠죠.”

“아니. 그 여자, 도망은 못 가겠지만 정 자기를 못 잊겠으면 늙은이 몰래 만나자고 했어. 내가 별채에 숨어들든지 그 여자가 절이나 다른 곳에 간다고 별채에서 나오든지, 할 수 있는 방법을 다 동원해 몰래 만나 정을 나누자는 거야. 난 그 말에 또 광분했지. 이번엔 아주 다른 의미로. 그 여자, 늙은이가 주는 집과 패물과 재산을 사랑 하나만으로 덤비는 젊은 놈팡이 때문에 버릴 수는 없었던 거야. 하지만 몸은 흐물흐물한 늙은이보다 팔팔한 젊은 녀석을 원했겠지. 둘 중 하나를 고르고 하나를 버리느니 어정쩡하게 둘 다 취하겠다는 거지. 난 늙다리와 여자를 나눠 가지는 짓 따윈 못 하겠다고 화를 냈지. '늙은이냐, 나냐? 하나만 선택해!' 그 여잔 늙은이를 선택하는 게 나를 위해서라고 말하며 울었어. 난 더 이상 참을 수 없어서 그 방의 문을 부숴 버렸어. 시끄러운 소리에 사람들이 몰려 왔지."

"정말 미쳤군요."

"그렇다니까. 그야말로 난리가 났지. 당장 관부에 끌려가도 할 말이 없게 된 상황이었는데, 그 여자를 첩으로 삼은 늙은이가 내 아버지와 잘 아는 사이였어. 두 사람 다 서경유수관의 고위 관리인데 모를 리가 없지. 내 아버지는 물론 외가 쪽 친지들이 나섰고, 늙은이가 특별히 아량을 베풀어 관에 알리지 않았어. 실은 관에서도 알았지만 덮었어. 여자가 도망가지 않았으니 치기 어린 유생의 한순간의 실수를 용서하자는 거였지. 그 유생이 꽤나 촉망받는 녀석이라는 이유에서. 우습지, 그런 이유로 용서된다는 게? 그런데 그렇게 됐어."

지량은 정말 우스운 듯 쿡쿡거렸지만 영롱의 얼굴은 살짝 굳어 있었다. 그녀가 다소 쌀쌀하게 물었다.

"그래서 그걸로 나리의 사랑은 끝이 났나요?"

"뭐, 대강은. 깨달았거든. 내가 그 여자를 사랑했듯이 그 여자도 날 사랑한 게 아니란 걸. 난 모든 걸 버리고 그 여자만을 원했지만 그 여잔 나 말고도 원하는 게 많았어. 나랑 도망가면 얻지 못할 것들이 아까웠던 거지.”

“정말 그렇게 생각하세요?”

영롱의 목소리가 날카로워졌다. ‘뭐야, 왜 그래?’ 묻듯 지량이 눈을 껌뻑이자 그녀의 눈이 표독스레 빛났다.

“결국 여자를 차지하지 못하니 모든 걸 여자 탓으로 돌리는 건가요? 우습냐고요? 네, 우스워요. 나리가 용서받은 이유보다도 나리가 그 여자에게 화를 내고 있다는 게 우스워요. 집, 패물, 재산, 그런 것 때문에 그녀에게 선택받지 못했다고 생각하시나요? 그럼 그것들을 그녀에게 주지 못한 나리 스스로를 탓하세요. 그녀를 만나고 1년 반이 넘도록 나리는 뭘 했나요? 그녀가 나리와 사랑을 나누는 한편으로 생계를 위해 원치 않는 일을 했을 그 시간 동안? 그녀가 늙은이의 첩으로 들어가기 전에 나리는 왜 기루에서 그녀를 빼 오지 못했나요? 한갓 빈털터리 유생이어서? 집안의 반대가 두려워서? 나리 힘으로 해결하지 못한 일을 그녀에게 떠넘겨 놓고 그녀의 배신을 나무라다니요. 지켜 주지 못했으면 부끄러워할 줄 아서야죠!”

“……너, 대놓고 내 속을 긁는구나. 내 주변에선 아무도 그렇게 날 닦아세우지 않았어.”

지량이 한동안 멍하니 그녀를 보다가 말했다. 그는 놀란 것 같았지만 기분이 상해 보이진 않았다. 오히려 속내를 들킨 듯 멋쩍게 웃었다.

"너와는 상관도 없는 내 철없던 시절의 열병 이야기인데 왜 흥분하는 거야? 여자라서? 아니면 너 역시 기녀이기 때문에?"

"둘 다겠죠. 그리고 자기가 책임지지 못한 일을 남의 탓으로 돌리는 비겁함과 무능함을 보면 분노하는 평범한 사람이기 때문에. 물론 기녀를 물건이라고만 여기시는 나리께서는 제가 사람으로 보이지 않겠습니다만."

"이런. 내가 꼼짝없이 졌다."

지량이 나무에 기대어 누운 채로 두 손을 번쩍 들어 올렸다.

"네 말대로야. 확실히 난 무능한 주제에 무모한 계획으로 그 여자를 괴롭혔지. 어린애처럼 내 맘대로 되지 않는다고 상을 엎고 집을 부수고 개망나니처럼 난동을 부렸어. 그러곤 세상에서 가장 큰 상처를 입은 사람처럼 실의에 빠져 술독을 껴안고 남들의 근심과 안타까움을 샀지. 모두 내가 한갓 기녀 때문에 재능을 썩히고 야인으로 방랑할까 봐 걱정했어. 정작 내가 상처를 입힌 그 여자는 달리 아무런 선택 없이 늙은이의 첩으로 남아 남편의 분노와 주변의 멸시를 고스란히 감당했어야 했지. 그걸 알면서도 난 그 여자를 그 이후로는 아예 세상에 없는 사람으로 여겼지. 아니, 내 앞길을 막은 여자라는 주위 사람들의 평에 동조하여 그 여자를 미워했어."

"그래도 나리께선 급제를 하여 원래 자리로 돌아왔으니 나리를 염려하며 지켜보던 사람들의 시선이 달라지지 않았나요. 끝까지 불쌍한 건 그 여자예요."

"맞아, 불쌍한 건 그 여자지."

지량이 순순히 수긍하며 술병을 입에 대고 목을 젖혔다. 목을 타고 넘어오는 것은 술 향기뿐, 그가 술병을 아예 거꾸로 들고 탈탈 흔들었지만 한 방울도 나오지 않았다.

"술이 다 떨어졌네. 중추회음, 끝났다."

아아, 아쉬운 한숨과 함께 술병을 던져 버린 그가 끙, 무거운 신음을 내며 몸을 일으켜 세웠다. 바스락, 그가 스친 영롱의 저고리에서 가냘픈 소리가 났다. 그 소리에 지량이 돌아보았다. 얇은 저고리가 고스란히 드러낸 둥근 어깨의 곡선을 따라 그의 눈이 천천히 움직이다가 영롱의 눈과 딱 만났다. 비난이 엷게 드리운 그녀의 눈에 지량은 희미하게 웃었다.

"그래, 그 여자, 불쌍해. 내가 그 여자를 내팽개치고 남편으로부터도 냉대받게 만들었어. 그래서였을까? 그 여자, 늙은 남편이 집도 패물도 노비도 도로 거둬들이지 않고 원래대로 살게 해 줬지만 너무 괴로웠나 봐. 아주 깜짝 놀랄 만한 선택을 하고 말았어."

"깜짝 놀랄 만한……, 선택?"

달빛을 창백하니 머금은 영롱의 매끄러운 이마에 어울리지 않는 주름이 잡혔다. 애인과 남편에게 외면당한 여인이 극단적인 방법을 택한 것일까? 이 세상과 영영 이별하는? 영롱의 매서운 눈길 속에서 지량이 일어나 옷에 묻은 흙을 대충 떨어냈다. 그의 입가엔 여전히 모호한 웃음이 걸려 있었다.

"어느 날 한밤에 사내랑 도망친 거지."

"……!"

영롱은 깜짝 놀랐다. 아, 입을 벌렸지만 아무 말도 못 하는 그녀를 내려다보며 지량이 싱긋, 이번엔 또렷한 웃음을 지어 보였다.

"그 여자의 집을 감시하는 노비와. 내가 과거에 합격하기 전의 일인데 아직까지 잡혔다는 얘길 못 들었으니 벌써 3년은 됐겠군. 이거, 네게 좀 희망적인 얘기가 될까? 잘만 숨어 다니면 꽤 오래, 어쩌면 평생을 기녀에서, 물건에서 벗어날 수도 있는 거야. 그 여자처럼."

그의 입술 한쪽이 일그러지며 부드러웠던 미소도 잔인하게 비틀렸다.

"그렇다고 숨어 있는 그 시간 동안 기녀나 물건보다 더 낮게 지낸다는 보장은 없지."

그가 뒤돌아 느릿하니 화초 사이를 걷기 시작했다. 멀어지는 그의 뒷모습을 눈으로 좇으며 영롱도 일어섰다. 그녀가 물었다.

"그 후로도 나리께서 여러 기루를 드나드시는 건 혹시 그녀를 찾기 위해서인가요? 아직 그녀를 잊지 못해서?"

"전에 비슷한 설명을 하지 않았었나? 너도 그렇게 생각하겠지만, 도망친 기녀가 청루에서 일하며 출신을 드러내는 위험을 굳이 감수할 것 같진 않아. 설령 그 여자가 어느 청루에서 또 술과 노래와 몸을 판다고 해도 찾을 생각도 없고. 알아 버렸거든. 사랑 따윈 부질없는 한순간의 열병에 불과하다는 걸. 내가 기루에 가는 건 그저 습관이야. 술 마시고 노는 일, 그 재미에 한번 젖어 들면 빠져나오기가 어렵거든. 그리고 나, 요즘엔 청루에 발 끊고 채소와 꽃을 가꾸는 일에 열중한다고.”

지량이 멈춰 서서 그녀의 물음에 답한 뒤 다시 걸음을 계속했다. 그를 쫓아가지 않고 제자리에 가만히 서서 영롱이 소리를 조금 높여 또 물었다.

“이젠 그녀를 찾을 마음을 버린 거예요? 왜요?”

“찾을 마음 애초에 없었다니까 그러네.”

귀찮은 듯 지량이 퉁명스레 대꾸하고 더욱 보폭을 넓혀 금세 정원을 가로질러 갔다. 끼익, 중문이 열렸다가 쾅, 닫히는 소리가 났다. 고요해진 정원에 온화한 달빛이 쏟아져 내렸다.

지량의 뒤를 쫓던 영롱의 눈길이 스르르 떨어졌다. 지량이 심고 가꾼 꽃들이 어둑한 밤에 제 색을 잃고 모두 달에 동화되어 푸르스름해져 있었다. 그 사이를 술병 하나가 쓸쓸히 뒹굴었다. 영롱은 고개를 들어 만월을 보았다.

“외로워 보여…….”

영롱은 저도 모르게 혼잣말을 했다. 그녀가 정원에 들어설 때까지만 해도 그 보름달은 따뜻하고 폭신하고 말랑말랑하고 사랑스러워 보이는 것이 풍요와 행복의 상징다웠는데, 지금은 아니었다.

앵계 천변은 말 그대로 수많은 사람들로 가득했다. 가족끼리 혹은 친구끼리 달을 구경하러 나온 이들로 북적였다. 남녀가 함께 거니는 경우도 있었는데, 모두 점잖게 달을 보며 목소리를 낮추어 소곤거리는지라 그들이 남매인지 부부인지 혹은 친척인지 구별할 방법이 딱히 없다. 그래서인지 앵계에서 조금 떨어진 버드나무 아래에 나란히 서서 달을 우러러보는 귀영과 재경을 눈여겨보는 사람은 없었다.

"어떤 소원을 빌었습니까?"

애틋한 눈으로 달을 얼마나 오랫동안 올려다보는지, 기다리다 못해 재경이 속삭이듯 물었다. 귀영이 달에서 눈을 내려 그를 힐끗 보았다가 이내 난감하니 고개를 틀었다.

"저, 공자님께는……, 말씀드리지 못하겠습니다."

"내게요? 왜 그렇습니까?"

재경이 서운함에 울상이 되었다가 앗, 깨달은 바가 있어 히죽 웃었다. 그에게 말하지 못할 소원이란 바로 그에 관한 소원일 터. 아마도 재경 자신이 방금 빌었던 '이번 감시에 붙어 떳떳하게 혼인할 수 있게 해 주오.'란 소원과 상통하는 것일 게다. 그대 마음이 곧 내 마음, 말하지 않아도 뜻이 일치하는 그녀와 자신이 꼭 부부 같아 재경은 몹시 기뻤다. 기쁘고 신이 나니 같은 소원을 빌었음을 짐작하면서도 굳이 그녀의 입으로 그걸 확인하고 싶다. 재경은 그녀와 눈을 맞추기 위해 얼굴을 들이대면서 예전과 확연히 달라진 말투로 어린애처럼 졸랐다.

"말해 주오. 그대와 나 사이에 숨길 일이 무에 있습니까? 그대 소원이 곧 내 소원이니, 나 그만 답답하게 하고 속 시원히 말해요."

"아이참……."

귀영은 정말 곤란해졌다. 사랑하는 이를 진실하게 대하고 싶은 그녀는 거짓말 따위는 하고 싶지 않다. 거짓으로 둘러대는 일에 서투르기도 하다. 그녀와 그 사이에 숨길 일이 없기를 귀영 역시 바라지만 세상은 그렇게 마음먹은 대로 살 수 있게 만들어져 있지 않다. 그에게 숨길 부분을 잘 숨긴 채 거짓말을 하지 않기 위해 귀영은 말해도 좋을 부분만 골라 말했다.

"완이가 멋진 사람을 만나 행복하게 되길 빌었어요."

"완이……요?"

재경이 실망의 빛을 감추지 못했다. 어쩌다 내 사랑에게 우리 둘 사이의 일보다 완이가 더 중요해졌담? 그의 불퉁하니 튀어나온 입이 소리는 안 내도 그렇게 말하는 듯 보였다. 귀영이 당황스러워져 더듬더듬 변명을 했다.

"저, 저는, 그러니까 고, 공자님을……, 그렇죠, 공자님을 만나서 이렇게 행복하잖아요. 그런데 저를 친언니 못지않게 대해 준 완이는 양온승동정과 더 이상 교제를 않겠다고 하고, 거기에 7년이나 기다렸던 운명의 남자와도 틀어지고……. 저만 행복해지는 게 미안해서요."

"아! 그대의 아름다운 마음씨를 나는 도저히 따라가지 못하겠습니다."

귀영의 '행복하다.'는 말에 홀딱 넘어간 재경은 아까보다 더 기분이 좋아졌을 뿐 아니라 그녀의 선량함에 감복하여 그녀와 마찬가지로 관심을 혜완에게로 옮겼다.

"7년 전 완이가 만난 아이 초라니가 다른 사람이었다니, 나도 놀랐습니다. 난 줄곧 지량 형님일 거라고 확신했었거든요. 지량 형님도 내게 와서 7년 전 숲에 갔던 여자가 다섯째 누님이 아니냐고 묻고……. 두 사람 모두 다른 사람을 두고 착각한 모양입니다. 그런데 완이가 진짜 7년 전 아이 초라니를 만났다고 하지 않았습니까? 그가 완이의 운명의 남자라더니, 틀어졌다는 건 또 뭔가요?"

"완이는 그 남자를 다시 만날 생각이 없대요."

"어째서요?"

"그건……."

귀영의 말이 거기서 막혔다. 그건 그 남자에게 이미 사랑하는 여자가 있기 때문이죠. 거기까지 말할 수도 있었지만 귀영은 잠자코 침묵했다. 왜냐면 그 남자가 사랑하는 그 여자란 바로 자신, 김귀영이니까.

'아아! 바보 같은 남자. 그냥 나를 잊고 완이의 운명이 되어 주어도 됐을걸. 나 때문에 완이가 7년의 그리움을 모두 지우고 외롭게 남았으니 어떻게 위로를 해 주어야 할까? 넌 왜 헤어진 뒤에도 그의 마음을 붙잡아 버린 거니, 김귀영! 내 귀엽고 예쁜 은인에게 이런 보답을 하다니, 완이와 나처럼 얄궂은 관계가 또 있을까. 이것도 역시 운명인 건가…….'

비감에 젖은 그녀는 안타까이 달을 다시 올려다보며 간절하게 속삭였다.

"달님, 노래에서도 팔월 보름이 가윗날이라도 임을 모시고 가야만 비로소 진정한 가윗날이 된다고 하지 않습니까. 제겐 올해의 가윗날이 진정한 가윗날이니, 내년에는 완이에게도 진정한 가윗날을 맞이하도록 해 주십시오.”

“완이가 그냥 그대로 지량 형님을 사모하면 간단한 건데.”

재경이 아쉬운 듯 중얼거렸다.

“운명의 남자니 뭐니, 그게 뭐 중요하다고. 우리 지량 형님이나 시율 형님보다 더 괜찮은 남자는 찾기 힘들 텐데, 가까이 있는 사람 중에서 고르면 되지. 완이 녀석, 똑똑한 것 같으면서도 은근히 어리석다니까.”

“사내가 잘났다거나 못났다거나 한 게 중요한 건 아니죠. 마음이 움직이지 않으면 아무리 잘나고 멋진 남자라도 눈에 들어오지 않는 거예요. 남들이 아무리 못난 남자라고 흉봐도 마음이 움직이는 순간부터는 그 남자만큼 멋있는 사람이 세상에 또 없는 것처럼 생각되죠. 운명이란 역시 사람이 어찌할 수 없는 운인 거잖아요.”

“…….”

재경의 안색이 칙칙해졌다. 귀영은 생각나는 대로 솔직하게 말한 것이지만, 재경의 귀에는 두어 번 비틀려 들렸던 것이다. ‘공자님이 비록 잘나지 못했지만 운수는 좋았는지 내 마음을 얻었네요.’라고. 그가 평소의 열등감이 온전히 묻어난 볼멘소리를 했다.

“나, 이번 감시는 꼭 붙을 겁니다.”

“네?”

난데없는 선언에 귀영이 눈을 동그랗게 뜨고 그를 돌아보자 재경이 결연히 눈을 빛냈다.

"내달에 국자감에서 보는 시험, 붙는다고요. 무슨 수를 써서라도 붙습니다."

"그, 그러셔야죠……. 그토록 열심히 하시는데……."

"감시를 통과하면 부모님께 그대에 대해서 밝힐 겁니다."

"저에 대해서요? 뭐, 뭐라고……."

"이 사람과 혼인하고 싶다! 이 사람과 혼인하겠다! 당장!"

"공자님, 공자님."

재경의 목소리가 커지자 귀영이 황망히 그를 부르며 주변을 둘러보았다. 다행히 워낙 많은 사람들이 각자의 대화에 열중하여 조금 커진 재경의 목소리로는 주의를 끌지 못했다. 그들이 서 있는 버드나무 근처를 지나는 사람들이 힐끔 돌아보긴 했지만 모두 귀영과 재경을 알지 못하는 이들로, 예쁘장한 젊은이의 패기 넘치는 다짐이 귀엽게 보였는지 그저 웃고 가 버렸다. 귀영이 재경의 소매를 잡아당겼다.

"목소리를 낮추세요. 지나는 사람들이 돌아봐요."

"보라지요. 난 떳떳합니다. 그대 앞에서도, 부모님이나 누님들 앞에서도. 사실은 다섯째 누님은 살짝 알고 있습니다."

"알다니, 저에 대해서요?"

귀영이 가슴 졸이며 묻는데 재경은 좋다고 고개를 주억거린다. 이 사람, 어디까지 누님께 말한 거지? 기별한 여자가 집에 돌아가지 않고 아무런 연고도 없는 사람의 집에 의탁하여 빈털터리로 산다고 다 말해 버렸을까? 귀영의 불안을 달래 주려는 듯 재경이 곧 한마디 덧붙였다.

"자세히 말하진 않았습니다. 누님께선 내게 좋아하는 여인이 있다는 정도밖에 모릅니다."

"아아, 그럼 곧 다른 가족들도 다 알게 될 텐데요. 그리되면 가족들 모두 제가 어떤 여자인지 궁금해하겠지요. 참정 댁 귀한 외아들이 좋아하는 여자가 도대체 어느 가문의 여식인지, 품행은 방정한지, 재력은 어느 정도인지……. 어쩌다 누님께서 알게 되셨나요?"

"시율 형님의 심부름을 하다가 그리되었습니다."

"심부름?"

"형님이 예쁜 색의 비단 허리띠를 하나 사 달라고 했거든요. 여자가 좋아할 것으로요. 형님은 볼 줄 몰라 못 고르겠다며 누님들께 물어봐 달라고 했습니다. 그래서 지난번 집에 갔을 때 다섯째 누님께 부탁을 했더니 사 놓으셨더군요. 오늘 받아 시율 형님께 드렸습니다."

"그럼 제게 부탁을 하시지 않고서!"

"왜 그랬는지는 모르겠지만 시율 형님이 그대나 완이, 임씨 부인에겐 말하지 말아 달라고 했어요. 아차, 지금 말해 버렸군. 못 들은 걸로 해 주오. 그리고 나도 그대 몰래 사고 싶은 게 있었습니다. 그래서 그대에겐 부탁할 수가 없었죠."

"저 몰래? 아니, 왜요? 공자님과 저 사이에 숨길 일이 무에 있다고……."

"딱 한 번이오. 그리고 두 번 다시 티끌만 한 작은 사실도 숨기지 않을 겁니다.”

재경이 웃으며 소매에서 작은 주머니를 하나 꺼냈다. 그가 주머니를 풀고 무언가를 꺼내자 귀영이 어머, 소스라치게 놀랐다.

“그대에게 바치는 내 마음입니다.”

재경이 귀영의 손을 잡아 그 손바닥에 커다란 마노를 박은 금반지를 살며시 올려놓았다.

“내 마음은 이렇게 그대의 손안에 언제나 있을 겁니다.”

“아, 어쩌면!”

귀영이 감격에 겨워 말을 잇지 못했다. 그녀의 눈가가 촉촉하니 젖어 들었다. 재경이 그녀의 손가락에 반지를 끼워 주자 귀영이 떨리는 목소리로 간신히 말했다.

“저, 평생 공자님만을 볼 거예요. 다른 데 한눈파는 일, 절대 없을 거예요. 누군가가 저를 좋아한다고 해도, 저, 단호하게 거절할 거예요.”

혜완을 선택하지 않은 금행이 다시 찾아오더라도, 그녀를 못 잊겠다며 울고불고 매달려도. 그녀는 이미 그를 깨끗하게 밀어냈으나 혜완이 운명의 남자와 다시는 볼 일이 없을 거라고 말함으로써 잠시 가슴에 동요가 일었었다. 금행을 다시 만나고 픈 마음이 돋았다거나 한 게 아니라 그가 그토록 자신을 사랑했었나 싶어, 혜완을 생각하면 씁쓸하면서도 기분이 나쁘지만은 않았었다.

하지만 그런 설렘도 재경 앞에서는 죄스러울 따름이다. 그녀는 다소 속죄하는 기분으로 맹세한 것이지만 재경은 별다른 생각 없이 그녀의 말을 순수하게 받아들여 고마워했다. 속죄할 것이 없는 그도 덩달아 맹세했다.

"나도 평생 그대만을 볼 겁니다."

그는 구체적인 계획도 밝혔다.

"내달 초에 감시가 있습니다. 그걸 통과하면 곧장 부모님께 그대에 대해 이야기하고 조속히 혼례를 치르고 싶다고 말씀드릴 겁니다. 그러면 부모님께서 그대를 알고 싶어 하실 거고, 어머님이나 누님들은 직접 만나고 싶어 할 수도 있어요. 어찌 되든 내가 혼인을 성사시킬 겁니다. 언제까지나 이런 식으로 완이에게 신세 질 수만은 없으니까. 이제부턴 그대의 모든 것을 내가 책임질 겁니다."

"만나 뵙게 될지도 모른다고요……."

귀영의 목소리가 기어들었다. 어수룩하고 순진한 재경을 낳고 키운 분이니 그만큼 심성이 깨끗하고 곱겠지만, 귀영은 만날지도 모른다는 말만으로도 크게 위축되었다. 날아다니는 새도 떨어뜨릴 재상가의 부인은 과연 어떤 분일지. 황홀하니 반지에 머물렀던 귀영의 눈이 불안하게 흔들렸다.

"우리 경이에게 여자가 있답니다."

"예?"

부인의 말에 참지정사 겸 판상서예부사 윤은형尹殷亨은 의외라는 표정을 지었다. 넓은 방에는 그와 그의 아내 최씨 부인뿐이다. 다섯 쌍의 딸과 사위, 열일곱의 손자와 손녀들은 아침 일찍 차례를 지낸 뒤 개경에 시댁이 있는 딸들과 그 가족은 시댁으로 가고, 시댁이 멀리 있는 딸들과 그 가족은 저녁에 달구경을 하러 간 참이라 늘 시끌벅적하던 집이 모처럼 고요했다. 처의 말을 잘못 들었나 싶어 윤은형이 눈을 껌뻑껌뻑하자 최씨 부인이 친절하게, 또박또박, 그리고 큰 목소리로 되풀이해 주었다.

"우리 경이, 좋아하는 여인이 있다고요. 상공相公께선 알아들으셨습니까?"

"어, 그게 정말입니까? 부인께선 어떻게 아셨습니까?"

"올해 들어 경이가 부쩍 공부에 전념하는 것 같다고 일전에 제가 말씀드린 적 있습니다. 기억하시나요?"

"그랬었지요. 학업에 하도 성취가 없어 걱정이 태산이었는데 이제 시작인가보다고 부인과 서로 손을 잡고 위로하지 않았습니까, 우리? 내, 지난번 좨주(祭酒:국자감의 종삼품 관직)를 우연히 만나 우리 경이에 대해 넌지시 물었더니 국자박사(國子博士: 정칠품의 국자학 교수)가 전하길 이전보다 크게 진보가 있고 학업에 대한 의욕도 왕성하더라고 했답니다. 녀석이 이제 철드는 게지."

"그거, 어쩌면 여인을 만나 철이 든 것일지도 모릅니다."

"여인을 만나 철이 들어요?"

윤은형이 회색 눈썹을 찡그렸다. 그 나이에 사랑에 빠지면 공부보다는 연애에 집중하는 게 일반적. 그가 아끼는 문생 중

하나인 이지량도 여인을 알게 되자 크게 사고를 치고 한동안
절망의 나락에서 허우적거리다가 하마터면 과거를 아예 보지
도 못할 뻔했다고 한다. 못 미더워하는 그의 얼굴을 보고 최씨
부인이 생긋 웃었다.

“사내는 여인의 마음을 얻기 위해서라면 못 하는 일이 없습
니다. 가능하지 않은 과제에도 도전해 악착같이 이뤄 내지요.
경이가 바로 그 경우예요. 제가 볼 땐, 그 여인이 꽤 현명한 이
같습니다. 그 여인이 경이에게 공부를 게을리하면 만나지 않겠
다고 했거나 학업에 뚜렷한 성과가 있으면 계속 만나겠다고 했
거나……, 그랬을 듯합니다.”

“허허, 아직 있는지도 모를 여인에게 부인께서 먼저 빠지셨
소. 경이가 진짜 연심을 품은 상대가 있는지 확인부터 하는 게
순서지.”

“다섯째가 제게 귀띔했습니다. 경이가 예쁜 빛깔의 비단 허
리띠와 보석이 박힌 반지를 구해 달라고 했답니다. 여인들이
좋아할 것으로 특별히 부탁했다는 거예요. 다른 사람에겐 절대
말하지 말라고 누이에게 신신당부를 하더래요. 하지만 그게 입
다물고 있을 일입니까? 다섯째가 당장 제게 달려왔지요. 아예
제가 허리띠와 반지를 골라 다섯째를 통해 오늘 경이에게 전해
줬습니다. 우리 경이, 오늘 차례 지내고 득달같이 나가는 거 상
공께서도 보셨지요? 누구에게 가는 거겠습니까?”

“당연히 국자감 동학들과 중추회음이 있나 보다고 생각했
는데…….”

“여자 허리띠와 반지를 지니고서요? 그럴 리가 없지요.”

아니, 그럼 정말인가? 우리 아들 재경이가, 국자학에 들어가 1년이면 수료해야 할 논어와 효경도 아직 다 떼지 못한 늦된 녀석이 어쩌다 여자에 관해서는 남들보다 빠른 것인고? 윤은형이 아직도 미심쩍어하는데 최씨 부인의 얼굴엔 자신감이 가득하다.

“틀림없습니다. 여자예요.”

보통 아들에게 여자가 생기면 탐탁지 않아 할 텐데, 최씨 부인은 그 반대로 대단히 즐거워하는 눈치다.

“그것도 경이를 잘 이끌어 줄 지혜로운 여인일 거예요. 다섯째가 살살 꼬드겨 물었는데 자세한 애기는 못 하지만 내달 감시를 치르고 나면 가족 모두가 깜짝 놀랄 일이 있을 거라고 했답니다. 그게 무슨 뜻이겠습니까? 이번 감시를 꼭 통과하여 예부시에 부거할 자격을 갖출 거라는 뜻 아니겠어요. 경이에게 그런 다부진 결의를 가지게 해 준 사람이 분명 있습니다.”

“부인의 말씀이 맞는다면 그 여인은 우리 가문의 은인이구려. 정말 있는지, 있다면 누군지 몹시 궁금해집니다.”

“있습니다. 확실히 있습니다. 경이의 앞날을 열어 줄, 마치 옛날 고구려의 온달 장군을 이끈 평강공주 같은 사람이. 우린 그 여인을 놓치면 안 돼요. 반드시 붙잡아야 합니다.”

“붙잡다니? 혼인이라도 시키자는 말씀이오?”

“그렇지요. 붙잡으려면 혼인보다 나은 게 없지요.”

“허허, 부인, 아직 경이에게 확인도 해 보지 않았는데, 애기가 너무 빨라요."

윤은형은 성급한 처에게 손을 내저어 보였지만 최씨 부인은
전혀 물러서지 않았다.

"여인에게 자극받아 당장은 학업에 열중할 수 있지만 그게
얼마나 갈지는 아무도 모릅니다. 혹 여인과 사이가 틀어지거나
교제가 끊어진다면 경이가 지금처럼 열심히 공부할 수 있겠는
지요. 젊은이가 사랑을 이유로 방황하기 시작하면 걷잡을 수가
없는 것입니다."

"……하긴 그런 경우들, 많지요."

윤은형은 머릿속에 다시 문생 지량이 떠올라 고개를 끄덕이
지 않을 수 없었다. 그가 수긍하자 최씨 부인의 어조가 더욱 확
고해졌다.

"그러니 혼인하여 여인을 안정적으로 곁에 두면 훨씬 편안
하고 여유로운 마음으로 학업에 충실할 수 있을 거예요. 경이
의 나이 열아홉, 다른 사내들보다 좀 이른 듯하지만 그 나이에
혼인하는 사람도 꽤 있습니다. 무엇보다도……."

최씨 부인의 말이 문득 늘어졌다. 말하기 껄끄러운 듯 그녀
는 잠시 망설였다가 계속했다.

"……여인이 경이의 어떤 점에 끌렸는지 모르겠지만 그녀의
마음이 바뀌기 전에 얼른 경이의 옆에 들어앉혀야 합니다. 앞
으로 이런 기회가 언제 올지 모르니……."

"그건 우리 경이를 좋아할 여인이 앞으로 또 없을 거라는 말
씀이오?"

윤은형이 기가 막힌 듯 물었다가 쓸쓸하게 헛웃음을 쳤다.

"하지만 나도 방금 그런 생각을 했습니다. 우리 아들, 퍽 딱한 녀석이구려."

"지금이면 괜찮습니다. 둘이 서로에게 마음이 있는 이때가 적기예요. 제가 상황을 살펴 곧 추진하겠습니다."

아내의 넘치는 의욕에 윤은형은 불현듯 불안해졌다. 그가 떠름한 입맛을 다시며 말했다.

"우리, 너무 긍정적으로만 보려는 게 아닐까요? 경이가 양갓집 규수를 사귄다는 보장도 없는데 혼인 얘기는 아무래도 성급해 보입니다. 비단 허리띠와 반지는 기녀를 위한 것일 수도 있어요, 부인."

"어머? 상공께서는 제가 정말 아무것도 모르고 짐작으로만 이렇게 말한다고 생각하시나 봅니다."

"그럼 그 여인이 누구인지 아신단 말씀입니까? 누구인데요?"

"나중에 차차 알게 되실 거예요. 상공께선 그저 지켜만 봐주십시오. 저를 믿으시고."

최씨 부인이 남편에게 의기양양한 미소를 날렸다.

"일이 이렇게 되도록 만든 사람은 사실 저거든요."

"경이가 어떤 여인과 사귀는 게 부인의 덕택이라고요? 그런 뜻입니까? 아니, 어떻게?"

"있어요. 제가 오랫동안 공들였던 일이."

어리둥절한 남편 앞에서 최씨 부인이 혼자 흐뭇해 어깨를 으쓱하며 좋아한다. 다섯 딸들을 모두 훌륭한 사위들과 짝 지우고 이제 남은 과제는 아들에게 잘 어울리는 배우자를 골라 혼인시키는 일. 최씨 부인은 이제 그 과제를 마무리할 때가 임박했음을 느꼈다. 이때를 위해 그녀는 미리 손을 써 두었던 것이다. 아들과 미래의 며느리가 서로에게 호감과 애정을 갖도록.

그들은 모두 열아홉. 열아홉, 풋풋한 소년 소녀에서 사내와 여인으로 넘어가는 시기. 머리칼을 쥐어뜯고 싸우던 동무가 새삼 다른 사람으로 보이고, 그 앞에서 무덤덤했던 심장이 이유도 없이 두근거리는 시기. 그걸 노려 본인이 갈 수도 있었지만 굳이 아들을 시켜 옷이며 책이며 얼음이며 진귀한 물품들을 때마다 보낸 최씨 부인이다. 그게 잘 맞아떨어져 아들은 사랑에 빠졌고 성적도 올렸으며 앞으로의 기대치를 한껏 높였다. 모든 게 착착 그녀의 생각대로 되어 가는 것 같아 들뜬 최씨 부인은 그녀가 오래전부터 점찍어 둔 며느릿감을 떠올렸다.

'완이는 뭘 하고 있을까?'

혜완은 부지런히 말을 몰았다. 낮부터 그녀는 줄곧 시율을 찾아다녔다.

처음엔 그에게 교외의 마을로 외출하는 길에 동행해 달라고 부탁할 참이었다. 해마다 추석엔 새 옷과 절식을 나눠 주러 여러 동리를 돌았던 것이다. 평소엔 바쁜 시율이었지만 관리들이 하루 급가를 받아 쉬는 가윗날인 터라, 그를 만날 기회를 만들기 위해 틈을 보고 있었던 혜완에겐 오늘만큼 적당한 날이 없는 것 같았다. 자연스럽게 그와 나란히 걸으며 비로소 깨달은 그를 향한 마음을 털어놓는다! 지량과의 억지스러웠던 관계도 말끔히 정리한 그녀는 더 이상 고백을 미루고 싶지 않았다. 그런데 큰맘 먹고 옆집의 대문을 두드린 그녀를 맞이한 사람은 곤혹스럽게도 이름뿐인 연인에서 세입자로 되돌아간 지량이었다.

"정 공은 나갔습니다."

그는 눈치 빠르게도 혜완이 묻지도 않았는데 알아서 대답했다.

"윤 공자를 만나러 십자가의 다점에 간다고 나갔는데 아마 오래 걸리진 않을 겁니다. 댁으로 찾아뵈라고 할까요?"

"아, 아니요⋯⋯. 전, 경시령을 찾아온 게 아니라⋯⋯."

차마 솔직하게 말하지 못하고 혜완은 들고 있던 송편과 술을 내밀었다. 명절에 옆집을 방문할 땐 절식보다 좋은 핑계가 없다.

"⋯⋯가윗날이라 무봉 어멈을 통해 차례 음식을 보냈는데 그만 송편을 잊었기에 가져왔습니다."

"아하, 그것 때문이라면 낭자께서 친히 오시지 않아도 되었을 것을요."

지량이 냉큼 떡과 술병을 받아 들고 히죽 웃었다. 다른 이유가 있음을 알지만 모른 척해 주겠다는 의도가 비치는 음흉한 웃음이었다. 그는 술병의 마개를 열어 그 자리에서 향긋한 황금주(黃金酒:멥쌀과 찹쌀을 섞어 두 번 발효시켜 빚은 술)를 확인하고 보답이라도 하는 양 상냥하게 말했다.

"아마도 정 공이 오늘 낭자를 찾아갈 겁니다. 긴히 할 말이 있는 것 같더군요."

"무슨……."

혜완은 무심코 열린 입을 꽉 아물렸다. 긴히 할 말이라니, 무슨 말을? 못 견디게 궁금했지만 다른 사람도 아니고 지량에게 물어볼 수가 없었다. 그녀는 그 길로 시율을 찾아 십자가로 달음질치고 싶었으나 꾹 참고 집으로 돌아와 무봉이를 시켜 옷가지와 음식을 나귀에 싣게 한 뒤 말을 타고 서교로 출발했다.

그녀는 가는 내내, 그리고 동리를 한 바퀴 도는 동안 끊임없이 지량이 귀띔해 준 시율의 그 '긴히 할 말'을 예상해 보았다. 어떤 말이기에 그녀를 먼저 찾았던 적 없던 그가 오늘은 찾아온단 말인가. 아무리 궁리해도 그녀로서는 '긴히 할 말'의 내용을 알 도리가 없었다. 그녀가 추측할 수 있는 내용이라곤 밝고 희망적이기보다는 어둡고 우울한 쪽에 가까웠다. 어쩌면…….

'내가 최근에 양온승동정을 거절한 일에 대해 말하려는 게 아닐까?'

혜완이 알기로, 그와 지량은 죽마고우며 성인이 된 지금도 한집에 살 만큼 사이가 좋다. 지량이 시율에 대해 얘기하는 것도 시율이 지량에 대해 얘기하는 것도 다 들어 보았지만 두 사람이 서로를 헐뜯거나 흠잡았던 적은 한 번도 없었다. 지난번 유두일에 시율이 주먹으로 지량을 한 대 갈기긴 했지만 곧 오해가 있었음이 밝혀졌고, 그날 시율은 그녀가 제안한 동행 요

청에 흔쾌히 응하는 대신 지량과 함께 갈 것을 권하기도 했다. '낭자께서는 이 공과 맺어지기를 항상 바라 왔고 이제 그리되었으니, 기쁘거나 즐겁거나 슬프거나 안타까운 모든 일들을 그와 나누십시오.' 그는 그렇게 말했던 것이다.

'그런데 난 그 반대로 양온승동정에게 사랑하지 않으니 헤어져 달라고 했어!'

혜완은 문득 부르르 떨었다. 그녀가 시율에게 오래전부터 지량을 운명으로 여겨 사모했다고 말한 것이 불과 몇 달 전. 어이없게도 그에게 짝사랑의 고민을 의논할 상대가 되어 달라고 부탁했다. 그리고 그가 보는 앞에서 지량의 고백을 받아들이기까지 했는데, 지금은 그게 사랑이 아니었다고 발뺌하려 한다. 더 나아가 진짜 좋아하는 사람은 그 옆의 친구, 즉 시율이라고 고백하려 한다. 이거야말로 남자에게 쉽게 빠졌다가 금방 싫증 내고 다른 남자를 찾는 가벼운 여자가 아닌가!

'어떡하면 좋아. 그분은 내 진심 같은 건 믿어 주지 않을 거야!'

저는 양온승동정을 사모하지 않습니다. 그래서 교제는 없던 일로 하기로 했어요.

그렇게 얘기하면 그의 반응은?

낭자께선 옛날 그에게 큰 위로를 받아 감동하여 늘 그리워했다고 말씀하셨습니다. 수년이 지나 홀연 나타난 제 벗이 인연이고 운명이라 생각했다고 하시고선, 이제 와서 없던 일로 한다고요? 낭자의 사랑은 어쩌면 그리도 쉽게 변합니까?

이러지 않을까? 그렇게 나오면 변명을 안 할 수 없지.

양온승동정은 실제로 제게 위로를 줬던 그분이 아니었어요. 제가 그분을 다른 사람으로 착각했던 거예요.

하지만 그는 이렇게 받아치겠지.

그럼 낭자께서 인연이고 운명이라 생각했던 그 사람이 나타나면 그를 사랑하시겠군요.

그러면 더 오해를 사기 전에 빨리 진심을 밝혀야 해.

그 사람도 나타났지만 역시 저는 사랑을 느끼지 않았어요. 왜냐하면 제가 사랑하는 사람은 바로……, 나리니까요!

그가 선뜻 믿어 줄까? 아니, 받아들여 줄까? 어쩌면 그는 정색을 하고 물어볼지도 몰라.

저를 사랑하신다고요? 낭자에게 연심을 고백한 제 친구도, 낭자가 운명이라 생각했던 그 사람도 아닌 저를? 도대체 낭자가 사랑을 느끼는 기준은 뭡니까?

그럼 뭐라고 하지?

손목이 잡힌 그 이후로 나리가 줄곧 제 머리에서 떠나지 않았어요.

아냐, 그런 걸로는 부족해. 그에게 가벼운 여자라는 인상만 심어 줄 뿐이라고! 그는 아마도 이렇게 말할 거야.

손목을 잡힌 것만으로 사랑에 빠지다니, 낭자의 사랑은 너무나도 쉽게 시작되는군요. 저는 그런 여인에게 관심 없습니다.

아아, 그가 그렇게 잘라 말해 버린다면! 난 그 자리에서 죽고 싶을 거야.

혼자만의 빗나간 상상으로 충분히 공포를 맛본 혜완은 시율을 만나기가 겁이 났다. 하지만 그녀는 여러 동리를 도는 대신, 한 동네만 들르고 나머지는 무봉이에게 맡긴 채 얼른 집으로 향했다. 서교에서 개경으로 들어가려면 선의문宣義門을 통과하는 게 보통이지만 혜완은 좀 더 남쪽으로 치우친 광덕문光德門을 통해 들어갔다. 혹시나 시율이 그사이에 그녀를 찾을지도 모르는데 한시라도 빨리 집에 도착해야 할 것 같아서였다. 새삼스레 그와 마주하기 두려워졌지만, 그가 그녀의 상상대로 말할지도 모르지만, 그의 '긴히 할 말'을 듣지 못하면 안 될 듯하다. 그리고 그녀에겐 그녀 나름의 목적이 있지 않은가.

'그래, 그분의 할 말이란 게 아무리 날 절망시킨다고 해도 오늘 난 그분에게 내 마음을 털어놓아야만 돼!'

혜완은 잔뜩 감상적이 되어 집에 들어갔다.

"하이고, 아씨, 엄청 일찍 오셨네요?"

무봉 아범이 그녀에게서 말고삐를 넘겨받으며 의외라는 듯 턱을 긁적였다.

"아까 경시령 나리께서 들르셔서 아씨를 뵐 수 있느냐고 하셨는데."

"그래? 그래서?"

정말 날 찾아왔구나! 혜완은 덜컹하는 가슴을 가만히 눌렀다. 무봉 아범이 말했다.

"가윗날엔 늘 교외의 빈민들에게 옷과 음식을 가져다주신다고 했죠. 늦게 돌아오실 거라고 했는데, 꽁장히 빨리 오셨네요.

게다가 무봉이도 없이 홀로……."

"아, 무봉이는 서교 쪽을 돌게 했는데? 난 다른 쪽을 돌까 해서……. 그래서 경시령께서는? 어디 계시는데?"

"글쎄요, 댁에 계시지 않을까요? 제가 감히 나리께 그런 걸 여쭤 볼 수가 있나요."

혜완은 무봉 아범에게 말을 맡기고 곧바로 다시 옆집으로 가 대문을 두드렸다. 이번엔 지량이 아닌 하인이 나왔다. 본래 그녀의 노비인 그 하인은 주인아씨를 보고 깊이 허리를 숙였다. 혜완이 성마르게 물었다.

"경시령께서는 안에 계시느냐?"

"나리께선 말을 타고 외출하셨습니다."

"어디로?"

"글쎄요, 특별한 말씀이 없으셔서……. 동년끼리 중추회음을 하자는 전갈이 왔었는데 거기 가시나 보다, 소인은 그렇게 생각했습죠."

중추회음을 한다면 밤이 깊도록 돌아오지 않을 텐데? 그럼 '긴히 할 말'은? 내 고백은? 혜완은 당황스러웠다. 오늘 그를 만나지 못하면 다음번 그의 급가까지 여드레나 기다려야 한다. 기다리려면 못 기다릴 것도 없겠지만 지금의 그녀로서는 오늘 이 지나면 어쩐지 그의 '긴히 할 말'도, 그녀가 고백할 기회도 영영 사라져 버릴 것만 같아 초조해졌다. 혜완이 하인에게 다그치듯 물었다.

"그 중추회음, 어디서 하는지 아니?"

"십자가의 옥장玉漿에서 먼저 모인 뒤 저녁이 되면 자하동으로 옮긴다며 늦어도 참석하시라고 하던데요."

혜완은 재빨리 집으로 돌아와 다시 말을 타고 나갔다. 옥장이란 관이 개경의 번화가에 설치한 여섯 개의 공설주점 중 하나다. 시율이 언제 그 주점에서 자하동으로 가 버릴지 몰라 혜완은 말을 재촉했다. 말 위에서 그녀는 시율에게 간절히 빌었다.

'제발 거기 그대로 가만히 있어 줘요. 내가 찾지 못할 곳으로 가 버리지 말고!'

시율은 가만히 있을 수가 없었다. 오전에 십자가의 다점에서 재경을 만나 그가 주문한 물건을 건네받을 때부터 당장 혜완에게 달려가고 싶은 마음에 조급해져 있었던 것이다.

"그런데 이거, 누구 거예요, 시율 형님?"

시율이 부탁한 비단으로 싼 작은 꾸러미를 내밀며 재경이 물었다.

"지량 형님이라면 청루에 자주 가니 기녀에게 전두(纏頭:광대나 기생에게 재예를 칭찬하여 주는 상)로 주려나 보다고 생각하겠는데, 형님은 누구에게 주시려고 이런 물건이 필요한 거예요?"

"어……, 이게……, 누구에게 줄 거냐면……."

차마 여자에게, 그것도 재경의 소꿉동무인 혜완에게 고백하는 자리에서 사랑의 정표로 주기 위해 부탁했다고는 솔직하게 말할 수 없어 시율은 머리에 떠오르는 대로 둘러댔다.

“……서경에 계신 이모님께 소식을 전한 지 오래되어 안부를 전하는 참에 작은 선물이라도 보낼까 싶어서…….”

가슴이 푹 찔려 시율은 말끝을 흐렸다. 친자식처럼 자신을 키워 준 이모에게 개경에 온 뒤로 너무 무심했음을 깨달았던 것이다. 혜완 낭자에게만 정신이 팔려 어머니나 다름없는 이모님을 까맣게 잊다니, 이런 불효를 저지를 줄이야. 거짓말이나 둘러댈 게 아니라 정말 이모님께 안부 편지와 함께 선물을 보내 드려야겠다. 시율이 반성하는데 재경이 걱정스런 표정을 지었다.

“이모님께 드릴 거였어요? 누님이 그랬는데, 그거 젊은 여자들이 딱 좋아할 만한 거라고……. 나이 지긋하신 분께 어울리지 않는 거면 어쩌죠? 당장 보내실 게 아니라면 도로 가져가 누님더러 바꿔 달라고 부탁할까요?”

“아, 아냐. 괜찮아. 내 이모님은 취향이……, 아주 젊으시거든. 젊은 여자들이 좋아할 만한 거라니, 잘됐다.”

“그럼 다행이지만……. 형님이 아무 말씀도 안 하셔서 누님께 아주 젊은 여인에게 어울릴 물건을 골라 달라고 했거든요. 여인에게 줄 거라고 생각하니 제 머릿속엔 김씨 부인밖에 생각이 안 나서요.”

“잘했어. 아주 잘했어. 고맙다.”

시율은 꾸러미를 소매 속에 넣으며 재경을 칭찬했다. 재경은 제 입에서 나온 김씨 부인이란 말에도 귀영 생각이 났는지 혼자 히죽거렸다. 재경의 꿈꾸는 듯한 눈과 길게 찢어진 입을 보고 무슨 생각을 하는지 대번에 알아챈 시율이 옅게 웃었다. 연애에 관해선 그의 선배가 돼 버린 꼬맹이다. 시율이 물었다.

"김씨 부인과는 잘 지내고 있느냐?"

"그럼요! 오늘도 앵계에서 만나 달구경하는 밤까지 함께 있기로 했어요."

녀석, 신났군. 좋겠다. 물어봐 주길 기다렸다는 듯 얼른 대답하는 재경이 진심으로 부러워지는 시율이었다. 그 역시 오늘 계획대로 일이 잘 풀리면 밤늦도록 누군가와 함께 달을 볼 수 있을지도 모른다.

'하지만 그렇게 되려면 너무 늦지 않게 그녀를 만나야 할 텐데.'

시율은 생각했다. 혹시라도 그녀가 임씨 부인이나 무봉 어멈과 가윗날 놀이라도 가면 함께 달구경은커녕 고백할 기회조차 없을지도 모른다. 그녀의 마음을 알게 된 뒤 처음 여유가 생긴 날이라 단단히 별러 왔는데 이대로 오늘의 예정이 무산되면 또 며칠을 조바심치며 보내야 할 것이다.

'계획보다 좀 이르지만 당장 혜완 낭자를 만나야겠다.'

시율은 벌떡 일어나 귀영을 만나기 전까지 그와 함께 다점에서 뭉그적거리며 시간을 때우려는 재경을 혼자 내버려둔 채 서둘러 추동으로 돌아왔다. 하지만 그는 계획보다 훨씬 일찍 왔어야 했다. 그가 문을 두드렸을 때 나온 무봉 아범의 말이 그를 낙담시켰던 것이다.

"아씨께선 서교의 빈민들에게 옷이랑 음식을 나눠 주시러 가셨습니다. 가윗날이면 늘 그렇죠."

"언제쯤 돌아오시는가?"

"시간을 딱 정해서 돌아오시진 않습니다만 보통 저녁때나 돼야 오시죠. 어쩌면 거기서 달을 보고 오실 수도……. 재작년인가, 그러셨거든요."

맙소사, 느긋하게 기다리다간 오늘 다 가겠군. 시율은 무봉 아범을 뒤로하고 성큼성큼 자신의 집으로 들어가 손수 말을 끌고 나왔다. 하인이 말에 올라탄 그를 보고 쫓아왔다.

"경시령 나리! 조금 전에 동년분들께서 십자가의 옥장에서 기다리겠다는 전갈을 보냈습니다. 거기서 모여 목을 축이다가 저녁에 자하동으로 옮겨 중추회음을 하자고……. 혹 늦으면 자하동으로 곧장 오시라고 하던데요."

"알았다."

시율은 건성으로 대꾸하고 곧장 말을 몰아 십자가 쪽으로 향했다. 하지만 그는 주점으로 가지 않고 방향을 꺾어 선의문으로 달려갔다. 곧 개경을 벗어나 서교의 촌락들로 접어든 그는 전에 혜완과 함께 들렀던 동리를 찾았다. 거기서 그는 짐을 실은 노새를 끌고 가는 덩치 큰 무봉이를 발견하고 크게 반가워했지만 곧 다시 실망하고 말았다. 혜완이 보이지 않았던 것이다. 그녀가 어디 있는지 묻는 그에게 무봉이가 답했다.

"아씨께선 아까 집으로 홀로 돌아가셨어요."

"뭐, 집으로?"

이 근처에서 달까지 보고 돌아가는 거 아니었어? 시율은 황망한 표정을 수습하지 못하고 얼뜨게 물었다.

"어째서 벌써 여길 뜨셨느냐? 그것도 홀로?"

"소인이 아씨 마음까지야 모르겠지만, 집을 나서실 때부터 뭔가 마음에 걸리셨는지 표정이 영 찜찜하셨습니다요. 여기서 옷가지며 음식을 나눠 주실 때도 딴생각만 하시는 것처럼 웃지도 않으시고 말씀도 않으시고 그러시더니……, 한 동네만 들르시곤 갑자기 돌아가야겠다시며 소인에게 나머지를 맡기고 훌쩍 가 버리셨습니다요."

"하지만 내가 추동에서 출발해 선의문을 거쳐 오는 길이니 서 소저가 집으로 돌아갔다면 중간에 만났어야……."

시율은 중얼거리다 말고 급히 말의 머리를 돌렸다. 그녀를 만나지 못한 이유를 생각해 보면 둘 중 하나다. 길이 엇갈렸거나 도중에 무슨 일이 생겨 그녀가 귀갓길을 벗어났거나. 전자면 그나마 다행인데 후자면 큰일이다. 오늘 중으로 고백하려는 그의 계획을 위해서는 물론이고 혹시나 생겼을지도 모를 불상사에 대한 불안감으로 시율은 황급하게 다시 돌아갔다.

이번에는 선의문에서 십자가로 이르는 길이 아닌 광덕문을 지나 추동으로 가는 길을 택했다. 그편이 조금이라도 시간을 단축시킬 수 있기 때문이다. 다행히 그녀의 집에서 다시 만난 무봉 아범이 혜완이 무사히 집에 도착했었음을 알려 주었다.

"아씨께서 홀로 돌아오셨더라고요."

그러나 그녀는 이번에도 집에 없었다. 무봉 아범이 말했다.

"오시긴 했는데 또 금방 말을 타고 외출하셨습니다요."

“어디로 가시는지 말씀하셨는가?”

시율이 마른 입술을 혀로 축이며 묻자 ‘글쎄요.’ 하듯 무봉 아범이 어깨를 들썩해 보였다.

“아마 남교 쪽으로 가셨을 거예요. 무봉이에게 서교 쪽을 맡기고 다른 곳에 들른다고 하셨으니까……. 분명 남교의 동리들을 돌며 명절을 맞은 빈민들을 위로하러 가신 걸 겁니다.”

남교란 말이지? 시율은 더 듣지 않고 그대로 말을 몰아 남쪽으로 내달렸다. 개경의 이쪽저쪽을 가로지르며 다니는 동안 날이 기울어 가고 있었다. 어쩌면 진짜 오늘 내로 그녀를 만나지 못할 것 같은 불길한 예감에 시율은 애가 타기 시작했다. 만나기조차 이렇게 어렵다니, 이럴 줄 알았으면 어떻게 고백의 말을 시작할지, 무슨 말을 어떤 어조로 해야 멋져 보일지, 정표로 무엇을 선사해야 좋을지 등의 고민들은 제쳐 두고 체면이나 예의 따위 무시한 채 오늘 새벽 댓바람부터 그녀를 방문하는 게 나을 뻔했다.

그녀의 마음을 이미 알고 있는 이상 좋아한다고 진솔하게 한마디 하는 것보다 더 나은 계획과 준비가 있겠는가. 남교로 나가는 나성의 관문인 태안문을 지나며 시율은 자신의 안일함을 자책했다.

‘그녀를 좋아한다고 말할 수 없었던 때엔 오히려 쉽게 그리고 자주 만날 수 있었던 듯한데, 어째서 막상 고백을 하고자 마음먹으니 도통 만날 수가 없는 거지?’

시율은 금세 이전의 만남들이 모두 혜완의 주도로 이루어졌음을 상기했다. 남자인 그가 어정쩡한 태도로 머뭇거리는 동안 그녀가 먼저 그를 찾았고, 그에게 말을 걸었고, 함께 외출하길 권했던 것이다. 부끄럽게도 그는 스스로 나서서 그녀를 기쁘게 해 줄 노력을 거의 하지 않은 셈이다.

'그러니 지금부터는 용기 없는 지난날을 되풀이하면 안 돼. 내가 먼저 혜완 낭자를 찾아야 한다.'

새삼스레 다짐한 그는 혜완을 찾기 위해 미친 듯이 말을 몰았지만 이내 자신의 무모함을 깨닫지 않을 수가 없었다. 남교의 어디서부터 어디까지 뒤져야 할지 전혀 알지 못하는 상태였기 때문이다.

'서교 쪽은 혜완 낭자와 함께 이미 들른 적이 있어 그녀가 가는 동리를 곧장 찾아갈 수 있었지만 남교는 다르다. 개경 남쪽이 넓은 곳들을 어느 세월에 다 살펴 그녀를 찾아낸단 말인가.'

게다가 해까지 완전히 져서 때는 이미 달이 뜬 밤이 되고 말았다. 이대로 남교의 동리들을 뒤지다가는 그녀와 또 한 번 길이 엇갈려 가윗날이 지나 새벽이 오더라도 만나지 못할 공산이 크다. 혜완을 얼른 만나야겠다는 일념만으로 평소와 달리 앞뒤를 찬찬히 살피지 않고 막무가내로 말을 몰았던 것이다.

'량이 말대로 난 정말 바보가 아닌가. 혜완 낭자가 아무리 늦게 귀가하더라도 그 집 앞에서 기다리는 게 맞는 것을.'

어쩌면 그가 남교에서 헤매는 사이 그녀는 이미 집으로 돌아가 버렸을지도 모른다.

'만일 그렇다면 이렇게 늦은 시간에 숙녀를 방문할 수는 없

는데…….'

낭패다. 시율은 혜완이 그보다 늦게 귀가하길 바라며 나성 쪽으로 급히 말을 달렸다. 오늘이 아니더라도 마음먹으면 다음이 있으련만, 하루 종일 그녀의 뒤만 쫓아다니려니 앞으로도 영영 고백할 기회를 잡지 못할 것 같은 불안감이 그의 입을 바짝 마르게 했다. 그렇게 태안문에 빠르게 다가가던 그는 마른 입술을 단숨에 축여 줄 단물 같은 목소리를 들었다.

"경시령 나리!"

아아! 시율은 오전부터 그토록 마주하고 싶었던 얼굴을 어둠 속에서 발견하고 가슴이 벅차올랐다.

혜완이 주점 옥장을 찾은 것은 시율이 그 근처를 지나가고 꽤 지나서였다.

수륙교를 지나 십자가에 이르러 주점 앞에 멈춘 그녀는 심부름하는 아이를 살짝 불러 경시령이 안에 있는지 물었다. 주점들의 관리 역시 경시서의 업무였기에 주점에서 일하는 사람들이라면 시율을 알 거라고 생각한 것이다. 영특한 아이는 그녀에게 시율이 없음을 확인해 주었을 뿐 아니라 시율의 동년들이 경시령과의 친분을 들먹이며 으스대고 있다는 것까지 알려 주었다.

'그분이 동년 모임에 불참했다면 그건 역시 나를 만나기 위해서?'

아무래도 그런 것 같다. 아마 그는 그녀가 서교의 빈민들을

찾아갔다는 무봉 아범의 말을 듣고 그녀를 쫓아 서교로 향했나
보다. 그런데 그녀가 일찍 돌아오는 바람에 엇갈리고 만 모양
이다.

'아아, 광덕문을 통해 개경으로 돌아오지 않았으면 중간에
그분을 만났을지도 모르는데!'

아니면 그냥 서교에 머물러 있기만 해도 괜찮았을 것이다.
안타까운 마음을 안고 혜완은 말을 재촉해 이번엔 선의문을 지
났다. 시율이 서교에서 다시 돌아오더라도 엇갈리지 않기 위해
서. 얼마 가지 않아 그녀는 등이 빈 노새를 끌고 오는 무봉이를
만났다. 그녀보다 무봉이가 먼저 앗, 소리를 냈다.

"아씨, 왜 다시 나오셨어요? 경시령 나리는 만나셨습니까?"

"넌? 경시령을 뵈었니?"

"아유, 그럼요. 동리 안까지 찾아오셨던데요. 제가 아씨께선
벌써 집에 돌아가셨다고 했더니 부리나케 떠나셨는데, 못 만나
셨어요?"

아, 이런. 주점에 들르지 않았으면 만났을지도 모르는데! 혜
완은 서둘러 왔던 길을 되짚어 갔다. 집에 도착하니 무봉 아범
의 눈이 동그래졌다.

"아이코, 아씨께서 오셨네! 경시령 나리께서 다시 다녀가셨
는데요."

"가셨다고?"

"예. 아씨께서 오셨다가 또 말을 타고 남교 쪽으로 출타하셨
다고 제가 고하니까 그냥 가셨죠, 뭐."

"남교? 왜 내가 남교에?"

"엣? 무봉이가 서교 쪽을 도는 동안 아씨께선 다른 쪽에 들르실 거라 하셨잖습니까. 그래서 남교에도 철마다 약이랑 곡식을 나눠 주는 동리들이 있으니 당연히 거기로 가셨으리라 생각했습죠."

"아이참, 그게 언제쯤이야?"

이미 어두워져 달이 둥실 뜬 때인지라 한 번만 더 엇갈리면 오늘 내로 만나기를 기대할 수 없어 혜완이 초조하게 물었다. 주인아씨가 조급해하는 이유를 모르는 무봉 아범은 그저 어리둥절하다.

"좀 되긴 했습죠. 왜 그러세요, 아씨? 제가 무봉이랑 같이 경시령 나리를 찾으러 나갈까요?"

"아냐, 됐어. 너희는 이제 달구경 하면서 소원이라도 빌어."

말에 올라탄 채였으므로 혜완은 그대로 집을 나섰다. 남자들처럼 빠르게 말을 달리지는 못했지만 그녀는 자신이 낼 수 있는 최대한의 속도로 나성의 남문인 태안문을 향해 달렸다. 마치 시율을 만나는 것이 유일한 목적이 돼 버린 듯, 그녀는 오직 그를 따라잡기에만 몰두했다. 시율이 왜 그녀를 찾아왔는지, 지량이 귀띔한 '긴히 할 말'이 무엇인지는 그녀의 머릿속에서 지워져 있었다. 그와 대면하는 것을 두려워했던 것조차 까맣게 잊었다. 그렇게 부지런히 말을 몬 결과, 나성을 벗어난 지 얼마 되지 않아 그녀는 마침내 시율을 발견했다. 다행히 그가 그녀 쪽으로 달려오고 있었다.

"경시령 나리!"

헐떡이는 그녀의 외침을 듣고 시율이 그녀에게 다가와 멈췄다. 그가 말에서 내린 뒤 그녀가 내리는 것을 도왔다. 그 역시 그녀를 찾아 하루 종일 헤맸던 탓인지, 혜완의 얼굴을 보는 것만으로도 안도하는 기색이 역력했다. 그는 그녀 앞에 선 채 아무 말도 하지 않았다. 어렵게 만난 게 기뻐 말문이 막혔는지도 모르지만, 일단은 가빠진 그녀의 숨이 편안하게 가라앉을 때까지 기다려 주려는 모양이다.

나성 안에는 사람들이 달을 보러 바깥에 많이 나와 있었지만 성 밖은 지나가는 사람이 거의 없었다. 낮의 씨름이나 줄다리기, 소싸움 등의 격렬한 놀이가 밤의 음주가무로 이어져 떠들썩한 성안에 비해 그들이 서 있는 곳은 고요했다. 그런 고요함에 둘러싸여 달빛 속에 그와 마주 서 있으니, 혜완은 세상과 유리된 별세계에 들어온 것 같은 착각이 든다. 그녀가 살아온 모든 시간이 이때를 향해 흘러온 듯, 인생의 가장 중요한 정점에 선 듯, 이 순간 이후의 시간은 존재하지 않는 듯.

'드디어……, 만났어.'

혜완은 어쩐지 눈물이 날 것만 같다. 비록 오늘 하루는 서로의 뒤를 쫓느라 보기 힘들었지만, 바로 옆집에 있어 그녀가 마음만 먹으면 언제든지 볼 수 있는 사람을 만난 것에 이토록 감격하는 이유는 저 달빛이 온전한 정신을 흐리게 하고 아슴아슴 몽환에 빠지게 하는 마력을 동반한 탓일까? 뭔가 험난한 여정을 거쳐 비로소 궁극에 이르러 그와 재회한 듯 혜완의 가슴이 벅차올랐다.

감동에 젖은 그녀의 흔들리는 눈동자를 바라보며 그가 은은하니 엷게 웃었다. 달빛을 머금은 그 미소는 그렇지 않아도 현실에서 벗어난 그녀의 머릿속과 가슴을 더욱 휘저었다.

"양온승동정과의 교제는 없던 일로 하기로 했어요."

조용한 밤공기를 가르고 나온 목소리. 혜완은 그와 자신 말고 누가 또 있나 싶어 좌우를 쓰윽 둘러보았다. 아무도 없다. 그리고 그 목소리는 분명 귀에 익은 자신의 것이다. 그럼 내가 한 말? 맙소사, 하루 종일 찾아 헤매다가 가까스로 만난 사람에게 대뜸 하는 소리가 이거라니! '많이 찾았어요.'나 '경시령께서도 저를 찾으셨다면서요?'나 '만나게 돼서 다행이에요.'나 '오늘 안으로 만나지 못할 줄 알았어요.' 등 첫마디로 쓸 말들이 얼마나 많았는데!

낮에 혼자 이러저러하게 상상했던 대화가 그녀의 머릿속 어딘가에서 똬리를 틀고 있다가 무의식적으로 튀어나왔나 보다. 꿈같고 환상적인 분위기를 와작 깨 버린 스스로가 한심하여 혜완은 입술을 물었지만 시율은 그녀의 상상에서처럼 언짢아하지 않았다. 그는 일순 의외로이 눈을 크게 떴다가 곧 잔잔히 웃었다.

"그렇습니까."

그게 다였다. 놀랄 줄 알았는데, 화낼 줄 알았는데, 따질 줄 알았는데, 그녀의 상상에서 여지없이 빗나간 그의 온순한 반응이 혜완에게 또 다른 감동을 주었다.

'이분은 원래부터 이랬어.'

그녀는 이제껏 그가 그녀에게 보였던 태도를 새삼 상기했다. 내가 어떤 이야기를 하더라도 내 편에서 이해해 줬어. 말의 내용을 따지기에 앞서서 내 마음을 먼저 헤아리고 그걸 바탕으로 내 말을 다시 풀이해 줬어. 그러니…….

'이분은 양온승동정의 벗이기도 하지만 내게도 진실한 벗인 거야.'

혜완은 비로소 마음이 탁 놓였다. 그에게는 무슨 말을 해도 괜찮을 것 같은 기분이 들어, 그녀는 편안하게 얘기를 계속할 수 있었다.

"제가 어릴 적 우연히 만난 사람에게 큰 위안을 얻었다고 말씀드렸었죠. 남몰래 혼자서 그 사람을 그리워하며 사랑을 키웠다고요. 전 양온승동정이 그 사람인 줄 알았어요. 제 운명으로 알고 사랑하려고 했죠. 하지만 뜻대로 되지 않았어요. 어째서 운명이 짝지어 준 사람을 사랑하지 못하는지 알 수 없어 괴로웠는데……, 그분이 그 운명의 남자가 아닌 줄 알게 된 거예요. 그래서 양온승동정께 사실대로 말씀드리고 그분께 용서를 구했죠. 그분께선 너그럽게 받아 주셨어요."

"이 공을 사랑하지 않은 것이 실은 낭자의 운명이 아니었기 때문이라고요. 그보다는 운명이라 여기는 그 사람이 나타나도……."

"아니요!"

시율의 말을 끝까지 듣지 않고 혜완이 다급히 부정부터 했다.

"그 사람이 나타나더라도 전 그 사람을 사랑하지 않을 거예요. 사랑하지 않아요. 아니, 사랑할 수가 없어요. 임씨 부인이 말했어요. 운명이라서 사랑하는 게 아니라 사랑을 하면 운명처럼 느낀다고요. 오래전에 저를 위로했던 그 사람을 운명으로 여긴 건, 분명 그때 짧은 순간이나마 그 사람에게 반했기 때문일 거예요. 하지만 그건 영원히 지속되는 감정이 아니었던 거예요. 저는 더 이상 그 사람에게 반했던 열두 살 꼬마가 아니니까요. 전 이제 그때 그 사람보다도 더 나이가 들었어요."

"그렇군요."

시율이 고개를 끄덕이며 모호하게 웃었다.

"낭자께서 여러 차례 저를 만나 이야기를 나눈 것은 이 공과의 관계에서 비롯한 고민들을 의논하기 위해서였습니다. 이제 이 공은 낭자께서 찾던 사람이 아님이 밝혀졌고 그와의 교제를 아예 없던 일로 돌렸으니, 낭자와 제가 사사로이 만날 이유가 없어지고 말았습니다만……."

"만날 이유는 있어요!"

그가 이제 그만 만나자는 뜻으로 말한 줄 알고 혜완이 또 다급히 외쳤다.

"경시령께 상의한 제 고민의 시작이 양온승동정에 대해서임은 맞지만, 전 그 얘기만 하지 않았어요. 아직도 집에 돌아오지 않고 전국을 누비며 서찰로만 은을 요구하는 제 어머니로 인한 고민도 털어놓았잖아요. 귀영 언니가 짠 피륙을 시전에 내다 팔고 싶은데 상인들에게 속지 않을 방법도 묻고요. 일본일

리의 자모법을 지켰지만 이자는 물론 원곡도 갚지 않는 사람이 늘어나 대부를 할수록 손해를 입는 것에 대해서도 의논했었어요. 귀영 언니나 임씨 부인과 사소하게 다퉜던 일까지도 얘기했는데……. 지금에 와서 제가 양온승동정과 사귀지 않으니 우리 사이의 관계까지도 끊는 건 너무해요.”

“저는…….”

“경시령께 제가 그 정도밖에 되지 않는 사람일지 모르지만 전 경시령을 아주 특별한 분으로 생각하고 있다고요.”

“저 역시…….”

“경시령께선 제가 가슴속에 담아 둔 모든 것, 남들에게 차마 말 못 하는 비밀까지 다 숨김없이 드러낼 수 있는 친구라고요.”

“친구요?”

시율의 미간이 얼핏 좁혀졌다. 친구라니, 절대로 안 될 말이다. 그 정도로 만족하려 했다면 오늘 그가 헤매고 다녔던 그 시간은 다 뭐란 말인가.

앗, 친구도 안 되는 거야? 혜완은 크게 당황하지 않을 수 없었다. 상상 속에서처럼 ‘내가 사랑하는 사람은 바로 당신’이라고 기세 좋게 고백하기엔 너무 낯 두꺼운 듯해 우회적으로 친구라 말한 것인데 그의 표정이 딱딱하게 굳어 버렸다. 친구도 안 되는데 연인으로 삼아 달라고는 차마 못 하겠다. 혜완의 목소리가 땅속으로 꺼져 들어갈 만큼 작아졌다.

“귀영 언니나 임씨 부인 같은, 아니, 더 가까운 친구 말이에요…….”

"저는 낭자에게 친구로 남고 싶지 않습니다."

쿵, 혜완의 가슴이 내려앉았다. 이 명쾌한 말투. 확실한 거절로 들렸다. 그의 눈을 마주 보던 그녀의 눈길이 스르르 무겁게 아래로 떨어졌다. 마치 눈꺼풀에 힘이 쭉 빠진 것처럼. 눈뿐만이 아니다. 어깨도 팔도 다리도, 몸의 구석구석이 다 무력해지는 기분이다. 심지어는 움직이지 않는 귀까지도. 그 귀를 타고 시율의 목소리가 들렸다.

"사랑하는 여인에게 친구로만 남는 건 너무 괴로운 일이거든요."

"……!"

혜완이 눈을 번쩍 떴다. 그녀가 그러려고 한 게 아니라 저절로 번쩍 떠졌다. 이거, 누구에게 한 말? 그녀는 저도 모르게 주위를 또 한 번 둘러보았다. 역시 그들 두 사람 외엔 아무도 없다. 아아, 그렇다면! 찌릿, 심장에 전율이 스치더니 혜완의 온몸에 다시 불끈 기운이 돌았다. 그녀와 다시 눈을 마주친 시율이 애틋하니 말했다.

"지난 몇 달 동안 전 낭자의 친구로 지내느라 속을 무던히 썩었습니다. 이젠 낭자에게 친구가 아닌 다른 의미가 되고 싶습니다."

저도요. 혜완은 그렇게 화답하고 싶었지만 말이 나오지 않았다. 하지만 놀람과 감격이 어른거리는 그녀의 눈동자만으로도 그는 답을 읽었으리라. 시율이 소매에서 작은 꾸러미를 꺼내 들어 조심스럽게 풀었다. 그는 그녀에게 질이 좋은 공단으로 만든 감람색 허리띠를 내밀었다.

"정표라기엔 부족하지만……, 낭자에게 항상 묶여 있고 싶은 제 마음입니다."

"아……."

짤막한 감탄사와 함께 혜완은 그에게서 허리띠를 건네받았다. 감사의 말이라도 해야겠지만 비단 천 아래로 서로의 손가락들이 스치자 그 감각에 흠칫하여 그만 잊었다. 그대로 손을 잡는가 했는데 시율이 얼른 손을 물렸다. 그가 쑥스러운지 손가락을 비비며 멋쩍게 웃더니 흠흠, 목을 가다듬고 다정하게 말했다.

"낭자께서 아픈 아이의 어미가 보낸 채색 끈 장식을 허리띠에 항상 차고 다니시는 것을 보고 다른 꾸미개보다 허리띠를 선물하고 싶었습니다. 앞으로 제가 제 마음을 담아 드리는 물건들을 걸 수 있도록 말이지요. 그 물건들이 저와의 추억을 불러일으켜 낭자께서 자주 저를 떠올리셨으면 좋겠다고 생각했습니다."

"언제나……, 이 허리띠를 매겠습니다."

혜완이 간신히 말문을 열었다. 그녀의 목소리가 조금 젖어서 떨렸다.

"이 허리띠를 매고, 나리께서 주시는 물건들만 지니고 다니겠어요. 늘 나리만 생각하겠어요."

그녀는 곧 아차, 하더니 말을 고쳤다.

"딱 하나, 이 채색 끈은 그대로 가지고 다니겠어요. 지금부터 제 허리띠는 이것 하나예요.”

그녀가 또 아차, 했다.

“하지만 지금 당장은 바꿔 맬 수가 없어요.”

당연하게도 허리띠를 바꾸려면 원래의 것을 풀어야 하는데, 그러면 매무시가 흐트러진다. 안에도 겹으로 옷을 입었으므로 속이 보일 리 없지만 그의 앞에서 허리띠를 푸는 상상을 하니 부끄러워 혜완은 공연히 얼굴을 붉혔다. 그녀의 발그레해진 낯빛이 모든 것을 말해 줌에도 시율은 굳이 확인하려 들었다.

“그럼 낭자께선 제 마음을 받아 주시는 것입니까?”

“……네, 물론이에요.”

“제가 원하는 것은 친구가 아닙니다. 그걸 아시고 답하신 것입니까?”

“저도 친구를 바란 게 아니에요.”

혜완이 작게 항변했다.

“귀영 언니나 임씨 부인보다 더 가까운 친구라고 했잖아요. 그건 보통 생각하는 친구 이상의 무언가라는 뜻이에요. 저도 나리와 친구로만 남고 싶은 마음은 없었어요. 어쩌다 보니 말이 그렇게 나왔지만…….”

“하나 낭자께선 저를 줄곧 친구로만 대하셨습니다.”

“그건 경시령께서도 마찬가지였잖아요. 하지만 친구로 지낼 수만은 없는 분이란 걸 똑똑히 알게 됐어요.”

“알게 되다니, 어떻게요?”

“……그게, 손……으로요.”

혜완의 낯이 더욱 붉어졌다. 그녀는 시율이 고개를 갸우뚱하며 손을 펼쳐 앞뒤로 살피는 것을 보고 수줍게 웃었다.

"유두일에 제가 비에 젖은 바위에서 미끄러질 뻔한 거, 기억하세요? 제가 넘어지지 않도록 나리께서 손목을 잡아 주셨죠. 그때 알았습니다. 제게 나리는 친구가 아니라 연심을 불러일으킨 분이라는 걸."

"그리 오래지 않은 일이군요."

시율이 장난스럽게 짐짓 불만스러운 표정을 지었다.

"저는 그보다 훨씬 전부터 연심에 괴로워했는데요."

"아니, 저도 그보다 더 전부터……일 거예요, 아마."

그를 달래려는 듯, 변명하려는 듯 그녀가 허둥거렸다.

"뚜렷이 깨달은 때가 유두일 그 빗속에서였을 뿐이죠. 그 전에도 연심이 있었지만 희미해서, 아니, 제가 둔해서, 아니, 그 운명이니 뭐니에 너무 집착해서, 제가 알아채지 못했던 거예요. 생각해 보세요. 제가 양온승 동정이 운명의 그 사람인 줄 알고 갈팡질팡할 때, 왜 유독 경시령께 도움을 청했겠어요? 귀영 언니도 있고 나중엔 임씨 부인도 들어왔는데! 나리와 둘이서 만나고 싶은 마음이 있었기 때문이에요. 그러니 적어도 삼월부터는 연심을 가졌던 거라고요."

"저는 그보다 더 전부터 낭자를 사모하고 있었습니다."

"그럼 저도 그 전부터요."

혜완이 지지 않으려는 듯 기억을 되살렸다.

"연등회 날에요. 둘이서 냇가에서 등을 공양했었잖아요. 그

때 말로는 설명할 수 없지만 뭔가 특별한 느낌이 들었어요.”

“저는 그보다 더 전부터.”

“아니, 그럼 제 집에 들어오셨을 때? 그때예요? 세를 얼마 받을지 따지는 저를 보시고?”

“그보다 더 전이죠. 자련사에서 만난 그 순간부터니까요.”

“그땐……, 저에 대해 아무것도 모르셨잖아요.”

보자마자 그녀를 사랑하게 되었다니, 혜완은 기쁘면서도 의아했다.

“어떻게 아셨어요? 저를 좋아하신다는 걸, 어떻게?”

“자련사를 나오면서 낭자와 그대로 헤어진다는 게 몹시 섭섭했습니다. 왜 그렇게 느꼈는지 몰랐는데 개경으로 올라오는 길에서 다시 낭자를 만나고 알았죠. 그날 대보름 달빛에 비친 낭자의 얼굴을 봤을 때, 제 머릿속에서 이런 말이 종소리처럼 울렸습니다. ‘이 사람이다!’ 그 순간 낭자와의 만남이 운명처럼 느껴졌습니다. 셋집의 주인을 만나러 왔을 때 낭자를 보자 머릿속에서 또 그 소리가 울렸죠. ‘이 사람이다!’ 정말 운명 같았습니다.”

아아, 운명! 혜완의 속눈썹이 파르르 떨렸다. 그녀가 생각해 왔던 운명은 이제 식상해져 감흥이 없는데, 같은 말이라도 그의 입에서 나오니 신선하기 그지없다. ‘사랑을 하면 그걸 운명으로 느껴요.’라던 임씨 부인의 말은 진리다. 혜완은 새로운 운명이 자신과 시율을 단단히 묶은 듯한 기분이 든다. 꿈꾸듯 몽롱해진 그녀에게 시율이 한 발 다가서며 말했다.

“낭자를 마주 보고 있는 지금도 제 머릿속에는 그 말이 되풀이되고 있습니다. 바로 이 사람이라고, 내가 사랑하는 사람은.”

“제게도……, 그 말이 들려요.”

잦아드는 목소리로 혜완이 느릿하게 말했다. 마치 유두일 빗속에서 그에게 손을 잡혔을 때처럼, 그녀는 정지된 시간 속에서 그들만의 독립된 별세계로 이동한 것 같은 착각에 사로잡혔다. 어둠을 가르고 쏟아지는 달빛이 그런 느낌을 더욱 강조했다.

혜완은 그의 얼굴이 서서히 그녀를 향해 내려오는 것을 보았다. 어둑한 그의 눈동자에서 이제까지 본 적이 없는 갈망을 느끼고 그녀는 그만 눈을 감았다. 따뜻한 입김이 그녀의 입술에 부딪쳤다. 바싹 일어난 얼굴 솜털들의 떨림으로 그의 입술이 그녀의 그것에 거의 닿을 만큼 다가왔음을 감지했다. 긴장으로 그녀의 입술이 옴찔한 순간…….

뚜벅뚜벅. 말발굽 소리가 들렸다. 누가 먼저랄 것도 없이 그들은 두어 걸음씩 뒤로 물러나 서로에게 거리를 두었다. 두 사람 모두 찰나적으로 잊고 있었지만 그들이 서 있는 곳은 바깥, 교외의 탁 트인 공간이다. 언제든 누가 지나갈 수 있는 것이다. 그런 곳에서 체면도 부끄러움도 잊고 입술을 내밀고 있었다니! 혜완은 창피하여 얼굴이 화끈거렸다. 말을 타고 다가오는 사람이 보지는 않았을까? 생각하니 고개가 저절로 푹 수그러들었다.

뚜벅뚜벅. 말발굽 소리가 점점 가까워졌다. 어서어서 지나가 주세요. 우리 둘만 온전히 이 달빛 아래 남도록. 혜완이 속으로 비는데 돌연 말발굽 소리가 뚝 멎었다.

"완이? 너, 완이가 아니냐?"

헉, 숨이 막히도록 놀란 혜완이 번쩍 머리를 들었다. 그녀는 불과 예닐곱 보 떨어진 곳에 선 말과 그 위에 올라탄 사람을 살폈다. 마상에서 한 여인이 달을 등지고 허리를 꼿꼿이 세운 채 혜완과 시율을 내려다보고 있었다. 말의 다리를 가릴 정도로 치렁하니 내려온 몽수 사이로 여인의 얼굴이 설핏 비쳤다. 혜완의 눈동자가 커질 대로 커졌다.

"어머니!"

구월

九月 九日에 아으 藥이라 먹논
黃花고지 안해 드니 새셔 가만ᄒ얘라 아으 動動다리

"살아생전 자네를 보기는 보는군. 이젠 영영 돌아오지 않을 줄 알았네."

최씨 부인이 혀를 내두르며 타박을 놓았다. 그녀와 탁자를 사이에 두고 마주 앉은 현씨 부인, 즉 혜완의 어머니가 멋쩍게 웃었다.

"형님도 참. 1년이 좀 넘었을 뿐이잖아요."

"어이구, 이 사람아. 마지막으로 본 것이 작년 여름이고 그전에 본 것이 재작년 초일세. 1년 하고도 몇 달 더 있어야 간신히 볼 수 있는데 얼굴이나 기억하겠나? 집에 돌아왔대도 며칠 안 돼 다시 훌쩍 떠나 버리니, 이번엔 얼마 만에 떠나려는가? 혹여 이번엔 아예 만나지도 못할까 싶어서 내, 진득하니 기다리지 못하고 여기까지 찾아왔네."

"개경에 오자마자 찾아뵙지 못해 죄송해요. 제가 없는 사이 집에 여러 가지 변화가 있어 좀 익숙해지느라 형님에게도 무심했습니다. 이번엔 전과 달리 집에 좀 오래 머물려고 합니다. 그동안 완이가 혼자 고생도 많이 한 것 같고……."

최씨 부인의 가벼운 타박에 현씨 부인이 무색하여 배시시 웃기만 한다. 별로 반성하는 기미가 없어 보이는 현씨 부인이라, 최씨 부인은 속으로 혀를 쯧쯧 찼다.

"고생했지. 아직 혼인도 안 한 열아홉 처녀가 이 큰 살림을 도맡았는데 왜 고생을 안 해?"

"형님께서 많이 도와주셨다고요. 늘 그렇지만 정말 고맙습니다."

"도와주긴? 난 자네가 개경을 떠난 뒤로 이 집에 코끝 한번 비치지 않았어. 나 역시 완이에게 무심했으니 자네에게 큰소리칠 처지가 아니네만……."

"오늘 이렇게 와 주셨잖아요. 그럼 됐지요."

하는 말마다 현씨 부인이 대수롭지 않게 넘기니 최씨 부인은 잔소리할 의욕을 잃었다. 애초에 이 집에 들른 이유가 현씨 부인을 닦달하는 데 있지 않았던 만큼, 그녀는 엄색했던 표정을 온화하게 바꿨다.

"나, 실은 자네와 의논할 일이 있어 왔네. 자네가 언제 또 바람이 들어 개경을 떠날지 모르니 후딱 처리하려고."

"어머, 그러셨어요? 저와 의논할 일이라니, 어떤 것에 대해서요?"

"우리 경……."

최씨 부인이 막 얘기를 시작하려는 순간 문밖에서 기척이
있었다.

"어머니, 차를 가져왔습니다."

혜완이었다. 현씨 부인이 즉각 대답했다.

"그래, 들어오렴."

방문이 열리고 딸이 들어오는 것을 보고 현씨 부인은 다시
최씨 부인 쪽으로 주의를 기울였다.

"의논하실 것이 무엇인가요, 형님?"

"나중에, 조금 이따가."

최씨 부인이 혜완을 의식해 은밀히 손을 저으며 눈을 째긋
거렸다. 무슨 대단한 비밀인가 싶어 현씨 부인이 어깨를 으쓱
하는데, 최씨 부인은 흐뭇한 눈으로 혜완을 아래위로 훑는다.
그리고 최씨 부인의 따뜻한 시선은 차와 다과를 탁자 위에 옮
겨 놓는 혜완의 허리띠에 이르러 더욱 온기를 띠었다. 감람색
공단 허리띠. 바로 그녀가 골라 다섯째 딸을 통해 재경에게 전
한 그 허리띠다.

'내, 완이일 줄 알았다니까.'

아들이 굳이 말하지 않아도 그 속내를 다 꿰뚫어 보는 자신
의 통찰력이 최씨 부인은 뿌듯하기만 하다. 이렇게 두 눈으로
직접 확인하니, 안 그래도 딸처럼 귀애했던 혜완이 더욱 사랑
스러워 보인다.

'너처럼 똑똑한 아이니 우리 경이가 공부할 마음을 잡도록
이끌었겠지!'

그녀는 흡족한 기분으로 혜완이 올린 차를 입안에 한 모금 머금었다.

"어머나, 완아, 차가 정말 그윽하니 좋구나. 정갈하고 깊이 있는 맛이다."

최씨 부인이 깜짝 놀라며 칭찬을 했다. 그저 혜완을 며느릿감으로 찍었기에 나온 입발림하는 찬사가 아니었다. 재상의 부인이라 그녀도 진귀하고 좋은 차를 많이 마셔 봤다. 그런데 이 차는 평범한 찻잎으로 우린 것인데도 맛과 향이 기가 막혔던 것이다. 재료보다는 재료를 다룬 솜씨가 뛰어나 이런 훌륭한 결과가 나왔음을, 안목이 높은 최씨 부인은 금방 알아차렸다.

"너는 차를 끓이는 재주도 뛰어나구나. 누가 가르쳐 주지도 않았을 텐데, 놀랍다."

"정말! 내가 전국 사찰들 중 들러서 차를 마시지 않은 곳이 없는데 이런 맛은 드물어."

현씨 부인도 한 모금 마시고 칭찬을 아끼지 않았다. 혜완이 고개를 저었다.

"제 솜씨가 아닙니다. 귀영 언니……, 낭천 출신으로 여기에 잠시 머물고 있는 제 친구, 김씨 성의 부인이 끓인 차예요. 워낙 점다點茶에 재주가 있어 귀한 손님을 대접할 땐 꼭 김씨 부인의 손을 빌립니다."

"그래?"

기대가 빗나가 머쓱했지만 그렇다고 최씨 부인이 혜완에게 실망한 것은 아니다. 혜완이 어릴 적부터 그녀를 보아 온 최씨 부인은 어머니의 부재중에도 집안 살림을 척척 해 나간 그녀를 높이 평가하고 있었다. 그리고 무엇보다 아들이 좋아하는 여자라면 최씨 부인은 조금 부족하더라도 너그러이 보아 줄 수 있었다. 그것은 아들이 여자보다 틀림없이 더 부족하리라 생각하기 때문이다. 그녀가 기분 좋게 차를 음미하는데, 혜완이 탁자 옆에 미리 놓아두었던 궤를 열어 옷을 한 벌 꺼냈다.

"그게 뭐니?"

어머니 현씨 부인이 먼저 궁금증을 내보였다.

"때마다 윤 공자를 통해 안부를 물으시고 선물을 보내 주시니 과분한 관심과 염려에 감사한 마음이 컸으나 제대로 답하지 못해 늘 송구스러웠습니다. 마침 방문하신 오늘이 수의授衣라, 비록 옷 한 벌이지만 베풀어 주신 한량없는 사랑과 은혜에 조금이나마 감사의 표시를 하고 싶어 올립니다."

혜완이 깔끔하게 접은 옷을 최씨 부인의 앞에 놓으며 말했다. 수의란 추위가 시작되는 구월을 맞아 겨울옷을 준비한다는 뜻으로 구월 초하루를 정해 휴일로 삼은 날이다. 부녀자들이 옷을 지어 주기도 하는데, 혜완이 최씨 부인에게 올린 옷도 두툼한 비단으로 지은 겨울옷이다.

"어이구, 기특한 것. 내가 해 준 것이 무에 있다고 보답을 해."

최씨 부인이 기쁘게 그 자리에서 옷을 펼쳐 보았다. 비록 옷 한 벌이라고 말했지만 치마와 저고리를 비롯해 바지와 두루마기 일습을 다 갖췄고, 무늬가 화려하게 들어간 비단 옷감은 여간 고급품이 아니었다.

"옷감부터 예사롭지 않구나. 송나라 비단이냐?"

"아니요, 집에서 짠 비단입니다."

"그래? 누가? 네가?"

최씨 부인이 깜짝 놀라 물었다. 그녀가 놀란 것도 무리가 아니었다. 길쌈은 여인이라면 누구나 익숙한 일이지만, 어떤 천이든 잘 짜는 사람이 있고 못 짜는 사람이 있다. 길쌈을 잘하는 여인이라도 이런 기품 있는 무늬를 고안하여 짜 넣는 사람은 드물다.

혜완이 내민 옷의 옷감은 시전에 내놓으면 고가에 날개 돋친 듯 팔릴 물건으로, 피륙을 짜서 파는 것이 축재의 흔한 방법인 이 시대에는 이런 직조 기술을 가진 여인들이 부러움을 한 몸에 받았다. 최씨 부인의 기대 어린 시선이 혜완에게 꽂혔는데 이번에도 혜완은 고개를 저었다.

"방금 말씀드린 제 친구 김씨 부인이 짠 비단입니다. 손끝이 야무져 길쌈을 하면 누구도 못 따라가거든요. 이 옷을 지은 사람도 그이예요. 바느질 솜씨도 그만이라, 제가 지은 것과 비교가 안 됩니다."

"정말 손끝이 보통 야무진 이가 아닌가 보다."

최씨 부인이 바지와 두루마기를 펼쳐 찬찬히 살피며 거듭 감탄했다.

"이 세련된 맵시도 더할 나위 없이 훌륭한데 이렇게 꼼꼼한 바느질 솜씨라니, 볼수록 놀랍구나. 그 사람 손이 어떻게 생겼는지 보고 싶을 정도야.”

“아주 성실한 이입니다. 천을 짜고 옷을 짓는 속도도 남보다 배는 빠른데 한 올, 한 땀도 실수를 하지 않는답니다.”

혜완이 하려는 말을 현씨 부인이 나서서 했다. 그녀는 딸의 친구가 되어 준 귀영을 퍽 좋게 보았던 것이다. 그리고 귀영의 손재주에 그녀 역시 탄복하던 참이었다. 현씨 부인의 말이 이어졌다.

“며칠 본 게 다지만, 얼굴도 아주 곱고 성품도 얌전하니 참해요. 완이랑 세 살밖에 차이가 나지 않는데, 남편을 잘못 만나 기별하고 상심해 있는 걸 완이가 보고 집으로 데려와 같이 살자고 했답니다. 완이의 평판을 알면서도 친동생처럼 아끼고 사랑해 주는 고마운 사람이에요. 지금은 재산을 남편에게 다 빼앗겨 친정에 갈 면목이 없어 하지만, 이 정도 재간에 알뜰히 살면 금방 재물도 모을 수 있을 거예요. 이 집에 들어온 이후로 그이가 만든 피륙과 옷을 팔아 생긴 은은 전부 그이 몫으로 완이가 모아 두는데 그게 벌써 좀 되나 봐요.”

“젊은 나이에 딱한 사정이 있구나. 완이랑 세 살 차이면 겨우 스물둘이 아닌가. 앞날이 창창하니 괴로운 지난 일은 잊어서 빨리 좋은 사람을 만나 재가하면 되겠어. 어느 집안에서 데려갈지 모르겠지만, 그이를 맞는 집은 아주 복덩이를 얻는 거지.”

최씨 부인이 옷을 다시 접으며 말했다. 시장에서 철전(鐵錢: 쇠돈)이나 은병보다 선호하는 화폐가 쌀이나 포였고, 길쌈은 대표적인 재산 증식의 수단이었다. 여성들의 경제 활동과 부의 축적, 재산 소유가 당연한 시대이기도 한 만큼, 아름다운 처녀보다 재력 있는 과부가 신붓감으로 더 각광을 받았고, 숙련된 길쌈과 바느질 기교는 여성의 자질을 판단하는 필수 요소였다. 왕비를 간택할 때도 길쌈과 바느질 솜씨를 참고할 정도였으니, 최씨 부인이 귀영을 복덩이라 부른 것은 좋은 옷을 받은 답례로 내놓은 허울뿐인 덕담이 아니었다. 그녀는 속으로 혜완이 이런 재주를 가졌으면 하는 아쉬움마저 살짝 느꼈던 것이다.

셋이서 옷을 만작이며 귀영의 칭찬을 좀 더 늘어놓은 다음 혜완이 물러가자, 최씨 부인은 아까 끊겼던 얘기를 다시 꺼냈다.

"자, 다시 둘이 됐으니 그 얘기를 하세."

혜완이 사라지자마자 돌연 눈에 힘을 주는 최씨 부인이 어울리지 않게 심각해 보여 현씨 부인은 그만 웃고 말았다.

"하시지요. 무엇을 의논하시고자 그리 쉬쉬하십니까?"

"우리 경이, 혼인시키려고."

"재경이의 혼인?"

현씨 부인이 어리둥절하니 눈을 크게 떴다. '그 의논을 왜 저랑 하시나요?'란 표정이다. 그러나 최씨 부인의 다음 말이 그녀의 눈을 더욱 키웠다.

"완이랑 말이야."

"예에? 완이? 재경이를……, 완이와?"

"자네 없는 동안에 둘이 그렇고 그런 사이가 됐네. 전혀 몰랐지?”

“몰랐어요.”

“완이가 아무 말도 안 했지?”

“안 했어요.”

“경이도 아무 말 안 해.”

접시처럼 둥글게 커졌던 현씨 부인의 눈초리가 의혹으로 가늘어졌다.

“둘 다 아무 말도 안 했는데, 그렇고 그런 사이란 도대체 어떤 사이인 거죠?”

“애들 속을 꼭 말로 들어야 아나? 보면 다 알지.”

최씨 부인이 핀잔주듯 말했다. ‘자네가 하도 밖으로 돌아 애를 도통 보질 않으니 모를 수밖에.’란 말로 들려 무안하여 입을 꾹 다문 현씨 부인에게, 최씨 부인은 자신이 추측하고 있는 얘기를 줄줄이 읊었다. 그녀가 고른 허리띠를 혜완이 매고 있다고 물증까지 제시했다. 두 젊은이의 사랑이 시작된 배경엔 자신이 재경을 자주 혜완에게 심부름 보냈기 때문이라며 본인의 공을 강조하는 것도 잊지 않았다. 이야기를 다 들은 현씨 부인은 그저 놀랍기만 하다.

“완이가……, 재경이를 좋아하는 거였어요? 그런데 그거 이상하네…….”

“이상하긴, 뭐가?”

고개를 갸웃하는 현씨 부인을 보니 최씨 부인의 심기가 약간 불편해지려고 한다.

“우리 경이가 글을 좀 못해서 그렇지 달리 모자란 점이 있나? 착하지, 온순하지, 키도 크고 인물도 그만하면 잘생겼지. 집안도 그래, 친가와 외가 모두 명문에 매형 다섯 모두 유능한 관인에……."

“제 말뜻은 그런 게 아니었어요, 형님.”

현씨 부인이 서둘러 최씨 부인을 달랬다.

“둘이 갓난쟁이 때부터 함께 놀던 친구라, 서로를 사내와 여인으로 여길 줄은 생각도 못 했다는 말이었어요. 노여워 마셔요. 재경이가 얼마나 훌륭한 청년인지, 윤씨 가문이 얼마나 대단한 집안인지 아무렴 제가 모를까 봐요?”

“남녀 사이에 친구가 어디 있어? 처음엔 친구로 지내도 결국엔 다 연인이 되는 거라네.”

“그래도 너무 뜻밖이라……, 선뜻 믿어지지가 않네요.”

“자네가 없는 동안 둘 사이에 정분이 났으니 자네야 믿기 힘들 수밖에. 하지만 그 애들, 이제 갓난쟁이가 아니라 어엿한 여인이고 사내야. 예쁜 여자와 잘생긴 남자가 자꾸 보면 없던 정도 생기게 돼. 한 달에도 몇 번씩 보도록 내가 손을 썼는데 서로에게 끌리지 않을 수 있나?”

“그것만으로 사랑에 빠진다면 바로 옆집에도 잘생긴 청년이 둘이나 있습니다.”

“아유, 그 둘은 나도 잘 알아. 상국(相國:종이품 이상의 관원을 가리키는 칭호)께서 각별히 아끼는 문생들이거든. 경이도 형님, 형님 하며 잘 따르고 그이들도 경이를 친동생처럼 대하지. 그이

246

들이 이 옆집으로 세를 든 것도 다 경이가 소개해서라네. 완이를 더 자주 보고 싶은 마음에 친한 형들을 여기로 데려온 게지. 그럼 형들을 만난다는 핑계로 여기에 와 완이도 볼 수 있잖나. 아우가 좋아하는 여자를 탐낼 그런 몰염치한 청년들이 아니야."

"그럴까요?"

"그렇고말고. 그리고 그 감람색 허리띠, 내가 고른 거라니까? 눈으로 보이는데 못 믿을 게 뭐 있어?"

"하아……, 그런가?"

쉽게 수긍하지 못하고 자꾸만 고개를 갸웃거리는 현씨 부인에게 최씨 부인은 더 이상 같은 설명을 되풀이할 필요를 느끼지 못하고 곧장 핵심으로 들어갔다.

"아이들이 원하면 우리들은 뒤에서 돕기만 하면 되는 거야. 내가 완이를 맘에 들어 하고 자네가 경이를 맘에 들어 하고, 또 그 둘이 서로를 맘에 들어 하는데 미적거리지 말자고. 혼인시키세."

"당장이요?"

"당장."

"그건 안 돼요, 형님."

"아니, 왜?"

속전속결로 밀어붙이려던 최씨 부인은 생각지도 못한 현씨 부인의 반대에 어안이 벙벙해졌다. 아무리 재경이 부족하대도 여러 가지 다른 조건들을 고려하면 현씨 부인이 아니라 누구래도 이 혼인을 거부할 이유가 없다. 두 팔 벌려 환영하는 게 정상인 것이다. 최씨 부인의 머릿속을 읽은 현씨 부인이 곤혹스러운 낯빛을 했다.

"형님, 오해 마셔요. 재경이를 사위로 삼는 것, 저도 바라는 바예요. 제가 망설이는 건 재경이 때문이 아니라 완이 때문이에요."

"완이 때문이라니?"

"형님도 아시겠지만……, 완이는 스물을 넘기기 힘든 운이에요. 지금 완이가 열아홉, 어쩌면 1년 뒤엔……."

"아이고, 자네는 그 예언을 지금도 믿는단 말인가?"

최씨 부인이 펄쩍 뛰었다. 그녀도 자주 복서에 의지하는 보통 여인이지만 흉한 운을 지나치게 강조하며 많은 대가를 챙기는 복사卜師와는 거리를 두는 편이었다. 현씨 부인이 점복과 예언에 약한 줄 잘 아는 그녀는 미리 준비해 온 종이를 소매에서 꺼내 탁자 위에 탕 놓았다.

"내, 자네를 위해 미리 무당에게도 다녀왔네. 개경에선 그래도 꽤 유명한 무당이야. 그 무당이 점치길, 경이랑 완이는 천생연분이라 서로에게 이 이상으로 더 좋은 배필은 없을 거라고 했네. 여기 적어 왔으니 잘 보라고."

"그 점을 꼭 못 믿어서는 아니지만……."

"무당 점을 못 믿겠거든 날 믿어. 설령 완이가 스물을 못 넘긴다고 해도 난 그 애를 며느리로 들일 테니 완이를 내게 맡겨. 내가 잘 보살피면 스물이 아니라 백 살까지도 충분히 살 애니까, 완이는.”

“아아, 얼마나 고마운 말씀인지요, 형님! 눈물이 다 나려 합니다.”

실제로 현씨 부인의 눈에 살짝 물기가 비쳤다. 그러나 그녀는 쉽게 고개를 끄덕이려 하지 않았다.

“하지만 형님, 완이가 스무 살을 넘긴다고 해서 그 애에게 붙은 귀신이 떨어지는 게 아니랍니다. 원한이 맺힌 사귀는 평생 그 애를 따라다닐 거라고요. 형님도 다 아시지 않습니까.”

“그 예쁘고 똑똑하고 당찬 애의 어디에 귀신이 붙었다는 게야? 그런 헛소리를 퍼뜨리는 사람들을 혼내지는 못할망정 어미가 되어서 그 사람들과 똑같은 소리를 하면 완이는 어쩌나?”

“하지만 사실인걸요.”

귀신 얘기가 나오자 현씨 부인이 완강해졌다. 10여 년 전 영험하다는 술사와 승려가 그녀의 머릿속에 심은 믿음은 긴 시간이 흐르는 동안 튼튼한 뿌리를 내려 작은 균열도 허락하지 않았던 것이다. 그녀가 확신에 찬 어조로 말했다.

“그동안 제가 두루 참배하고 공양했던 사찰들의 스님들 중 몇 분도 말씀하셨죠. 끊임없이 공양하고 공덕을 쌓으면 부처께서 완이를 가호하여 그 애가 스물을 넘길 수 있도록 살펴 주시리라고. 하지만 사귀가 쉽게 떨어진다는 말은 어디에서도 들을 수 없었어요.”

“그야······.”

완이에게 계속 사귀가 붙어 있다고 해야 자네의 그 후한 공양이 끊이질 않을 테니. 최씨 부인은 생각했지만 그녀 역시 불자로서 사찰을 모욕할 수 없어 입을 다물었다. 현씨 부인이 또 말했다.

"실제 완이에게 붙은 귀신이 이 집에 액운을 불러오고 있어요. 해가 갈수록 집의 형편이 눈에 띄게 기울고 있거든요. 그나마 부처께서 가호하여 당분간은 버티겠지만, 몇 년 후가 되면 공양을 제대로 할 수나 있을지 모르겠어요."

그건 자네가 살림을 돌보지 않고 떠돌며 이 사찰 저 사찰에 마구 퍼 주기 때문 아니겠어. 최씨 부인은 반박하고 싶었지만 그 또한 불경스러운 것 같아 잠자코 있었다. 그녀의 침묵을 동의로 생각했는지 현씨 부인이 계속 말했다.

"완이를 아끼시는 형님의 마음, 참으로 아름답고 또 감사하지만, 이 혼인에 흔쾌히 응하지 못하는 저를 좀 이해해 주세요. 완이가 혼인하고 나서 윤씨 가문에 작은 우환이라도 생기면, 전부 완이 탓이라고 모두들 생각할 거 아녜요. 물론 완이에게 붙은 사귀의 술수일 수도 있겠지만, 그게 아니래도 사람들은 완이 잘못으로 돌릴 거예요. 저는 형님께 폐를 끼치고 싶지도 않고 완이가 더 이상의 손가락질을 받기를 원하지도 않습니다. 이것이 재경이와의 혼담이 눈물이 나올 만큼 기쁘지만 덥석 받아들이기 망설여지는 이유입니다. 이해하시지요?"

"자네의 마음이야 이해하지."

최씨 부인이 딱한 눈길로 현씨 부인을 바라보며 고개를 끄덕였다. 하지만 그녀도 고집이 센 터라 물러서지 않는다.

“내가 다 책임짐세. 완이에게 진짜 사귀가 붙었다면 내, 그 귀신까지도 받아들이지. 다른 사람의 손가락질, 모함, 내가 다 막아 줌세. 자네는 아무 걱정 말고 완이만 내게 보내.”

“형님, 그렇게까지 완이를……, 왜요? 왜 그토록 제 아이를 원하십니까?”

현씨 부인은 감격스러운 한편으로 이해가 가지 않는다는 표정이었지만 최씨 부인의 답은 명쾌했다.

“경이가 원하니까.”

마침내 현씨 부인은 두 손을 들고 말았다. 최씨 부인의 확고부동한 의지에 기어코 밀린 것이다. 현씨 부인의 동의를 얻은 최씨 부인은 일을 추진하는 데 거침이 없었다.

“일단 아이들에겐 입을 다물고 있게. 경이의 감시가 코앞인데 혼담이 오간 걸 알면 정신이 흔들려 시험 준비에 집중을 못 해. 아마 경이나 완이가 우리에게 말을 않고 저희끼리만 통하는 것도 그 이유에서일 게야. 감시에 합격하고 웬만한 자격을 갖춘 다음에 말해야겠다고 생각한 거겠지. 아이들 뜻을 따라 주자고. 감시가 끝나면 합격을 하든 못 하든 본격적으로 혼례를 준비하세. 형식적이라도 중매인을 통해 자네의 허락을 구한 뒤 날짜를 잡아 사주와 청혼서를 보내겠네. 그다음은 정해진 수순에 따르세.”

한번 밀린 현씨 부인은 최씨 부인의 말끝마다 고개를 끄덕일 따름이었다. 현씨 부인이 고분고분하니 이야기는 쉽게 끝이 났다. 두 사람은 현씨 부인의 여행과 최씨 부인의 손자 손녀들을 주제로 담소를 한참 더 나누고 나서 다음번엔 최씨 부인의 집에서 만나기로 약속하고 아쉽게 헤어졌다.

최씨 부인을 보낸 뒤 잠시 생각에 잠겼던 현씨 부인은 무봉 어멈을 불렀다. 그녀가 집에서 딸을 제외하고 가장 믿는 사람이 바로 무봉 어멈으로, 현씨 부인은 집을 오래 비운 뒤 돌아오면 무봉 어멈을 통해 그간의 사정을 파악하곤 했다. 이번에도 돌아오고 얼마 안 돼 무봉 어멈으로부터 자신이 없는 동안 일어났던 일들을 대강 들었으나, 자세히 알고 싶은 것이 있어 다시 부른 것이다. 무봉 어멈을 앉히고 현씨 부인이 물었다.

"옆집에 세 든 관원들과 완이의 사이는 어떤가?"

"딱히 어떻다고 할 게 없지요, 마님. 아씨는 집주인이고 나리들은 세 든 사람들이고."

무봉 어멈이 대수롭지 않게 답하자 '그것뿐?' 하듯 현씨 부인의 눈썹이 꿈틀했다. 그녀는 좀 더 구체적으로 물었다.

"완이와 그분들의 교류가 없었어?"

"대단한 교류랄 건 없고 이웃으로서 명절 때마다 절식과 술을 보내 성의를 보였다고나 할까요. 삼짇날에 한장막 아래서 꽃놀이를 잠시 함께했습니다만 그건 순전히 우연으로 만난 것이고……. 참, 단옷날에는 함께 그네를 뛰러 간다고 나리들이랑 나간 일이 있네요. 그런데 재경 도련님을 중간에 만나 다시 돌아왔답니다. 재경 도련님이랑 함께 노는 게 더 좋았던 거죠. 음, 그런데 유두일에는 양온승동정 나리랑 함께 유두연을 한다고 계곡에 갔었고……. 하지만 마님, 그땐 다른 아씨들도 다 같

이 갔었답니다. 아, 생각해 보니 경시령 나리와도 외출한 적이
있네요."

"경시령?"

별 교류도 없었던 것처럼 시작했다가 떠오르는 대로 줄줄이
읊는 무봉 어멈의 말을 주의 깊게 듣다가 현씨 부인의 귀가 쫑
긋했다.

"그분과는 왜 외출을 했던가?"

"교외에 있는 빈민들에게 약이랑 음식을 나눠 주러요. 마침
가는 길이 같아 동행한 것이지 특별한 이유는 없을걸요. 무봉
이도 같이 갔고요."

나름대로 성실히 대답하던 무봉 어멈은 마님의 진지한 낯빛
에 아차 하여 아씨를 변호했다.

"아씨와 그 나리들의 교류가 간간이 있었다고 해서 오해는
마셔요, 마님. 서씨 가문의 숙녀로서 얼굴 붉힐 일은 전혀 없
었답니다. 제가 옆에 있었잖아요. 그리고 혜완 아씨 혼자가 아
니라 다른 아씨들도 함께한 게 대부분이고요. 나리들도 점잖은
분들이라 아씨를 감히 희롱하는 일 따윈 없었습니다. 오히려
경시령께서는 삼짇날에 괴한에게 봉변을 당할 뻔한 혜완 아씨
를 구해 주기도 했고요. 이웃과의 왕래가 없어 외로울 아씨들
을 재경 도련님이랑 나리들이 위로하신 거였죠."

"경시령과 완이가 아무 사이도 아니라고?"

혼잣말처럼 현씨 부인이 중얼거리는데 무봉 어멈이 거세게
부인했다.

“아니죠! 아니고말고요. 경시령 나리도, 양온승동정 나리도 혜완 아씨와는 일절 관계가 없습니다. 그분들이 아씨와 서로 마주치는 일도 많지 않아요. 경시령 나리는 매일같이 공무에 바쁜데다 급가 때는 집에서 조용히 책을 읽는 편이고요, 양온 승동정 나리는 바깥으로 많이 돌고 집에 있을 때는 주로 이 집과 옆집 사이에 연결된 정원에 틀어박혀 채소와 꽃을 가꾼답니다.”

“그럼 재경이랑 완이는?”

“그 두 분이야 떼려야 뗄 수 없는 천생배필이죠.”

집안 좋고 착하며 혜완에게 늘 휘둘리는 재경을 마음에 들어 하는 무봉 어멈이 재경의 이름이 나오자 신이 났다.

“어렸을 때부터 얼마나 사이가 좋았습니까? 매일 아씨에게 맞아 눈물 바람이 멎을 날 없던 재경 도련님이 이제 성인이 되어 외로운 혜완 아씨를 자주 찾아 선물도 주고 다정히 위로도 하고, 얼마나 자상한지, 아유, 옆에서 보기만 하는 이년의 가슴까지 마구 콩닥거린다니까요. 혜완 아씨가 겉으로는 툴툴대도 재경 도련님에게 의지를 참 많이 합니다. 도련님이 아니었으면 아씨는 마님이 안 계시는 이 집에서 못 견뎠을 거예요.”

“그래? 그렇단 말이지…….”

현씨 부인이 다시 혼잣말을 중얼거리며 생각에 잠겼다. 그랬구나. 몰랐었어. 완이가 재경이랑…….

그녀는 어미로서 딸에게 너무 무심했던 것이 새삼스레 미안해진다. 이제껏 뭐 하나 제대로 돌봐 준 적이 없는 가엾은 딸.

그 딸을 집에 두고 전국을 떠돌기 시작한 때, 딸은 아직 바느질도 배우지 못한 어린아이였다. 하도 드물게 본 터라 볼 때마다 쑥쑥 자란 모습이 낯설게까지 느껴졌던 딸이 어느새 다 커서 남자를 사랑하다니, 현씨 부인은 감개가 무량하다.

머지않아 스무 살이 되면 딸의 생명이 어떻게 될지 알 수 없지만, 또 아무리 불공을 드리고 시주를 해도 딸에게 붙은 사귀는 떨어질 줄 모르지만, 그 불쌍한 것이 재경이를 사랑한다면 최씨 부인 말대로 당장 혼인시켜 행복을 맛보게 해 줘야겠다. 그 행복, 얼마나 짧을지 모르니 되도록 서둘러서. 그렇게 결심했지만 현씨 부인은 아까 최씨 부인과 얘기할 때부터 가슴 한쪽에 찜찜하게 걸렸던 일을 먼저 짚고 넘어가기로 했다. 그녀는 무봉 어멈에게 조용히 일렀다.

"점술에 능한 술사를 알아봐 주게."

"점을 보시게요?"

"그래. 잘 알아보되 소문이 요란한 무당이나 술사들은 빼게. 진짜 용한 술사는 알음알음을 통해 소개를 받는 거야. 여러 집의 여비들과 접촉해 바깥에는 크게 알려지지 않았지만 정말 용하다는 평을 듣는 술사를 알아보게."

"예, 그리합지요."

무봉 어멈이 고개를 숙이고 나갔다. 혼자 남은 현씨 부인은 다시 생각에 잠겼다. 믿을 만한 복서를 말하는 술사가 혜완과 재경이 정말 천생연분이라고 하면 그녀는 두말없이 그 둘을 맺어 줄 의향이 있었다. 현씨 부인의 시선이 문득 탁자 위에 내려

앉았다. 최씨 부인이 가지고 온 종이, 개경의 꽤 유명한 무당이 점복을 쳐서 그 결과를 적은 종이가 아직 거기 있었다. 현씨 부인은 말없이 그 종이를 착착 접어 파지를 모아 두는 함에 넣어 버렸다.

"뭐? 그럼 그날 이후로 서 소저를 만나지 못했다는 거야? 한 번도?"

지량이 소리를 질러 시율은 미간을 팍 찡그렸다. 언짢은 듯 꼭 다물어진 시율의 입매에서 지량은 그렇다는 답을 읽었다. 지량도 미간을 구겼다.

"어쨌든 서 소저에게 네 마음을 털어놓긴 한 거지? 설마 온종일 그녀를 찾아다니다가 겨우 만나서 '가윗날 보름달이 참 밝군요.'나 '소원이나 빌까요?' 같은 소리만 하고 왔던 건 아니겠지?"

"아주 확실히 말했어. 그리고 그녀도 날 좋아한다고 했단 말이다."

"그러면 네 급가일엔 빼놓지 않고 만나는 게 정상 아니냐?"

지량이 이해할 수 없다는 듯 입을 비죽였다.

"난 또, 율이 네가 급가 때도 외출하기에 서 소저를 몰래 만나고 오는 줄 알았지."

"그건 엉터리 술승들을 찾아 나선 거였어. 비슷하게 생긴 놈들을 봤다는 제보가 있었거든."

"잡았니?"

“아직. 하지만 곧 잡을 수 있을 것 같아. 내가 제보를 듣고 찾아간 집의 여주인이 그 술승들을 소개해 준 집을 알려 줬거든. 그놈들에게 사기를 당한 부인들이 하나같이 어찌나 철저하게 함구하는지 애 좀 먹었지.”

이야기가 처음과 다르게 흘러가자 시율이 머리를 푸르르 흔들었다.

“아니, 아니! 이걸 얘기하려는 게 아니야, 난.”

“맞아, 지금 중요한 건 그놈들이 아니라 서 소저지. 그렇다면 너…….”

지량도 손을 내저으며 본래 그가 하려던 물음을 던졌다.

“……왜 못 만난 거야? 서 소저의 모친이 돌아와서? 어머니가 집에 좀 있다고 딸을 못 만나냐?”

“모친이 계시니 내가 함부로 불러낼 수가 없잖아. 서 소저도 오랜만에 어머니를 만나서인지 잠시라도 떨어져 있고 싶어 하지 않는 것 같고…….”

“아니, 그 문제만은 아닌 것 같은데?”

지량이 날카로운 시선으로 시율을 훑어보며 팔짱을 끼었다.

“서 소저와 네가 서로를 마음에 두고 있는데 어머니가 있다고 못 만난다는 건 핑계에 지나지 않지. 남교에서 그녀와 함께 있을 때 공교롭게도 귀경하는 서 소저 모친과 마주쳤다고 했잖아. 서 소저의 모친에게 서 소저가 옆에 있는 널 당연히 정인이라고 소개를 했을 거 아냐. 너희 두 사람의 관계를 그 모친이 방해라도 한단 말이냐?”

“서 소저의 모친은 우리 사이를 몰라. 그 부인께 난 서 소저
의 정인이 아니라 단지 세 든 사람이라고.”

“뭐야, 그게?”

지량의 목소리가 다시 뾰족하니 올라갔다.

“어째서 사실대로 말하지 않았어? 그게 왜 숨길 일이 되냐,
도대체?”

“일부러 숨긴 건 아니야. 그날 너무 갑자기 나타난 모친을
맞닥뜨리니 서 소저도 나도 몹시 당황하는 바람에…….”

“그렇게 당황한 이유는? 어쩐지 너답지 않은걸.”

“부인이 나타났을 때 우, 우리가……, 그러니까 뭐랄까, 둘
이……, 음, 너무……, 가까웠거든.”

“아하?”

지량의 미간에서 주름이 사라지고 입가에 얄궂은 미소가 피
어올랐다. 그가 한층 밝아진 목소리로 재촉하듯 물었다.

“그게 어쨌는데? 둘이 너무 가까이 있어서 모친에게 밉보이
기라도 했다는 거냐?”

“아냐, 말발굽 소리를 듣자마자 그녀에게서 물러났으니 부
인은 아마 보지 못했을 거야. 하지만 서 소저로서는 어머니에
게 부끄러운 모습을 보였다고 생각할 수도 있지. 생각해 봐.
얼마든지 사람이 지나다닐 수 있는 남교의 대로였는데 웬 사
내랑 맞닿을 정도로 가까이 있었던 거잖아. 모친이 보지 못했
더라도 마찬가지, 인적이 한갓진 밤길에 사내와 둘이 있었던
건 사실이지. 모친이 없는 동안 행실을 바르게 하지 않았다는

오해를 살 수도 있으니 그 자리에서 정인 소리를 꺼내는 건 아니라고 서 소저는 생각했던 것 같아. 그래서 서 소저는 남교의 빈민들에게 들렀다가 귀가하는 길이었고, 나는 동년들과 중추 회음을 마치고 돌아가는 길이었는데 우연히 만났다고 둘러대 버린 거지.”

“헛, 바보 같은 짓 했네. 그러면 나중에 더 말하기 힘들어지잖아. 그때 왜 속였는지, 뭔가 어머니에게까지 말 못 할 이유가 있었던 게 아닌지 서 소저의 모친이 의심할 수도 있는데. 속인 것 자체도 괘씸하게 여길 거고. 그냥 조금 부끄럽더라도 그 자리에서 솔직하게 밝히는 게 서로에게 좋았을걸.”

“내가 잘못한 거지.”

“잘못? 어떤? 그 자리에서 따님을 좋아하는 사람이라고 밝히지 않은 거? 그건 서 소저가 이미 어머니에게 숨겼기 때문에 그녀에게 맞춰 준 거잖아. 아니면 서 소저와 너무 가까이 붙어 있었던 거? 몇 달 동안이나 각자 속으로만 끙끙거리다가 드디어 서로 마음이 통한 감격적인 순간에 그 정도도 못 해? 율이 네가 목석처럼 가만히 서 있기만 했다면 난 너한테 실망했을 거야.”

지량이 호기심이 번득이는 눈을 번쩍이며 시율에게 바싹 다가가 속삭이듯 물었다.

“얼마나 가까웠는데?”

“…….”

시율이 대답 없이 찌릿 친구를 째렸다. 뭘 그런 걸 다 물어

보느냐는 눈빛이었지만 지량은 짓궂게 물고 늘어졌다.

"서 소저의 모친이 멀리서 알아봤다면 '저것들이 남들 다 다니는 길에서 무슨 짓이야?'라고 생각할 정도로 가까웠어? 얼른 떨어졌다니 대단한 건 못 했겠지만 그래도 접문(接吻:입맞춤) 정도는 했겠지?"

"했으면…….".

……덜 억울하기라도 하지. 시율이 도중에 말을 삼켜 버렸지만 짜증과 아쉬움이 뒤섞인 그의 얼굴로 지량은 충분히 말뜻을 짐작했다.

"하!"

한심스러워하는 눈으로 지량이 친구를 보았다.

"정말 실망이다, 정시율. 네 말대로 얼마든지 사람들이 지나다닐 수 있는 남교의 대로였는데, 거기서 과감히 시도했으면 남이 보든 말든 끝까지 할 건 했어야지. 지나는 사람이 알고 보니 서 소저의 모친이었다고 해도 말이야! 그런데 결과가 너무 형편없어! 모친에게 정인이라고 밝히지도 못해, 접문도 못 해. 다른 건 다 그만두고라도 재빨리 입은 맞췄어야지. 넌 너무 느려 터졌어!"

쩝, 시율이 쓰게 입맛을 다셨다. 지량의 말을 다 인정하고 받아들이는 건 아니지만 자신이 제대로 한 일이 없어 보이는 건 사실이다. 지금도 답답한 마음에 지량에게 하소연할 뿐, 머릿속에 뚜렷이 떠오르는 대책이 없다. 혜완을 전혀 만나지 못하는 상황 탓이 크지만 스스로가 무력하게 느껴지는 건 어쩔 수 없다. 시무룩해진 시율을 흘끗 보고 지량이 기운 내라는 듯 그의 어깨를 탁탁 두드렸다.

"뭐, 괜찮아. 서 소저의 모친은 집에 오래 머무는 분이 아니라니까. 그분이 다시 순례를 떠나면 그때부터 잘해 보면 되잖아. 아, 그래!"

지량이 불현듯 무슨 생각이 떠올랐는지 히죽 웃었다.

"서 소저가 그날 이후 널 찾지 않고 또 모친에게 네가 단순한 세입자가 아니란 걸 얼른 밝히지 않은 이유를 알겠다. 모친이 다시 집을 떠나길 기다리는 거야. 그래야 눈치 안 보고 마음껏 연애를 즐길 수 있으니까."

"무슨 소리냐?"

"무슨 소리긴, 이런 소리지. 모친에게 너에 대해 말해 봤자 모친이 집에 계속 있는 동안엔 서 소저의 행동이 자유로워질 수가 없어. 남녀의 교제가 흔하다고 해도 명문가의 숙녀가 마음대로 남자를 만날 수는 없는 노릇이지. 일단 모친이 알게 되면 자유로운 교제를 허락하기보다는 몸가짐을 삼가도록 철저히 감시한단 말씀. 순례를 떠난 이후에도 무봉 어멈이나 비녀들에게 일러 서 소저의 크고 작은 행동거지 하나하나를 감시하게 할 텐데, 그런 가운데서 어떻게 정을 나누겠어? 그래서 서 소저가 너에 대해 입 다물고 있는 거야. 분명해! 아, 아직 아무것도 모르는 천진난만하고 순진무구한 어린애 같은 소녀라고 생각해서 전혀 끌리지 않았는데, 이것저것 약빠르게 따질 줄 아는 실속 있는 처녀였다니! 새삼 서 소저가 매력적으로 느껴진다.”

“그런 계산을 하는 사람이 아니야.”

혜완에 대한 지량의 평가가 마음에 들지 않는 시율이 불쾌한 기색을 감추지 않고 퉁명스레 말했다.

“모친께 언제 어떻게 말을 꺼내야 할지 몰라 망설이고 있을 뿐인 거지. 사실 이 문제는 내가 간단히 해결할 수 있어.”

“어랏, 율이 네가? 어떻게?”

“혼인을 하면 돼.”

시율의 가뿐한 결론에 지량이 ‘아하!’ 하고 동의의 감탄사를 뱉었다.

“그렇지. 어쩌면 너나 서 소저에겐 그게 더 나을지도 모르겠다. 난 혼인 전에 달콤한 시간이 좀 있어야 한다고 생각하는 편이지만, 너흰 혼인을 먼저 하고 그다음에 본격적으로 연애를 할 수도 있겠어. 보기보다 둘 다 고리타분한 면이 있거든.”

“하지만 서 소저의 모친이 돌아온 지 아직 한 달도 채 되지 않아 지금 혼인 얘기를 꺼내는 건 좀 성급한 감이 있어. 모녀가 오랜만에 상봉했으니 그동안 쌓였던 회포를 충분히 푸는 게 우선이지. 그리고 서경의 이모님께 알리고 중매인을 불러 혼담을 오가게 하려면 시간이 필요해. 뭐, 어쨌든 요는, 빠르건 늦건 혼인을 하면 되는 거야.”

“그럼 그렇게 우거지상을 하고 있는 이유가 뭐야? 혼인하면 되는데.”

지량이 팔을 뻗어 장난스럽게 주름이 깊게 잡힌 시율의 눈썹 사이를 꾹꾹 눌렀다. 시율이 그의 손을 치우며 볼멘소리로 투덜거렸다.

"혼인하면 된다는 게 혼인하기 전까지 만나지 않아도 괜찮다는 뜻은 아니라고."

"아항, 당장이라도 서 소저가 보고 싶어 못 견디겠다? 걱정 마, 율아. 내가 있잖아!"

지량이 탁자 위의 화병에 꽂혀 있는 감국甘菊 한 송이를 뽑아 들었다.

"오늘이 무슨 날이냐? 9가 겹친 9월 9일 중구(重九:중양절)다. 높은 곳에 올라 수유茱萸 주머니를 차고 국화주를 마시는 등고登高를 하고 단풍을 즐기지."

"그래. 그래서 꼬맹이가 오면 함께 산에 오르기로 해서 지금 기다리고 있는 거잖아."

시율이 심드렁하게 의자에 기대어 맥이 풀린 목소리로 말했다.

"하지만 난 그다지 놀러 갈 기분이 들지 않는다."

"아니, 곧 놀러 갈 기분이 들게 될 거야."

지량이 확신에 찬 미소를 머금으며 들고 있던 국화를 시율에게 휙 던졌다.

"사내들만 등고하는 게 아니지. 부녀자들도 산에 올라 머리에 수유를 꽂고 국화를 넣어 화전을 지져 먹으며 국화주에 취해 노는 날이 아닌가. 삼짇날에 꽃놀이를 가고 유두일에 유두연을 가졌듯, 서 소저가 오늘은 김씨 부인, 임씨 부인과 함께 당연히 등고하겠지. 이번엔 오랜만에 귀가한 어머니까지 모시고. 같은 산에 오르기만 하면 서로를 발견하고 장막에서 빠져나와 둘만의 시간을 가지는 건 어렵지 않을걸. 꼬맹이가 그래서 오늘 우리와 등고하겠다고 오는 거야. 김씨 부인을 만나러. 알겠어?"

"어디로 가는지는 아는 거야?"

지량이 던진 국화를 받아 다시 화병에 꽂으며 시율이 물었다. 놀러 갈 기분이 들기 시작한 것인지 묻는 그의 어조가 진지했다. 지량이 빙그레 웃으며 한쪽 눈을 찡긋 감아 보였다.

"그까짓 것 알아내는 게 내게 대수겠어? 내겐 꽤 쓸 만한 정보원이 있다고."

"임씨 부인 말인가?"

시율이 문득 엄색했다.

"량이 너, 정말 임씨 부인에게……."

"정보원이라고 했다."

지량이 싸늘하게 시율의 말을 잘랐다. 미묘한 긴장감이 둘 사이에 잠시 흘렀지만 히죽, 지량이 웃음으로 얼버무렸다.

"오늘 일이 잘되면 다 내 덕분이라고! 알았냐? 너와 꼬맹이를 위해 난 희생할 각오가 되어 있단 말이다."

"희생?"

"내가 어찌어찌 손을 잘 써서 너를 서 소저와, 꼬맹이를 김씨 부인과 붙여 멀리 떼 놓으면 남는 사람은 서 소저의 모친과 임씨 부인, 그리고 무봉 어멈 같은 하인들이잖아. 내가 황금빛

감국을 띄운 국화주도 양껏 못 마시며 그 나머지를 다 떠맡아
야 하는데 그게 희생이 아니고 뭐야? 그러니 무섭게 눈을 흡뜨
지 말고 고마워하기나 해라. 아, 시간이 이렇게 됐는데 꼬맹이
는 왜 여태 안 온담?”

지량이 방을 가로질러 가서 문을 열고 바깥을 살폈다.

“오늘 같은 날은 새벽부터 와서 우리 다리에 매달려 김씨 부
인을 만나러 가자고 조를 녀석인데 이상하게 굼뜨네. 좌주님과
가족들에게 감시에 통과한 걸 알리고 오겠다더니, 혹 그 댁에
서 경사 났다고 잔치를 벌이나?”

“잔치를 벌일 수도 있겠다. 그렇게나 많이 떨어졌으니 이젠
붙을 때도 됐다고 생각은 했지만……, 막상 붙었다니 나도 놀
랐는걸. 꼬맹이가 그동안 노력을 꽤 했나 봐.”

“사랑의 힘이지. 기적을 일으키는.”

지량이 킬킬거리다가 눈을 반짝 뜨고 반색을 했다. 마침 재
경이 나타났던 것이다.

“이봐, 꼬맹아, 참 빨리도 오는구나. 너의 김씨 부인이 어느
산에서 눈 빠지게 널 기다리는지도 모르는 판에.”

빈정거리는 말에도 재경이 걸음을 서두르지 않고 어깨를 축
늘어뜨린 채 터덜터덜 걸어오자 지량이 ‘어라?’ 하는 얼굴로 의
아하니 눈을 찡그렸다.

“집에서 축하주로 미리 국화주를 한 동이 들이켜고 오는 길
이냐? 어째 황새 다리 같은 그 길쭉한 다리로 뱁새만큼도 못
걷고 있니? 냉큼 오지 못해?”

그러나 지량의 재촉이 귀에 들어오지 않는 듯 재경은 힘없이 흐늘거리며 다가왔다. 시율이 재경의 심상치 않은 상태를 확인하고 걱정스레 물었다.

"꼬맹아, 좌주님 댁에 무슨 일이라도 생겼느냐? 감시를 통과하고도 이렇게 우울해하다니, 무슨 일이 있는 거지?"

"아아, 시율 형님, 지량 형님! 감시 같은 건 차라리 합격하지 않았으면 좋았을 거예요."

재경이 한탄조로 부르짖으며 의자 위에 무너지듯 앉았다. 서로를 바라보며 어리둥절한 눈빛을 교환한 시율과 지량도 각각 의자를 끌어당겨 재경의 양옆에 앉았다. 지량이 먼저 나무라듯 말했다.

"그게 무슨 소리야? 감시에 합격하지 않았으면 좋았을 거라니? 이번 감시는 꼭 통과하고 말 거라고 노래를 불렀으면서 왜 그런 소리를 해?"

"감시가 재앙이 됐단 말입니다!"

재경이 그답지 않게 왈칵 고함을 쳤다. 그는 곧 울상이 되어 지량에게 매달렸다.

"아아, 이젠 끝이에요, 형님. 전 감시를 붙는 바람에 혼인하게 돼 버렸어요."

"혼인? 그건 너도 바라는 바였잖아."

뭔가 꺼림칙한 느낌을 받으며 지량이 재경을 달랬다.

"넌 처음부터 김씨 부인과 혼인하고 싶어 했잖아. 그녀와 교제하기 전부터. 그게 왜 문제가 되는데?"

“김씨 부인과 혼인하지 못하게 됐으니까요. 전 완이랑 혼인 해야 해요.”

“엥?”

잘못 들었나 싶어 지량이 재경 쪽으로 더 가까이 붙었다. 재경 너머로 시율의 딱딱하게 굳은 얼굴을 힐끔 본 그가 자못 상냥하게 말했다.

“저기, 꼬맹아, 지금 율이가 굉장히 기분이 안 좋거든. 그러니 장난은 집어치우고 제대로 말해 보렴.”

“장난이라고요? 전 지금 심각해요, 무지하게! 제가 감시에 합격했다고 말씀드리자마자 부모님께서 완이랑 혼담이 진행 중이라고 알려 주셨단 말입니다. 감시를 보기 전에 말하면 시험을 제대로 못 치를 것 같아서 비밀로 해 두셨답니다. 곧 중매인과 완이 어머니가 날을 잡으면 납채(納采:신랑 집에서 신부 집에 청혼하는 의례)를 진행할 거래요. 이미 완이 어머니와 얘기는 다 끝났고!”

이런, 맙소사! 재경을 사이에 두고 다시 지량과 시율의 시선이 만났다. 놀람, 당혹스러움, 그리고 할 말 없음. 방 안에 잠시 정적이 흘렀다. 아아, 재경의 가느다란 탄식만 두어 번 흘렀을 뿐이다. 모두 정신이 나간 듯 멍해 있었다. 제일 먼저 정신을 차린 지량이 버럭 화를 냈다.

“멍청아! 네 혼사인데 가만히 듣고만 있었어? 사랑하는 여인이 따로 있다! 서 소저와의 혼인은 결코 받아들일 수 없다! 이런 말도 못 해?”

"그럴 분위기가 아니었단 말이에요."

재경이 거의 울먹이듯 항변했다.

"부모님 두 분께서 감시 합격을 축하해 주시며 기쁜 얼굴로 계속 완이랑 혼례 얘기를 끝없이 하셨다고요. 제가 감히 끼어들 틈도 없이. 정신없이 다 듣고 보니 모든 얘기가 끝났고 의례만 남았다는 거예요. 두 분께서 이미 감시 전부터 단단히 준비하셨던 게 틀림없어요. 어쩌면 아주 오래전부터 결정되어 있었던 일일지도 몰라요. 아마 다섯째 누님을 통해 제가 좋아하는 여인이 있다는 걸 들으시고 서둘러 완이랑 혼인시켜야겠다고 결심하셨겠죠. 완이가 아닌 다른 여인과의 혼인을 막기 위해서. 아아, 말하고 보니 틀림없네!"

"그래도 너의 그녀를 생각하면 용기를 내야 하잖아. 그래 가지고 어떻게 네 사랑을 지키고 돌보겠냐?"

"하려고 했어요. 저도 말하려고 했다고요. 하지만 그때마다 어머니께서 제 말을 막으시며 완이 얘기를 하시고, 했던 얘기 또 하시고, 자꾸 하시고……. 마치 다른 여인은 깨끗이 잊으라는 것처럼……."

"됐다. 그만들 해."

낮고 냉랭하게 시율이 한마디 했다. 그 소리에 찔끔한 재경이 우는소리를 멈췄다. 지량조차도 시율의 눈치를 보며 조심스럽게 물었다.

"어떻게 하면 좋을까? 서 소저 모친뿐 아니라 좌주님까지 얽히게 돼 버렸으니."

"글쎄, 명문가끼리의 혼인은 당사자의 바람보다는 집안 어른들의 의지가 우선하는 것이니……. 양가에서 이미 얘기가 끝났다는데 뭘 어떻게 하겠어? 더구나 문생으로서 좌주님의 체면에 먹칠하는 짓을 할 순 없잖아."

시율이 침착하게 말했지만 사실 그는 크게 언짢고 화난 상태였다. 지량도 그걸 알았지만 남 일 대하듯 말하는 시율이 못마땅해 쏘아붙였다.

"그럼 이대로 아무것도 안 하고 꼬맹이가 서 소저랑 혼인하도록 내버려둘 거야?"

"아아, 형님들, 도와주세요, 제발!"

재경의 우는소리가 다시 시작되자 시율의 눈에 타닥, 불꽃이 튀었다.

"아무것도 안 한다고는 하지 않았어."

시율이 입술을 잘근잘근 씹으며 나직이 말했다.

"뭘 할 수 있을지 지금은 모를 뿐이지."

"시율 형님, 형님의 그 좋은 머리로 이 혼담을 깰 방법을 짜내 주세요. 부모님과 완이 어머니의 의가 상하지 않게, 어떻게든 원만하게 혼인을 없었던 일로 되돌리게요. 우리, 지금부터 머리를 맞대고 의논해 봐요, 네?"

"난 지금 너랑 의논할 기분이 아닌데."

매달려 오는 재경에게서 시율이 시선을 돌렸다. 희게 질린 그의 이마에 푸른 핏줄이 불룩 돋았다.

"혼자 생각하고 싶으니까 떠들지 말고 나가 줘. 아니, 내가 나가는 게 낫겠군."

차갑게 말을 내뱉은 시율이 벌떡 일어나 성큼성큼 걸어 나가 버렸다. 그의 화난 모습을 제대로 본 적이 없었던 재경이 멍하니 방문을 쳐다보았다.

"지금 시율 형님, 저한테 화낸 거예요? 왜?"

"아, 그렇지, 너는 아직 모르는구나. 기분이 굉장히 안 좋았는데 더 안 좋아진 것뿐이야. 그냥 그러려니 놔둬. 중요한 문제를 고민 중이었잖아."

지량이 재경의 턱을 잡고 자신을 보도록 그의 얼굴을 돌렸다.

"내 생각엔 말이야, 꼬맹아."

"방법이 있나요?"

"방법은 하나야. 네가 부모님께 솔직하게 말씀드리는 거. 김씨 부인을 사랑하기 때문에 서 소저와 혼인할 수 없다고 네 입으로 분명하게 밝혀. 그러지 않으면 너희들이 원치 않는 방향으로 일이 흘러가 버려. 일단 납채가 이뤄지면 약혼 성립이야. 그 후엔 여러모로 파혼하기 힘들어져. 그대로 넌 서 소저와 혼인해서 같이 살아야 된다고."

"싫어요. 완이랑 살면 전 매일 얻어맞을 거예요."

"그게 혼담을 깨고 싶은 진짜 이유가 아니잖아? 김씨 부인을 잊지 말라고, 꼬맹아."

"물론 그녀에게 상처를 줄 순 없어요……. 아아, 어쩌다 일이 이렇게 돼 버린 걸까!"

재경이 두 손으로 머리를 감싸며 힘없이 물었다.

"오늘 등고는 어쩌죠? 시율 형님도 어디론가 가 버렸고, 저도 이 상태로는……."

"……놀러 갈 기분이 아니지."

지량이 화병에 꽂힌 국화들 중 한 송이를 꺾어서는 꽃잎들을 손가락으로 문질러 탁자 위에 하나둘 떨어뜨렸다. 약으로도 먹는 진한 감국의 향기가 방 안에 퍼져 그윽하니 코끝을 자극했다.

"그래서 이 소접의 끝에 오는 커다란 재앙, 소삼재를 예비하는 지혜가 필요합니다, 부인. 여기, 부인처럼 현명한 분들을 위해 특별히 저희가 추천하는 주부가 있습니다."

다지가 누런 종이를 여자 앞으로 밀어 놓으며 말했다.

그와 득재는 여전히 부잣집 마나님들을 은밀히 접촉하며 점을 보고 주문을 외며 열변을 토해 부적을 팔고 있었다. 그의 말에 흔들렸는지 여자가 부적을 손가락으로 만지작거렸다.

"이걸 가지고 있어야 기근재에서 살아남을 수가 있단 말씀이시지요, 법사님?"

"그렇죠. 말귀가 아주 밝으시네. 이거 없으면 대기근에 휩쓸려 이 많은 재산 다 없어지고 사람도 말라비틀어져 죽어요. 그런데 이거, 아무에게나 드리는 거 아닙니다. 선택된 사람에게만 드리는 거예요. 다 줄 수 있으면 제가 세상 사람들을 싹 다 구원하지 왜 부인처럼 지혜롭고 현명한 분들에게만 골라 드리

겠습니까? 선택받는 사람은 적어요. 극소수지요. 그러니 부인
께선 망설이지 마시고 이걸로 부인과 가족, 그리고 가산을 보
호하세요.”

“얼마입니까, 이 부적은?”

여자가 길게 끌지 않고 선선히 살 의향을 밝히자 득재가 선
심 쓰는 척한다.

“부인께는 제가 비싸게 부르지를 못하겠습니다. 꼭 재앙을
이겨 내고 살아남아야 하실 분이라. 은 네 근만 받도록 하겠습
니다.”

“네 근? 아까 다른 부적은 묶음으로 해도 두 근이었는데요?”

“부인, 아까는 부인 혼자만이 겪는 재앙이었습니다만 이건
차원이 다른 재앙이에요. 세상 전체가 아귀 지옥으로 변하는
재앙이란 말이죠. 이런 대재앙을 비껴가게 할 부적으로 은 네
근이면 거저나 마찬가지죠. 은으로 따지면 이 댁의 가산이 얼
마나 될까요? 가산을 온전히 보전하는 부적입니다. 아까워하
지 마세요.”

“음, 그도 그렇군요. 재앙 중에서도 가장 큰 재앙이니.”

“어마어마하죠.”

“알겠습니다. 밖에 누구 있느냐? 들어와 보아라.”

흥정을 길게 하는 편이 아닌지 여자가 바깥쪽을 향해 엄숙
하게 말했다. 여자가 눈길을 돌린 사이 다지와 득재가 저희들
끼리 짜긋짜긋 눈으로 대화한다. 오늘도 짭짤한데! 그들은 곧
들어올 은을 넣기 위해 바랑을 성급히 풀었다. 문이 열리고 누

군가가 들어오자 여자가 일어났다.

"어서 오십시오."

당연히 은을 내오라고 부리기 위해 하인을 부르는 줄 알았는데 뜻하지 않게 여자가 존대를 해 다지와 득재가 귀를 쫑긋하고 방으로 들어선 사람을 힐끔 곁눈으로 보았다. 방으로 들어온 사람은 남자만 셋. 그중 맨 앞에 있는 남자를 알아본 다지가 헉, 기겁하고 얼굴을 넓은 장삼 소매로 가리며 탁자 밑으로 득재의 발을 탁 쳤다.

"아이고야, 그 사람이다, 그 사람."

다지가 득재에게만 들릴 만큼 작은 소리로 속삭였다. 그가 말한 그 사람이 누구인지, 똑같이 곁눈질하던 득재도 금방 알아챘다. 어이쿠, 득재도 두 손을 합장해 이마에 가져다 대고 얼굴을 가리며 중얼중얼 주문을 외는 시늉을 했다.

시율이 그들을 슬쩍 훑고 미간을 구겼다. 앉아 있는 그들을 서서 내려다보니 머리를 푹 숙인 득재가 얼굴을 가린다고 두 손까지 치켜들었지만 그 뭉툭하고 커다란 주먹코가 완전히 가려지지는 않았던 것이다. 시율은 우선 여자에게 공손히 인사했다.

"저희의 방문이 불편하셨을 텐데, 이렇게 적극 협조해 주셔서 감사합니다."

"아닙니다. 사실 저도 조금 마음에 걸렸던 터라 확인을 해 보고 싶었답니다."

대답한 여자가 시율에게 꽁꽁 얼어붙어 있는 다지와 득재를 가리켜 말했다.

"이분들이 스스로 소개하기를, 지난 칠월 송나라 황제가 보낸 의관과 함께 배를 타고 바다를 건너온 주금의 대가라고 합니다."

"아, 저는 아니고요, 여기 이 대사님만 그렇습니다."

다지가 얼른 손가락으로 옆에 있는 득재를 짚어 보였다. 순간 득재가 윽, 작게 소리를 냈다. 당황한 나머지 주문을 외던 혀가 꼬여 제 이로 깨물고 말았던 것이다. 여자가 보다 상세하게 설명했다.

"예, 지금 주문을 외고 있는 저 법사님이 그 주금의 대가라고 지금 손가락을 들어 가리키고 있는 법사님이 말했죠. 송의 의관이 명의이긴 하지만 주금에 약해 배에서 가르쳐 주기까지 했대요. 본래는 태의감에서 주금사로 일하다가 송나라로 건너가 주금에 통달하여 돌아왔답니다."

"이들이 말한 주금이란 주문을 외우고 법력을 발휘하여 악귀를 쫓는 일을 말함이겠지요?"

시율이 묻자 여자가 냉큼 답했다.

"그렇습니다. 법력을 불어넣은 주부를 사면 복을 부를 수도 있고 재앙을 피할 수도 있다고 했습니다."

"그렇다면 이들은 태의감에서 일해 본 주금사가 아닙니다. 태의감의 주금사는 주문이 아니라 침술이나 수술로 질병을 고치는 직무를 맡고 있습니다. 과거 당나라에서는 주금과 불제(祓除:재앙이나 부정을 물리침)로써 질병을 막는 법을 주금사가 가르쳤다지만 작금 고려에서는 그렇지 않습니다. 태의감의 주금사가 되려면 맥경(脈經:진의 왕숙화가 지은 의학서)과 침경針經, 본초경本草經 등을 첩경(貼經:경서의 일부를 가리고 알아맞히게 하는 시험 방법)해야 합니다. 주문을 외우는 게 아니라 맥을 짚고 침과 뜸을 놓고 약을 짓는 법을 알아야 주금사가 되지요.”

“어머, 그렇군요. 하긴 저도 이상하게 생각하고 있었어요.”

여자가 다지와 득재의 정수리를 째리며 말했다. 다지와 득재가 찔끔하니 소매로 가린 눈알을 뒤룩뒤룩 굴리는데 시율이 또 말했다.

“송의 의관은 지금도 계속 고려 땅에 머물고 있으니 이들이 정말 그와 함께 배를 탔는지는 쉽게 확인할 수 있습니다. 배를 타지 않았음이 밝혀지면 사람들을 기만하기 위해 무관한 송나라 의원을 거들먹거린 죄를 물어야 할 것이고, 배를 함께 타고 바다를 건넌 것이 사실이라면 적법한 절차를 거쳐 송나라로 갔었는지, 아니면 밀항하여 송에 입국했다가 다시 돌아온 것인지를 따져 그에 합당한 처벌을 받도록 해야겠지요.”

“아, 그렇겠군요. 아무나 송나라를 안방처럼 들락거릴 수는 없으니.”

여자는 수긍했지만 곧 탁자 위에 놓인 노란색 종이를 발견하고 찜찜한 표정을 지었다. 그녀가 부적을 집어 시율에게 내밀었다.

“하지만 이 법사들이 소삼재 대재앙에 대해서 한 말을 그냥 무시하려니 마음에 걸려 개운하지 않네요. 소삼재는 경전에도 나오는 예언이 아닙니까.”

부적을 받아 들고 쓱 훑어본 시율이 이해한다는 듯 상냥하게 고개를 끄덕여 주었다.

“그 소삼재란, 바로 8만 살에서 시작하는 사람의 수명이 백 년마다 한 살씩 줄어 수명이 서른 살이 되면 기근이 7년 7개월 7일 동안 지속되는 기근재가 닥치고, 수명이 더 줄어 스무 살이 되면 7개월 7일 동안 불치의 역병이 창궐하는 역려재가 닥치고, 수명이 열 살이 되면 큰 전쟁이 일어나 7일 동안 사람들이 칼과 무기로 싸우다 무수히 죽는 도병재가 닥친다는 말인지요?”

“예, 그렇습니다. 이 법사들에 의하면, 경전을 연구한 결과 요즘이 소삼재가 닥치는 때라네요.”

“그 예언으로 인해 부인께서 불안하시다면 제가 알고 있는 경전의 연구 결과를 말씀드리겠습니다. 덕망과 학식이 높은 스님들이 말씀하시길, 세존(世尊:석가모니)께서 세상에 나오셨을 때가 바로 사람의 수명이 백 살이었다고 합니다. 그 수명이 줄어들어 서른 살이 되려면 백 년이 일흔 번 지나야 하니 곧 7천 년의 세월이 걸립니다. 세존께서 열반에 드신 후 아직 2천 년도 지나지 않았습니다. 그러니 소삼재 중 첫 번째 재앙인 기근재가 오기까지 수천 년이 더 있어야 하고 역려재와 도병재는 말할 것도 없습니다. 터무니없는 요설을 두려워 마시고 경전에서 이른 대로 선행에 힘쓰고 불살계를 지키는 것이 현명한 줄 압니다.”

시율이 시종일관 여자에게 말했지만 누구더러 들으라고 한 말인지는 다지와 득재도 잘 알았고 여자도 알았다. 여자로서는 놈들이 어떤 이유로 죄를 받든 관심이 없었다. 그녀의 관심은 오직 사기꾼에게 넘어가 은을 잃지 않는 것, 그리고 엉터리 술 승들을 집 안으로 끌어들인 실수를 남편에게 들키지 않는 것에 있었다. 여자가 괘씸한 두 사기꾼을 가리키며 분노를 실어 말했다.

"이 파렴치한 자들을 당장 제 집에서 끌고 나가 주십시오. 그리고……."

여자가 돌연 근심 어린 풀죽은 목소리로 시율에게 소곤거렸다.

"……이들이 제 집에서 붙잡혔다는 것, 꼭 비밀에 부쳐 주십시오. 잘 아는 부인이 용한 술사들이 있다고 해서 정말 그런 줄만 알고 들인 것입니다. 바깥주인이 알게 되면 집안에 불화가 있을 터인즉, 꼭 부탁드립니다."

"알겠습니다."

시율은 고개 숙여 약속을 하면서도 약간 걱정이 되었다. 죄인들을 신문하고 증거를 잡으려면 증인들이 꼭 필요한데, 다지와 득재에게 사기를 당한 부인들은 대부분 부유하고 이름이 알려진 집안의 여자들이라 가문의 불명예를 시인하지 않고 잡아뗄 염려가 있었다. 지금 이 여자처럼 이 여자에게 놈들을 소개해 준 부인도 제보한 일을 비밀에 부치길 원했었다.

이런 여자들의 소극적인 태도를 놈들이 십분 이용할 수도 있기에 시율이 여자의 속삭임에 고개를 끄덕이면서 다지와 득재를 가만히 살피는데, 그들은 사기 행각이 관원에게 발각된 것이 발등에 떨어진 불이라 아직 거기까지 생각이 미치지 않은 모양이었다. 게다가 다지가 득재를 송에 다녀온 주금사라 지목하는 바람에 찰떡궁합이던 둘 사이에 보이지 않는 금이 쫘악 그어진 상태. 장삼 소매 뒤에서 서로 눈을 흘기느라 정신이 없었다.

"협조해 주신 데에 다시 한 번 감사드리며, 이만 물러가겠습니다."

시율이 여자에게 인사하고 동행한 이속들과 함께 다지와 득재를 끌고 그 집을 나왔다. 그들을 정면으로 마주하자 시율이 준엄하게 꾸짖었다.

"가구소에서 풀려난 지 얼마나 되었다고 다시 못된 짓을 벌이느냐? 전에 지은 죄를 채 온전히 씻기도 전에 다시 죄를 지으면 형벌이 더 무거워짐을 모르느냐?"

"소승은 크게 잘못이 없습니다. 여기 이 대사님의 법력을 믿고 따른 죄밖에 없으니 그 점을 참작해 주소서."

다지가 여전히 중인 척 염주를 돌리며 득재에게 슬쩍 주범의 자리를 넘겼다. 득재도 가만있을 수가 없어 다지를 버리고 시율에게 매달려 하소연했다.

"아니올시다. 저는 대사님 같은 것도 아니고 그냥 하루 벌어 하루 먹고사는 무지렁이인데 이자가 가만히 앉아 가짜 주문만 중얼중얼 외고 있으면 자기가 다 알아서 크게 한몫 챙기게 해 주겠다고 저를 꼬드겼습니다.”

“웃기고 있네. 뇌물까지 바쳐 저를 옥에서 빼내고선 괜찮은 사업이 있다며 끌어들인 놈이 이놈이올시다. 저는 정직하고 순수한 사업인 줄 알고 손을 잡았는데, 그만 악의 구렁텅이에 빠지고 만 것입죠.”

“정작 그 악의 구렁텅이를 만든 놈이 이놈입니다. 저는 정말 무식해서 주금이고 송나라 의관이고 소삼재고 하나도 몰랐고요, 전부 다 이놈의 세 치 혀가 나불거린 얘기거든요.”

두 녀석이 목소리를 높이며 서로를 비난하기에 여념이 없자 시율이 나서서 정리했다.

“너희 둘 다 술사로 위장하여 가짜 복서와 부적으로 부녀자들을 현혹하고 금품을 취한 죄인으로 지금 한 말들을 기꺼이 참고하여 형부刑部로 보내 죄상을 낱낱이 밝힐 것이다. 또한 너희가 이전에 저질렀던 죗값도 제대로 치르지 않고 불법적으로 속죄금을 바치는 등 나라의 기강을 흔들었으니 그 역시 이번에 바로잡게 될 것이다. 너.”

시율의 손끝이 다지를 향했다.

“너는 올해 사월경에 소시에서 사사로이 만든 불량한 되로 품질이 나쁜 미곡을 팔아 내게 잡혔던 자다. 그런데 이렇게 또 한 차례 내게 걸렸으니, 이번엔 뇌물 따위로 풀려나는 행운은 없을 것이다.”

“어머, 그때 소시에 단속 나오셨던 그 나리이신가요? 어쩌면! 어디서 많이 뵌 분 같다고 생각은 했는데 기억이 잘 안 나

더라니. 미천한 소인을 나리께서 먼저 알아봐 주시니 감개가
무량합니다요."

지난 일까지 잊지 않고 똑똑히 기억하는 관리를 앞에 두고
더 이상 부인해 봤자 밉보이기만 하겠다고 판단한 다지가 반가
운 척 실실거렸다. 그런 다지의 옆에서 득재는 일단 한숨 돌렸
다. 앞서 걸린 일도 없고 다지보다는 자신이 지은 죄가 더 가볍
다고 생각해서다. 눈앞에 닥친 위기는 변함없이 크지만 저보다
더 위태로운 처지에 처한 사람을 보니 그래도 위안이 된다. 그
런데 시율의 손끝이 이번엔 그를 가리켰다.

"너는 관성현에서 도망친 기녀를 쫓는다는 핑계로 많은 부
녀자들을 놀라게 하고 희롱하였다. 또한 기녀를 추포하는 무리
가 모두 돌아간 뒤에도 홀로 개경에 남아 있는데, 관에 등록한
본적과 거주지를 이탈한 죄가 있는지 엄히 따질 것이다."

어라? 난 이 관리를 지난 사월 다지가 잡혀갔을 때 본 게 다
인데 이 양반은 어떻게 내 행동을 다 지켜본 듯 얘기하는고?
춘삼월 꽃이 만발한 들에서 한 처녀를 쫓다가 어떤 사내의 발
차기에 나가떨어진 적이 있지만 그 여자나 남자를 전혀 기억
못 하는 득재는 시율의 날카로운 지적에 어리둥절하기도 하고
두렵기도 하다. 재수 없게 찔러도 피 한 방울 안 나올 것 같은
관리에게 철커덕 걸린 것이다.

이제 둘 다 옥에 들어가면 누가 돈을 빌려 뇌물을 풀고 속동
을 바쳐 빠져나올 수 있겠는가. 득재는 어둑한 절망의 그림자
가 그의 위를 덮치는 것을 실감했다. 그때 다지가 번쩍 눈을 무

섭게 번득이며 시율에게 한 발짝 다가갔다.

"나리."

시율을 부르는 다지의 목소리는 눈빛과 달리 간드러지게 애교가 있었다.

"지금 관성현 기녀를 말씀하셨지요? 그 말씀 들으니 제가 생각나는 것이 하나 있습니다. 죄인이 다른 죄인의 은신처를 관에 알리면 선처를 받을 수 있지요?"

"그런데?"

시율이 쌀쌀맞게 반문했지만 그의 가슴 위로 알 수 없는 불안감이 횅허케 스쳐 갔다. 다지가 더욱 징그럽게 귀염을 떨며 말했다.

"제가 압니다. 그 관성현 기녀, 현령에게 상해를 입히고 현성을 무단으로 넘어 도망친 그 계집이 숨은 곳을요."

"……!"

시율이 뜨끔해하는데 못 참을 만큼 궁금증이 돋았는지 그 와중에 득재가 다지에게 묻는다.

"그걸 네가 어찌 알아?"

"힛, 바보 같은 놈. 우리가 점을 치러 갔던 집들 중에 있었는데, 넌 전혀 몰랐구나?"

"어, 몰랐어. 어느 집?"

멍하게 눈을 끔쩍이는 득재를 무시하고 다지는 시율을 향해 다시 눈웃음을 살살 쳤다.

"제가요, 나리, 두 눈으로 똑똑히 봤거든요. 그 계집이 어느 부잣집에 얹혀 지내고 있는 걸 말입죠. 아마 신분을 숨기고 그 집에 들어간 것 같습니다. 그 집의 나이 든 비녀가 그 계집을 보고 아씨, 아씨 하더라고요. 차림새나 말씨, 행동거지가 다 명문가 숙녀처럼 고상해 보이긴 했어도 전 알아챘죠. 아, 이 계집은 관성현의 그 유명한 영롱이 아니냐! 물론 그 집에서 보자마자 안 것은 아니고 나중에 돌이켜 보니 그 계집이었음을 깨달았지만……. 어쨌든 그 계집이 숨은 곳을 말씀드릴 테니 제 목만은 보전해 주십시오, 예?"

"너, 영롱이를 본 적이 없다고 하지 않았냐?"

득재가 또 끼어들었다. 자신도 본 적이 없는 영롱을 저보다 먼저 관성현을 뜬 다지가 봤다니 기분이 언짢았던 것이다. 게다가 자신은 영롱을 추포하기 위해 나선 무리 중 하나인데 그 여자를 보고도 누군지 몰랐다니 자존심이 상했다.

시율과의 거래가 중요한 다지는 그런 득재의 기분 따위 안중에도 없지만 영롱의 얼굴을 알아야 지금 그녀의 은신처를 안다는 사실에 신빙성이 더해지기에 득재의 물음에 답을 했다. 말이 워낙 많은 편이라 질문이 나오면 대꾸를 하고야 마는 성미 때문이기도 했다.

"워낙 예쁘다는데 꼭 한 번은 보고 싶어서 그 계집의 집 내측(內廁:안채에 딸린 여자용 뒷간)을 청소하는 일을 아는 놈에게 몇 푼 찔러주고 맡았었거든. 부출(뒷간 바닥에 발을 디딜 수 있게 놓은 널빤지) 밑으로 들어가 몇 시간을 매달려 있으면서 영롱이가 들어오길 기다렸지. 팔다리에 힘이 다 빠져 자칫하면 똥통에 그대로 빠지겠기에 다시 나오려고 버둥거리는 순간에 마침 영롱이가 드디어 측간에 나타난 거야. 눈이 딱 마주쳤는데 너무 예뻐서 그랬는지 어쨌는지 나도 모르게 손을 탁 놔 버렸지 뭔가. 그대로 추락했는데 그다음은 기억이 안 나. 깨 보니까 객점의 방에서 의원의 진료를 받고 있었지. 현령 앞에 끌려가 물고를 당할 줄 알았는데 그걸로 끝이었어. 원래 측간 청소하던 놈만 쫓겨났지. 아, 어쨌든 한순간에 불과하지만 그 계집을 본 건 사실이다 이거야.”

다지가 시율에게로 고개를 돌려 자신 있게 단언했다.

“그 계집 맞습니다. 측간에서 마주쳤던 그 눈, 아직도 기억에 생생하거든요.”

“…….”

시율은 무겁게 입을 다물고 있었다. 선처해 달라고 조르는 다지의 눈이 깜빡깜빡하며 그를 압박했다. 잠시 생각하던 그가 조용히 물었다.

“도망친 죄인이 은신한 집을 알았다면 왜 그때 즉각 관에 알리지 않았는가? 죄인의 은신처를 알고도 숨긴 것 또한 잘못임을 모르느냐?”

“아유, 나리도. 그때 관으로 가서 저희가 도첩(度牒:관청에서 발행한 중의 신분증명서)도 계첩(戒牒:계를 받았다는 증서)도 없는 가짜 중이라는 게 탄로 나면 어쩝니까. 또 영롱이 고것이 붙잡히게 되면 그 예쁜 얼굴에 자자하게 될지도 모르는데 아깝기도 하고요. 지금은 제 목숨이 달렸으니 그 계집이 어떻게 되든 일단은 말하고 볼밖에요. 당연하지 않은지요, 나리?"

"나리, 나리!"

시율과 다지를 번갈아 쳐다보며 일이 어떻게 되어 가려나 탐색하던 득재도 애타게 시율을 불렀다.

"저도, 저도 그 계집을 잡는 데 한몫을 한 거란 말이죠. 제가 그 계집을 쫓아 관성현에서 개경까지 왔음을 나리께서 딱 알아보시고 말씀하시니까 이놈이 계집의 은신처까지 생각한 거란 말이죠. 그러니 제 목숨도 좀 봐주시면 좋겠단 말이죠."

"무슨 소리야, 인마. 영롱이를 발견한 사람도 은신처를 기억하는 사람도 난데, 네가 왜 끼어들어?"

"내가 있어서 관성현 기녀 얘기가 나왔고, 그래서 네 머릿속에 영영 묻히고 말 뻔한 영롱이 얘기로 이어진 거라니까. 결국은 나 때문에 시작된 얘기야, 이게."

영롱의 은신처를 제보하는 결과가 어떤 것일지도 모르는 채 득재와 다지가 각각 제 공로를 내세우기에 바빴다. 파리처럼 왱왱거리는 그들을 나무라고 입 다물게 해야 할 형편이었지만 시율은 곤혹스레 어금니를 꽉 깨물고 생각에 잠겼다.

'얘, 완아.'

'네, 어머니.'

'재경이 말이다.'

'재경이? 걔가 왜요?'

'넌 아직도 그 앨 함부로 부르는구나.'

'서로 마찬가지예요. 네, 윤 공자가 왜요?'

'많이 컸지? 그렇지?'

'굉장히요. 어찌나 큰지 가까이서 얼굴을 보려면 목을 뒤로 젖혀야 해요.'

'음, 키 말고도 많이 컸겠지. 이젠 혼인을 해도 괜찮을 청년으로.'

'혼인이요? 아……, 예, 그럼요. 그렇고말고요.'

'처를 존중하고 사랑하고 아끼면서 살 사람이지?'

'누구, 재……, 아니, 윤 공자요? 그……렇죠. 분명 그럴 거예요.'

'처가 될 사람은 참 행복하겠구나. 그렇지?'

'누구, 윤 공자의 처요? 그럼요, 아주 행복할 거예요.'

'그래? 잘 알았다. 앞으로도 잘 지내도록 해라.'

'옛날이랑 똑같지요, 뭐. 앞으로도 비슷할 거고요.'

'그게 좋지. 한결같은 사이. 알았으니 가 보렴.'

"이게 바로 며칠 전 제 어머니께서 저를 불렀을 때 나눈 얘기예요."

혜완이 나무 옆 작은 바위 위에 앉아 말했다. 그녀는 파르르 속눈썹을 떨며 흥분했다.

"전 당연히 귀영 언니를 떠올리며 좋게 말해 주려고 애썼다고요. 참정 부인께서 오셨을 때, 귀영 언니가 점다한 차를 내고 귀영 언니가 지은 옷을 올렸으니 부인께서 언니에게 호감을 느꼈으리라고 생각했거든요. 윤 공자가 감시에 합격하면 아마도 부모님께 귀영 언니 얘기를 꺼낼 거고, 그럼 미리 귀영 언니의 칭찬을 많이 해 둬야 도움이 될 테니까요. 그런데 정말 윤 공자가 감시를 통과한 거예요. 당연히 혼인 얘기가 나왔겠죠? 그리고 참정 부인께서 친분이 두터운 제 어머니와 윤 공자의 혼인에 대해 이야기를 나누시는 건 조금도 이상한 일이 아니잖아요. 그래서 어머니가 제게 혼인을 해도 괜찮을 청년이니 처가 될 사람은 행복하겠느니 말씀하신 건 윤 공자가 곧 혼례를 올리게 된다는 사실을 참정 부인으로부터 들었기 때문이라고 생각했죠. 그럴듯하지 않아요? 전 단지, 어머니 말씀에 맞장구치면서 윤 공자가 혼인할 수 있는 나이가 되었고, 혼인하면 신부와 서로 사랑하며 행복하게 살 거라고 축복했던 거예요. 그 신부가 누구겠어요? 말할 것도 없이 귀영 언니죠!”

그녀는 격정을 참지 못하고 벌떡 일어났다.

“그런데 왜 저와 윤 공자 사이에 혼약이 벌써 맺어진 거나 다름없다는 말을 들어야 하는 거예요? 어째서!”

“모친께서는 아무래도 낭자가 재경 아우와 혼인하고 싶어 할 만큼 그를 좋아한다고 오해하신 듯하군요. ‘앞으로도 잘 지내라.’고 말씀하신 것으로 미루어.”

지량이 딱하게 혜완을 바라보며 말했다. 그의 말에 동의하듯 영롱이 말없이 고개를 끄덕였다. 혜완의 옆에 앉아 있는 귀영의 얼굴은 창백하다 못해 푸르스름해졌다. 혜완과 지량, 귀영과 영롱 네 사람은 정원에 모여 충격적인 혼담에 관한 정보를 교환 중이었다. 휴일이 아니어서 시율은 경시서에, 재경은 국자감에 있었다.

"그러니까 어떻게 저와 윤 공자 사이를 오해하실 수 있냐고요!"

혜완은 답답하여 거의 폭발할 지경이었다. 어머니가 혼담에 대해 일언반구도 언급하지 않았기에, 영롱을 통해 긴히 의논할 일이 있다는 지량의 전언을 듣고 오늘 정원에 와서야 혼담이 오가고 있다는 사실을 알게 된 그녀다. 이 날벼락 같은 소식에 그녀는 얼이 빠지기보다 분노했다.

"윤 공자가 이 사실을 가장 먼저 알았다면 그 자리에서 자신의 의견을 밝혔어야죠. 부모님께서 정해 준 사람과의 혼인을 거부할 용기가 없으면서도, 귀영 언니를 만나 사랑을 얘기했다니 너무 뻔뻔한 거 아닌가요?"

"재경 아우도 나름대로 노력했다고 합니다."

지량은 그의 잘못이 아님에도 퍽 미안한 낯빛을 했다.

"몇 번이고 김씨 부인의 이야기를 꺼내려고 했지만, 어머님의 태도가 너무나 단호하여 차마 입을 뗄 수가 없었던 듯합니다. 다섯째 누님을 통해 이미 사모하는 여인이 있음을 넌지시 알렸는데도 서 소저와의 혼례를 강행하려는 것으로 미루어, 김씨 부인의 이야기를 꺼낸다고 해도 윤씨 가문 쪽은 조금도 물러서지 않을 것 같습니다. 그러니 재경 아우도 난처하고 곤혹스러울 수밖에요."

"하여간 어렸을 때부터 도움이 된 적이 없어."

화가 난 혜완이 혼잣말로 중얼거리자 거의 넋이 나가 있던 귀영이 서운한 표정을 감추지 않았다.

"그이는 노력하고 있어. 너무 그렇게 몰아붙이지 마."

"노력만 하지 말고 입을 열었어야죠. 제가 혼인하고 싶은 사람은 완이가 아니라 김씨 부인입니다! 그렇게요. 부모님께서 아무리 완이와 혼인하라고 등 떠미신다 해도 저는 김씨 부인이 아니면 안 됩니다! 그렇게요."

흑, 귀영이 곧 울음을 터뜨릴 듯 얼굴을 일그러뜨리며 입술을 아프게 물었다. 그녀가 진짜 서운함을 느낀 사람은 아마도 혜완이 아니라 재경일 것이다. '이 사람과 혼인하고 싶다! 이 사람과 혼인하겠다! 당장!' 인파 속에서 당당히 외쳤던 그가 아니던가. 감시만 통과하면 그녀를 자기 것으로 만들겠다던 그는 정작 감시를 통과한 후엔 그녀와 만나지도 않는다. 그녀를 피하는 게 아니라 가족을 설득하고자 집으로 곧장 달려가는 바람에 그랬겠지만, 혜완과 마찬가지로 오늘에야 혼담의 전모를 알게 된 그녀는 기절하기 일보 직전이었다.

어머니와 누나들 사이에 엉거주춤하니 어떻게 반항해야 할지 몰라 쩔쩔매는 재경이 머릿속에 그려지면서, 귀영은 답답하고 서운하고 원망스러운 한편으로 그가 안타깝고 딱하다. 혜완을 비롯해 모두들 재경의 무능함을 비난하는 것 같아 그가 더욱 가엾게 여겨지는 귀영은 유일한 재경의 편으로서 그를 감싸지 않을 수 없었다.

"그이를 책망하기 이전에 완이 네가 진즉 어머니께 경시령을 좋아한다고 말했으면 될 일 아니니? 그럼 참정 댁에서 혼담을 건네도 네 어머니께서 거절하셨을 수도 있었잖아.”

귀영은 화살을 혼담의 당사자가 돼 버린 혜완에게로 돌렸다. 막상 말을 꺼내고 보니 정말 혜완이 그렇게만 했더라면, 하는 생각이 간절해지면서 그녀에게 몹시 섭섭해져 귀영은 불평을 참지 않았다.

“넌 내게도 경시령 애길 한마디도 안 했어. 양온승동정이나 임씨 부인은 벌써부터 아는 눈치인데 나만 몰랐다고. 어떻게 이럴 수가 있니?”

“말하려고 했어요. 당장은 아니지만.”

갑작스런 공격에 혜완이 당황하여 변명을 늘어놓았다.

“어머니께서 다시 순례하러 떠나시면 언니에게 다 얘기할 작정이었다고요. 임씨 부인과 양온승동정께서 어떻게 아셨는지 모르겠지만 제가 말한 게 아니에요.”

“왜 어머니께 숨겨? 경시령은 장원급제까지 한 일등 신랑감인데.”

“전 아직 그분과 제대로 사귀어 보질 못했단 말이에요. 그분의 마음을 알게 된 날 어머니께서 돌아오셨거든요. 당연히 언젠가는 어머니께 말씀드려야겠지만, 당분간은 어머니나 무봉어멈의 감시를 받지 않는 연애를 하고 싶었어요. 말씀드리는 즉시 지금처럼 혼담이 나오고 혼례 준비를 시작하면 제대로 얼굴 보기도 힘들어지잖아요. 얼마 동안만이라도 겉으로는 집주인과 세 든 사람으로 지내면서 몰래 만나 즐거운 시간을 가지고 싶었다고요.”

이런 깜찍한 처녀를 두고 그런 계산을 하는 사람이 아니라고 했던가, 정시율? 지량은 큭, 웃음을 깨물지 않을 수가 없었다. 그는 계산을 할 줄 아는 그녀가 친구의 애인으로서 더 마음에 들었다. 지량뿐 아니라 혜완의 솔직한 바람에 영롱도 공감하는 낯빛을 했고, 뾰로통했던 귀영도 고개를 끄덕였다. 화가 가라앉은 귀영이 걱정이 가득 고인 눈으로 모두를 둘러보며 애처롭게 물었다.

"어쩌면 좋아요, 이제?"

"재경 아우의 힘으로 어쩔 수 없다면 남은 방법은 하나죠."

지량이 혜완을 쳐다보며 말했다.

"서 소저가 모친께 이 혼인이 불가한 이유를 말씀드리는 겁니다. 서 소저에겐 이미 정인이 있음을 밝히는 거죠."

"물론이에요."

혜완이 망설임 없이 대답했다. 그녀는 일어나 있는 김에 아예 자리를 뜨려는 듯 몸을 돌렸다.

"지금 어머니께 가서 말씀드리겠어요."

"그건 두 집안 사이를 고려하면, 또 경시령 나리의 처지를 생각하면 결코 좋은 방법이라고는 할 수 없을 듯합니다."

잠자코 있던 영롱이 또랑또랑하니 말했다.

"두 집안처럼 명문가들끼리의 혼인은 남녀 사이의 정보다는 다른 이유들이 연혼의 강력한 조건이 되니까요. 이미 양가에서 구두로 합의를 마친 약속을 정인이 있다는 이유로 깬다면 상대는 물론이고 스스로의 체면을 깎게 될 것입니다. 게다가 경시령께선 윤 공자 부친을 아버지처럼 섬겨야 하는 문생인데, 자칫 아우의 신붓감을 중간에서 가로챈 파렴치한으로 몰릴 수 있습니다.”

“아.”

혜완이 우뚝 서서 더 이상 할 말을 잃었다. 영롱이 재경을 위해 한마디 덧붙였다.

“윤 공자가 섣불리 가족에게 말하지 못하는 것도 그 때문일지 모릅니다.”

“맞아요, 분명 그럴 거예요. 그이는 사려 깊게도 집안의 체면과 경시령 나리의 앞날까지 고려한 거예요!”

귀영이 맞장구를 쳤다가 이내 절망적으로 부르짖었다.

“그럼 사실대로 말해 봤자 아무 소용이 없다는 건가요? 아아, 어쩌면 좋죠?”

그녀는 그대로 대성통곡할 준비가 되어 있었지만 실행에 옮기진 못했다. 막 울음을 터뜨리려는 순간 끼익, 중문을 열고 정원에 누군가 들어왔던 것이다.

“아유, 아씨들, 저녁때가 다 되었는데 아직도 산보 중이신가요?”

무봉 어멈이었다. 식사 시간이 다가와 아씨들을 부르러 온 것이다. 그녀는 아씨들 틈에 섞여 있는 지량을 보고 쩝, 달갑지 않은 입맛을 다셨다.

“양온승동정 나리께서도 계셨네요?”

“마침 나도 화초를 돌보러 나온 참이었거든. 이제 날이 쌀쌀해지기 시작해 여기 난蘭들을 분에 담아 나누어 드리려고 하는 데, 무봉 어멈에게도 한 분 줄까?”

재경만을 좋아해 그나 시율에겐 다소 냉랭한 편인 무봉 어멈에게 지량이 살갑게 물었다. 무봉 어멈이 현씨 부인에게 크게 신임을 받는 터라, 그녀를 구슬려 현씨 부인의 생각을 읽고자 한 것이다. 시량의 과분한 대접에 감격한 무봉 어멈이 황망히 두 손을 내저었다.

“저 같은 것이 무슨! 나리께선 저희 아랫것들에게 지나치게 관대하십니다요.”

“그럼 계절에 어울리는 황화(黃花:누른빛의 국화, 감국) 한 송이라도. 거의 시들고 이것밖에 남지 않았다네. 마지막 한 송이는 자네에게 주지. 여자에겐 다른 것보다도 역시 꽃이니까.”

지량이 감국을 한 송이 꺾어 무봉 어멈에게 내밀었다. 아씨들을 제치고 먼저 받으려니 염치가 없는 것 같아 민망했지만 누구도 눈치를 주지 않았기에 무봉 어멈은 감사히 꽃을 받았다. 신분이나 나이에 관계없이 꽃을 받는 것은 큰 즐거움이라, 그녀의 입에서 흐뭇한 웃음이 절로 흘러나왔다. 특히 남자에게 꽃을 받으니 고단함이 싹 가시는 느낌이었다. 무봉 어멈이 지량에게 답례의 뜻을 비쳤다.

“내일 조반상, 기대하세요, 나리.”

“하하, 고맙네. 자네가 들이는 밥상은 늘 최고야. 점심까지 세 끼 모두 자네가 들여 주는 것으로 먹고 싶다네.”

“제가 낮에는 다른 일을 하느라 집에 없거든요. 그 일만 끝나면 점심상까지도 다 차려 드리지요."

"그러고 보면 무봉 어멈, 요즘 집에서 통 안 보였어. 무슨 일을 하기에 낮에 내내 집을 비우는 거야? 어머니께서 무슨 심부름이라도 시키셨어?"

혜완이 끼어들어 조심스럽게 물었다. 그녀도 지량과 마찬가지로 무봉 어멈을 통해 현씨 부인의 생각을 어림짐작할 셈이다. 무봉 어멈이 고개를 크게 주억이며 쩝, 또 입맛을 다셨다. 그녀는 무슨 큰 비밀이라도 알려 주는 듯 입가에 손을 대고 작게 속삭였다.

"또 점쟁이예요."

그녀의 속삭임엔 불만이 낮게 깔려 있었다. 무봉 어멈도 점을 믿고 즐기는 보통의 여자였지만, 불사는 물론이고 도술과 무속에까지도 열렬한 주인마님에게 질려 이젠 지긋지긋해졌던 것이다. 비록 그녀의 재산은 아니지만 서씨 가문의 가산이 뭉텅뭉텅 빠져나가 중과 술사, 무당들의 차지가 되는 것이 너무나 아깝기도 했다. 그래서 그녀는 주인마님의 심부름 내용을 발설하는 데에 큰 죄책감을 느끼지 않았다. 현씨 부인이 절대 비밀에 부치라고 당부하지 않았기 때문이기도 하다.

"점술에 능한 술사를 알아봐 달라고 하시는데 무슨 일로 점을 보실 생각을 하시는지는 모르겠네요."

"언제부터 알아봤는데?"

혜완이 묻자 무봉 어멈이 손가락을 꼽아 잠시 계산을 하다가 대답했다.

“알아본 건 그리 오래지 않았지만……, 알아보라는 명은 초하루에 받았어요. 참정 댁 마님께서 들렀다 가신 후에 절 부르셨죠.”

‘혼례 때문에 술사를 불러 궁합을 알아보시려는 거야.’

혜완은 생각했다. 혜완뿐 아니라 나머지 세 사람도 똑같은 생각을 했다. 지량이 부러 웃으며 대수롭지 않아 하는 말투로 물었다.

“며칠이나 낮에 집을 비우고 복사를 알아보다니, 얼마나 대단한 이를 찾기에? 개경에 술사와 무당이 한둘인가? 유명한 사람 하나 데려오고 내일부터 점심까지 차려 주게.”

“원, 나리도. 그렇게 간단하면 제가 왜 다리가 통통 붓도록 고생하겠습니까?”

무봉 어멈이 이유 있는 항변을 했다.

“우리 마님께서 이쪽의 사람들을 워낙 많이 겪어 보셔서 그런지 좀 까다로우셔서요. 유능하다고 소문이 자자한 무당과 술사는 제외랍니다. 진짜 용한 이들은 알음알음으로 소개를 받는 거라고요. 이름이 널리 알려진 사람들 중에는 아는 이들과 짜고 거짓으로 신을 부르고 점을 쳐서 유명세를 얻은 자들도 꽤 되거든요. 이름만 알려진 게 아니라 진짜 실적과 신용이 있어야 한다는 거죠. 그래서 제가 웬만한 집들을 일일이 돌면서 최근 점을 친 적이 있는지 알아보는 중입죠. 그런데요…….”

그녀가 혀끝으로 입술을 축이며 대단한 발견이라도 한 듯 말했다.

"……사실은 요 두어 달 사이에 굉장한 법사 두 명이 나타난 모양이더라고요. 집안의 우환에 대해 못 맞히는 게 없다나요. 해결책으로 내놓는 부적이 입이 떡 벌어지게 비싸다고들 하는데, 그래도 다들 산다고 합니다. 주금인가 뭔가 도력을 써서 보통 부적과는 효력이 다르다고. 그 법사들이면 마님께서도 만족하실 것 같아 물어물어 찾아다녔거든요."

"그래서?"

혜완이 초조하게 물었다. 현재 어머니 현씨 부인이 침묵하고 있는 이유가 혼사를 진행하기에 앞서 점을 보고 싶어 하기 때문인 것으로 짐작된다. 그렇다면 무봉 어멈이 그 술사들을 찾아 어머니 앞에 데려오면 그때부터 혼례 준비가 본격적으로 시작될 것이다. 무봉 어멈이 아휴, 한숨을 쉬며 피곤한 표정을 지었다.

"거의 다 찾았다 싶은 순간에 갑자기 행적이 묘연해진 거 있죠? 개경을 뜬 건지 아닌 건지 도무지 찾을 길이 없네요. 이제 와서 다른 술사를 또 찾으려니 막막해요, 정말."

무봉 어멈이 손에 쥔 감국의 향기를 맡으며 지량에게 미안해했다.

"그러니 제가 나리께 점심을 차려 드리려면 좀 더 있어야겠네요."

"그 술사들, 어디 있는지 내가 알 것 같은데……."

지량이 중얼거리자 무봉 어멈이 반짝 반색을 했다.

"아이고, 정말이십니까? 부녀자들이 주로 찾는 술사들을 점잖은 유학자이신 나리께서 어찌 아실까요?”

“가끔 기루에 들르면 바깥에선 쉬쉬하는 이런저런 소식들을 들을 수 있거든. 기녀들도 점술에 관심이 많아.”

“양온승동정께서 생각하신 술사들과 무봉 어멈이 찾고 있는 이들이 일치하리란 법은 없습니다. 다른 사람일 수 있어요.”

혜완이 다급히 나서며 지량에게 눈짓을 보냈다. 우리가 혼사를 막을 좋은 방법을 고안해 내기 전까진 어머니와 무봉 어멈이 그 술사들을 계속 찾도록 내버려두어 시간을 조금이라도 벌어야 해요! 짧은 눈짓이 말하는 그녀의 긴 생각을 지량은 단박 알아챘다. 그러나 그는 혜완의 암시를 무시했다.

“아뇨, 제가 생각한 술사들이 바로 무봉 어멈이 말하는 그들일 겁니다. 두 명의 법사, 집안의 흉사를 척척 알아맞히는 신통력, 비싼 부적, 주금사……. 공통점이 한둘이 아닙니다.”

그리고 행적이 돌연 묘연해진 것까지. 지량은 속으로 덧붙였다. 놈들은 현재 율이가 은밀히 붙잡아 두었으니 아무리 애를 써도 찾지 못할 수밖에. 지량이 무봉 어멈에게 선심 쓰듯 말했다.

“같은 법사들이 분명하니 자네는 더 이상 발품을 들여 수고하지 않아도 되네. 내가 그 법사들을 데려올 테니 자네는 부인 앞에 그들을 안내하기만 하면 돼.”

“세상에, 이럴 줄 알았으면 나리께 진작 다 털어놓았을 것을! 전 청루엔 가 볼 생각을 조금도 못 했지 뭐예요.”

다시 한 번 더 감격한 무봉 어멈을 지량이 중문 쪽으로 돌려

세웠록.

"그러니 자네는 마음 푹 놓고 가서 저녁상을 차리게나. 서 소저와 부인들은 마음에 드는 난을 고른 뒤 곧 들어가실 테니. 그리고 내일부턴 잊지 말고 점심까지 준비해 주게."

"예예, 알겠습니다. 나리께서도 잊지 마시고 그 술사들을 불러 주십시오."

지량이 흔쾌히 고개를 끄덕이는 것까지 보고 무봉 어멈이 가벼운 발걸음으로 정원을 나갔다. 무봉 어멈이 사라지길 기다려 혜완과 귀영이 지량을 원망했다.

"대체 왜 그러셨어요? 점을 치고 나면 곧 납채할 날을 정할지도 모르는데!"

"정말 너무하십니다. 양온승동정께서는 저희를 도우시려는 게 아닌가요?"

"자자, 숙녀들께선 진정하십시오."

지량이 태연스레 그녀들을 달랬다.

"재경 아우나 서 소저가 나서는 것이 양가의 어른들이나 정 공에게 폐를 끼칠 수 있어 저어된다면, 이 혼담을 합의한 그 어른들께서 직접 파기하도록 유도하는 것이 낫겠다는 게 제 생각입니다. 지금은 아직 윤 공자 측에서 공식적으로 청혼서를 보내기 전이라 서 소저의 모친께서 이 혼인에 대해 이의를 품으시면 조용히 없었던 일로 되돌릴 수 있습니다. 없었던 일까지는 안 되더라도 그분들로 하여금 혼례를 진행할 마음이 내키지 않도록 해야겠지요."

"어떻게요?"

지량의 말을 이해하지 못한 귀영이 불안스레 묻자 영롱이 대신 답했다.

"술사들의 복서와 예언을 이용하면 되겠네요."

"아!"

귀영이 그제야 알아듣고 감탄사를 터뜨렸다. 혜완도 솔깃하여 중얼거렸다.

"다른 사람도 아니고 제 어머니라면⋯⋯, 가능할 것도 같아요. 하지만⋯⋯."

혜완이 불신이 담긴 시선으로 지량을 바라보았다.

"⋯⋯그 술사들이 우리의 뜻에 따라 거짓 점괘를 어머니께 말할까요? 신통력이 뛰어난 술사들이라면 자존심도 몹시 셀 텐데⋯⋯."

"그건 염려 마십시오."

지량이 혜완의 시선을 자신 있게 받았다.

"술사들은 제가 맡겠습니다. 모친께서 이 혼인을 재고하시도록 확실히 불길한 복서를 읊게 할 테니 서 소저와 김씨 부인은 모쪼록 저를 믿어 주십시오. 자세한 이야기는 나중에 따로 드리겠습니다."

혜완과 귀영은 완전히 불안을 해소할 수는 없었지만 지량의 거듭되는 장담에 기대를 걸었다. 그들은 술사들이 집을 방문하면 다시 만나기로 하고 이만 자리를 파하기로 했다. 혜완과 귀영이 빠르게 정원을 가로질러 별채로 가는 사이, 그녀들을 뒤

따라가던 영롱이 잠시 멈춰 꽃밭에 계속 서 있는 지량을 돌아보았다.

"할 말이라도 있어?"

영롱의 뒷모습을 눈으로 좇고 있던 그가 그녀와 눈이 마주치자 퉁명스레 물었다. 영롱이 고개를 가로저으며 씁쓸하니 미소했다.

"아뇨."

"그럼 왜 그런 불쌍해하는 눈으로 쳐다봐?"

"문득 그런 생각이 들어서요."

"어떤 생각?"

"나리께선 사랑 따위 부질없다고 생각하시면서 동무들의 사랑을 지키는 데 굉장히 열심이시네요."

"그래서 불만이야?"

"나리 본인의 사랑이라면 어떻게 하실까 궁금했어요. 사랑하는 여인과의 앞날에 장애가 생긴다면 나리께선 어떻게 하실까."

"어떻게 할 거 같아?"

"글쎄요, 예전엔 여자의 처지와 마음은 아랑곳없이 저돌적으로 나리의 뜻만 밀어붙이셨는데, 그때와는 다를지도……."

"정답."

"……?"

의아한 눈을 크게 뜬 영롱에게서 지량이 돌아섰다. 그는 자신의 집 쪽으로 난 작은 문을 향해 천천히 걸었다. 우두커니 서 있는 그녀의 귀에 그의 목소리가 작게 흘러들었다.

"여자가 원하는 대로 하지. 장애를 극복하고 끝까지 함께하자면 그렇게. 장애 앞에서 그만 포기하자면 또 그렇게."

그의 웃음소리가 희미하게 울리더니 한마디 더 들렸다.

"사랑하게 된다면."

시월

十月애 아으 져미연 ᄇᆞ롯다호라

것거ᄇ리신 後에 디니실 ᄒᆞ부니 업스샷다 아으 動動다리

"이 두 사람은 절대 맺어져선 안 될 운명입니다, 부인."

술사의 단언에 현씨 부인은 조금 놀랐다. 탁자 너머 두 명의 술승 앞에 놓인 종이 두 장에는 각각 혜완과 재경의 사주가 적혀 있다. 혼인할 남녀의 사주를 오행과 십이지에 맞추어 상생과 상극을 살펴 부부로서의 길함과 흉함을 예측하는 궁합은 점을 치는 복사에 따라 조금씩 달라질 수는 있지만 거의 비슷비슷했다. 그리고 대개는 점을 의뢰하는 사람의 기분을 살펴 길하다고 좋게 말해 준다. 이미 최씨 부인이 가져온 궁합의 결과도 있기에 일반적인 점복에서 그다지 벗어나지 않으리라 예상했던 현씨 부인으로서는, 자칭 송나라에 유학까지 다녀왔다는 이 술승들의 풀이가 신선하고 놀라웠던 것이다. 그녀가 침착하고 점잖게 물었다.

"어째서 그렇습니까, 법사님?"

"사실 두 사람이 태어난 해와 달, 날과 시각을 서로 맞추어 보면 부부로서 딱히 흉하다고 할 수 없습니다. 아마도 다른 술사나 무당들은 무난하고 화목하게 잘살 것으로 풀이하겠지요. 하지만!"

다지가 눈을 부릅뜨며 목소리를 높였다.

"평범한 술사나 무당들이 보지 못하는 것을 저희는 봅니다. 그래서 그들이 모르는 것을 저희는 알죠. 이 두 사람이 부부가 되어서는 안 되는 이유는 사주 때문이 아닙니다."

"그러면요?"

"이런 말씀을 드려도 될지 모르겠지만……, 여기, 여자 쪽에 매우 특이한 기운이 있습니다. 아마도 며느님 될 사람이 아니라 부인의 따님이리라 생각됩니다만……."

"제 딸이 맞습니다."

자신이 남자 쪽의 어머니인지 여자 쪽의 어머니인지 가르쳐 주지 않고 둘의 궁합만을 물었던 현씨 부인이 재빨리 말했다. 그녀의 호기심을 불러일으키는 술사는 실로 오랜만이었다. 어쩌면 괴상하게 생긴 이 두 명의 술사는 궁합 이상의 무엇을 말해 줄지도 모른다. 그녀의 기대에 부응하려는 듯 다지가 크게 고개를 끄덕였다.

"과연 그렇군요. 이 집에 감도는 기운이 예사롭지 않다고 느꼈는데 따님에게서 비롯한 것이로군요."

"예사롭지 않은 기운이라면, 어떤……?"

"따님은 북두칠성 중에서도 네 번째 별인 문곡文曲의 운명을 타고났습니다. 문곡은 하늘의 권력을 쥔 별로, 이 별에 조응해 태어난 자는 장군이나 재상으로 크게 이름을 떨쳐 위로는 성상 폐하 한 분 외엔 아무도 없는 존귀한 위인이 됩니다. 인헌공(仁憲公:강감찬의 시호)이 바로 이 문곡이 땅에 내려온 분이라지요. 하여 따님이 사내였다면 하늘이 주는 권세를 얻겠지만, 안타깝게도 여인으로 태어나 이 별의 운명을 감당하기 어려워지고 말았습니다. 이 별은 육살六殺 문곡성이라고도 부르는데, 그 이유는 경양擎羊, 타라陀羅, 화성火星, 영성鈴星의 네 살성殺星과 천공天空, 지겁地劫의 두 흉성凶星을 합한 여섯 살기, 즉 육살을 모아 보내기 때문입니다. 따라서 따님의 별은 권세를 가져오는 대신 육살을 쏘아 주변 사람들, 특히 가족들의 목숨을 빼앗아 버리게 돼요. 이 파괴적인 힘은 문곡의 운명을 지닌 자의 목숨마저 위협하기에 따님의 수명 또한 길지 않아 보입니다.”

“예전에 어떤 법사께서도 우리 아이가 스물을 넘지 못하리라고 말씀하신 적이 있습니다.”

어디서 주워들은 것은 있어서 가진 지식을 교묘하게 섞어 내놓는 다지의 터무니없는 말에 현씨 부인이 그만 넘어가기 시작하여 진지하게 대답했다.

“이 둘이 부부로 맺어져서는 안 되는 이유가 거기에 있을 줄 이미 짐작하고 있었습니다. 혼인하고 얼마 안 되어 내 딸이 저세상으로 가 버린다면…….”

“저세상으로 가는 사람은 따님이 아닙니다, 부인.”

다지가 현씨 부인의 말을 싹둑 자르고 음산하게 속삭였다.

"바로 남자 쪽이죠. 남자 쪽은 사주로만 보면 장수할 사람이 지만 따님의 별을 상대할 수 있는 그릇이 아니기에 문곡의 기운에 눌려 성혼하면 시름시름 앓다가 명을 다하게 됩니다. 어쩌면 혼인이 성사되기도 전에 자리에 눕게 될지도 모릅니다."

현씨 부인은 가슴이 뜨끔하니 찔려 입을 꼭 다물었다. 아닌 게 아니라 얼마 전 입동立冬에 담근 지염(漬鹽:소금에 절인 김치)과 선물을 최씨 부인에게 보냈는데 그 집에 다녀온 무봉 어멈이 말하길, 재경이 이유 없이 앓아눕는 바람에 국자감에서 병가를 얻어 집으로 들어와 있더라고 했다. 최씨 부인 말로는 공부를 너무 열심히 해 잠시 머리에 열이 올랐을 뿐 금방 나을 거라지만 무봉 어멈이 참정 댁 여비들을 상대로 수집한 정보에 의하면 며칠이 지나도록 그 열이 떨어지지 않아 집안 분위기가 어수선하다는 것이다.

그런 참에 무봉 어멈이 근 한 달 가까이 걸려 찾은 술사들이 방문해 이런 소릴 하니 현씨 부인은 재경의 불명열이 시도해서는 안 될 혼담을 최씨 부인이 꺼낸 탓이 아닐까 의심스러워진다. 그녀의 불안감을 읽은 다지가 못을 콱 박았다.

"이렇게 말씀드렸는데도 이 두 사람의 혼인을 밀어붙이신다면 이는 남자 쪽의 죽음을 거든 것이니 십악(十惡:불가에서 이르는 몸, 입, 마음의 삼업으로 짓는 열 가지 죄악) 중 살생을 저지르는 것과 마찬가지입니다."

거의 협박에 가까운 다지의 말이 현씨 부인의 마음을 흔들어 대는데 갑자기 다지 옆에 있던 득재가 중얼중얼 알아들을 수 없는 주문을 혀를 굴려 가며 외기 시작했다. 그에 현씨 부인의 불안감이 고조되었다.

"무슨 일입니까?"

그녀가 걱정과 의혹이 반반 섞인 어조로 묻자 가짜 주문에 귀를 기울이는 척하던 다지가 미소를 지었다.

"부인께선 염려하지 않으셔도 되겠습니다. 여기 법사님이 따님의 액운을 잠재울 수 있는 방법이 있다고 합니다."

"그 방법이 부처께 지극한 정성으로 공양하고 보시하는 거라면, 그건 이미 오래전부터 하고 있습니다."

현씨 부인이 시큰둥하게 반응하자 다지가 엄숙하게 목소리를 다듬어 말했다.

"공양과 보시, 물론 훌륭한 방법이지요. 하지만 궁극의 해결책은 따로 있습니다, 부인."

그리고 다지는 또 한 번의 협박도 잊지 않았다.

"게다가 부지런히 공양하여 쌓은 공덕을 이 남자와의 혼례로 다 망치게 생겼는데 너무 태평하신 것이 아닌지요. 살생 한 번이면 그 공덕, 한 번에 날아가는 겁니다. 그러면 부처의 가호도 없지요."

"그렇다면 그 방법이라는 게?"

"혼인입니다."

"뭐라고요?"

현씨 부인은 어리둥절하니 눈을 껌벅이며 묻지 않을 수 없었다.

“지금 막 혼례를 추진하는 것이 곧 살생이나 다름없고 그것이 오래도록 쌓은 공덕을 무너뜨려 내 딸을 더 이상 보호할 수 없다고 말하지 않았습니까?”

“혼인을 하되 따님에게 꼭 맞는 사람을 골라야 한다는 뜻이죠. 여기 법사님은 따님의 별을 무력하게 하는 별의 운명을 타고난 사람과 따님을 맺어 줘야 한다는군요. 바로 연년(延年:수명을 연장함) 무곡성武曲星, 북두칠성의 여섯 번째 별을 타고난 사람입니다. 무곡은 칠성 중에서도 가장 강력한 별로, 흉성과 살기를 물리치며 연년이라는 이름 그대로 수명을 주관합니다. 이 무곡의 운명을 지닌 사람이 따님에게 깃든 문곡의 기운을 없애 따님 주변에서는 더 이상의 갑작스러운 죽음이 없어지고 따님도 제 수명대로 살 수 있게 되는 거죠.”

“그러니까 그 말은, 우리 아이에게 붙은 사귀가 떨어져 나간다는 뜻입니까? 그 무곡의 운명을 지닌 남자를 만나게 되면?”

“따님에게 사귀가 붙었다고 점을 친 그이는 수준이 약간 떨어지는 술사인 듯합니다. 귀신이 붙었다기보다는 별의 운명이 가져온 결과라고 봐야지요.”

“그럼 귀신이 붙은 게 아니라 문곡성의 운명을 타고났다고 치고……. 내 딸의 문곡성 기운을 누를 수 있는 사람이 있단 말이오? 여기 사주가 적힌 이 사람은 아니고?”

현씨 부인이 재경의 사주를 가리키자 다지가 손가락으로 그 위를 사선으로 찍 그어 보였다.

“아니죠, 이 사람은, 절대. 이 사람은 그냥 죽어 버린다니까요. 따님의 별에 비해 이 사람은 너무 약하거든요."

그때 또 득재가 중얼중얼 아무렇게나 섞은 주문을 읊었다. 귀 기울여 듣던 다지가 탄성을 올렸다.

"아! 하늘의 뜻인가! 무곡의 운명을 타고난 사람이 바로 가까이에 있다고 합니다."

"무곡의……, 운명을 타고난 이가, 바로 가까이에?"

눈이 휘둥그레진 현씨 부인도 득재의 주문을 주의해 들었으나 그녀로서는 도통 해독이 불가능했다. 하긴 입에서 나오는 대로 지껄이느라 득재 자신도 뜻을 모르는 주문을 그녀가 한마디라도 알아들을 리가 없다. 해독은 오로지 다지만이 할 수 있었다. 다지가 친절하게 설명해 준다.

"아주 가까이에 있답니다. 어쩌면 이웃에 사는 사람일지도 모르겠군요. 따님과 만날 운명이 태어날 때부터 정해져 있는 사람이랍니다. 따님이 타고난 파괴의 별을 상생의 별로 바꾸는 사람이죠. 이 사람도 따님과 마찬가지로 가족들을 잃었지만 따님의 경우와는 정반대로 더 많은 일가붙이를 역병으로 잃을 수 있었는데 무곡성의 기운으로 그나마 몇 명에 그치게 했네요. 말하자면 나머지를 구해 낸 거죠. 이 사람이 따님의 배필이 되면 반드시 따님의 액운을 잠재우고 이 집안에 화평과 복덕을 가지고 올 것입니다. 만일 이 사람이 아니라 다른 사람과 혼인을 시키신다면? 결과는 이미 말씀드렸죠."

"이웃에 사는……."

현씨 부인이 입속으로 중얼거렸다. 그녀의 머릿속에는 자연스레 옆집에 세 든 두 명의 젊은이가 떠올랐다. 둘 다 서경의 괜찮은 가문 출신이라는 것만 알 뿐 나머지 가족 관계를 캐 보지 않았던 현씨 부인의 가슴에 두 청년 관리에 대한 관심이 급격히 돋아난다. 빨리 무봉 어멈을 불러 옆집 청년들에 대해 묻고 싶은 그녀는 이제 술사들의 얘기를 들을 만큼 들었다고 판단하여 얼른 사례를 하려고 했다.

"잘 알아들었습니다. 복채는 얼마면 되겠습니까? 부르는 대로 드릴 터인즉……."

"저희는……, 별의 운명을 살펴 단순히 점만 보는 대가는 받지……, 않습니다."

손만 벌리면 굴러 들어올 은을 사양하려니 다지의 혓바닥이 사이사이 멈칫거렸다. 이런 여자는 은 열 근을 부르더라도 영험한 부적이라면 여러 장 척척 사 줄지도 모르는데! 그러나 바깥에서 두 눈 부릅뜨고 그들을 기다릴 지량을 생각하면 달리 선택이 없다. 아쉬움이 잔뜩 묻어나는 목소리로 다지가 다시 되풀이했다.

"저희는 주금과 염승에 필요한 주부를 드릴 때 비용을 크게 받지, 이런 점은 그냥 무료로 봐 드립니다. 그러니 복채는……, 됐습니다."

"복채가 없는 점이 어찌 효력이 있겠습니까? 조금이라도 낼 테니 받으시오."

"아니올시다. 부인께서 사주를 보여 주신 이 두 사람의 혼인이 왜 불가한지 설명을 드렸으니 부인께서 저희의 말을 믿어 혼사를 없는 것으로 돌리시기만 하면 됩니다. 그러면 죽을 뻔한 남자를 살려 죄 없는 생명이 스러지는 것을 막게 되니 이보다 값진 복채가 없을 겁니다. 그리고 저희의 당부에 따라 이 댁 따님의 액운이 사라지게 되면 저희도 크게 공덕을 쌓게 되니 그것이 곧 저희가 받고 싶은 복채입니다."

"어쩌면!"

현씨 부인이 감탄했다. 복서의 내용도 그녀의 마음에 들었고 돈을 극구 사양하는 태도도 훌륭하다. 처음 이들이 방에 들어섰을 땐 반신반의했으나 지금은 믿음이 마구 생긴다. 현씨 부인은 거듭 감사하며 다지와 득재를 보냈다. 그녀는 무봉 아범을 시켜 술사들의 바랑 가득 곡식과 돈을 넣도록 했지만 두 사람은 끝까지 받지 않고 어깨를 축 늘어뜨린 채 대문을 나섰다.

"지시한 대로 잘했나?"

다지와 득재를 기다리고 있던 지량이 그들을 보자마자 물었다. 장삼과 염주를 벗고 술승에서 죄인으로 돌아온 다지와 득재가 허리를 깊숙이 숙였다.

"아주 제대로 하고 왔습니다, 나리."

"나리께서 일러 주신 것보다 더 심도 있게 설명해 드렸죠."

지량의 눈치를 살살 보며 비위를 맞추다가 다지가 애가 타는지 혀를 내밀어 마른 입술을 쓱 핥았다.

"나리 말씀대로 했으니 저희들, 목은 잘리지 않도록 선처해 주시는 것입지요?"

"그래. 너희가 그동안 여염집을 돌며 가짜 점으로 벌어들인 재물로 따지면 충분히 참형감이지만 그것만은 면하도록 내 힘써 주마.”

“아이고, 감사합니다, 나리.”

다지와 득재가 또 한 번 허리를 깊숙이 숙였다. 둘은 지량이 어느 정도로 높은 벼슬아치인지 알지 못했지만 경시령의 손아귀에 있던 자신들을 빼내 온 능력으로 비추어 보아 젊은 나이임에도 상당히 위세가 있는 관리이리라 추측하고 있었다. 과연 그들의 추측이 어긋나지 않았던 모양인지, 다지와 득재를 시율 앞에 끌고 간 지량이 경시령에게 거의 명령하는 투로 말하는 것이 아닌가.

“이들은 마땅히 참해야 할 죄인들이나 관을 도운 공이 있으니 도형으로 감해 주게.”

시율이 어이없어 아무 대꾸를 않고 말없이 다지와 득재를 가두었는데, 이들에게는 그의 모습이 지량에게 꼼짝 못하고 순응하는 것처럼 보였다. 그들은 거듭 지량에게 감사하며 물러갔고 지량은 만족스레 킬킬 웃었다.

“저런 바보들.”

“저런 자들에게 의존할 수밖에 없다니, 내가 더 바보스럽게 느껴진다.”

시율이 한숨을 길게 내뱉었다. 지량이 친구의 어깨를 두드리며 격려했다.

“자책할 거 없어. 지금은 너나 꼬맹이나 서 소저가 나서서 분란을 일으키거나 좌주님의 체면을 손상시키는 것보다 이게 훨씬 나아. 우리가 가만히 있어도 서 소저의 모친이 알아서 혼례를 지연시킬 거야. 점쟁이가 불길한 운수를 말하는데 거리끼지 않을 사람은 없으니까. 일단 시간을 벌고 완전한 해결책을 생각해 내야지. 참!"

지량이 다지와 득재가 들어간 쪽을 힐끔 곁눈질하며 물었다.

"저 녀석들은 어떻게 되는 거야? 정말 참형을 받지 않을 정도인 거야?"

"그래."

시율이 쓰고 있던 문서를 들어 보이며 답했다.

"녀석들에게 속아 넘어간 여자들 대부분이 그들에게서 점을 보거나 주술을 부탁한 적이 없다고 잡아떼고 있어. 놈들을 본 적조차 없다는 부인들도 여럿이고. 노비들에게도 입조심을 신신당부했는지 하나같이 모른다고만 해. 주술과 부적에 든 비용이야 그 사람들의 가산에 비하면 새 발의 피 정도고, 불미한 일로 관에 증언하는 것을 집안의 명예를 더럽히는 일로 여기니 무조건 부인하는 거지. 바깥주인들에게 알리길 싫어하는 여자가 많은데, 그중 다수가 남편이 총애하는 기녀나 기첩을 저주하는 주술을 썼기 때문이야. 남편들 중에서도 그 사실을 알게 된 몇몇 고위 관원들은 이 사건에서 자기 아내가 거론되지 않기를 바라서 조용히 덮으라고 주문하고 있어. 이대로 가구소나 형부로 놈들을 넘기면 도형 1~2년에 그칠 수도 있겠어."

"녀석들, 상당히 운이 좋구먼."

'뭐, 별수 없지.' 하듯 지량이 어깨를 으쓱했다.

“하는 짓은 밉지만 말을 잘 듣는 녀석들이기도 해서 귀여운 맛도 있었어. 이왕 참하지 않을 거 같으면 관에서 좀 더 이용해도 되지 않을까? 복서와 주술에 푹 빠진 사람들을 가짜 복서와 주술로 빼내는 거야.”

“어느 쪽이든 자신의 판단보다 술사의 말에 현혹되는 건 마찬가지잖아. 그건 빼낸다고 할 수 없지.”

시율이 눈살을 찌푸리며 반박하자 지량이 고개를 끄덕여 수긍했다.

“뭐, 그렇지. 시키는 대로 다 할 테니 제발 참형을 면하도록 선처해 달라고 사정하는 놈들이니 써먹을 데가 더 있을 것 같아서 말이야.”

“량이 넌…….”

시율의 낯빛이 문득 어둑하게 그늘졌다.

“……죄인을 보면 잡아들여야 할 관원이야.”

“누가 아니래?”

“필요 이상의 동정심은 관원으로서 금물이다. 널 망칠 수도 있어.”

“헛, 뜬금없이 웬 잔소리? 내가 필요 이상의 동정심 때문에 죄인을 보고도 가만있기라도 했단 말이냐?”

지량이 얄밉게 빈정거리다가 얼핏 안색을 굳혔다. 그의 입가에 쓴웃음이 엷게 번졌다.

“내가 그러면 율이 넌 어떻게 할 거야?”

“…….”

“그 죄인을 잡아들이고, 그 죄인을 내버려둔 나도 잡아들일 거야?”

“…….”

“아니면 모른 척할 거야?”

“나는…….”

시율이 무겁게 입을 열었다. 여전히 그늘진 그의 미간에 고민의 주름이 잡혀 있었다.

“……량이 네가 본분을 저버리지 않았으면 좋겠다. 아들로서, 형제로서, 벗으로서, 관원으로서.”

“그 모든 것이 남자로서의 나와 충돌한다면?”

지량이 짐짓 유쾌하게 물었다. 씩 웃는 그의 표정은 장난스러웠지만 눈에는 일말의 진지함이 숨어 있었다. 시율이 주춤하자 지량이 다시 물었다.

“그러면 넌 어떻게 할래? 관원으로서 날 잡아갈 거냐, 아니면 벗으로서 날 모른 척할 거냐?”

“관원으로서……, 또 벗으로서 널 위한 방법을 찾을 거다.”

“그래? 기대되는데?”

여전히 짓궂게 웃는 지량에게 시율이 낮고 조용하게 덧붙여 말했다.

“시간이 많지 않다, 량아.”

모호한 말이었지만 지량은 무슨 뜻이냐고 묻지 않았다. 다만 혼잣말처럼 중얼거렸을 뿐이다.

“그래? 시간이 많지 않단 말이지…….”

지량의 얼굴에서 어느덧 장난기가 사라졌다. 곰곰이 생각하던 그가 덤덤하니 말했다.

"걱정 마라. 난 네가 말한 그 본분이란 거, 저버리지 않을 테니까."

"정말이냐?"

"정말이고말고. 그거 찾는 데 시간을 많이 허비했잖니. 다시 잃어버릴 순 없지."

지량이 진심임을 강조하듯 눈을 길게 감았다 떠 보였다. 그의 입가에 다시 미소가 걸렸다.

"그러니 율이 넌, 필요 이상의 동정심 따윈 안심하고 버려."

현씨 부인을 방문한 술사들이 돌아간 뒤, 그들이 부잣집 마나님들을 가짜 점과 예언으로 속여 많은 재물을 갈취한 엉터리이며 시율에게 붙잡혀 조사받는 중인 죄인들이라는 사실을 영롱으로부터 듣고 혜완과 귀영은 깜짝 놀랐다.

"하지만 그 법사들, 지난번에 들러 완이의 운명의 상대를 만날 날짜까지 맞힌 이들인데요?"

다지와 득재의 얼굴을 기억하고 있는 귀영이 불신의 눈으로 바라보자 영롱은 그녀가 알고 있는 모든 사실을 밝혔다. 그들이 운명의 상대에 대해 이러쿵저러쿵한 거며 만날 날짜와 장소까지 운운했던 것이 모두 혜완에게 접근하려는 금행에게서 얻은 정보임을. 그리고 그 정보들이 실상은 귀영으로부터 나왔다는 것도.

"술사들이 7년 전 아이 초라니에 대해 신통하게 잘 맞힌 것이 전부 제 입에서 나온 말들 때문이었다고요? 어떻게 그럴 수가!"

귀영이 새파래지며 머리를 가로저어 부인하자 영롱이 보다 친절한 설명으로 그녀를 일깨워 주었다.

"그 술사들이 처음 다녀간 뒤 양온승동정이 부인을 청해 이야기를 나누었던 것, 기억하시죠? 양온승동정은 그분이 서 소저의 운명의 상대가 아닌 걸 부인이 확신한 이유를 알고 싶어 했었죠. 부인은 한참 동안 답을 피했지만 결국 진짜 운명의 상대가 누군지 알기에 양온승동정이 7년 전 아이 초라니일 리가 없다고 생각했다고 말했습니다. 그리고 진짜 운명의 상대가 누군지 집요하게 캐는 양온승동정의 질문에 견디지 못하고 단옷날 기별했던 남편을 만나 그가 진짜임을 알게 됐다고 털어놓았죠. 하지만 김씨 부인과 그 사람이 나눴던 대화를 따져 보면, 운명의 남자는 물론이고 7년 전 아이 초라니며 나례 주문이며 자세한 얘기는 모두 그 사람이 아니라 김씨 부인의 입에서 나온 말이었죠. 즉, 김씨 부인이 서 소저의 비밀에 대해 그 사람에게 모두 말해 준 겁니다. 물론 고의가 아니라 그의 유도에 말려들어서였죠. 그 사람은 그날의 이야기를 기억해 두었다가 술승들과 결탁해 서 소저를 유인해 낸 거죠. 운명의 남자를 팔월 초하루에 만날 수 있다고. 그 예언대로 서 소저는 광통사 숲으로 갔고, 거기서 운명의 남자인 척한 김씨 부인의 전남편을 만났던 겁니다."

"전남편을 만났었어요, 귀영 언니?"

혜완이 눈이 동그래져 귀영을 쳐다보자 귀영이 난감해 어쩔 줄을 몰랐다.

"우연이야, 완전히 우연이었다고. 난 그 사람을 만날 줄은 꿈에도 몰랐는데 격구장 인파 속에서 딱 마주쳤단 말이야."

귀영이 걱정스러운 빛으로 황급히 영롱에게 물었다.

"양온승동정이 설마 윤 공자에게 제가 전남편을 만났었느니 하는 애길 하진 않았겠지요?"

"제가 알기로는 하지 않았습니다. 부인이 그분께 간곡히 부탁하셨잖아요. 쓸데없는 오해를 피하고 싶으니 윤 공자에겐 절대 비밀로 해 달라고. 그분께서 그러겠다고 대답한 이상 반드시 지켰을 거라 생각해요."

"아아, 그렇다면 그나마 다행인데."

잠시 안도했던 귀영은 이내 혜완에게로 눈을 돌리고 다시 창백하게 질렸다.

"아아, 완아! 어쩌면 좋아, 완아! 내가 정말 그 인간에게 너에 대해 술술 다 털어놓았던 걸까?"

그녀는 지난 단옷날을 돌이키는 듯 커다란 눈을 불안정하게 마구 굴렸다. 다시 생각해 보니 그제야 자신이 무슨 말을 했는지 깨닫게 된 귀영은 새삼 몸서리치며 비명을 올렸다.

"맙소사. 세상에 그렇게 어리석을 수가! 다 내가 먼저 말한 거야! 그 나쁜 인간이 말하려는 척하다가 못 하겠다며 손사래를 치는 걸 보고 답답한 마음에 내가 먼저! 그렇게 다 뱉으라고 그 인간이 부추겨 꾄 건데, 그걸 모르고 내가! 어떡해, 어떡해,

완아! 난 멍청하게도 '완이의 운명의 상대가 바로 이 사람이라
니! 어쩌면 이렇게도 놀라운 우연이 있을까? 운명이 아니고서
는 이럴 수가 없다!'고 생각했었지. 아아, 바보 같으니! 양온승
동정이 물어볼 때도 난 전혀 그 인간을 의심하지 않았어!"

"됐어요, 귀영 언니. 괜찮아요. 다 지난 일인걸요."

혜완이 대범하게 말하며 오히려 귀영을 위로했다.

"그 일로 저 엉터리 술승들을 알게 되어 어머니께 가짜 점을
말하게끔 했잖아요. 그들 덕분에 어머니가 저와 윤 공자의 혼
례를 꺼리게 되면 그걸로 충분한 거 아녜요?"

"그렇게 생각해 주면 나야 고맙지만……."

혜완의 관대한 반응에 안심하는 한편으로 귀영은 못내 미안
해했다.

"……네 진짜 운명의 남자는 사실 아직도 못 만난 거잖아.
양온승동정도 그렇고 그 나쁜 인간 역시 7년 전 그 아이 초라
니는 아니었으니까. 운명의 상대를 만나지도 못하고 경시령과
사귀기로 했는데, 이건 어떡하면 좋니?"

"어떡하다니, 뭘요?"

혜완이 어이없어 웃고 말았다.

"이제 운명의 남자 같은 건 아무래도 좋단 말이에요. 전 경
시령이 좋아요. 진짜 예전에 만났던 그 아이 초라니가 앞에 나
타난대도 전 경시령을 선택할 거예요. 봐요, 귀영 언니. 제가
왜 팔월에 언니의 전남편을 만나고도 아무렇지 않게 감사의 인
사만 하고 돌아왔게요? 언니의 전남편을 옛날 아이 초라니라

고 생각하고 있었으면서도 말이에요. 전 이미 그 전부터 경시령을 좋아하고 있었어요. 오직 그분만을.”

“그 나쁜 인간이 날 못 잊어 해서 널 거절한 게 아니었어?”

귀영이 깜짝 놀라 물었다가 곧 얼굴을 붉혔다. 조금만 침착하게 생각해 봐도 술사들까지 동원하여 혜완을 불러낸 금행의 목적과 그가 했을 만한 언행이 짐작된다. 애초부터 금행이 내뱉은 그녀를 아직도 사랑한다는 따위의 말은 그녀가 혜완에게 딴소리를 못 하게끔 하기 위한 입발림에 불과했던 것이다. 거기까지 생각이 닿자 귀영은 몹시 무안해졌다.

“아니, 난 그 인간이 그렇게 말하기에……. 난 나 때문에 네가 운명의 남자와 맺어지지 못한 줄 알고 정말 마음이 아팠거든…….”

“언니 때문이 아니라 내 마음 때문이니 이젠 신경 쓰지 않아도 돼요.”

혜완이 귀영을 딱하게 바라보며 부드럽게 웃었다. 그녀의 웃음에 옅은 한숨이 섞여 나왔다.

“우리가 신경 쓸 일은 바로 저와 윤 공자의 혼담이라고요.”

“윤 공자는 얼마 전부터 이유를 알 수 없는 열로 인해 앓아 누웠다면서요?”

잠자코 있던 영롱이 말했다.

“그럼 윤 공자가 나을 때까지 자연스레 혼담은 미뤄질 수 있겠네요. 마침 이쪽도 불길한 점을 들어 적극 나설 분위기가 아니게 됐고.”

"맞아요. 지금은 양가 모두 혼담을 꺼낼 상황이 아닌 거예요. 윤 공자가 이런 식으로나마 도움이 되네요. 혼담을 미루려고 꾀병을 부리는 걸까요?"

재경에 대한 불만이 고스란히 묻어나는 혜완의 말에 귀영이 또 섭섭하다.

"그런 식으로 말하지 마, 완아! 꾀병이라니! 무봉 어멈 말로는 먹지도 마시지도 못하고 고열에 정신을 차리지 못한다던데, 그렇게 말하는 거 아니야. 얼마나 고민이 깊으면 앓아눕기까지 할까? 몸이 많이 상하기 전에 일어나야 할 텐데."

"윤 공자가 다 나으면 제가 앓아누울까요? 그러면 또 혼담이 더뎌질 테니까."

혜완이 말하며 일어났다. 그녀는 몽수를 머리에 쓰고 나갈 채비를 했다.

"그러니 귀영 언니는 당분간은 아무 염려 말고 예정대로 절에 가서 윤 공자의 쾌유를 빌도록 해요. 전 이제 땔나무와 겨울옷을 나눠 주러 교외로 나가 봐야 하니까."

그들이 있는 곳은 혜완의 방이었으므로 주인인 혜완이 일어나자 나머지 둘도 자리를 떠야 했다.

혜완이 무봉이와 함께 짐을 한가득 싣고 나갈 때 귀영도 함께 대문 밖으로 나섰다. 중간에 귀영은 혜완과 헤어져 광통사로 들어가 나한보전에서 한참을 엎드려 재경이 완쾌하기를 기도했다. 그리고 그의 얼굴을 조속히 다시 볼 수 있기를 기도했다. 혜완이 아니라 자신이 그의 아내가 되길 기도했다. 그래서 날마다 그의 곁에 있을 수 있기를 기도했다. 간절히 기도하고 기도한 끝에 일어선 그녀가 나한보전을 나와 광통사의 뜰을 가로질러 2백 척 높이의 거대한 탑에 이르렀다.

"여기서 등석에 그분과 우연히 만났었지!"

오랜만에 광통사 탑 앞에 와 본 귀영이 감회에 젖어 중얼거렸다.

"광통사의 탑은 강한 인연이 있는 사람들을 만나게 해 준다고 했지. 그래서 그분을 만났던 거야. 그 많은 사람들이 붐볐던 이곳에서."

광통사 탑이 사람을 만나게 해 준다는 지량의 거짓말을 여전히 사실이라고 믿고 연등회 때 이 탑 아래서 재경을 만난 일이 인연이라고만 생각하는 그녀로서는 하늘을 찌를 듯 치솟은 탑이 영험하게만 느껴진다. 그녀가 그 영험한 탑 앞에서 아득하니 지난 연등회의 추억을 곱씹을 때였다.

"귀영아."

끔찍하게 다정한 낮은 부름에 귀영은 소스라치게 놀라 펄쩍 뛰며 몸을 돌렸다. 언제 나타났는지 금행이 그녀에게서 몇 발짝 떨어진 곳에서 눈웃음을 치며 서 있었다.

'오호, 광통사 탑은 강한 인연이 있는 사람들을 만나게 해 준다더니!'

강한 악연도 인연은 인연. 귀영은 금행을 이 자리에 부른 것이 탑인 듯하여 탑이 원망스럽기까지 했다.

"잘 지냈어?"

찬바람에 얼어붙은 살갗을 따뜻하게 녹일 만큼 부드러운 말투였지만 귀영의 사지엔 소름이 쪽 돋았다. 경계심 어린 눈으로 노려보며 뒷걸음질하는 그녀를 보며 금행이 안타까운 듯 미소했다.

"자넨 내가 반갑지 않은 모양이구나. 난 우연히 자넬 보고 너무 반가워 나도 모르게 부른 것인데."

"반가울 수가 없죠."

그녀가 독기 서린 목소리로 날카롭게 쏘아붙였다.

"날 이용해 완이에게 운명의 남자인 척 접근한 사람이 반가울 리가요. 자칫하면 내 은인을 속이 시켜먼 한량의 품으로 밀어 넣을 뻔했는데 어떻게 반갑겠어요? 다시는 보고 싶지 않아요, 그 얼굴!"

"아, 자넨 날 오해하고 있구나. 그렇게 알고 있으면, 그래, 반갑기는커녕 보기 싫어 죽을 지경이겠지."

금행이 힘없이 웃으며 그녀를 이해한다는 듯 고개를 끄덕여, 귀영은 화가 머리끝까지 치밀어 올랐다.

"오해? 내가, 오해? 누굴? 당신을? 날 걱정하는 척하면서 완이에 대해 이것저것 캐낸 사람이 누군데? 어리석게도 내가 아는 걸 모두 털어놓으니 술승들까지 끌어들여 완이에게 운명의 남자를 만날 거라는 둥 만나지 않으면 화를 입는다는 둥 가짜 예언을 하도록 시킨 사람이 누군데? 그 술승들, 가짜라는 거 밝혀졌어요. 그 엉터리들과 함께 우리를 속인 당신도 벌을 받아 마땅해!"

“그게 다 오해라는 거야. 내 말 좀 들어 봐, 귀영아.”

“듣기 싫어! 내 이름, 그 입으로 부르지 마요. 들으면 구역질이 날 것 같으니까!”

“알았어. 이름은 부르지 않을 테니까 그저 조금만 들어. 나도 속은 거야, 그 술승들에게.”

“뭐라고요?”

이건 또 무슨 얘기? 귀영이 얼이 빠져 멍하니 있자 금행이 그 틈을 놓치지 않고 부드러운 음성으로 조곤조곤 말한다.

“그 법사들, 보통내기가 아니야. 당신도 그자들에게서 점을 봤는지 모르겠지만 얘기를 듣다 보면 그냥 넘어가 버린다니까. 자기들이 시키는 대로 하지 않으면 자네가 큰 화를 입는다는 거야. 나중에 알고 보니 다 그게 저희들 잇속을 차리려고 날 이용한 거였지만, 나야 자네에게 좋지 않은 일이 생긴다니 앞뒤 따질 사이 없이 그자들 말을 들은 거지, 뭐. 그 엉터리 중놈들, 내가 자네 남편인 건 또 어디서 어떻게 조사해 와서 그럴듯하게 속이던지, 원.”

“날……, 위해서였다고요?”

귀영이 기가 막혀 입술을 파르르 떨었다.

“이제 와서 그런 말을 하면 내가 믿을 줄 알았어요?”

“믿든 안 믿든 자네 마음이지만, 난 그랬다는 거야. 어쨌든 그 중놈들이 가짜로 밝혀져 잡히고, 무엇보다 자네가 무사하니 천만다행일세. 내가 정말, 자네 얘기가 나오니 머리가 확 돌아서 그만……. 다 자네에게 둔 미련이 커서 그러니 너무 탓하지 말게.”

“탓하지 않을 테니 다시는 내 앞에 나타나지 마요. 예전에 끊어진 인연, 두 번 다시 어떻게든 엮을 생각일랑 꿈도 꾸지 말고!”

“자네 참 무정하다. 내가 자네 앞에 나타나려고 나타났나? 지나는 길에 우연히 자네가 눈에 띄어 불렀을 뿐이지. 아냐, 아니다. 내가 자네 생각을 하며 이 절에 왔다가 자네를 만난 것이니 내 잘못이 크네. 다 내 잘못이야.”

그가 한숨을 푹푹 내지르며 자책을 하니 귀영은 더 이상 쏘아붙일 마음이 나지 않았다. 그녀가 입을 다물자 금행이 그녀에게 애틋한 시선을 던졌다.

“그래도 자네를 이렇게 봤으니 다행이야. 이제 바빠지면 정말 자네를 보는 건 꿈속에서나겠지.”

“바빠지다니, 무슨 일이라도 있나요?”

귀영은 무심코 묻고는 아차, 했다. 생판 모르는 남으로 여기고 철저히 무시했어야 했는데 그걸 또 못 한 것이다. 금행이 그녀의 질문을 냉큼 받았다.

“내가 금군(禁軍: 궁궐을 지키고 임금을 호위하는 군대)의 지휘관 한 명을 알게 됐는데 말이야. 이분이 내 용모가 딱 금군으로 알맞다고 그러지 뭐야. 마침 견룡군(牽龍軍: 금군에 소속된 숙위군)을 충원하는 중이라고 나더러 궁궐에서 일하라고 하네?”

“잘됐네요. 매일 놀면서 가산을 탕진하는 것밖에 몰랐으니 이제부턴 착실하게 일을 해 봐요.”

입 다물고 있어야지 생각했지만 귀영은 또 한마디 하고 말
았다. 금군이 되는 것은 그녀와 함께 살 때부터 금행의 바람이
었고 귀영도 그것을 잘 알기에 축하의 말 정도는 해 줘야겠다
고 인심을 쓴 것이다.

견룡군은 공학군控鶴軍이나 중금군中禁軍, 백갑군白甲軍 등의
다른 금군 부대와 마찬가지로 임금과 태자 등의 호위와 경비를
맡았다. 각종 의례 때 의장대의 역할도 수행하기에 선발되려면
체격과 용모가 빼어난 신체 조건을 갖춰야 했는데, 국왕이나
태자를 최측근에서 시위하므로 출세의 지름길이기도 해서 많
은 사내들이 선망하여 지원했다. 그러나 한 가지 단점이 있어
금군에 뽑힌대도 누구나 기꺼이 할 수 있는 것은 아니었다. 사
실 금행은 그 단점을 해결하기 위해 귀영을 찾아온 것이다.

"궁궐에서 일하면 좋기야 좋지."

금행이 씁쓸하니 웃었다. 좋으면 그만이지 왜 처연한 낯을 하
나 싶어 귀영이 의아해하는데 그가 드디어 본론으로 들어갔다.

"성상 폐하를 가까이서 모시는 것, 이게 보통 사람이 가질
수 있는 영예인가? 하고 싶다고 아무나 될 수 있는 게 아니니
뽑히는 것만으로도 대단한 영광이지. 출세도 빠르고. 그런데
금군에 들어가면 거기에 들어가는 비용이 상당하단 말이야. 임
금님의 시위니 의복이며 의장이며 갖출 게 좀 많은가? 그렇다
고 싼 걸 찾거나 빼먹을 수도 없고. 견룡이 추레하면 말이 안
되잖아? 또 황궁 가까운 곳에 집도 얻어야지, 식사도 내가 해
결해야지……. 초기엔 나오는 것보다 들어가는 게 더 많단 말

이지. 왜 있는 집 사내들만 금군에 들어가는지 알겠더구먼. 들어가서 몇 년만 버티면 본전을 다 뽑고 행세할 수 있는데 보통 사람들은 그걸 못 버티는 거야."

"그런데요? 왜 그런 말을 내게 하죠?"

귀영이 경계하자 금행이 그녀에게 가까이 다가가 살살거렸다.

"내가 견룡이 되면 대정(隊正:스물다섯 명으로 구성된 대를 맡는 최하급 무관직)에서 교위(校尉:두 개의 대로 이루어진 오를 지휘하는 정구품 무관직)를 거쳐 산원(散員:정팔품 무관직)으로 승양하는 데는 2년이 안 걸릴 거라고 그 지휘관이 말하더라고. 그다음은 탄탄대로가 우리 앞에 쫙 깔리는 거야."

"우리 앞에? 왜 당신 앞이 아니라 우리 앞에?"

"난 언제나 자넬 호강시켜 주고 싶었어."

금행의 목소리가 눅진눅진해지더니 끈끈하게 귀영의 귀에 달라붙었다.

"본의 아니게 고생을 많이 시켰지만 내 진심은 그게 아니었어. 자네가 종일 베틀에 앉아 있기보다는 예쁜 비단옷, 금은으로 만든 꾸미개로 치장하고 화려한 원림에서 꽃과 새를 키우면서 좋아하는 시나 읊기를 바랐지. 그래서 일찍부터 금군에 들어가고 싶었지만 뜻대로 안 되다가 이제야 사람 노릇을 할 수 있게 되었네. 늦었지만 자네에게 못 한 도리를 하고 싶어."

"난 당신과 아무 상관도 없는 사람인데 무슨 도리를 하겠다는 거예요? 설마 다시 시작하자고 이러는 건……."

"아냐! 물론 난 다시 시작하고 싶지만……, 자네가 싫다면 난 그저 참을 거야. 욕심 부리지 않을 거야. 난 단지 자네에게 못 해 준 걸 기회가 왔을 때 해 주고 싶을 뿐이야. 그러려면 견룡이 되어야겠고 계속 일하려면 비용이 좀 많이 든다는 거지.”

“그러니까 당신 말은, 그 비용이 필요하니 달라는 거예요? 나한테?”

금행이 하고 싶은 말을 비로소 명확히 이해한 귀영이 기가 차서 하, 짧은 바람 소리만 냈다. 금행이 오해하지 말라는 듯 고개를 가로저었다.

“그냥 달라는 게 아니야. 내가 번듯하게 자리 잡고 자네에게 해 주고 싶은 게 많아서라니까? 자네가 이렇게 남의 집에서 신세지는 생활, 이제 그만두게 하고 싶은 거야. 지금 머무는 그 집보다 더 좋은 집에서 더 좋은 옷 입고 더 좋은 거 먹고 더 좋은 구경 많이 하며 즐겁게 살게 해 주고 싶은 거야. 다시 시작하자고도 안 그래. 아무 조건 없이 내가 가진 거 모두 다 자네에게 주고 싶은 거지.”

“우습네요. 헤어진 여자에게 가진 걸 다 주고 싶다니? 도대체 왜?”

“사랑하니까. 날 봐, 귀영아.”

금행은 이름을 부르지 말라는 귀영의 말을 무시하고 다정스레 그녀의 이름을 부르며 그녀와 똑바로 눈을 마주쳤다. 부드러운 눈매에 애틋함을 담뿍 실어 그녀의 시선을 끌고자 했다. 그의 얼굴에 반했던 그녀였으니만큼, 잘생겼다고 자부하는 얼굴로 그녀의 마음을 흔들 작정인 것이다.

"내 얼굴 좀 봐. 지금 내가 거짓말을 하는 것처럼 보이니? 난 처음 널 만났을 때 그 마음 그대로야. 봐, 그때랑 똑같지? 그때나 지금이나 난 너뿐이거든."

"그래 봤자 난 당신이 말한 대로 남의 집에서 신세지는 형편이에요. 내게 무슨 돈이 있다고 이래요?"

"네가 있는 그 집, 그 동리에선 알아주는 부자잖아. 그 집 주인 처녀는 네 친동생이나 다름없다며."

"그래서 지금, 날 통해서 완이의 돈을 얻어 쓰겠다고?"

귀영이 바싹 다가온 그의 얼굴을 확 떼밀어 버렸다. 우두둑, 목이 꺾어지는 소리가 났다. 어이쿠, 비명을 지르며 아픈 목뒤를 손으로 감싸고 낯을 잔뜩 찡그린 금행을 경멸의 눈초리로 쏘아보며 그녀가 단호히 말했다.

"내가 아무리 어리바리해도 이젠 더 이상 당신에게 안 속아요. 당신, 돈 많은 여자와 혼인하려고 나랑 헤어졌잖아요! 여자 홀려서 그 여자 등골을 빨아먹는 거, 그게 당신 재주잖아요! 그러니 당신의 그 대단한 재주를 살려서 다른 돈 많은 여자를 찾아 혼인해요. 그래서 견룡도 되고 출세도 하라고요. 호강은 당신의 처가 될 불쌍한 그 여자에게 시켜 주고!"

화살을 퍼붓듯 빠르게 말을 끝내고 귀영은 홱 몸을 돌려 잰걸음으로 총총히 가 버렸다.

"젠장!"

아픈 목을 주무르며 금행이 욕설을 내뱉었다. 이렇게 된 이상 그녀를 쫓아가 봤자 돈을 손에 쥘 일은 없을 터. 그는 굳이 발품을 들이지 않았다. 다만 광통사 탑 근처에 드문드문 흩어져 있는 사람들이 여자에게 정통으로 턱을 맞은 그를 힐끔거렸기에 그 자리에 서 있는 것이 민망해 헛기침을 쿨룩거리며 천천히 걸어 탑에서 멀어졌다.

"누가 돈 많은 여자랑 살고 싶지 않아서 이러나?"

금행이 혼잣말로 투덜댔다. 잘생긴 얼굴 하나 믿고 여자들을 꾀고 다니는 그는 요사이 실적이 그리 신통치 않았다. 귀영과 헤어질 때만 해도 가산이 두둑한 여자를 후처로 들였으나, 지금은 형편이 그럭저럭 괜찮은 과부와 이혼녀에게 빌붙어 놀고먹고 용돈을 충당하는 정도였다. 그렇게라도 뒤를 대 주는 여자들이 있으니 그냥저냥 지내기엔 불편함이 없지만 견룡이 되기에는 부족한 것이다. 아무리 뛰어난 외모라도 언젠간 시들기 마련, 늦기 전에 벼슬을 해야겠다고 생각하는 금행에게 돈 많은 후원자가 절실한 시점이었다. 그래서 귀영을 집적거렸지만 너무 성급했던 탓인지 보기 좋게 실패하고 말았다.

"그럼 다음은 둘째한테 가 볼까?"

그가 중얼거렸다. 둘째란 그가 두 번째로 혼인하고 역시 이혼했던 여자를 말한다. 제법 재산이 많은 여자였으나 그가 파산시켜 빚까지 얹어 주고 헤어졌었다.

"아냐, 그 여잔 날 만나면 죽이려 들지도 몰라."

그가 고개를 절레절레 흔들었다. 역시 제일 만만했던 여자는 귀영이었다. 좀 더 조심스럽게 접근할 것을. 후회가 밀물처럼 밀려든다. 다시 한 번 시도해 볼까? 그가 망설이는데 가까이서 누군가가 불렀다.

"보셔요, 잘생긴 선비님."

여자 목소리. 잘생겼다는 말에 귀가 번쩍하여 돌아본 금행의 눈에 웬 쭈그러진 노파가 들어왔다. 아무리 돈이 많아도 나이 차가 스물 이상인 여자는 사양하는 금행이 눈살을 찌푸리는데, 노파가 은근한 미소를 입가에 띠며 말했다.

"선비님이 견룡에 뽑히셨다고요? 과연 황궁에 들어갈 정도로 아주 훤칠하시구려. 내가 아는 어느 댁 규수가 인물 준수하고 재주 많은 신랑감을 찾는데 선비님이 딱 맞겠습니다."

"자세히 말씀해 보시겠소?"

구미가 동한 금행이 귀를 쫑긋 세웠다. 노파가 교활한 눈빛을 반짝이며 말을 계속했다.

"벽란도에서 이국의 상선들과 거래하는 댁의 외동딸이라오. 이름만 대면 다 아는 집이죠. 재산은 풍족한데 상인이다 보니 지체가 낮아 품관 사위를 맞는 게 꿈이거든. 견룡이 될 선비님이라면 앞날이 보장되어 있으니 그쪽에서 반길 터. 이 사람이 다리를 놓아 주고 싶은데요? 선비님도 황궁에 들어가려면 든든한 자산이 있는 처가가 필요할 테니 양쪽 모두에게 흡족한 혼사가 되리라 보는데, 선비님 의향은 어떠신가?"

"의향이랄 게 따로 있겠소? 서로 조건이 맞으면 거절할 이유가 없지."

이게 웬 떡이람. 금행이 침을 꿀꺽 삼키는데 노파가 너무 서둘지 말라는 듯 눈짓을 한다.

“그런데 이 댁이 워낙 부자라, 가문은 괜찮지만 빈한한 사족 청년들이 서로 사위가 되겠다고 난리거든요. 아까 탑에서 듣자 하니 선비님도 집안이나 인물은 모자라지 않지만 살림은 좀 궁색한 편인 것 같은데, 다른 청혼자들을 제치려면 견룡 하나만으로는 조금 부족할 듯하고……. 그 댁 사위가 되려면 선비님의 형편을 좀 부풀려야겠습니다.”

“부풀리다니?”

“집안도 좋고 인물도 멋지고 재산까지 넉넉하다고 해야죠. 가난하다고 하면 그 집에서 일단은 가산만을 목적으로 딸을 달라 하는구나 생각하고 껄끄러워하지 않겠어요. 이쪽에서 꿀릴 것이 하나도 없는 척해야 저쪽에서 덥석 무는 거거든요. 그러니 제 손에 그 댁에서 눈이 둥그레질 만한 선물을 들려 보내 선비님의 재력을 과시하면 제꺼덕 딸을 줄 겁니다.”

“벽란도의 이름난 상인을 만족시킬 선물이면 푼돈으로는 어림도 없을 텐데?”

“살짝 빚 한번 지세요. 혼인하면 그 집 재산 다 선비님 것인데 그까짓 거 갚는 거야 금방이죠. 그리고 금군에서 출세하면 잠시의 거짓말 따위는 다 덮인다고요. 호화찬란한 장래가 눈에 보이는데 돈 좀 아끼려고 굴러 들어온 기회를 걷어차면 되겠어요?”

들다 보니 노파의 말도 일리가 있어 금행은 그녀의 이야기에 점점 빠져들었다.

나중에 그는 노파의 조언대로 큰 빚을 지고 호화로운 선물을 마련하여 노파의 손에 들려 보내 벽란도 상인의 딸에게 청혼을 했지만 승낙도 거절도 듣지 못했다. 노파가 말한 상인의 딸은 세상에 있지도 않은 인물이었기 때문이다. 빈털터리가 된 금행은 견룡이 되지 못했고, 빌붙었던 여자들에게서도 쫓겨났다. 그 뒤에도 그는 버릇을 고치지 못하고 개경 인근에서 여인들을 유혹해 푼돈을 얻어 연명하는 생활을 했더란다.

최씨 부인은 손수 약을 달여 재경의 방에 갔다가 방문 앞에 우뚝 선 채로 들어가길 망설였다. 문풍지를 통과해 들리는 재경의 목소리가 몹시 구슬펐기 때문이다. 그녀의 아들은 북받치는 감정을 이기지 못하고 방 안에서 홀로 넋두리하듯 시를 읊고 있었다.

저 연못 방죽엔 부들과 연이 있네.
아름다운 이 하나 있는데 근심을 어찌할까.
자나 깨나 아무 일 못 하고 눈물만 비 오듯 흘리네.[2]

시의 내용처럼 정말 우는 것인지 목소리가 꽉 잠겨 있었다. 귀하게 키운 아들의 슬픔이 절절히 전해져 최씨 부인의 가슴을 철렁하게 했다.

---

2 彼澤之陂　有蒲與荷
　有美一人　傷如之何
　寤寐無爲　涕泗滂沱
　　<시경, 택파(澤陂) 중에서>

어째서 사랑하는 여자를 그리며 슬퍼하는 시를 외우고 있는 걸까? 사랑하는 여자와 머지않아 혼인하게 될 텐데. 최씨 부인이 의아해하는데 재경이 같은 시의 두 번째 연에서 마지막 두 구절을 더욱 처량한 어조로 읊는다.

"자나 깨나 아무 일 못 하고 마음속 근심만 가득하네."[3]

이상해, 이상해. 최씨 부인은 문에 더욱 귀를 가까이 대고 들었다. 재경이 이번엔 세 번째 연의 마지막 두 구절을 외웠다.

"자나 깨나 아무 일 못 하고 이리저리 뒤척이며 베개에 머리 묻네."[4]

그러고 보니 정말 뒤척이는지 부스럭부스럭, 옷과 이불이 스치는 소리도 났다. 베개에 머리를 묻는 것인지 머리를 박는 것인지 쿵쿵, 소리도 났다. 이유는 몰라도 아들이 지독히 괴로 워하는 중임엔 틀림없다.

"아아, 아아!"

베갯잇에 파묻힌 울음 섞인 탄식이 방 바깥에 있는 최씨 부인의 귀까지 똑똑히 들렸다. 최씨 부인은 더 이상 듣지 못하고 문을 살며시 열고 들어갔다. 방문이 열리는 소리에 얼굴을 베개에 묻고 몸부림치던 재경이 몸을 힘겹게 일으키려 했다.

"누워 있으렴."

최씨 부인이 다정히 말을 건네자 재경이 힘없이 침상에 드

---

3 寤寐無爲　中心悁悁
4 寤寐無爲　輾轉伏枕

러누웠다. 최씨 부인은 그 옆에 다가가 앉아 안타까이 아들을 내려다보았다. 보름 가까이 열에 시달린 재경의 얼굴은 말이 아니었다. 두 눈이 퀭하니 들어가고 바싹 마른 입술이 쩍쩍 갈라졌다. 그녀는 탕약 그릇과 함께 가져온 작은 은합을 들어 뚜껑을 열었다.

"올해는 눈이 늦어 소설小雪이 지나서 오늘에야 첫눈이 내렸구나. 자, 먹으면 열이 내리고 눈과 몸이 좋아진다는 첫눈이다. 약처럼 먹어라."

"첫눈을 먹는다고……, 낫지 않습니다."

말할 힘도 달리는지 재경이 띄엄띄엄 느리게 대답했다.

"제 병은……, 약으로 낫지 않아요, 어머니."

"그래도 먹어. 먹으면 조금은 낫는 데 보탬이 되겠지."

그녀보다 머리 두셋은 족히 큰 커다란 아들이지만 최씨 부인은 어린애 달래듯 타이르며 녹은 눈과 탕약을 먹였다. 간신히 목만 들어 약을 받아 마신 재경은 털썩 머리를 베개 위로 떨어뜨리고 눈을 감아 버렸다. 완전히 생기를 잃은 아들의 기운을 북돋우기 위해 최씨 부인이 다정스레 말했다.

"병이 빨리 낫지 않는다고 마음 졸이면 더 오래간다. 그동안 머리가 터져라 공부했으니 잠시 푹 쉰다고 편하게 생각해. 낫기만 하면 곧 혼례를 올릴 테니 안달하지 말고. 성혼하면 예부시 합격에 상관없이 음직을 받아 어엿한 품관이 될 게다. 그러니 공부에 대한 부담도 줄지 않겠니."

"아아……."

재경이 신음하며 몸을 뒤척이더니 최씨 부인에게 등을 돌리고 누웠다. 널찍한 어깨가 가늘게 떨리는 것이, 터져 나오려는 눈물을 간신히 참는 듯하다. 아들이 기분 좋아할 만한 얘기라 여겨 말했는데 영 나아 보이질 않아 최씨 부인은 무거운 가슴을 안고 재경의 방을 나왔다. 그 길로 남편의 서재로 간 최씨 부인은 재경의 심각한 상태를 남편에게 알렸다.

"연시를 외며 울고 있다고요? 허허, 사내 녀석이 그리도 심약해서야, 원."

아내의 말을 들은 윤은형이 쯧쯧, 혀를 차자 아들이 안타까워 죽을 지경인 최씨 부인은 불만 어린 어조로 항변했다.

"열아홉, 한창 사랑에 빠진 때입니다. 곧 혼인하나 싶었는데 갑작스레 병이 걸려 혼담이 차일피일 미뤄지기만 하니 얼마나 속이 타들어 가겠습니까. 그것도 다른 이유에서면 화를 내고 짜증이라도 부리지, 제 몸이 아파 이리되었으니 누구의 탓도 못 하고 얼마나 속이 상하겠는지요."

"그럼 말이 나왔을 때 빨리빨리 진행을 했으면 좋았잖습니까. 완이 어머니와 이미 말을 다 끝냈다고 하고선 의혼(議婚:혼인을 의논함)하는 데 이렇게 시간을 끌다니요. 이런 식으로 하면 몇 해가 지나더라도 경이가 친영(親迎:신랑이 신부의 집에 가서 신부를 맞이하는 의식) 길에 오르지도 못해요."

"그건 제 탓이 아니라 완이 어머니 때문에……. 중매인을 보냈는데도 납채일을 잡지 않고 잠시만 기다려 달라고 해서 기다리다 보니 이렇게 된 겁니다."

"완이 어머니가?"

윤은형이 의외라는 듯 입을 비죽했다가 곧 떨떠름하니 이맛살을 찌푸렸다.

"그렇다면 실은 완이 어머니가 부인과의 친분 때문에 혼담을 거절하지 못하고 망설이는 중인 게 아닐까요? 아무래도 경이가 사윗감으로 부족하다고 여긴 게 아닐는지."

"어머, 그렇지 않습니다. 사윗감으로 우리 경이만큼 훌륭한 청년이 없고 사돈으로서 우리 윤씨 집안처럼 대단한 가문도 없다고 말했는걸요. 경이가 완이의 배필이 되는 건, 완이 어머니도 예전부터 바라던 일이라고 했단 말입니다. 그리고 우리 경이가 뭐가 그렇게 모자란다고 하십니까? 상공께선 어째서 그리도 아들에 대해 자신이 없으신가요?"

"아니, 자신이 없어서가 아니라……, 완이 어머니가 자꾸 미룬다면 이유가 그것밖에 없지 않은가 해서……."

"그이가 아직도 10년 전의 예언을 철석같이 믿고 있어서 그래요."

"예언?"

"그 왜, 완이가 귀신이 붙었는데 스물을 넘기지 못할 거라던……."

"아아, 그 얘기!"

"이번에도 제가 추동에 찾아갔을 때 그 얘길 하더라고요. 혼인하자마자 완이가 그 예언대로 스물 아래 변을 당하면 큰일이 아니겠느냐고."

"만에 하나 정말 그리되면, 물론 큰일이지요."

"그리고 스물을 넘기더라도 사귀는 여전히 붙어 있을 터인즉, 혼인 후 윤씨 집안에 작은 문제라도 생기면 사람들이 무조건 완이 잘못이라고 생각할 거라고."

"그건 그렇지. 그런 소문이 오랫동안 돌았으니 별것 아닌 일에도 완이에게 트집 잡을 수 있겠습니다. 아, 부인이 그럴 거라는 게 아니라……. 방정맞은 아랫것들이 주인아씨를 홀하게 대할 수도 있고……."

"그런 건 제가 엄히 단속할 수 있습니다. 완이 어머니에게도 그렇게 하겠다고 분명히 말해 두었고요."

현씨 부인과 나눴던 애기를 남편에게 옮기면서 최씨 부인은 새삼 화가 났다.

"그런데도 저를 못 믿어 망설이는 바람에 우리 아이가 기다리다 지쳐 병까지 났으니 답답해 죽겠습니다. 그래 놓고는 지금은 경이가 많이 아프니 중매인이 오갈 때가 아니라며 또 기다려 달라고 하네요."

"하긴 뭐, 신랑이 될 사람이 누워 있는데 중매인이 오가는 건 경우가 아니지요."

"뭐라고요?"

윤은형이 눈치 없게 현씨 부인의 의견에 동조하자 평소 유순하던 최씨 부인의 눈매가 찌릿 매섭게 올라갔다.

"아니, 지금 우리 아들이 사경을 헤매는데 상공께선 누구의 편을 드십니까?"

"편을 드는 게 아니라 이치를 따지자면……."

아내가 대뜸 화를 내자 윤은형이 쩔쩔맸다. 집안을 꽉 쥐어 잡은 처에게 꼼짝 못하는 숱한 고려 남자답게, 재상인 윤은형도 최씨 부인에겐 못 당했다. 남편의 기를 단숨에 꺾은 최씨 부인이 결연한 눈빛을 빛냈다.

"이대로 가만있으면 안 되겠어요."

"가만있지……, 않으면요?"

한결 조심스러워진 윤은형의 말투에 비해 최씨 부인의 그것은 거침이 없다.

"빨리 혼례를 치르도록 완이 어머니를 다그쳐야죠."

"하지만 경이가 아파서……."

"놔두면 병이 더 심해질 것 같아서 그럽니다. 나을 때까지 기다리다가 영영 일어나지 못할까 봐요. 완이가 일단 옆에 있어야 나아져도 나아질 듯하니 일단 혼례를 서둘러 올려야겠습니다. 혼인이 미뤄져 밤마다 질질 짜면서 연애시나 읊는 꼴을 어떻게 계속 보겠습니까?"

"계속 보고만 있을 수는 없겠지요."

"내일이라도 당장 추동으로 가 보겠어요."

선언하듯 딱 잘라 말하는 아내 앞에서 윤은형은 '정 그렇거든 마음대로 하시구려.'라고 답하듯 그저 어깨만 한 번 으쓱했다. 이런 문제에 있어서 그에겐 아내를 말릴 힘이 없었던 것이다.

최씨 부인은 선언대로 이튿날 곧장 혜완의 집으로 찾아갔다. 도착하자마자 혼례 얘기부터 꺼내는 그녀의 맞은편에 앉은 현씨 부인은 난처한 빛을 감추며 말머리를 돌렸다.

"재경이는 좀 괜찮은가요?"

"곧 괜찮아질 걸세. 혼담이 진척되는 상황에 따라 차도가 있을 테니 걱정 마시게. 우리 사이에 사실 의혼은 다 형식에 불과하니 일일이 따질 것도 없어. 예법에 따른 것은 아니지만 이 혼인의 길흉을 점치기까지 했으니 납폐(納幣:약혼의 표시로 신랑 측이 신부 측에 패물을 보내는 의례)하고 날짜를 잡자고. 우리 쪽은 준비가 다 됐어."

"어머나, 형님, 혼담 꺼낸 지가 얼마나 됐다고 벌써 준비를 다 하셨어요? 저흰 아직 준비할 게 많이 남았어요."

"혼수도 적당히 해야지. 완벽하게 하려고 하면 끝이 없는 게 혼수야. 요즘엔 송에서 들여온 비단에 그릇에, 귀인과 사족의 혼수가 지나치게 사치스러워. 나라에서도 너무 많이 하지 말라고 권하는데, 우리가 모범이 되어야지 세상 사람들 하는 대로 따라 하면 되겠는가? 양가의 살림이 이미 넘쳐나고 그게 모두 경이와 완이의 것인데 굳이 무리해서 마련하려 들지 말게."

"그래도 하나밖에 없는 여식의 혼수를 어찌 소홀히 하겠어요? 제가 오랫동안 밖에 다니느라 제 손으로 마련해 준 완이 옷이 한 벌도 없는데 어미 정성을 조금이나마 보여야죠. 부지런히 준비하고 있으니 조금만 기다리세요. 아직 재경이의 몸도 다 낫지 않았는데 서두를 일이 아니죠."

"우리 경이가 낫지 않는 이유가 바로 혼례를 늦추고 있기 때문인걸."

최씨 부인이 원망스레 눈을 흘겼다.

"자네가 혼례에 시큰둥하니 어영부영 날만 보내니까 그 애가 초조해져서 그만 병이 난 게야. 오죽하면 열이 펄펄 끓는 중에도 완이를 그리워하는 연시만 읊는다니까?"

"하지만 혼담이 정식으로 진행되면 사람들이 다 알게 돼요. 그러면 곤란해지는 사람은 우리 완이예요, 형님."

부드러운 어조로 말했지만 현씨 부인은 뜻을 굽히지 않았다.

"귀신이 붙은 처녀라 혼담이 오가기도 전부터 신랑감을 앓아눕게 했다고 소문이 퍼질 거예요."

"아유, 그럼 우리 경이는? 저대로 그냥 내버려두나?"

"부모가 혼인을 못 하게 막는 것도 아니고 자리에서 털고 일어나기만 하면 재경이 소원대로 다 이루어질 텐데요, 뭘. 우리부터 마음을 느긋하게 가져야지 우리가 먼저 조급해하면 애들이 더 불안해져요. 내일 급가일에 옆집에 세 든 경시령과 양온승동정이 재경이에게 간다고 하던데, 그편으로 완이가 만든 음식들 싸 보낼 테니 먹고 힘내라고 하세요. 지금은 완이가 저 교외에 사는 병자들에게 위문을 갔는데, 돌아오면 해열에 좋은 팥으로 죽을 좀 쑤라고 할게요. 아, 참!"

현씨 부인이 뭔가 물어보고 싶은 것이 떠오른 듯 최씨 부인 쪽으로 몸을 기울였다.

"우리 옆집에 세 든 그이들 말이에요, 형님."

"그이들은 왜?"

"제가 없는 동안에 완이가 멋대로 세를 주고 말았지 뭐예요. 잘 아는 사람들도 아닌데 젊은 처자가 바로 옆집에 비슷한 나이의 사내들을 들였으니 얼마나 경솔한 짓인지. 다 컸다고 생각했는데 완이도 아직 참 어려요. 특별히 좋지 않은 소문을 들은 건 없지만, 그이들, 믿을 만한 청년들인지요? 참정 나리의 문생이라고 들었는데 형님께서 좀 아실까 해서요."

은근슬쩍 현씨 부인이 혼례에서 시율과 지량으로 화제를 돌리자 최씨 부인은 이 집에 찾아온 목적을 잠시 잊고 질박한 성품대로 묻는 말에 곧이 대답했다.

"믿을 만하지, 그럼. 문생들 중에서도 상국께서 특히 아끼시는 이들이 그 둘이야. 전에도 말했지만 경이가 친형처럼 따르는 이들이기도 하고. 경이가 오죽 믿음이 크면 다른 사람도 아니고 완이에게 소개를 시켜 세 들게 했겠어? 나도 몇 번 봤지만 점잖고 예의도 바르고, 볼 때마다 괜찮은 청년들이라고 생각하지. 딸이 더 있었으면 사위로 삼고 싶다고 상국과도 여러 번 얘기했을 정도인걸."

"그이들, 두 사람 모두 서경 출신이라면서요? 집안은 괜찮은가요?"

"서경에서도 알아주는 집안이라네. 특히 양온승동정 이 공의 집안은 아들 셋이 모두 급제해서 아주 유명해. 아직 셋 다 품질이 그다지 높지 않아서 그렇지, 조금만 더 있으면 그 모친은 녹봉뿐 아니라 높은 작위도 받을 걸세. 아들을 둔 사람들이면 누구나 부러워할 집안이지. 사실 나도 얼마나 부러운지 몰

라. 우리 경이가 기죽을까 봐 내색하지 않으려고 조심하지만.”

“양온승동정은 그렇고……, 그럼 경시령은요? 그이의 집안은 어떤가요?”

“경시령인 정 공의 가문도 서경에선 유서가 깊은 집안이긴 하지.”

지량의 집안을 말할 때에 비해 최씨 부인의 목소리가 다소 낮아지며 조심스러워졌다.

“정 공의 조부가 서경부유수까지 하고 그 윗대에도 고관에 오른 사람이 여럿 나온 명문이야. 그런데 정 공의 부모가 역병으로 일찍 세상을 떠서 외가의 이모부가 키웠지. 외가도 고명한 선비들을 많이 배출했다고 들었어. 그런 집안 출신이니 총명하여 장원으로 급제했지.”

“부모를 역병으로 잃었어요?”

“음. 하나 있던 형도 어렸을 적에 질진을 앓아 죽었다던가, 그럴걸.”

“세상에, 어쩌면 이리도 똑같을까?”

현씨 부인이 놀람을 감추지 못하고 중얼거렸다. 얼마 전 다녀간 술승들이 혜완의 액을 물리쳐 줄 사람도 혜완과 마찬가지로 가족을 잃었다고 했었던 것이다. 술승들에 의하면 혜완은 그녀에게 깃든 문곡성의 파괴력 때문에 가족과 주변 사람들을 죽게 했지만, 혜완을 구원할 사람은 반대로 역병으로 많은 수의 혈연을 잃을 것을 무곡성의 기운으로 몇 명만 잃었다고 했다. 가까운 곳에, 어쩌면 이웃에 무곡의 운명을 가진 사람이 있다더니 그게 바로 경시령을 가리켜 말했던 것일까? 현씨 부인은 그런 생각이 들었다. 그래서 '어쩌면 술승들의 말과 경시령의 처지가 이리도 똑같을까?'란 뜻으로 자기도 모르게 입 밖으로 말했던 것이다. 그런데 이 말이 최씨 부인의 귀에는 '어쩌면 완이와 경시령의 처지가 이리도 똑같을까?'라고 들렸다. 최씨 부인이 펄쩍 뛰었다.

"왜 자네는 그런 소리에만 귀가 크게 열리는 건가? 완이처럼, 또 정 공처럼 역병으로 가족과 친지를 잃은 사람은 흔하디흔해. 정 공 집안의 흉사도 귀신이 불러왔다고 생각하진 말게. 가족을 잃은 건 똑같아도 정 공에게 귀신이 붙었다는 둥 그런 흉한 소리를 한 사람은 하나도 없었어. 알겠나?"

"귀신이 붙었을 리가 없지. 귀신을 쫓아내는 운명인데."

"응? 뭐라고?"

웅얼거리는 현씨 부인의 혼잣말을 제대로 듣지 못한 최씨 부인이 머리를 갸웃했다. 현씨 부인이 얼른 말을 고쳤다.

"아니, 그이는 장원으로 급제한 데다 그 나이에 경시령이니 혼담이 많겠다고요."

"글쎄……. 서경에 있을 때부터 정 공을 탐내는 집이 많다고 듣긴 했어. 나중에 크게 될 테니 미리 사위로 만들어 두자는 생각들이 많았던 거지. 그런데 아마 급제하기 전까지는 본인이 급제한 후 혼인하겠다고 했다는 거 같아. 공부에만 열중하겠다고 말이지. 그리고 작년까지는 외직에 있었던 터라 서경이나 개경의 신붓감들이 기다린 모양이고. 올해부터 경관이 되어 여러 집에서 눈독을 들이는 듯한데 정작 정 공이 무관심해. 얼마 전에도 중추원(中樞院:왕명의 출납과 숙위 등을 담당한 관아)의 부사副使가 과년한 여식이 있어 상국께 부탁하여 정 공의 의사를 넌지시 물었는데 정중히 거절했다네."

"혹시 마음에 둔 여인이 따로 있어서일까요?"

"그건 모르겠지만, 아닐 거야. 정 공이나 이 공이 사귀는 여자가 있다면 우리 경이가 다 알 텐데, 경이가 그런 말을 우리에게 단 한 번도 한 적이 없거든."

"하긴, 그이들을 시중드는 비복들도 일만 하는 점잖은 사람이라고 하던데……."

"그런데 지금 이런 얘기를 할 땐가?"

최씨 부인이 퍼뜩 깼다. 아들 걱정으로 밤새 잠을 설치고 횡허케 달려왔는데 다른 청년들의 집안이나 혼담 등의 소소한 잡담에 정신이 팔리다니, 안 될 일이다.

"우리는 당장 경이랑 완이의 혼사를 의논해야……."

그러나 최씨 부인이 이야기의 방향을 제대로 잡으려는 찰나 밖에서 다과를 들이겠다는 기척이 있었다. 최씨 부인이 방에 들어서자마자 다다다 폭포수처럼 말을 쏟았기에 다과가 준비되는 동안 퍽 많은 얘기가 오갔던 것이다. 최씨 부인과의 의논이 부담스러운 현씨 부인이 반갑게 말했다.

"어서 들어와요."

문을 살며시 열고 들어온 사람은 귀영이었다. 혜완이 집에 없기도 했고 지난번 방문 때 최씨 부인이 귀영이 점다한 차를 무척 칭찬했기에 현씨 부인이 무봉 어멈이나 다른 사람이 아닌 귀영에게 다과를 부탁했던 것이다. 귀영을 처음 보는 최씨 부인의 눈에 호기심이 비쳤다.

"보아하니 귀인인데 차를 내오다니……."

"이이가 낭천에서 왔다는 완이의 친구, 김씨 부인입니다."

현씨 부인이 대신 소개를 하자 최씨 부인이 오오, 탄성을 올렸다.

"이 아름다운 부인이 바로 손재주가 남다른 그이로군!"

귀영이 다과를 탁자 위에 내려놓고 공손히 인사를 한 후, 현씨 부인의 권유로 의자에 다소곳이 앉았다. 그녀가 찻종을 최씨 부인 앞에 놓자 최씨 부인이 향만 맡고도 찬사를 보냈다.

"아, 이 향기를 또 맡고 싶었다오. 집에 돌아가서 내가 탄 차를 마시니 왜 그리도 맛이 떫게 느껴지던지!"

귀영이 부끄러워 고개를 숙이는데 최씨 부인이 입고 있는 옷의 소매를 들어 보이며 칭찬을 이어 갔다.

"차뿐인가, 옷은 또 얼마나 훌륭한지. 쫀쫀하게 짠 옷감이며 화려한 무늬며 꼼꼼한 바느질 솜씨며. 이 옷이 마음에 쏙 들어 나들이할 때는 꼭 이걸 입는다오. 만난 사람들마다 옷이 참 좋다며 난리도 아닙디다. 내, 만나면 반드시 고맙다고 인사해야지 다짐하고 있었는데 마침 만났구려."

"보잘것없는 재주인데 이토록 칭찬해 주시니 몸 둘 바를 모르겠습니다. 그저 마음에 드셨다니 다행입니다."

"어쩌면 말씨도 얌전하고 겸손하기까지. 완이의 친구가 되어 줬다는 말을 들었을 때부터 마음씨가 퍽 고운 사람이리라 짐작했는데 과연! 용모만큼이나 마음씨도 참 아리땁구려.”

“그렇지요? 어질어 비복들이 잘 따르고 솜씨가 좋아 저희에게 많은 도움을 주고 있습니다.”

현씨 부인이 거들자 최씨 부인이 ‘아! 그렇지!’ 하고 눈을 반짝였다.

“이이가 있어 완이의 혼수를 보다 빨리 준비할 수가 있겠구먼? 길쌈하고 옷을 짓는 속도가 남보다 배는 빠른데도 작은 실수 한번 없다면서? 이이가 도와주면 그렇게 오래 기다릴 것도 없겠네. 그렇지 않은가?”

“아무래도……, 그렇지요.”

현씨 부인이 어색한 웃음으로 답했다. 아직 재경과의 혼담을 혜완이나 다른 식구들에게 알리고 싶지 않은 그녀는 은밀히 눈을 째긋거리며 눈치를 주었으나 최씨 부인은 들뜬 마음을 이기지 못하고 혼수라는 말에 창백하게 질린 귀영의 손을 와락 잡았다.

“내가 부탁 한번 할게요. 이 놀라운 손으로 도와주면 내달이라도 준비가 다 끝나지 않겠어요? 아유, 도대체 어떻게 생긴 손인데 그렇게 일을 야무지게 할까? 보기엔 얄팍하고 가느란 게 그리 특별해 보이지…….”

최씨 부인의 수다스러운 찬사가 우뚝 멈췄다. 보통 이상의 재주를 가진 손이 예쁘고 기특해 어루만지며 훑어보다가 손가락에 끼어 있는 반지를 하나 발견했기 때문이다. 금으로 고리를 만들고 가운데 커다란 자마노를 박은 그 반지는 최씨 부인에게 낯설지 않았다. 물론 귀영의 손가락을 감싼 반지가 그녀가 사서 다섯째 딸을 통해 재경에게 건넨 그 반지와 동일한 반지가 아닐 수도 있겠으나, 마땅히 혜완에게 갔을 반지와 너무도 닮았다는 게 묘하게 꺼림칙해진 최씨 부인이었다. 패물에 흔히 쓰이는 자마노였지만 다른 반지들과 모양이 확연히 달라 최씨 부인의 눈에 띄었고, 그래서 아들과 그 연인을 위해 그녀가 골랐던 반지였다. 똑같은 모양의 것을 쉽게 구할 수 있는 반지가 아니었던 것이다.

'그런데 그런 반지를 완이와 함께 살고 있는 이이가 끼고 있다니?'

최씨 부인은 혼란스러워졌다.

'정표 삼아 준 정인의 선물을 완이가 남에게 주었을 리는 없겠지. 그럼 완이의 반지가 워낙 예뻐서 이이가 똑같은 걸 사서 끼었을까? 하지만 내가 산 곳에서도 똑같은 반지가 없었는데 이이가 어디서 이걸 구했을까?'

생각할수록 미궁에 빠지는 최씨 부인이었다.

"형님, 왜 그러세요?"

말이 없어진 최씨 부인을 현씨 부인이 일깨웠다. 흠칫 정신을 차린 최씨 부인이 귀영의 손을 슬그머니 놓았다.

"응? 아니……, 특별해 보이지 않는데 참 특별한 손이네."

최씨 부인이 얼버무리며 따뜻한 찻종을 두 손으로 감쌌다. 그녀의 머릿속은 여전히 복잡했다. 갑자기 미간에 주름을 잡고 입을 꾹 다문 그녀를 달래기 위해 현씨 부인이 상냥하게 말을 걸었다.

"형님께서 말씀하신 그……, 그 일 말이에요."

귀영이 함께 있었기에 현씨 부인은 혼담이나 혼수 등 혼인에 직접적으로 관련된 단어를 꺼내지 않기 위해 애쓰며 말했다.

"아무래도 우선은 재경이가 몸을 추슬러야……."

"응, 그렇지. 내 생각도 그렇다네."

최씨 부인이 엉겁결에 아무렇게나 대답했다. 그녀의 머리를 마구 휘젓고 있는 문제, 귀영이 낀 반지의 정체를 파악하는 것이 지금은 혼담보다 더 중요했다. 아무래도 저 반지가 내가 산 바로 그 반지 같단 말이야! 최씨 부인이 힐끔힐끔 귀영의 손을 자꾸 곁눈질했다. 그녀의 돌변한 태도가 현씨 부인을 어리둥절하게 만들었다.

"형님도 같은 생각이시라고요? 재경이가 건강을 회복하고 나서 그 얘기를 하자는 게?"

"그렇다니까. 당사자가 아파 누워 있는데 혼……, 그……, 그 애길 어떻게 계속하겠나."

줄기차게 혼례를 말하던 최씨 부인이 별안간 현씨 부인과 마찬가지로 어휘를 골랐다. 그녀는 영문을 몰라 멍해진 현씨 부인의 시선 속에서 귀영에게 집안과 가족에 대해 몇 가지 묻고는 올 때처럼 빠르게 자신의 집으로 돌아가 버렸다.

보통 음력 십일월에 찾아오는 대설이 올해는 시월 하순에

들었다. 이날 눈이 많이 오면 이듬해 풍년이 든다는 속설이 있
지만 실제로 대설엔 눈이 내리지 않는 경우가 훨씬 많았다. 하
지만 그 전에 내린 눈이 소복이 쌓인 정원은 이미 한겨울이었
다. 사나흘 걸러 한 번씩 산보를 즐기는 영롱은 눈 외엔 볼 것
이 없는 정원을 어김없이 찾아들었다. 여름내 지량이 가꿨던
채소와 화초는 예전에 모두 말라 버렸고 지금은 눈에 묻혀 마
른 이파리 하나 보이지 않는다. 그러나 '눈은 보리의 이불'이라
는 말도 있듯이 눈을 두툼한 솜이불처럼 덮고 있는 정원은 싸
늘한 바람에도 어딘가 안온한 느낌을 준다.

사박사박 눈을 밟고 정원 한가운데로 걸어간 영롱은 커다란
나무 저편에 기대어 선 사람을 하나 발견한다. 오래된 나무의
거대한 몸통에 거의 가려 팔짱을 낀 어깨 한쪽밖에 보이지 않
았지만, 겨울철이라 정원을 드나드는 사람이 거의 없어 영롱은
그가 누군지 금세 짐작하고 가까이 다가간다.

"참정 댁 부인께서 다녀가신 거, 알고 계세요? 그분께서 글
쎄, 김씨 부인에게 서 소저 혼수 마련을 도우라고 하셨대요. 김
씨 부인이 저와 서 소저를 붙잡고 울며불며 까무러칠 정도로
법석이었어요. 나중엔 열에 들떠서 자기야말로 노래에 나오는
저민 보리수 같다고, 혼인도 해 봤고 진정한 사랑도 만나 봤지
만 이렇게 버림을 받고 아무도 가져가지 않는 신세가 되었다고
한탄하는 거예요. 아마 양가 모친들께선 윤 공자가 완쾌하면
즉시 혼례를 치르기로 합의를 보신 모양이에요. 그래서 김씨
부인은 지금 윤 공자가 앓아누워 시간을 벌어 주는 동안에 경

시령께서 뭔가 하셔야 되는 게 아니냐고 서 소저에게 화를 내고 있어요. 김씨 부인이야 원래 좀 그랬지만 서 소저도 이젠 힘겨운 눈치예요. 정말 경시령께서 무슨 노력을 보여 주셔야 되지 않을까요? 하다못해 어머니의 눈을 피해서 서 소저를 만나 안심시킬 말 한마디라도 하든지. 나리께서 경시령께 좀 일러 주시면 안 돼요?"

마지막 말은 거의 애교를 부리듯 콧소리가 살짝 섞였다가 흡, 급하게 들이마신 숨과 함께 흩어졌다. 흠칫 몸을 떤 그녀가 걸음을 우뚝 멈추자 뒷모습 일부만 보이던 나무 저편의 사람이 뒤돌았다.

"이 공은 윤 공자 병문안을 갔습니다."

무거운 목소리에 냉랭한 시선. 시율과 눈이 마주친 영롱이 황급히 눈길을 내렸다. 시율의 미간이 좁아졌다.

"임씨 부인께서는 이 공에게 늘 그런 식으로 말씀하십니까? 지나치게 친근한 말투로군요."

"제가……, 오랜만에 뵙는 터라 반가운 나머지 그만 무례하게……. 경시령께서 계실 줄은 생각도 못 했습니다. 부끄러운 모습을 보여 드려 죄송합니다. 산책에 방해될까 저어되니 저는 이만 물러가지요."

"방해라니, 천만의 말씀입니다. 저는 부인을 만나기 위해 여기 온 것입니다."

"저를……요?"

영롱은 저도 모르게 두어 발짝 뒤로 물러섰다. 이 남자와 같은 장소에 있는 것이 처음은 아니었지만 단둘은 처음이다. 그리고 여럿과 함께였을 때, 이 남자는 선량하고 약간은 수줍어 보이는 보통의 청년이었다. 특히 혜완의 옆에 있으면 그랬다. 하지만 지금, 그녀를 정면으로 응시하며 등을 쪽 곧게 펴고 서 있는 그의 모습은 영롱에게 두려움을 불러일으켰다. 그가 화를 내거나 험악하게 구는 것이 아닌데도. 오히려 그는 굉장히 정중했다.

"예, 그렇습니다. 여기서 부인을 기다리고 있었습니다. 부인이 며칠 간격으로 이 정원에 산책을 나온다는 사실을 이 공으로부터 듣고 알고 있었습니다."

"겨, 경시령께서 저, 저를……, 왜 만나시려고……."

영롱은 그만 말을 더듬었다. 발치의 눈밭 위를 헤매는 그녀의 눈동자가 흔들렸다. 대놓고 협박하던 지량 앞에서도 침착했던 그녀였지만 시율 앞에서는 떨림을 감추지 못했다.

'율이가 널 의심하는 거 같아. 그 녀석은 나랑 달리 아주 철저해.'

몇 달 전 들었던 지량의 경고가 그녀의 귀에 울렸다. 그 경고를 무시하지도 잊지도 않았지만 사랑에 무력한 시율을 보아서였을까, 날카롭게 신경을 곤두세우며 그를 경계하기보다는 딱한 마음으로 동정하고 있었던 그녀였다. 그런데 지금 그의 눈빛을 가까스로 받아 내는 그녀의 몸이 위험을 감지하고 피부의 가느다란 털들을 쭈뼛 세웠다.

이 자리를 피해야 해.

그녀의 본능이 속삭였다. 일단은 이 위협적인 상대의 시야에서 벗어나 도움을 청해야 해. 누구에게? 영롱은 선뜻 지량을 떠올렸지만 그는 이 자리에 없다. 대신 지량의 음성이 환청처럼 들렸다. '율이가 널 잡아가려면 서 소저와 나까지 다 데려가야 할 거라고 협박해. 겉으로는 단단해 보여도 율이 녀석, 속은 무지무지 연약하거든.' 그가 경고를 하면서도 친절하게 덧붙인 조언이었다. 영롱은 눈을 들어 시율을 보며 애써 미소 지었다.

"아, 호, 혹시 서 소저가 궁금하셔서인가요?"

시율의 눈이 설핏 가늘어졌다. 엷게 비치는 불쾌감이 그게 용건이 아니라고 말해 주었지만 영롱은 꿋꿋이 말을 이었다.

"서 소저도 경시령 나리를 만나고 싶어 하고 있어요. 서 소저는 겨울이 시작되고부터 교외의 빈촌들을 돌며 땔감과 옷가지를 나눠 주고 병자들을 구호하고 있는데, 경시령께서 그 마을들에 살짝 방문하시면 잠시나마 만나 회포를 풀 수 있지 않을까요? 서 소저와 동행하는 하인들이 거추장스러우시면 제가 서 소저를 따라가 하인들은 제가 맡고 두 분만 따로 만나게끔 도와 드릴 수도 있습니다만."

"말씀, 감사합니다."

"그러면 제가 당장이라도 기회를 만들어 보겠습니다. 날짜는 언제가 좋을까요? 나리께서 편한 때를 말씀해 주시면 제가 서 소저와 의논을 하겠습니다. 아니, 그냥 다음번 급가일로 정하고 제가 가서 서 소저와……."

"감사하지만 부인의 도움은 받지 않겠습니다."

자리를 서둘러 뜨려는 영롱을 시율이 가로막았다.

"서 소저와 제 일은 제가 알아서 할 테니까요. 저는 부인의 일로 부인을 만나러 온 것입니다."

"아……, 그러시군요. 제 일이라니……, 무슨 일일까요? 전 경시령께서 제게 하실 말씀이라면 당연히 서 소저에 관해서라고 생각했는데……. 제가 이 집에 들어온 지 그리 오래지는 않았지만 서 소저와는 아주 각별한 사이가 되어서……. 경시령께서도 아시겠죠, 서 소저가 저와 보내는 시간이 많다는 걸……. 어쩌면 경시령 나리보다도 제가 더 서 소저와 많이 어울렸겠네요. 그렇죠? 확실히 그럴 거예요……."

"임씨 부인, 제가 듣기로 부인께선 울주 출신이라고 들었습니다. 맞습니까?"

혜완을 한 가닥 희망으로 잡고 계속 혜완만 언급하는 영롱의 횡설수설을 시율이 여지없이 잘랐다. 그는 담담하게 물었지만 영롱에게는 문초처럼 들렸다. 간신히 지탱하고 있는 그녀의 침착성이 흔들렸다.

"그, 그렇습니다만……."

"몇 달 전 저는 울주로 사람을 보낸 적이 있습니다. 부인께서 지닌 문서에 적힌 바로 그곳으로 말입니다."

"……!"

"부인의 말씀대로 부인의 집은 불에 타 폐허가 되었더군요. 주변 이웃들에게 탐문하니, 임씨 성을 가진 그 집 부인을 빼고는 가족이 모두 화마에 희생되었다고 합니다. 그리고 그 부인은 상실감을 견디지 못하고 비구니가 되기 위해 금강산으로 떠났다는군요."

"그렇……습니다. 금강산으로 가는 도중에 서 소저와 인연이 닿아 여기까지 오게 된 거지요."

"한 가지 이상한 점은, 이웃들의 말로는 금강산으로 떠난 그 임씨 부인은 마흔이 넘은 중년의 부인이라는 겁니다. 화재 사건으로 손과 목 등에 불에 덴 자국도 뚜렷하고요."

시율이 영롱의 얼굴을 찬찬히 뜯어보았다.

"그런데 제 앞에 있는 임씨 부인은 도저히 그 나이로는 보이지가 않는군요. 그리고 부인께선 팔에 상처를 입었지만 그건 화재 사건 때문이 아니라 화전놀이의 번철에 덴 것이죠."

"아, 그건……."

영롱은 대답할 말을 잃었다. 이 남자, 어디까지 알고 있는 걸까? 두려움에 찬 그녀의 마음속 질문을 그녀의 눈을 통해 읽었는지 시율이 뜸 들이지 않고 단정적으로 말했다.

"부인은 부인이 아닌 다른 임씨 부인의 증명서를 가지고 그 임씨 부인의 행세를 하고 있습니다."

"무슨 말씀이신지……. 제가 그 임씨입니다, 나리."

흩어져 가는 정신을 단단히 부여잡고 영롱이 마지막으로 억지를 부렸다.

"거기 사람들은 제 나이 따윈 잘 몰라요. 전 외출을 거의 한 적이 없거든요. 여기에서처럼 말이죠. 그리고 제 팔에 있는 자국, 실은 그때 화재로 입은 상처인데 화전을 지지려다가 실수로 같은 곳을 또 다친 겁니다. 그래서 빨리 아물지 않고 흉터가 깊어진 거예요. 서 소저에게도 물어보세요. 번철에 살짝 덴 자국이라기엔 너무 심했던 거, 서 소저도 기억할 거예요.”

“얼마 전 이 집에 들렀던 가짜 술승들은 관성현 출신들입니다.”

“예……, 예?”

“그들은 부인의 얼굴을 알고 있더군요.”

“……!”

“그리고 자신들의 형을 감해 주는 조건을 내세워 부인의 정체를 제게 고했습니다.”

“아……, 아, 아!”

영롱이 버티지 못하고 두 손으로 얼굴을 감싸며 비틀거렸다. 시율이 무겁게 덧붙여 말했다.

“그러므로 부인은, 아니, 너는 더 이상 여기서 숨어 지낼 수가 없다, 영롱.”

“저, 저를……, 저를 어찌하실 셈인가요?”

겁에 질린 영롱이 시율에게 매달릴 듯 다가섰다. 그녀는 아직 완전히 포기하지 않았다.

“나리께서 알아 두실 것이 있습니다. 비록 서 소저가 도주한 기녀인 줄 모르고 저를 들였지만 죄인을 몇 달이나 숨겨 준 책임을 지게 될 수도 있습니다. 그리고 양온승동정 나리는 이미 오래전에 제가 어떤 사람인지 알았지만 눈감아 주었습니다. 이웃에 죄인이 있는 줄 알면서도 고발하지 않은 양온승동정 나리는 처벌을 면치 못합니다. 관원으로서 그분의 인생이 제대로 시작되기도 전에 끝날 수 있는 겁니다. 경시령 나리께선 친구분이 그렇게 되길 바라진 않으시겠죠?”

“내 친구 량이가 네겐 그 정도밖에 되지 않는가?”

시율의 눈에 얼핏 분노가 스쳤다.

“그는 관원으로서의 인생까지 걸고 너를 지키고자 했는데, 너는 그를 이용할 생각밖에 없느냐? 그가 어떻게 되든 상관없다는 것인가?”

“아…….”

수치심에 휩싸여 영롱이 아득, 입술을 아프게 깨물었다. 그녀가 눈밭에 풀썩 주저앉았다.

“도와……주십시오, 나리.”

그녀의 목소리에 울음이 섞였다.

“이대로 나리께서 저를 관부에 보내시면 저는 관리를 해하고 도주한 죄로 얼굴에 자자하고 긴 도형에 처해질 것입니다. 죄를 지었으니 벌을 받아야 마땅하겠지만 저에게도 도망할 이유가 있었습니다.”

“그 이유를 안타까이 여겨 나도 량이와 마찬가지로 널 놔둔 것이다.”

흐느껴 우는 그녀를 쓰게 내려다보며 시율이 말했다.

“네가 상해를 입힌 전 관성현령이 널 추포하고자 보낸 장정들이 개경까지 온 것을 보고도 내가 잠자코 있었던 까닭은, 현령이 사사로이 네게 보복을 할까 염려되었기 때문이다. 비록 관물에 해당하는 기녀이긴 하나 엄연히 아픔을 느끼는 사람인데 불로 지지는 가혹한 행위를 당했으니 네가 겁결에 그를 내리친 것 역시 이해할 만했다. 이제 그 현령이 풀었던 자들을 모두 거두어들이고 너를 붙잡기를 포기했으니, 사사로운 복수는 더 이상 걱정하지 않아도 될 것 같다. 하지만 방금도 말했듯이 널 알아본 가짜 술승들이 너를 고발하여 제 이익을 도모하려고 하니, 네가 이대로 계속 여기에 임씨 부인 행세를 하며 머물 수는 없다. 지금까지는 내가 그 술승들을 조사의 명목으로 억지로 붙들고 있으나 곧 다른 관부로 넘겨야 하니, 나만 눈감는다고 되는 일도 아니다."

"그래서 저를 잡아가시려는 겁니까, 지금?"

"내가 생각할 수 있는 방법은 두 가지다. 하나는 네가 도주하는 것. 그러면 당장은 체포를 피할 수 있겠지. 하지만 평생토록 도망 다니며 떳떳하게 햇빛을 보지 못한 채 불안에 떨며 살 것이다."

"다른 하나는……, 나리의 손에 잡혀 끌려가는 것입니까?"

"아니, 네가 이 집을 나가 네 발로 관에 가는 것이다."

"아아, 알겠습니다. 역시 그런 거군요."

눈물로 얼룩진 얼굴에 영롱이 비웃음을 머금었다. 새삼스런 분노가 그녀의 눈동자에 번쩍였다.

"여기서 잡히면 서 소저에게 누가 될 수도 있으니까요. 본의 아니게 저를 숨겨 주고 도망 노비를 극진히 대접한 서 소저는 죄가 없음에도 관에서 추궁을 받겠지요? 하지만 제가 이 집을

떠나 지난 행적을 숨긴 채 관에 제 죄를 스스로 고하면 서 소저
는 무탈하겠지요. 또한 바로 옆집에 있으면서도 죄인의 은신을
전혀 몰랐던 나리와 양온승동정 나리도 책임을 질 일이 없을
테고요. 모두를 위해서 저 하나만 들어가면 되는 거로군요. 하
긴, 제 죄가 여러분과 무슨 관련이 있겠습니까? 저 같은 것을
환대한 다정함이 문제라면 문제겠지요."

"네가 스스로 관에 가느니 도주를 택한다면, 내가 힘이 닿는
대로 도와주겠다."

시율이 덤덤하게 말해 영롱이 눈을 휘둥그레 떴다.

"뭐라고요? 지금 뭐라고……."

"하지만 난 네게 두 번째 방법을 택하라고 권하고 싶다. 누
굴 위해서도 아니다. 바로 너 자신을 위해서지."

"저를 위해?"

"평생을 도망치며 살 수 있겠는가? 언젠가는 잡힐 것이고
그때가 늦어지면 늦어질수록 네 죄도 늘어난다. 그리고 도주로
일관하는 생은 결코 행복할 수 없을 것이다. 하나 나라의 법에
따라 합당한 처분을 받으면 넌 떳떳해진다. 그 후로는 기녀가
아니라 관비官婢로 살아야 할지도 모르지만 여자의 몸으로 숨
어 지내는 것보다 낫지 않겠느냐. 그리고 지금이 네가 관에 가
서 죄를 털어 낼 수 있는 좋은 때다."

"중벌을 받는데 좋은 때가 따로 있겠는지요?"

"중벌을 받을 테니 이때가 좋은 때라는 것이다. 성상께선 지
난달 서경으로 행차하셨는데 내달에 환궁하실 예정이다. 얼마

전 서경에서 팔관회(八關會:불교의 팔계와 고유 민속 신앙이 결합한 국가 의례)가 열린 것을 아느냐? 개경에선 십일월 보름에 팔관회를 열지만 서경에선 한 달 앞서 시월 보름에 행한다. 성상께선 이 의례에 참석하신 것이다. 환궁은 개경의 팔관회 전에 이루어질 텐데, 그때쯤이면 보통 대대적인 사면이 이루어진다. 올해도 그러하리라. 너의 죄가 가볍지 않지만 정상을 참작할 여지가 있는데다, 스스로 관에 들어가 죄를 청한 점을 고려하면 사면 때 형이 매우 가벼워질 수도 있다. 어쩌면 먹물로 죄를 새겨 넣는 벌 없이 1년의 도형, 혹은 그보다 더 약한 형벌에 그칠지도 모른다.”

“대사면!”

멍해진 영롱의 눈에서 눈물이 그쳤다. 그녀가 얼이 빠져 눈만 껌뻑이는데 시율이 그녀가 미처 생각 못 하는 것을 환기시켰다.

“도주하든 스스로 죄를 받든 넌 앞으로 량이와 만나기 어렵겠지. 물론 그게 네겐 중요한 일이 아닐 수 있겠다만.”

그녀가 충혈된 젖은 눈을 들어 시율을 바라보았다. 야속함이 깃든 눈빛이었지만 시율은 무심하게 받아넘기며 조용히 말했다.

“어떤 방법을 선택하든 내달 초까지는 네가 마음을 정해야 한다. 그 뒤로는 늦어. 신중을 기하되 신속하게 결정하길 바란다. 마음을 정하면 내게 알려라. 앞서도 말했듯이 어떤 경우라도 널 도울 테니. 설령 도주를 결심한다고 해도 말이다.”

그 말을 끝으로 시율은 영롱에게서 등을 돌렸다. 곧 그의 발걸음에 쌓인 눈이 으스러지는 소리가 났다.

"고맙습니다, 나리."

시율의 등에 대고 영롱이 목멘 소리로 작게 말했다. 그녀의 눈에서 다시 눈물이 글썽거렸다.

"외람되지만 하나만 묻고 싶습니다. 왜 저를 돕겠다고 하십니까?"

천천히 걷던 시율이 멈춰 섰다. 희미하게 들썩이는 어깨가 그가 깊은 한숨을 쉬었다는 걸 말해 준다. 잠시 침묵을 지키던 그가 말했다.

"임씨 부인으로서 너는 좋은 벗이었다, 우리 모두에게. 그리고 너의 사정은 나도 딱하게 생각하고 있다."

"하나만 더 묻고 싶습니다. 제게 일러 주신 것, 양온승동정과 의논하셨는지요?"

"……량이는 자세히 모른다. 어렴풋이 짐작은 할지 모르겠지만."

시율이 뒤돌아 영롱을 내려다보았다. 근심이 어둑하니 그의 얼굴에 그늘을 드리웠다.

"나는 너와 량이 사이를 뭐라 할 처지가 못 되지만……, 량이가 너로 인해 가문과 직분을 망각하지 않았으면 좋겠다. 량이에겐 자세한 얘기 하지 말고 도움을 청하려거든 내게 해라."

"……예."

주저앉은 그대로 영롱이 허리를 숙여 절을 했다. 쓰게 입을 다신 시율이 다시 몸을 돌려 서벅서벅 걸어갔다. 시율이 정원을 벗어나고도 한참 동안 영롱은 눈 위에 앉아 눈물을 흘렸다. 무엇을, 누구를 생각하고 흘리는 눈물인지 좀처럼 그칠 줄을 몰랐다.

치마가 꽤 젖어 들 때까지 자리를 지키고 있던 그녀가 이윽고 천천히 몸을 일으켰다. 추위에 몸이 얼어서였는지 그녀는 무릎을 펴려는 순간 균형을 잃고 비틀거렸다. 휘청, 기울어지는 몸을 땅을 짚어 가까스로 지탱한 영롱이 뻣뻣하게 굳었다. 추워서가 아니었다. 쌓인 눈 속으로 푹 들어간 손에 무언가 닿은 것이다. 영롱은 허리를 굽히고 눈을 살살 헤쳤다. 곧 얼어붙은 맨땅에 반쯤 묻힌 마른 이파리가 보였다. 살아 있을 때는 야들야들했겠지만 이젠 시들고 말라 누렇게 변색된, 지량이 심고 가꾸고 뜯었던 상추의 남은 일부였다.

영롱은 다시 주저앉아 그 얼어 바스락거리는 상추 찌꺼기를 무슨 보물이나 되는 양 두 손으로 받쳐 들고 새롭게 울음을 터뜨렸다.

십 일 월

十一月ㅅ 봉당 자리예 아으 汗衫 두퍼 누워
슬흘사라온뎌 고우닐 스싀옴 녈셔 아으 動動다리

"아유, 정말 다행이에요, 공자님이 깨끗이 나으셨다니. 그렇죠?"

무봉 어멈이 활짝 웃으며 전한 좋은 소식에 혜완과 귀영이 동시에 굳은 표정으로 서로를 바라보았다.

'어떡하면 좋아, 완아! 그이가 다 나아 버렸대.'

귀영의 눈짓이 그렇게 말했다. 사찰을 오가며 재경의 쾌유를 열심히 빌었던 그녀지만 막상 그 소망이 이루어지니 다가올 재앙, 곧 재경이 일어나면 즉각 치러질 혼례 때문에 눈앞이 캄캄해진 것이다. 혜완이 미약한 고갯짓으로 대꾸했다.

'나도 몰라요!'

이왕 아플 거 조금만 더 오래 아프지. 혜완은 생각했지만 너무 이기적인 바람이라 눈짓으로도 드러낼 수가 없었다. 그녀는 오늘도 교외 빈촌의 병자들을 문안하고 약과 따뜻한 옷, 이불

등을 나눠 주러 가는 길이다. 아픈 사람들을 돌보겠다면서 누군가의 병이 지속되길 바라다니, 혜완은 스스로에게 옅은 환멸을 느꼈다. 그래서인지 마음도 몸도 가볍지 못하고 다소 무거웠다.

아씨들의 걱정을 모르는 무봉 어멈은 혜완의 미래 낭군으로서의 재경을 워낙 좋아하는 터라 재경의 애인인 귀영보다도 더 신이 났다.

"그동안 국자감에서 공부를 얼마나 지독하게 많이 했으면 감시에 합격하고 얼마 안 돼 그냥 쓰러지셨을까요? 저도 안 쓰던 머리를 좀 쓰려고 막 굴리면 지끈지끈 골치가 아파지거든요. 재경 공자님이 딱 그런 거예요. 혹사한 머리가 좀 쉴 시간이 필요했던 거죠. 이제 훌훌 털고 자리에서 일어나셨다니 다시 국자감으로 들어가 1년 반 뒤에 있을 과거 준비를 하시겠죠. 과거도 그냥 감시처럼 쩔꺼덕 붙어서 다른 고민 없이 빨리 혼인하셨으면 좋겠는데 말이죠."

'우리 혜완 아씨랑.'이란 말이 생략되었지만 혜완도 귀영도 다 알아들었다. 그녀들은 무봉 어멈 몰래 한숨을 가늘게 내쉬었다. 혼담이 오간 것도, 일시 중지된 것도 무봉 어멈이 모르기에 망정이지 알았다면 당장 혼례 준비를 서두르자며 온 집 안을 들쑤셨을 것이다. 혜완이 힘없이 웃으며 무봉 어멈에게 물었다.

"그래서 무봉 어멈은 다시 재경이네 갈 거야?"

"제가 가고 싶다고 갑니까? 마님께서 보내시니까 가는 거죠. 어제는 환자에게 드린다고 약재랑 죽이랑 챙겨 갔는데, 재경 공자님이 멀쩡해졌다니 마님께서 다른 선물을 보내시겠다고 하셔서요. 아씨도 재경 공자님께 드릴 게 있으면 저를 통해 전하세요.”

“줄 건 따로 없고……, 쾌유를 축하한다고만 전해 줘.”

“그게 다예요?”

어떻게 해서든 혜완과 재경을 연결시키고 싶은 무봉 어멈이 서운한 듯 중얼거렸다.

“하다못해 편지라도 한 장 쓰시지…….”

“편지?”

혜완의 눈이 반짝했다. 그녀는 자신이 시율을 만난 지 오래된 만큼이나 귀영도 재경을 보지 못했음을 상기하고 무봉 어멈의 제안을 반겼다.

“아, 그래, 편지! 곧 쓸 테니 무봉 어멈이 어머님의 선물이랑 같이 재경이에게 전해 줘.”

“잘 생각하셨어요. 그럼 외출하시기 전에 후딱 쓰세요. 저도 조금 이따가 참정 댁으로 가야 하니까요.”

“그래. 그럼 난 편지를 쓸 테니 그동안 내가 가져갈 약이랑 다른 물품들이 제대로 꾸려졌는지 무봉 어멈이 확인해 줘.”

“아이고, 아씨, 사흘이 멀다 하고 약이며 땔나무며 옷이며 바리바리 다 가져다줘 버리면 집엔 뭐가 남겠느냐고요.”

“우린 겨우내 아무 걱정 없이 따뜻하게 지내지만 거기 사람들은 아니야. 그러질 못해. 작년에도 재작년에도 한 일을 놓고 왜 새삼스레 그래? 올해는 우리 집 피륙이 시전에서 인기가 좋아 잘 팔렸고 그만큼 더 많이 벌어서 이 정도에 쪼들리지 않아. 나도 다 계산하고 있다고.”

“아휴, 알았습니다요. 말해 봤자 제 입만 아프죠. 돈 쓰는 일에 있어선 제가 마님이나 아씨를 말릴 수가 없으니. 다만 잔소리 하나 하자면 거기 사람들, 온갖 병 다 앓는데 너무 가까이서 돌보진 마세요. 무봉이에게 들으니까 앓는 애들 옷도 손수 갈아입히고 약도 입에 떠 넣어 주고 하신다면서요? 그러다 아씨까지 병나요.”

“걱정 마. 열 있는 사람들 이마에 물로 적신 수건 얹어 주는 정도야.”

“집에서도 비단 짠다고 종일 일하시면서 너무 자주 나가시면 몸이 못 버텨요. 적당히 좀 하셔야지.”

“적당히 하고 있거든? 내 일은 내가 알아서 할 테니까 무봉 어멈은 가서 무봉이가 짐을 제대로 실었는지 확인이나 해. 언제까지 잔소리할 거야? 나, 편지 쓰지 말고 그냥 외출할까?”

“어머? 저 지금 방문 여는 거 보이지 않으세요? 벌써 한 발 밖으로 내놨다고요.”

무봉 어멈이 잽싸게 문 쪽으로 종종걸음 쳤다. 사랑의 편지를 전하고픈 마음만으로도 그녀는 살짝 들떴다.

“제가 꼼꼼히 짐 챙길 테니까 아씨는 시간 넉넉히 두고 예쁜 글씨로 정성 들여 편지 쓰세요. 급한 마음에 막 휘갈겨 쓰지 마시고!”

끝까지 잔소리를 잊지 않고 무봉 어멈이 잰걸음으로 사라졌다.

혜완이 종이를 가져와 탁자 위에 펼치고 귀영에게 붓을 쥐여 주었다.

"자, 재경이……가 아니라 윤 공자에게 편지를 써요, 귀영 언니. 무봉 어멈이 시간을 넉넉히 준다고 했으니 예쁜 글씨로 정성 가득 들여서. 윤 공자, 몸을 회복하고 난 직후라 아직 힘이 없을 텐데 언니 편지 받으면 기운이 펄펄 날 거예요."

"어쩌면, 완아! 이러려고 편지를 쓰겠다고 한 거니? 고마워!"

쉽게 감격하는 귀영이 붓을 받아 들고 기뻐하다가 문득 침울해졌다.

"그런데 곧 의혼이 본격적으로 시작될 거잖아? 이런 때 어떻게 그이의 기운을 북돋울 편지를 쓰지? 내 기분이 축 처져 있는걸."

"……그러게요."

혜완도 앉은 채로 무기력하게 어깨를 축 늘어뜨렸다.

"그나마 윤 공자가 꽤 길게 앓아 준 덕에 혼담이 미뤄졌는데 이젠 그 핑계도 댈 수 없게 됐네요."

"아아, 어쩌지? 편지에 이제 막 병석에서 일어난 사람에게 혼례 문제는 어떻게 하느냐고 근심시킬 얘기를 쓸 수도 없고, 쾌유를 마냥 축하하기도 그렇고."

"언니의 편지로 용기를 내서 부모님께 사랑하는 사람이 따로 있어서 나랑 혼인할 수 없다고 분명히 말하라고 해요. 이젠 달리 방법이 없잖아요."

"그이더러 부모님의 뜻을 거역하는 불효를 저지르게 하라고? 그것도 날 위해서? 어떻게 그런 뻔뻔스런 짓을 할 수 있겠니? 그리고 부모님께서 그 말을 들으시면 그분들은 날 어떻게 생각하시겠어? 그분들이 예전부터 며느리로 바라던 널 아들로 하여금 마다하게 한 날? 얼마나 미우시겠니? 아, 그이의 부모님께 미움을 받는 건 생각만 해도 몸이 막 떨려! 그렇게 된다면 난 절대로 윤 공자와의 인연을 허락받지 못할 거야."

"이젠 어머니가 한마디 해 주시면 좋은데! 영험한 법사들을 불러 혼인의 길흉을 점쳐 봤더니 아주 흉하게 나와서 꺼림칙하다고 말이에요. 내게 혼인에 대해 입을 꾹 다물고 계시는 걸 보면, 그 복서에 마음이 움직인 게 확실한데요."

"네 어머님께선 그러실지 몰라도 참정 댁 부인께는 통하지 않겠더라."

귀영이 절망적으로 고개를 가로저었다.

"내가 그 두 분이 계신 자리에 다과를 들여가서 잠시 곁에 앉아 있었잖아. 네 어머님께선 분명 혼사를 달가워하지 않는 눈치였지만 참정 부인께선 빨리 성혼시키지 못해 안달이셨어. 내 손이 빠르니 혼수 준비를 도우라고 독촉까지 하셨다니까? 말했잖아, 나, 그 자리에서 하마터면 눈물 쏟을 뻔했다고."

"그럼 내가 정인이 있어 윤 공자의 처가 될 수 없다고 말하는 길밖에 없는 걸까요?"

"아서라, 그 정인이 경시령이란 게 밝혀지면 경시령은 이제 출세는 포기해야 한다잖아. 다른 여자도 아니고 좌주님의 며느릿감을 혼인 전에 가로챈 게 돼 버리니. 좌주님과 틀어진 문생이 제대로 승양을 할 수 있겠어?”

“아아!”

혜완이 길게 탄식했다. 근심이 깊어서인지 얼굴이 몹시 피곤해 보였다.

“이 방법도 안 돼, 저 방법도 안 돼. 도대체 어쩌란 말인지.”

혼잣말로 불평을 터뜨린 그녀는 약이 올라 뽀로통하니 입술을 비죽였다.

“전에 말한 대로 이번엔 내가 병이 나서 누워 버릴까요? 그러면 재경이가 아팠을 때처럼 또 의혼이 연기되겠죠.”

“어머, 애는. 아프고 싶다고 금방 아프게 되니?”

“꾀병이라도 부리죠, 뭐.”

“꾀병이 쉬워? 의원이 와서 진맥하면 단박에 들통 날걸.”

“하지만 요즘 무리를 해서 그런가, 피로가 쌓였는지 몸이 찌뿌듯하니 무거운걸요. 오늘 나갔다 들어오면 더 피곤할 텐데, 그러면 누워도 무봉 어멈이 꾀병이라고 생각 못 할걸요. 의원도 푹 쉬라고 할 것 같고. 누워 있다 보면 더 아파지도록 수를 낼 수 있을 거예요. 아아.”

혜완이 손으로 목을 감싸고 목소리를 가다듬으며 고개를 갸웃했다.

“왠지 정말로 목도 좀 아픈 것 같고.”

“하긴 완이 너, 오늘 낯빛이 안 좋아 보이긴 했어.”

아픈 것이 반길 일은 아니지만 귀영은 실낱같은 희망을 느끼며 혜완의 말에 맞장구를 쳤다. 한편으로는 진심으로 걱정도 되어 그녀는 혜완의 안색을 살폈다.

"그런데 오늘 외출해도 괜찮을까? 몸이 무거우면 나중으로 미루지 말고 지금 당장 눕는 게 더 낫지 않겠어? 무봉 어멈 말대로 너 요즘 무리했어. 좋은 일도 적당히 해야지."

"아뇨, 괜찮아요. 이 상태로 나갔다 오면 더 피곤해 보일 테니 쓰러져도 어머니나 무봉 어멈이 꾀병이라곤 생각하지 못할 거예요. 자, 시간이 별로 없으니 언니는 얼른 편지를 써요. 이쪽에서도 노력하고 있으니 윤 공자도 머리를 짜내 보라고."

"그래, 알았어. 그러고 보니 네 얼굴, 아까보단 발그레해진 게 좀 나아 보인다."

귀영의 말대로 혜완의 뺨에 엷은 홍조가 퍼져 있었다. 혜완이 웃으며 고개를 끄덕이자 귀영은 안심하고 단숨에 편지를 써 내려갔다. 쾌유되어 다행이라는 말을 시작으로 그간 보지 못한 사이 얼마나 그리움에 몸부림쳤는지 구구절절 애틋함을 실어 한참 쓰는데 무봉 어멈이 돌아왔다. 아직 혜완의 꾀병 계획에 대해선 쓰지 못한 채였다.

"짐은 다 준비됐습니다. 아주 한가득 실었어요."

무봉 어멈이 방으로 들어오며 탁자 위로 시선을 던졌다.

"편지는 다 쓰셨어요?"

"응, 지금 막."

귀영의 바로 옆에 앉아 있던 혜완이 탁자 위의 편지를 집어

들고 서둘러 봉투에 넣어 무봉 어멈에게 내밀었다.

"윤 공자에게 전해. 다른 사람 통하지 말고 직접. 알았지?"

"네, 염려 마세요, 아씨. 그런데……."

무봉 어멈이 의아한 눈을 껌뻑이며 혜완을 살폈다.

"……왜 몸을 떠세요?"

"좀 추워서."

혜완이 정말 오들오들 떨며 대답했다. 귀영이 뜻밖이라는 듯 눈을 동그랗게 떴다.

"추워? 이 방, 굉장히 따뜻한데? 완이 넌 외출하려고 옷도 잔뜩 껴입었잖니."

"그렇긴 한데……, 그래도 추워요."

혜완의 떨림이 잠깐 사이에 좀 더 심해졌다. 귀영이 편지를 쓰는 데만 집중해 몰라서 그랬지, 사실 혜완은 아까부터 으슬으슬 추위를 느끼고 가늘게 떨고 있었다. 무봉 어멈이 그녀에게 바싹 다가오더니 깜짝 놀랐다.

"아니, 얼굴은 또 왜 이렇게 벌게지셨을까? 열이라도 있는 거 아녜요, 아씨?"

"정말! 이마가 뜨거워, 완아."

혜완의 이마에 손을 짚어 본 귀영도 놀랐다.

"안색이 좋아진 게 아니라 열이 오른 거였구나! 조금 전까진 멀쩡해 보였는데 언제부터 이런 거지?"

"목이……, 아파."

혜완이 손을 들어 목을 어루만지더니 곧 머리를 감싸며 얼굴을 찡그렸다.

"머리도."

이미 열이 상당히 올랐는지 혜완의 입술 사이로 뜨거운 숨이 흘러나왔다. 그녀의 상태가 순식간에 악화되자 귀영이 당황하여 속삭였다.

"뭐야, 완아? 정말 아픈 거야? 많이? 이거, 꾀병 아니지?"

"꾀병이라니요, 낭천 아씨. 어렸을 때부터 혜완 아씨는 꾀병이란 걸 모르는 분인데요."

무봉 어멈이 황급히 혜완을 부축해 침상으로 데려갔다. 귀영도 혜완의 두루마기를 벗기고 그녀를 눕히는 걸 도왔다.

"전 마님께 알리고 사람을 시켜 의원을 부르겠습니다. 낭천 아씨는 혜완 아씨 곁을 좀 지켜 주세요."

혜완이 건넨 편지를 잊지 않고 품에 챙긴 무봉 어멈은 날듯이 뛰어 방을 나갔다. 귀영이 혜완의 뜨거워진 손을 잡고 어쩔 줄 몰라 했다.

"완아, 완아! 괜찮니? 아아, 꾀병이라도 앓자는 말을 괜히 했던 걸까?"

"속이……, 메스꺼워. 목이……, 머리가 많이 아파요……. 아, 너무 추워……."

혜완이 신음하듯 중얼거리며 눈을 찡그려 감았다. 곧 높은 열에 그녀의 정신이 흐릿하니 혼미해졌다.

영롱은 마지막으로 정원에 들어갔다. 첫눈이 온 뒤로 사람의 발길이 뚝 끊겨 고적한 공간이 된 정원은 겨울에도 찾는 유일한 손님인 그녀를 변함없는 침묵으로 맞아 주었다. 대설이 지나고 다시 펑펑 내린 눈으로 은백색의 차가운 벌판이 되어 버린 정원을, 영롱은 천천히 걸었다. 간간이 슬픈 미소를 머금고 가지만 앙상해진 꽃나무들을 하나하나 일별한 그녀는 이윽고 널따란 정원을 한 바퀴 다 돌고 다시 나가기 위해 중문 쪽으로 방향을 틀었다.

사박사박, 눈을 밟는 발소리와 서걱서걱, 치마가 눈에 쓸리는 소리만이 정원을 가득 채웠다. 중문에 이르러 문고리를 잡자, 느릿하지만 꾸준했던 그녀의 걸음이 우뚝 멈췄다. 잠시 망설이던 영롱은 문을 여는 대신 뒤를 돌아 정원에 다시 한 번 눈길을 던졌다. 아쉬움과 미련이 고인 그녀의 눈에 흰 벌판의 저편에 선 사람이 들어왔다.

"차림을 보아하니 외출하려는 모양인데? 웬일로?"

지량이 명랑한 목소리로 물으며 성큼성큼 그녀에게 다가왔다. 영롱이 고개를 살짝 숙여 그렇다고 답하자 그가 그녀의 차림을 아래위로 훑어보곤 스스럼없이 물었다.

"외출을 극도로 삼가는 분이 어딜 가시는데?"

"하도 집에서만 숨어 지내다 보니 이젠 한계예요. 숨 좀 돌리려고요."

"혼자서?"

"서 소저가 갑자기 아파 집안이 어수선한 와중에 누굴 데리고 나가는 건 있을 수 없죠. 사실 한가하게 외출할 때가 아니지만 저도 이러다 병이 날 것 같아서요."

"같이 가 줄까?"

"……아니, 됐어요. 그다지 멀리 가는 것도 아닌걸요."

"같이 도망가 줄까?"

"……!"

영롱이 눈을 접시만큼 키웠다가 이내 표정을 수습하고 어색하나마 웃음을 지었다.

"무슨……. 도대체 지금 무슨 말씀을 하시는 거예요?"

"옷은 두껍게 입었지만 속에 몰래 감춘 것도 없이 걸음이 퍽 가벼워. 겨울이 아직 한창인데 빈손으로 나가서 얼마나 견딜 수 있을 거 같아? 이 상태로 도망치면 결과는 빤하지. 금세 잡히거나 눈 속에 쓰러지거나. 내가 같이 가면 봄까진 잡히지 않을 듯한데. 어쩌면 몇 년 버틸지도 몰라. 내가 말했지? 도망치고 3년이나 들키지 않고 숨어 지내는 기녀와 노비 얘기를 안다고. 지금까지도 잘 숨어 다니는 모양이고."

"나리께선 정말 농을 함부로 하시는 분이로군요."

영롱이 못 말리겠다는 눈초리로 그를 흘겼다.

"기녀와 노비는 도주하다 잡혀도 노비이지만 사족이며 관원인 사람이 기녀와 함께 도주하다 잡히면 삭탈관직 당할 뿐 아니라 향이나 부곡에 유배될 거라고요."

"그보다 더할걸? 아예 향이나 부곡의 호적에 등록돼 사면도 받지 못하는 충상호형充常戶刑에 처해질지도 몰라."

"그걸 아시는 분이 도망 다니는 일을 재미있는 놀이처럼 아무렇지도 않게 말씀하시다니요? 전 나리처럼 생존의 위기를 느끼지 못하는 사람과 도주할 생각, 추호도 없어요. 도주는 유람이 아니라고요.”

“그래서 혼자 도망가겠다는 거야? 괜찮겠어?”

영롱의 코끝이 순간 시큰해졌다. ‘괜찮겠어?’란 그의 무신경하고 가벼운 질문이 그녀의 가슴을 무자비하게 후볐던 것이다. 괜찮을 리가 없잖아! 그녀는 입술을 지그시 물었다. 역시 함께 도망가자는 그의 제안은 짓궂은 장난에 불과하다고 영롱은 생각했다.

“도망가면, 언젠가는 들켜서 붙잡힐 거예요. 붙잡히기 전까진 불안해서 잠을 못 자는 밤이 부지기수일 거고요. 여기, 서 소저의 울타리 안에서도 도망친 기녀라는 사실이 발각되지 않을까 내내 전전긍긍했는걸요. 그러니 3년이 넘도록 숨어 지낼 수 있다고 해도, 도주를 계속할 생각은 없어요.”

“그럼 지금 여기서 나가 어디로 가려고? 관가에 찾아가 관성현에서 도망친 기녀라고 자백이라도 할 셈이야?”

무심코 뱉은 지량의 말이 정곡을 찔러 영롱은 할 말을 잃고 움찔했다. 그의 예사로운 목소리가 왜 이렇게 서럽게 느껴지는지 입술을 문 그녀의 흰 이에 바르르 힘이 들어갔다. 영롱이 입을 다문 채 말이 없자 그제야 지량의 한쪽 눈썹이 휘어져 올라갔다.

“뭐야, 정말 자백하러 가는 거야? 그래서 아무것도 훔치지 않고 맨손으로 집을 나서는 거야?”

“…….”

“자백하면 넌 도형을 치르고 다시 예전으로 돌아가게 돼. 기녀로, 관가의 물건으로. 사람이 아니게 된다고. 아니, 얼굴에 자자한 계집을 더 이상 기녀로 쓸 수 없을 테니 그럼 관비로 삼겠군. 관비는 관가의 물건인 건 변함없지만 기녀일 때보다 더 고달파져. 예쁜 옷도, 술과 진미도 구경 못 하고 관부의 온갖 허드렛일을 하며 네가 기녀였을 땐 시중들 일이 없었던 관내의 비루한 잡놈들에게 희롱당하겠지. 그걸 알아?”

“왜 모르겠습니까?”

영롱이 피식, 차갑게 실소했다.

“따지고 보면 저도 어렸을 때부터 관청에서 일한 사람인걸요.”

“그런데도 자백하러 가겠다고? 그걸 알면서도? 넌 현령에게 상해를 입히고 도망칠 때부터 물건으로 대접받길 거부하고 다른 인생을 찾으러 나선 것이 아닌가?”

“어떤 다른 인생을요?”

감정이 북받쳐 오른 영롱의 목이 메었다.

“평생을 도망 다니며 숨어 지내는 인생을요? 전 거창한 목표를 가지고 관성현을 빠져나온 게 아니에요. 그 자리에서 죽지 않기 위해 당장의 위기를 모면하고자 뛰쳐나온 거라고요. 물건으로 대접받길 거부해요? 기녀와 악공 사이에서 태어난 계집애가 물건이 아닌 다른 삶을 꿈꿀 수 있다고 생각해요? 물건이라도 아무렇게나 깨뜨려 부수지 않고 소중하게 아끼며 오래오래 쓰는 사람의 손에 들어가길 바랐을 뿐이에요. 하지만……."

그녀의 목소리가 높아지는가 싶더니 곧 차분히 가라앉았다.

"……그런 사람을 만나는 건 순전히 운이에요, 제가 어떤 인생을 바라든, 얼마나 노력하든. 마치 운명처럼. 물건인 저를 함부로 쓰다 버리는 사람을 만나는 것도 운명, 곱게 다뤄 주는 사람을 만나는 것도 운명. 저는 이제 다시 제자리로 돌아가 그 운명을 받아들이렵니다."

"그래서 또 지난번 현령이랑 똑같은 놈을 만나면 어쩌려고?"

"그것도 운명이죠. 저 같은 인생으로서는."

"난 어때?"

"어떠냐니, 뭐가 말이에요?"

느닷없는 지량의 질문을 이해 못 한 영롱이 눈살을 찌푸렸다. 그녀의 마음도 모르고 마구 지껄여 대는 지량이 원망스럽기까지 한 영롱의 반문하는 목멘 소리에 날카롭게 날이 섰다. 지량이 부드러운 어조로 물었다.

"곱게 다뤄 줄 사람 축에 낄 거 같지 않아?"

"그럴까요? 나리는 서경 기녀를 어떻게 다루셨죠?"

"아, 그렇지."

지량이 미처 생각을 못 했다는 듯 멋쩍게 손가락으로 코를 쓱쓱 문질렀다.

"그건 어렸을 때 얘기고. 적어도 네 얼굴을 지지려 했던 그 망할 놈의 현령보다는 좀 낫지 않겠어?"

“나으면요?”

“같이 도망갈 만하지 않아?”

영롱의 입이 벌어지더니 그대로 굳었는지 대꾸가 없었다. 잠시 답을 기다리던 지량이 싱긋 웃으며 다시 물었다.

“그렇게 생각하지, 너도?”

“왜…….”

가까스로 입술을 달싹이는 영롱의 목소리가 마구 떨렸다.

“……왜 그런 말씀을 하시는 거예요?”

어느새 그녀의 눈에 눈물이 가득 괴었다. 그녀의 표정이 더할 수 없이 슬퍼 보였다.

“자신이 누구인지, 어떤 사람인지 잊어버리셨어요? 아들 셋이 모두 급제한 명문가 출신의 관원이, 부모님과 형제와 가문의 이름에 먹칠을 하고 기녀를 데리고 도망가겠다고요? 이제 겨우 스물둘, 갓 관로에 올라 앞으로 얼마나 올라갈지 모르는 나라의 유망한 인재가? 남들 앞에 떳떳하게 나설 수도, 정식으로 혼인을 할 수도 없고 아이를 가져도 호적에 올릴 수 없는 암담한 미래를 택하겠다고요? 제정신이 박힌 사람이라면 장난으로라도 그런 말을 할 수 없어요.”

“난 좀 제정신이 아닌 놈이잖아, 너도 알다시피.”

지량이 이를 드러내고 씩 웃었다. 순간 한없이 가벼워 보이는 그가 영롱은 또 한 번 원망스러워진다.

“전 지금 나리의 농을 거들 만큼 여유가 없어요. 관부에 죄를 고백하러 가는 길이라고요. 나리도 알다시피.”

"농이 아니야. 나는……."

"그리고 저는 나리가 서경에서 버린 그 기녀가 아니에요."

지량이 연신 미소를 띠고 고개를 젓자 그의 말을 영롱이 날카롭게 끊었다.

"그녀에게 느끼는 죄책감 때문에 저를 도우려고 하신다면, 감사하지만 사양하겠어요. 그런 식의 속죄는 나리에게도, 그 기녀에게도 의미가 없어요. 그리고……, 제게도요."

"그런 식으로 생각할 줄은 몰랐는걸."

당황스러운 듯 지량이 어깨를 으쓱했다.

"널 그 여자 대신으로 삼을 마음은 손톱만큼도 없는데 말이야. 하지만 설령 그렇다고 해도 네겐 상관없는 일 아니야? 관부에 자백해 무거운 형벌을 받느니 내 도움을 받아 도망갈 수 있다면, 그거로도 충분하잖아? 뭐가 더 필요하겠어?"

"충분하지 않아요. 충분하지 않다고요!"

그렁그렁 괴었던 눈물이 영롱의 뺨을 타고 흘러내렸다.

"그렇게 웃지 마세요. 그렇게 장난처럼 가볍게 말씀하지도 마시고요. 나리가 무심코 던지는 한마디 한마디를 들을 때마다 저는 이루 말할 수 없이 괴로우니까!"

"왜 괴롭지?"

그녀의 부르짖음에 지량이 얼굴에서 웃음을 완전히 거뒀다. 비로소 그녀의 눈에 깃든 원망을 감지한 그가 진지하니 조용하게 물었다.

"왜 괴로운 거야, 넌?"

"전……, 주제를 모르는 비둘기니까요."

"뭐? 비둘기?"

무슨 말인가 지량이 얼떨해하는데 영롱이 작게 짧은 노래를
불렀다.

비둘기 새는 비둘기 새는

울음을 우는데,

뻐꾸기가 난 좋아 뻐꾸기가 난 좋아.[5]

노래를 부르는 동안에 진정된 듯 영롱이 착 가라앉은 목소
리로 말했다.

"현인들이 비둘기를 두고 무어라 일렀는지 나리께서는 아실
겁니다. 음란한 성품의 바람난 여자, 즉 천한 계집입니다. 제
가 그 비둘기입니다. 그 비둘기가 같은 비둘기를 좋아하지 않
고 뻐꾸기가 좋다고 합니다. 뻐꾸기는 바르고 공평한 군자. 감
히 비둘기가 좋아할 대상이 아니나 비둘기는 주제넘게 뻐꾸기
를 사랑하고 말지요. 둘 사이의 격차가 너무나 커 어찌할 수 없
음을 알면서도, 비둘기는 사모하는 마음을 감당하지 못하고 우
는 겁니다. 난 뻐꾸기를 좋아한다고."

그녀의 눈은 아직 젖어 있었지만 눈물은 그쳐 있었다. 영롱

---

5 비두로기 새는 비두로기 새는
  우루믈 우루디 버곡댱이샤 난 됴해 버곡댱이샤 난 됴해
  〈유구곡(維鳩曲)〉

이 지랑을 똑바로 올려다보며 처연하게 미소했다.

"저는 비둘기입니다. 같은 부류의 비둘기가 아닌, 저와 상종할 수 없는 뻐꾸기를 좋아하게 된 분수도 모르는 비둘기입니다. 그 뻐꾸기와 함께하고픈 마음은 누구보다도 크고 열렬하지만, 제게서 다른 비둘기를 찾는 뻐꾸기를 따라갈 순 없습니다. 비록 비둘기지만 자존심이 있거든요."

"그 뻐꾸기는 자존심이 센 그 비둘기가 좋대."

지랑이 그녀의 손목을 와락 잡아 자신 쪽으로 끌어당겼다. 그의 품에 쏙 들어온 영롱의 귀에 그가 속삭였다.

"다른 비둘기 따윈 보이지도 않는다는군."

지랑이 팔로 그녀의 허리를 감았다. 영롱의 눈에 마를 사이도 없이 눈물이 다시 솟았다.

"저를……, 좋아하신다고요? 나리가……, 저를?"

"이젠 같이 도망갈 자격이 있는 거야?"

지랑이 영롱의 손목을 놓고 긴 손가락으로 그녀의 입술을 선 따라 어루만졌다. 그녀가 부풀어 오른 입술을 바르르 떨 뿐 대답을 못 하는데 그가 다시 그녀의 귀에 속삭였다.

"같이 가자."

"……싫……어요."

간신히 내뱉은 그녀의 말이 그의 얼굴을 확 구겨 놓았다. 그녀의 허리를 더욱 세게 끌어당기며 그가 으르렁거렸다.

"어째서? 지금 막 네 입으로 날 사랑한다고 했잖아. 함께 도망치면 잡힐 때까진 같이 살 수 있지만 너 혼자 잡혀 들어가면 우린 영영 서로 보지 못할지도 몰라."

"아아, 어리석은 분! 어쩌면 몇 년 전과 하나도 달라지지 않은 건가요, 나리는!"

영롱이 두 손으로 그의 얼굴을 감싸 미간의 주름을 정성스레 폈다.

"나리는 부모님의 자랑스러운 아들입니다. 형님들의 동생이고, 경시령 나리의 벗이고, 윤 공자의 형이에요. 나라님의 귀한 관원이고, 고려의 동량입니다. 그런 분이 도망 기녀 하나 때문에 인생을 망치려고 하다니요? 전 그렇게 놔둘 수 없어요."

"그중 어느 것도 너와는 상관없어. 내가 가문의 명예를 지키고, 내 가족과 친지들에게 창피를 주지 않고, 관원의 직분을 고수한다고 해서 네게 돌아가는 게 뭐야? 너만을 생각하고 너만을 위해서 말해. 함께 가자고."

"아니, 전 나리와 함께 가지 않을 거예요."

그녀가 분명하게 말했다. 그의 뺨을 쓰다듬으며 그녀가 은은하니 웃었다.

"저를 생각해서, 저를 위해서, 전 나리와 함께 가지 않아요. 도망치는 삶의 불안과 절망으로 나리가 변해 가는 걸 옆에서 보고 싶지 않아요. 제가 사랑하는 나리는 무례하고 명랑하고 짓궂고 장난스러운, 지금의 나리예요. 이 얼굴에서 그 얄미운 웃음을 없애고 싶지 않아요."

영롱은 두 팔로 지량의 목을 끌어안고 그에게 바싹 기댔다. 그의 따뜻한 숨결이 그녀의 입가에 난 가느다란 솜털을 간질이고 축축하게 적셨다. 눈물을 글썽거리며 그녀가 속삭였다.

"전에 말씀하신 거, 기억하세요? 사랑하는 여인과의 앞날에 장애가 생긴다면 여자가 원하는 대로 하겠다고 하신 거. 장애를 극복하고 끝까지 함께하자면 그렇게. 장애 앞에서 그만 포기하자면 또 그렇게."

"기억 안 나."

"기억하고 계신 거, 알아요. 장부답게 그 말을 지키세요."

"몰라, 그런 거. 난 장부가 아니라 뻐꾸기거든."

지량이 그녀를 꼭 끌어안았다. 영롱도 그의 목을 감은 팔에 힘을 더했다. 누가 먼저랄 것도 없이 그들은 서로에게 달려들어 격렬하게 상대의 입술을 탐했다. 두껍게 쌓인 눈을 다 녹여 버릴 듯한 열기로 가득 찬 정원은 겨울이면 아무도 찾지 않는 데다 사방이 높은 담에 둘러싸여 한 덩어리가 된 그들을 보는 이가 없었다.

"어제도 선물을 보내 놓고선 오늘 또 사람을 보내다니, 너희 마님도 참."

현씨 부인이 보낸 선물을 확인하고 최씨 부인이 어정쩡한 웃음을 지었다.

"내가 퍽 고마워하더라고 전해라. 곧 한번 찾아가겠다고."

그녀는 허리를 깊이 숙이는 비녀를 보고 고개를 갸웃했다.

"그런데 어찌 오늘은 무봉 어멈이 오지 않았지? 항상 무봉 어멈만 보내더니."

"혜완 아씨가 몸이 불편하여 눕는 바람에 무봉 어멈은 아씨를 시중드느라 경황이 없어 그렇습니다."

"완이가 아프다고?"

비녀의 말에 최씨 부인이 깜짝 놀랐다.

"어디가 아픈데? 얼마나?"

"의원을 막 부른 참이라 자세한 것은 모르겠습니다. 오한과 고열이 심하다고 얼핏 들었을 뿐이라……. 겨울 들어 빈민들을 돌보고자 자주 외출했기에 피로가 쌓여 몸살이 난 게 아닐까, 모두 그렇게 추측하고 있습니다. 아씨가 어릴 적 집안의 환난에서 혼자 살아남은 이후로 크게 앓았던 적이 없어 단순한 몸살이 아닐지도 모르겠다는 말도 있습니다만……."

"그러게. 나도 완이가 아파 누웠다는 소린 몇 년간 듣지 못했는데. 어쨌든 집안에 우환이 생겼는데 경이의 쾌유를 축하하는 선물을 보냈다니, 받아도 될지 모르겠구먼."

"이미 준비하여 막 무봉 어멈이 떠나려는 참에 아씨가 갑자기 눕게 된지라, 마님이 이왕 마련한 것이니 드리고 오라며 저를 보내셨습니다. 그리고 이거……."

혜완네 비녀가 품에서 봉투를 하나 꺼냈다.

"……혜완 아씨가 공자님에게 보내는 서찰입니다."

"완이가……, 편지를? 경이에게?"

"꼭 공자님에게 전하도록 해 달라고 혜완 아씨가 무봉 어멈에게 신신당부를 했답니다."

무슨 일이 있어도 재경에게 직접 편지를 건네라는 무봉 어멈의 말을 무시하고 비녀가 최씨 부인에게 편지를 바쳤다. 재경을 따로 만나기도 쉽지 않을뿐더러 그 과정이 성가시게 느껴졌던 것이다. 최씨 부인이 편지를 받아들고 고개를 끄덕였다.

"오냐. 내가 손수 경이에게 이걸 가져다줄 테니, 넌 네 아씨에게 가서 편지가 경이의 손에 잘 들어갔다고 안심시켜 주어라."

최씨 부인은 비녀에게 혜완의 쾌유를 바란다는 인사와 더불어 답례품을 들려 돌려보낸 뒤 현씨 부인이 보낸 선물과 혜완의 편지를 몸소 들고 재경의 방으로 갔다.

재경은 책을 읽고 있었다. 병가를 끝내고 국자감에 돌아가기 전에 밀렸던 공부를 하는 중이다. 최씨 부인이 들어가자 재경이 일어나 어머니를 맞았다. 탁자 위에 펼쳐져 있는 책 위로 흐뭇한 시선을 던지고 최씨 부인이 의자에 앉았다.

"그게 무엇입니까?"

최씨 부인이 들고 온 꾸러미를 보고 재경이 물었다. 최씨 부인이 꾸러미를 풀어 안에 있는 내용물을 꺼내며 빙그레 웃었다.

"완쾌를 축하하는 선물이란다. 보낸 사람은 완이 어머니이지만 만든 사람은 그 사람이야."

최씨 부인이 아들 앞에 펼친 선물은 화려한 무늬가 옷감 위로 돋아 나오게 짠 문직紋織의 장포였다. 염색한 양털과 비단실을 섞어 짠 계금罽錦에 금사, 은사까지 넣어 무늬를 꾸민 고급 옷감의 그 두루마기는 꼼꼼한 바느질 또한 일품인데, 재경에게

만 어울리도록 길이가 적당히 길었다.

"그 사람이요?"

옷감이 유달리 고급스럽다는 정도는 알아도 품이니 길이니 고운 침선 솜씨니 하는 것은 한눈에 볼 줄 모르는 재경이 멀뚱하니 물었다. 으이구, 척하면 착 알아야지 말귀를 못 알아듣기는. 최씨 부인이 아들을 살짝 흘겼다.

"네가 정표로 반지를 주었다는 그 사람, 낭천 출신의 그이 말이다."

"정말이요?"

재경이 활짝 웃더니 뒤늦게 감격하며 두루마기를 두 손으로 받쳐 들었다.

"아아! 그 말씀을 들으니 어쩐지 옷에서 그 사람의 향기가 납니다."

소중하게 옷을 끌어안으며 뺨을 대 보는 아들을 바라보며 최씨 부인은 허, 실소하지 않을 수 없었다. 어미의 앞에서도 아무 부끄러움 없이 연인을 그리워하며 두루마기에 코를 대고 킁킁거리는 아들이 왜 아파 죽을 지경이 될 때까지 사실을 말하지 못하고 끙끙거리기만 했던 것인지! 난 단지 네가 좋아하는 사람과 함께 살도록 해 주기 위해 혼사를 추진했던 거란 말이다! 최씨 부인은 또 한 번 아들을 흘겼다.

하지만 이제라도 아들의 진심을 알게 되어 얼마나 다행인지! 그녀는 입술이 까맣게 다 타도록 한마디도 못 하고 가슴앓이만 하다가 '네가 좋아하는 사람이 혹시 완이가 아니라 완이

네 집에 있는 김씨 부인이란 이냐?'는 자신의 물음에 벌떡 일어나 앉던 재경이 생각났다. '정말 그렇다면 완이와의 혼담을 무를 테니, 사실대로 털어놓으렴.'이라고 그녀가 상냥하게 말하자 아들은 눈물이 그렁그렁한 채 아무 말도 못 하고 고개만 끄덕였었다. 그러고는 거짓말처럼 열도 싹 내리고 입맛도 되찾아 의원도 깜짝 놀랄 정도로 빠르게 회복이 되어 지금은 아주 말짱하다.

'이러니 그 김씨 부인과 맺어 주지 않으면 하나뿐인 아들을 영영 잃을지도 모르겠어.'

최씨 부인이 아들을 딱하게 바라보는데, 재경이 기쁨에 겨워 히죽거렸다.

"납폐는 신랑이 보내야 하는 건데, 어째서 그 사람이 제게 옷을 지어 보냈죠?"

"어이구, 애도 참 성급하기는. 그이가 지은 옷이지만 그이가 아니라 완이 어머니가 보냈다니까. 아직 내가 혼담을 없던 걸로 하자는 말을 못 꺼내 그 집에선 너와 완이를 혼인시킬 생각을 하고 있단 말이다. 사위 될 사람이 이제 몸을 회복해 혼례를 치를 수 있게 됐으니 기쁜 마음에 선물을 보내 준 거지. 내가 김씨 부인의 솜씨를 입이 마르도록 칭찬하니 일부러 그이가 만든 옷을 보낸 거야."

"예? 그럼 전 결국 완이와 혼인하는 건가요? 그 사람이 아니라요?"

재경이 겁을 먹고 옷을 와락 구겨 쥐자 최씨 부인이 고개를 살살 흔들었다.

"그건 아니지. 그이를 데려오지 않으면 네가 죽을 판인데 내가 아무리 완이를 귀애한들 그 혼인을 강행하겠니?"

"그럼 당장 완이와의 혼담은 취소하고 김씨 부인에게 중매인을 보내실 건가요?"

재경의 얼굴이 급변하여 환해지는데 최씨 부인이 또 고개를 흔들었다.

"그것도 아니야."

최씨 부인은 다소 곤혹스럽게 말했다.

"완이가 아프다는구나. 네가 아플 때 내가 기다리지 못하고 그 집에 찾아가 혼례를 밀어붙였을 때, 완이 어머니는 네가 나을 때까지 미루자고만 했지 혼담을 아예 거두어들이자고는 안 했어. 지금은 널 사위로 기쁘게 받아들이겠다고 낫자마자 이렇게 선물까지 보냈고. 그런데 내가 완이가 아파 눕게 된 지금 혼담을 무르고 김씨 부인에게 중매인을 보내면 완이 어머니의 처지에선 얼마나 어이없고 괘씸하겠니?"

"완이가 아파요?"

재경이 놀라는 동시에 걱정스러워했다.

"많이 아프대요? 무슨 병인데요?"

"자세히는 모르겠다. 다녀간 비녀의 말로는 그렇게 심각한 것 같지 않지만……. 곧 사람을 보내 알아봐야지."

"그러면 완이가 나은 다음에 말씀하실 건가요?"

걱정도 잠시, 재경이 성마르게 물었다. 최씨 부인은 여전히 난감한 표정이었다.

"그것도 마뜩잖은 게……, 완이 어머니가 점복이나 예언에 매달리는 편이라……. 완이 어머니는 완이에게 붙은 사귀가 무슨 짓을 할지 몰라 불안하다고 했었거든. 그래서 처음엔 너와의 혼인을 반기지 않고 오히려 망설이기까지 했단다. 하지만 내가 어떤 일이 생겨도 다 책임지겠다고 큰소리치며 고집을 부려 완이 어머니의 동의를 받아 낸 건데……. 이제 와서 혼담을 그만두겠다고 하면 마치 완이가 앓은 게 마음에 걸려 그만두는 것처럼 보일 듯하고……. 완이 어머니가 얼마나 서운하고 분하게 여길까 싶고……."

최씨 부인은 자신의 무릎을 치며 자책했다.

"완이 어머니가 망설이던 그때 그만뒀어야 했는데! 네가 누굴 정말 좋아하는지도 모르고 내가 나서서 우기는 바람에……, 아휴. 완이 어머니에게 뭐라고 설명해야 마음을 상하게 하지 않고 혼담을 무를 수 있을지 모르겠구나. 완이가 아픈 동안에 무슨 수를 내지 않으면……."

그녀는 답답한 마음에 쯧쯧, 혀를 차다가 문득 침울해진 재경을 보고 얼른 덧붙여 말했다.

"하지만 언제까지나 이 상태로 시간을 끌기만 할 건 아니란다. 완이가 나으면 어떤 식으로든 결판을 낼 터이니, 그렇게 울상만 하지 말고 넌 하던 공부에나 열중하렴. 참!"

최씨 부인이 그제야 생각난 듯 서찰을 내밀었다.

"완이로부터 온 편지라는데, 내 생각엔 아무래도 낭천의 김씨 부인이 완이를 통해 쓴 게 아닐까 싶다."

"그 사람이요?"

재경이 급히 봉투에서 편지를 꺼내 펼쳤다. 첫 문장이 눈에 들어오자마자 그가 행복한 비명을 질렀다.

"아아, 맞아요! 그 사람이 보낸 거예요!"

장문의 편지를 단숨에 읽어 내린 그가 슬픈 표정으로 미소를 머금었다.

"제가 나았으니 이제 완이와 혼례가 진전될까 봐 많이 걱정하고 있어요. 그래도 몸이 나은 건 정말 다행이라고, 광통사에 여러 번 가서 빌고 또 빌었는데 부처께서 들어주셔서 감사하는 마음이 걱정보다 더 크다고 썼습니다. 저더러 너무 염려 말고 몸조리에만 전념하라고 하네요. 제가 또 아프면 자긴 너무 괴로울 거라고……. 완이가 이 편지를 쓰라고 했다는 말도 적혀 있고……. 완이가 옆에서 큰 힘이 되어 준대요. 완이도 혼담이 계속되는 걸 굉장히 걱정하고 있다고……."

"아이고, 이 늙은이가 공연히 널 위한답시고 나서 젊은 너희들에게 근심만 안겼구나. 혹시 완이가 앓는 것도 내 탓이 아닐까?"

최씨 부인이 탄식했다. 그녀는 아들의 손을 잡고 결의에 찬 목소리로 말했다.

"내가 시작한 일, 반드시 내가 마무리하마. 너와 김씨 부인, 완이 사이가 뒤틀리는 일이 없도록 내가 완이 어머니를 설득하겠다. 설령 내 체면이 깎이더라도. 완이가 나을 때까지 조금만 기다려라."

"어머니 때문에 완이가 아프다니, 그럴 리가 없어요."

재경이 최씨 부인의 손을 마주 잡고 따뜻하게 위로했다.

"완이는 저보다 훨씬 강한 애인걸요. 사람들이 모두 귀신이 붙었다고 손가락질할 때도 아프지 않았던 애예요. 아프기는커녕 더 활발하게 돌아다녔죠. 보란 듯이. 그러니 완이가 아픈 건 어머니 때문이 아닌 거예요. 그 혼담 때문이 아니라고요."

재경이 잠시 생각하다가 말을 이었다.

"어쨌든 완이가 많이 아프지 않았으면 좋겠어요. 완이가 아픈 거, 한 번도 들은 적이 없는데, 그런 애가 아파한다면 보통 일이 아니잖아요. 심각한 병이 아니라면 좋겠는데……."

혜완의 병은 심각했다.

피로에서 비롯된 몸살이라고 보기엔 오한과 열이 과하게 심해지더니 곧 목젖이 빨갛게 충혈되기 시작했다. 처음에 의원은 겨울 찬바람의 사기邪氣가 침습해 걸린 고뿔이라 진단해 크게 염려하지 않아도 좋다며 현씨 부인을 안심시켰지만, 이튿날 혜완의 목에 생긴 선홍색의 작은 반점들을 보고 식겁했다. 목에서 시작된 홍반들이 혜완의 온몸으로 급속히 퍼지자 의원은 환자를 격리할 것을 현씨 부인에게 권했다.

"내 딸을 외따로 옮겨 치료하라고? 도대체 어떤 병이기에?"

현씨 부인이 희게 질려 염주를 쥔 손을 바르르 떨었다. 10여 년 전 남편과 아이들을 역병에 잃은 기억이 되살아난 것이다.

설마 완이마저? 불길한 느낌이 그녀의 가슴을 서늘하게 내려 앉히는데 의원이 그 가슴에 못을 푹 박았다.

"명확한 병명을 말씀드리긴 어려우나 몸 전체에 퍼진 반점으로 보아 질진 중 하나라 생각됩니다."

"질진!"

현씨 부인의 목이 컥 막혔다. 질진이란 피부나 점막에 작은 종기가 돋아나는 발진성 질환들을 총칭하는 말로, 두창이나 홍역, 수두, 농가진이나 성홍열 등의 전염병을 일컫는다. 당시의 의료 환경에서는 많은 이들의 목숨을 한꺼번에 앗아 가는 대표적인 역병이었다. 입을 딱 벌린 채 말을 못 하는 현씨 부인에게 의원이 안타까이 말했다.

"소저가 며칠 전 다녀왔다는 서교의 한 동리에도 지금 질진으로 사람이 여럿 죽어 나가고 있습니다. 아마 거기서 발병한 지 얼마 되지 않은 환자를 가까이하여 걸린 것이 아닌가 추측됩니다만……."

"우리 아이……, 살 수 있겠소?"

가까스로 말을 뱉은 현씨 부인의 눈에 벌써 눈물이 차올랐다. 의원이 난감하니 입을 쩍쩍 다셨다.

"아직 뭐라 말씀드릴 수가 없습니다. 우선은 소저를 집에서 가장 구석진 곳으로 옮기고 환자의 시중을 들 노비를 빼고는 집 안의 모두에게 그곳 출입을 엄금해야 합니다. 부인께서도 마찬가지로 따님을 만나시면 안 됩니다. 며칠 더 증세를 관찰하여 물집이 잡히는지 아닌지에 따라 확실한 병명을 알 수 있을 듯하니 당분간은 열을 내리는 데 주력하겠습니다. 질진에 걸리면 대부분은 목숨을 건지지 못하나 일부 낫는 경우도 있으니 부인께선 희망을 잃지 마시고…….”

“우리 아이를 살릴 수 있겠소?”

현씨 부인이 따지듯 물었다. 그녀의 온화하던 눈이 험상궂게 변해 있었다. 살리지 못하면 가만둘 것 같지 않은 무서운 기세에 의원이 주눅 들어 기어드는 목소리로 말끝을 흐렸다.

“태의감과 상약국(尙藥局:임금의 약을 짓는 일을 맡았던 관아)의 의원들도 역을 고칠 수 있다고 장담하지 못하는데 어찌…….”

“아! 스물이 목전인데 잔인하게도 예언이 기어코 맞는구나! 10년이 다 하도록 발이 부르터라 순례하며 지극 정성으로 빌었건만! 결국은 부처도 구하지 못하다니! 내 불쌍한 완이! 아아, 가엾은 것!”

현씨 부인이 그만 목을 놓아 통곡을 했다.

그사이에도 혜완의 발진과 고열은 계속되어 마침내 정신을 차릴 수 없는 지경에 이르렀다. 혜완은 정원의 옆에 위치한 별채로 옮겨지고 별채에서 정원으로 통하는 중문도 본채로 통하는 중문도 모두 빗장이 걸렸다. 무봉 어멈이 물러나고 대신 시중들 사람으로 비녀 한 명이 뽑혔다. 그 한 명의 비녀를 제외한 어느 누구도 출입할 수 없게 된 그곳에서 혜완은 혼자 외로이 병마와 싸웠다.

의원조차도 감염이 두려워 혜완의 수발을 드는 여종에게 중문을 사이에 두고 상태를 묻고 약봉지를 문틈으로 건네주었다.

의원이 이럴 정도니 여종도 혜완의 곁에 가기를 꺼렸다. 평소엔 상냥한 주인아씨를 좋아하고 따랐던 여종이었지만, 예전 가족과 노비들이 픽픽 쓰러져 나갈 때 혼자 살아남은 혜완이 새삼 무서워져 물수건을 갈아 주는 일조차 대강 후딱 해치우고 방을 황황히 나오곤 했다.

"무, 물⋯⋯. 물 좀⋯⋯."

열에 들뜬 혜완이 바짝 마른입으로 물을 찾아도 여종은 죽이나 약을 먹이는 시간이 아니면 다른 방에서 두려움에 휩싸여 훌쩍훌쩍 울고 있었다. 머리맡에 놓인 물병과 사발에 손을 뻗을 힘조차 없는 혜완은 그저 신음만 할 뿐이다.

"무, 물⋯⋯. 어, 어머니⋯⋯. 어머니⋯⋯."

그 시각 그녀의 어머니는 별채를 멀찍이서 바라보며 애를 졸이고 있었다. 하루가 지나고 이틀, 사흘이 되도록 딸에게 차도가 없다는 의원의 보고를 듣고 무너져 내리는 가슴을 부여안은 채 전염병을 물리친다는 천수경千手經 다라니를 외웠다. 발진이 작고 물집이 잡히지 않는 것으로 보아 두창은 아닌 듯하다고 의원이 판단했다. 하지만 두창만큼 위협적인 역병이 아니어도 죽을 위험은 여전히 있다고도 덧붙였다. 단시간에 심하게 악화된 증세에 의원이 미리 발뺌을 하는 것이다. 의원의 자신 없는 말이 현씨 부인을 절망으로 밀어 넣었다.

"아이 넷 중 셋이나 한꺼번에 잃었는데 남은 하나만이라도 살려 달라고 비는 것이 그리도 큰 욕심입니까? 아아, 너무하십니다! 천제도, 부처도 너무하십니다!"

그녀는 더 이상 가만있을 수 없어 박차고 일어났다. 무력하지만 어머니로서 뭔가를 해야 했다. 무엇을? 그녀가 생각할 수 있는 한 가지는 역병을 몰고 온 귀신을 어떻게 해서든 쫓아내는 것이었다. 곧 술사들이 불려 와 중문 바깥에서 주문을 외웠고 한쪽에서는 법사들의 독경 소리가 울려 퍼졌다. 송악산과 용수산의 무녀들도 불려 왔다. 무녀들도 별채 안으로 들어가지는 않고 중문에서 크게 굿상을 차리고 웽겅뎅겅 방울과 칼을 흔들며 요란하게 굿을 했다.

보통의 굿이라면 마을 사람들이 몰려들어 구경을 했을 터이나, 현씨 부인이 여는 굿은 질진에 걸린 딸을 구하기 위한 것이라 개미 새끼 한 마리도 얼씬하지 않았다. 구경 갔다가 공연히 병을 옮기는 사귀라도 붙으면 큰일인 것이다. 더구나 가족과 노비들을 죽음으로 몰았던 귀신이 붙은 서씨 가문의 처녀가 드디어 자기에게 붙은 귀신에게 잡아먹히게 되었다는 흉흉한 소문이 퍼져 굿이 아니라도 그 집 앞으로 지나는 사람이 없었다. 옆집에 사는 시율과 지량만이 달려왔을 뿐이다.

"환자가 있는 집에서 이 무슨 소란입니까?"

말리는 하인들을 뿌리치고 시율이 술사와 무녀들 사이에 뛰어들어 준엄하게 목소리를 높이자 노랫소리 같던 주문이 끊기고 굿춤도 멈췄다. 귀영과 무봉 어멈을 비롯한 몇몇 노비들만 거느리고 중문 앞에 앉아 열심히 염주를 굴리며 다라니를 외던 현씨 부인이 놀라 일어났다.

"내 딸이 위급하여 천지의 신명에게 비는 중인데 경시령께선 어찌 패악을 부리시오?"

"병이 들면 침을 놓고 약을 먹여 지성으로 돌봐야지, 도사들이 주문을 외고 무당이 굿을 벌이고 법사가 경을 �왼다고 낫지 않습니다."

시율이 분노에 찬 눈빛을 번득였다. 조금 전 혜완의 집에서 나가는 의원을 붙잡아 병증을 캐물은 그는 혜완의 병세가 점점 악화되어 가는 중이란 말을 듣고 답답한 마음을 못 이겨 예의마저 잊은 채 뛰어온 것이다. 그는 퍽 소극적이었던 의원의 태도를 상기하고 현씨 부인에게 간곡히 말했다.

"의원이 환자의 방에 들어가길 두려워하는 듯하니 다른 의원을 부르십시오."

"병명도 명확하지 않은 질진에 걸린 환자를 돌보아 줄 의원은 많지 않답니다. 그리고 의원이라도 귀신은 두렵겠지요. 그 의원이 도망가지 않고 약이라도 지어 주는 걸 다행으로 여기고 있어요, 난. 부디 내 딸을 구하려는 자리를 망치지 말고 경시령은 돌아가 주시오."

"서 소저를 시중드는 여비가 무서워 어쩔 줄 몰라 한다고 의원이 말한 것, 들으셨습니까? 서 소저는 지금 제대로 간병조차 받지 못하고 있습니다. 다른 사람을 별채로 들여보내십시오."

"아아! 예전 온역이 돌 때 그 아이를 돌보던 종들이 여럿 죽더니, 그예 무서워 아예 다가가지를 못하는가 보구나! 왜 그 말을 내게 하지 않았지? 아무도 의원에게서 그런 말을 듣지 못했느냐?"

현씨 부인이 주위를 둘러보며 물었지만 하인들이 고개를 숙이고 눈치만 볼 뿐 아무도 그렇다 아니다 나서서 시원하게 말하는 사람이 없었다. 의원이 그 사실을 털어놓은 사람이 집요하게 캐물은 시율뿐이라 노비들은 별채 안의 사정을 잘 몰랐기에 대답할 수도 없었다. 하지만 들은 적이 없다고도 말하지 못한 것은, 안에 있는 여비 대신 누군가가 들어가 앓고 있는 아씨의 시중을 들어야 하는 상황이 두렵기 때문이다. 현씨 부인이 가슴을 부여잡고 울부짖었다.

"너희들이 모두 입을 다문 이유를 내가 모르겠느냐? 어찌 너희를 탓하겠느냐? 어미인 내가 이렇게 밖에서 무력하게 딸의 죽음을 기다리고 있는데! 내가 들어가 완이를 병구완해야겠다. 딸을 살리지 못하면 나도 같이 죽으리라."

"부인, 진정하세요. 며칠 밤을 뜬눈으로 새운 쇠약한 몸으로 누굴 간호하시렵니까?"

귀영이 달려가 몸부림치는 현씨 부인의 팔을 붙잡아 부축하며 말렸다. 현씨 부인의 바로 곁에 있던 무당 하나가 뚱한 얼굴로 말했다.

"들어가시면 안 됩니다, 마님. 아직 굿을 끝내지도 않았는걸요."

무당이 흘낏 시율의 눈치를 살피고 더욱 작게 속삭였다.

"굿을 마쳐야 아씨에게 오랫동안 달라붙어 있다가 마침내 질진을 불러온 그 사악한 원귀를 쫓을 수 있습니다. 그 전에 마님께서 들어가시면 아씨와 함께 크게 변을 당하실 수 있습니

다. 또 이렇게 중도에서 굿을 멈추면 신이 노하셔서 질진보다
더 큰 재앙이 이 집을 덮칠 수도 있습니다.”

무당의 협박은 효력이 있었다. 질겁한 현씨 부인이 말을 더
듬었다.

“아아, 그, 그렇겠구먼. 어서, 어서 계속하게.”

현씨 부인은 술사들과 승려들에게도 부탁했다.

“법사들도 어서 계속해 주오.”

“진정 그녀에게 귀신이 붙었다고 생각하십니까?”

시율이 주먹을 불끈 쥐며 소리쳤다. 그의 목소리가 뜰 안 가
득 쩌렁쩌렁 울렸다.

“그래서 귀신을 쫓아내고자 하십니까? 그럼 제가 쫓아내겠
습니다!”

“율아, 너까지 덩달아 흥분하면 어떡하자는 거야? 유자가
귀신을 내쫓겠다니?”

그때까지 보고만 있던 지량이 불안하여 시율의 옷자락을 잡
아당겼지만 시율은 현씨 부인을 똑바로 응시하며 낭랑하게 말
했다.

“저 역시 어린아이였을 적 제 형과 함께 질진을 앓았으나 이
렇게 살아남았습니다. 그러니 저는 병을 가져오는 귀신과 또
한 번 맞싸울 수 있습니다. 제가 별채로 들어가 서 소저를 구완
하고 그녀를 낫게 하겠습니다. 그녀가 완쾌되면 그녀에게 붙은
귀신이 저에게 져 도망쳤다고 생각하십시오.”

“말도 안 됩니다, 마님.”

무당이 현씨 부인의 귀에 대고 속살거렸다.

"신에게 빌어도 죽어 나가는 사람이 허다한 무서운 귀신입니다. 그런 귀신이 붙은 아씨를 고칠 수 있다니요? 저분은 무당도, 술사도, 하물며 의원도 아닌 관원일 뿐인데요."

"아니야, 저이는……."

현씨 부인이 몽롱하니 시율을 바라보며 혼잣말로 중얼거렸다. 그녀의 머릿속에 다지의 말이 불현듯 떠올랐다.

"……연년 무곡성의 운명을 타고난 사람……. 어쩌면 정말로 완이를 살리고 그 애에게 붙은 액운을 없앨지도……"

그녀가 비틀거리며 시율에게로 다가가 매달리듯 그의 팔을 잡았다.

"정말 내 딸에게 붙은 사귀를 쫓아 줄 수 있겠습니까? 과연 경시령께 그런 힘이 있을까요?"

"들여만 보내 주신다면 반드시 서 소저를 살리겠습니다!"

맹세하듯 외치며 시율이 거침없이 굿상을 넘어가 중문의 빗장을 움켜잡았다.

"제가 별채를 나올 때까지 아무도 방해하지 말아 주십시오. 그리고 환자에게 좋지 않으니 시끄러운 굿과 주문, 독송을 그쳐 주십시오. 지난 10여 년 동안 그것들은 서 소저에게 아무 도움도 되지 못했습니다. 제 말을 명심하십시오. 그녀의 병세를 악화시키는 짓을 하는 자는 그 누구라도 용서하지 않을 테니!"

"안 돼, 율아. 진정해."

지량이 달려가 금방이라도 빗장을 벗기려는 시율을 붙잡고 낮게 속삭였다.

"이 바보야, 마음만으로 질진을 낮게 할 순 없어! 침착하게 정신을 가다듬고 이치에 맞게 판단해, 너답게! 이렇게 막무가내로 들어갔다간 서 소저는 물론이고 너도 어떻게 될지 몰라!"

"이대로 놔두면 그녀의 목숨이 정말 위험해져."

시율이 지량을 떨쳐 내기 위해 팔을 세게 휘둘렀다. 그의 얼굴이 분노와 흥분으로 상기되어 있었다.

"아무것도 하지 않고 그녀를 잃을 순 없어. 나중에 후회 않으려면 뭐라도 해 봐야지!"

"그러다가 너도 죽는다니까! 멍청아, 네 능력에도 한계가 있다는 걸 직시해야……."

"그녀를 잃고 혼자 남느니 차라리 함께 죽겠어."

부릅뜬 시율의 눈동자에 불꽃이 이글거렸다. 그 기세에 지량마저도 멈칫했다. 시율이 마치 명령하듯 단호히 말했다.

"나를 도와라, 량아! 그녀 옆에서 내가 할 수 있는 모든 걸 하도록 도와줘. 아무도 날 방해하지 못하도록 네가 막아 줘."

"네가 죽을지도 모르는데 날더러 그냥 보기만 하란 말이냐?"

지량이 아득 이를 깨물었다. 그러나 그는 시율의 손목을 꽉 붙잡아 누른 손에 힘을 뺐다.

"너 때문에 나까지 바보, 멍청이가 됐잖아, 정시율."

지량은 한 걸음 물러나 시율이 중문을 열고 별채의 뜰에 발을 들여놓는 것을 지켜보았다. 현씨 부인과 나머지도 마찬가지, 멀거니 시율의 곧은 등을 바라볼 뿐이었다. 곧 끼익, 문이

도로 닫혔다. 저벅저벅, 뜰을 가로질러 별채의 건물 안으로 들어가는 시율의 발소리가 들리다가 잦아들고 잠시 침묵이 무겁게 흘렀다. 멍청하니 서 있던 무당이 현씨 부인을 돌아보았다.

"마님, 굿을 이대로 멈추면 안 됩니다. 신이 노하십니다. 저분 역시 신의 노여움을 사 무사하지 못할 겁니다."

"저희의 주문이 곧 힘을 발휘할 찰나였는데 이렇게 방해를 하다니요? 주술을 제대로 행하지 못해 생기는 재앙을 바로잡으려면 더 오랜 시간 동안 더 큰 규모로 다시 행해야 합니다."

찌그러져 있던 술사들도 불평을 했다.

"그렇지, 굿을 멈추면 재앙이 따라……. 주술을 망치면 바로잡는 게 더 어렵지……."

시율의 기백에 휩쓸려 어물어물 그의 뜻에 따르게 돼 버린 현씨 부인이 어떻게 수습해야 좋을지 몰라 손에 쥔 염주만 굴리며 갈팡질팡 헤맬 때였다. 지량이 그녀에게 다가가 말했다.

"부인, 경시령이 귀신과 맞붙을 때 다른 신이 간섭하면 생각지도 못한 문제가 생길 수 있습니다. 지금 굿이나 주문으로 다른 힘을 끌어들이면 서 소저를 더욱 위험하게 만들지 않을까요? 이왕 그를 들여보냈으니 연년 무곡성의 힘을 믿어 보시지요."

"연년 무곡성……. 경시령이 정말 그 별의 운명을 타고났나요?"

현씨 부인이 흔들리는 눈동자를 지량에게로 옮기며 물었다. 지량이 힘차게 고개를 끄덕였다.

"서경에서 가장 도력이 뛰어난 법사가 그의 집 앞을 지나가다가 어린 그를 보고 예언했었습니다. 그는 무곡의 화신이니 위기에 빠진 주위 사람들을 구해 내리라고요. 안타깝게도 그는 형과 부모까지 구하진 못했지만 많은 외가 사람들이 당시 서경을 휩쓸던 역마에 당하지 않도록 했습니다. 현위로 부임했던 고을에선 온역에 걸린 사람들을 구하기도 했죠. 이번에도 서 소저를 구할 것인즉, 부인께선 희망을 잃지 마시고 그의 말에 따라 기다려 보십시오."

지량의 말은 순전히 꾸며 낸 것이었지만 현씨 부인을 설득하기에 부족하지 않았다. 혜완이 저주에 가까운 예언을 받았듯 누군가는 축복 어린 예언을 받을 수 있었으리라. 현씨 부인의 머리가 저절로 끄덕여졌다. 무곡성이니 뭐니, 다지가 했던 말들도 상당 부분 지량의 머리에서 나온 것이었지만 그걸 모르는 현씨 부인으로서는 영험한 술승과 지량의 말이 일치하여 놀랍고 신기하기만 했다. 그리고 그 놀라움은 믿음으로 연결되어 그녀는 무당과 술사들, 승려들을 일단 돌려보냈다.

"신을 노하게 하시면, 마님! 크게 후회하실 거라니까요!"

무당들이 으름장을 놓으며 화를 내고, 술사나 승려들도 불쾌한 기색을 마구 드러냈지만 지량이 아랑곳없이 그들을 몰아냈다. 현씨 부인과 귀영을 처소로 들여보내고 노비들에게 굿상까지 다 치우게 한 다음 지량은 혼자 중문 앞에 서서 담 너머 별채를 건너다보았다. 그의 눈동자에 불안이 짙게 드리웠다.

'죽으면 안 돼, 율아. 반드시 서 소저와 함께 거길 나오라고!'

시율은 두려움에 질려 울고 있는 비녀를 내보내고 혜완이 혼자 누워 있는 방으로 들어갔다.

죽음의 그늘이 그녀를 덮고 있으리라고 그는 생각했었지만 혜완의 얼굴빛은 발그레하니 아름다웠다. 그러나 그건 그녀의 상태가 심각하다는 증거였다. 떨어지지 않는 고열이 그녀의 살갗을 붉은빛으로 물들이며 뜨겁게 말리고 있었던 것이다. 시율은 그녀의 곁에 가까이 앉아 면밀히 상태를 살폈다.

'이상하군.'

그녀의 입안과 얼굴, 목과 귀 뒤를 조심스레 관찰하고 그가 생각했다.

'홍반이 사라졌어.'

의원에게 들은 바로는 얼굴에는 처음부터 홍반이 없었고 물집이 잡히지 않는 작은 홍반이 몸 전체로 퍼져 있었다고 했는데 지금 혜완에게선 그 붉은 얼룩이 발견되지 않는 것이다.

'얼굴에 홍반이 없으니 마진(麻疹:홍역)이라기보다는 단사가 아닐까 했었는데……'

곰곰이 생각하던 시율의 눈썹이 흠칫 일그러졌다. 그렇구나!

'단사는 닷새 안에 열이 내리고 홍반이 사라지면 다 나아 죽지 않는다. 하지만 홍반이 사라지고도 열이 들끓는다면 또 다른 증세가 겹쳐 시작되었다는 뜻. 더 위험해진 거야.'

시율은 참담히 입술을 깨물었다. 질진 중에서도 단사는 두창 등에 비하면 살아날 가능성이 많다. 어린아이들이 주로 걸리고 상당수 죽지만 성인들의 경우엔 낫는 경우도 많았다. 시율 본인도 걸린 적이 있고 그의 형도 이 병으로 잃었던 만큼, 시율은 이 병에 관심을 가지고 공부한 적이 있었다. 그가 알기로 병의 대표적인 증상인 홍반이 사라지고도 낫지 않고 더욱 악화되는 경우는 바로 다른 질환이 곧이어 발생했기 때문이다. 단사에 걸린 사람은 이 합병증 때문에 죽는 경우가 많았기에 두창에 못 미친다고 해도 단사 역시 당시로서는 무서운 질병임엔 틀림없다.

시율의 가슴이 묵직하니 내려앉았다. 하지만 낙담하고 있을 수만은 없는 노릇이다. 시율은 혜완의 이마 위에 흐트러진 머리칼들을 정리해 주며 다정히 속삭였다.

"많이 힘들지요? 지금껏 잘 견뎌 왔습니다. 이제 조금만 더 견디면 떨치고 일어날 수 있습니다."

그녀의 이마가 몹시 뜨거웠다. 땀이 나지 않아 건조해진 피부가 열을 바깥으로 배출하지 못하고 그녀의 내부를 끊임없이 불사르고 있었다. 그런 한편으로 한기에 부들부들 떨었다. 정신을 차릴 수도, 완전히 잃을 수도 없는 고통스러운 상황에서 혜완이 가르랑거리는 숨을 몰아쉬며 희게 바싹 마른 입술을 달싹였다. 목구멍까지 말랐는지 소리가 전혀 나지 않았지만 시율은 그녀에게 당장 필요한 것을 알아차리고 물그릇을 집어 들었다.

"여기 물이 있습니다. 입술과 목을 축여요."

그가 한 팔로 그녀의 목뒤를 안아 받치고 입술에 그릇의 가장자리를 대 주었지만 입술을 벌리는 것조차 힘겨운 혜완은 물을 제대로 마시지 못했다. 시율은 그녀를 다시 눕히고 숟가락으로 물을 조금씩 떠서 천천히 입술 사이로 흘렸다. 그녀의 입 안으로 물이 조금 들어가는가 싶더니 이내 입가를 타고 흘러내렸다. 시율이 몇 번을 되풀이해서 끈질기게 물을 흘려 넣어 주었지만 그녀의 입술만 적셨을 뿐 혀와 목까지 축이기엔 턱없이 부족했다. 결국 시율은 숟가락을 치워 버리고 말았다.

"제가 낭자의 명예를 더럽힌 죄는 낭자가 무사히 고비를 넘기고 나면 얼마든지 달게 받겠습니다."

마치 그녀에게 양해를 구하듯 말하고 시율은 물그릇을 이번엔 자신의 입에 댔다. 그는 물을 가득 머금고 혜완의 목을 안아 고개를 살짝 일으켜 그녀의 입술에 얼굴을 가까이 가져갔다. 말라서 제대로 벌어지지 않는 그녀의 입에서 열기가 훅 끼쳤다. 그 열기를 그대로 들이마시며 그는 그녀의 입술에 제 입술을 포개고 새지 않도록 조금씩, 그리고 천천히 입속에 담고 있던 물을 그녀에게 흘려주었다.

느릿하지만 끈기 있게 지속된 그의 노력으로 점차 혜완의 입술 안쪽과 혀가 젖어 들기 시작했다. 같은 방법으로 그가 여러 번 그녀에게 물을 마시도록 하여, 마침내 신음 소리 정도는 낼 수 있을 정도로 혜완의 갈증이 풀렸다.

"추, 추워……."

피로와 고통에 마비된 그녀의 혀가 불분명한 발음으로 중얼거렸다. 신음과 함께 뒤섞여 흘려듣기 쉬웠지만 시율은 용케 그녀의 말을 놓치지 않고 알아들었다. 하긴 듣지 않아도 연신 떨고 있는 그녀를 보면 오한이 심하다는 걸 알 수 있었다.

"열이 온몸에 고루 퍼지지 않고 머리와 심장으로 몰려 추운 것입니다."

눈을 뜨지 못하는 그녀에겐 들리지 않을 텐데도 시율은 목소리를 부드럽게 다듬어 다정하니 설명했다. 그는 혜완의 이마를 짚었던 손으로 그녀의 손을 살며시 잡아 보았다. 이마가 불덩이 같은 데 비해 그녀의 손은 얼음장처럼 차가웠다.

"그래서 이렇게 손이 찬 겁니다. 그리고 발도."

그는 그녀의 맨발도 가만히 감싸 쥐었다. 역시 차가웠다.

"열을 내리면 손과 발이 따뜻해지며 추위가 덜해집니다. 그러니 지금 열을 내리도록 하겠습니다."

그는 미지근하게 데운 물에 부드러운 천을 흠뻑 적셨다. 그리고 물방울이 뚝뚝 들을 정도로 축축해진 천으로 혜완의 뜨거운 이마와 뺨을 쓰다듬듯 살살 문질렀다. 여러 차례 정성스레 그녀의 얼굴을 닦은 뒤 귀 뒤와 목, 목덜미까지 꼼꼼하게 물수건으로 닦아 주었다. 살갗을 태우던 열기가 물기와 함께 날아가면서 혜완의 낯빛이 한결 나아졌다.

하지만 그 정도로 쉽게 떨어질 열은 아니었다. 여전히 그녀의 몸 전체가 열기에 허덕이는 한편으로 오한에 떨고 있었다. 열이 특히나 심한 곳이 살갗이 접힌 부분들, 목과 겨드랑이, 사타구니 등임을 잘 아는 시율은 혜완을 내려다보며 잠시 망설이듯 눈썹을 모았다. 그러나 그녀의 떨림이 눈에 두드러지게 보이자 그는 주저하지 않고 그녀의 자리옷 저고리에 손을 댔다.

"낭자를 구하기 위해서 저는 예의 따위는 버리겠습니다."

그는 과감하게 그녀의 옷깃을 헤쳐 저고리를 벗기고 물수건으로 그녀의 쇄골과 겨드랑이, 팔을 여러 번 반복하여 닦아 주었다. 머리와 목, 팔의 열이 가시면서 그녀의 호흡이 조금씩 편안해지기 시작했다. 차마 치마까지 벗기진 못해 다시 이마와 목부터 닦기 시작한 그는 혜완의 손끝에 온기가 돌자 물수건을 내려놓고 그녀의 손을 쥐었다.

"일시적이나마 열이 내리고 있으니 잠들기에 수월할 겁니다. 고열로 제대로 자지 못했을 테니, 다시 열이 오르기 전까지 푹 쉬도록 해요."

그녀의 손과 발을 번갈아 주무르며 그가 속삭였다. 그의 조언은 적절했지만 아마도 혜완은 그의 말을 못 들은 게 분명하다. 미약하나마 상태가 나아지자 옴짝달싹도 못하던 몸을 뒤척였던 것이다.

"아아……, 어……, 어머……."

웅얼거리는 신음이 혜완의 입속에서 맴돌다 꺼지듯 사라져 잘 들리지 않았다. 시율은 그녀의 입가에 귀를 바싹 가져가 주의 깊게 들은 다음에야 그녀가 어머니를 찾고 있다는 것을 알았다.

"모친께서는 바로 가까이서 낭자의 쾌유를 지극정성으로 빌고 계십니다. 염려하지 마십시오. 낭자는 곧 완쾌되어 모친을 뵐 수 있습니다. 기운을 내요."

그는 그녀의 어머니를 대신하여 손을 꼭 잡아 주었다. 그의 말이 들리지 않았겠지만 그녀는 고통으로 얼굴을 찡그린 가운데서도 희미하게 미소했다. 또 그녀의 입술이 신음을 흘려 시율은 귀를 기울였다.

"나……, 주……, 죽기……, 아아……. 경시……, 리를……, 나야……, 는데."

사이사이 끊어지면서 발음이 뭉그러지는 약한 목소리는 거의 잠꼬대에 가까웠지만 시율은 그녀가 하려는 말을 해독해 냈다. 잘 연결해 보면 죽기 전에 경시령 나리를 만나야 한다는 내용이다.

"전 여기 있습니다."

시율이 그녀의 손을 더욱 세게 잡았다. 사경을 헤매는 순간에 자신을 떠올려 준 그녀가 고맙고도 안쓰러워 그는 눈물이 나올 뻔했다.

"죽다니, 그런 말은 마십시오. 낭자는 혼자서 며칠 동안 병마와 싸워 견뎌 낸 용감하고 씩씩한 사람입니다. 그러니 마음약해지면 안 됩니다. 죽음을 생각하면 안 됩니다. 제가 낭자의 곁에 계속 있을 겁니다. 낭자는 죽지 않습니다. 제가 지키고 있는 이상, 절대로. 들립니까? 제 말이 들립니까?"

"경……시령……, 나……리."

혜완이 고개를 뒤틀며 중얼거렸다. 꼭 감은 그녀의 눈가에 물기가 언뜻 비쳤다. 안타까움이 북받쳐 시율은 꼭 잡은 그녀의 손을 자신의 뺨에 대고 비볐다.

"보십시오, 여기 있습니다. 만져지지 않습니까? 여기 있습니다, 낭자 곁에."

손끝으로 그를 느끼고 안심하길 바라며 시율은 그녀의 손에 뜨겁게 입을 맞추었지만 혜완은 계속 그를 찾을 따름이다.

"경시……령……, 나리……."

"아아!"

옆에 그가 있음에도 보지 못하고 계속 그를 찾는 혜완을 내려다보며 시율은 애써 참았던 탄식을 터뜨렸다.

"귀신에게 빌어 낭자를 낫게 할 수 있다면 무당 앞에서라도 무릎을 꿇으련만! 내 머릿속의 지식과 나의 의지란 그대의 고통을 눈앞에 두고도 얼마나 무력한지!"

그는 그녀의 손에 눈물이 솟아나려는 두 눈을 가져다 대고 이를 악물었다. 그는 질진에 걸린 사람들이 합병증으로 죽는 것을 본 적이 있었다. 지독한 두통과 고열, 오한, 마비와 발작에 시달리다 혼미해진 정신을 끝내 되찾지 못하고 병마에 희생된 환자들의 잔상이 그의 뇌리에 뚜렷이 떠오르며 시율을 괴롭혔다. 그녀가 그들처럼 죽을지도 모른다 생각하니 이제껏 경험하지 못한 공포가 그를 짓눌렀다.

"경……."

그녀의 신음이 한결 약해졌다. 시율은 고개를 들고 그녀의 뺨을 조심스레 쓰다듬었다. 그녀의 손이 차가워짐과 동시에 얼굴이 뜨겁게 달궈지고 있었다. 그의 예상보다 빠르게 그녀의 체온이 다시 가파르게 올라가기 시작한 것이다. 고열이 그녀의 혀를 마비시켜 혜완은 신음조차 자유롭게 내지 못했다. 그를 부르는 것도 더는 무리였다.

"다시 열을 내리겠습니다. 곧 괜찮아질 테니 힘을 내요."

시율이 목소리를 가다듬어 혜완에게 속삭였다. 그는 천을 적셔 아까와 마찬가지로 그녀의 이마에서부터 열을 식히기 시작했다.

'저는 부족하지만 포기하지 않겠습니다. 할 수 있는 대로 다 하겠습니다. 제가 아는 모든 방법으로 낭자의 열을 내리겠습니다. 부처에게도 빌겠습니다. 하늘과 땅의 신령들에게도 빌겠습니다. 제발 저를 남겨 두고 가지 말아 주십시오. 저는 결코 낭자를 놓지 않겠으니 낭자도 저를 놓지 말아 주십시오.'

속으로 몇 번이나 같은 바람을 되풀이하며 시율은 혜완의 열과 밤새도록 싸웠다. 하루가, 이틀이, 그리고 사흘이 그렇게 지나갔다.

혜완은 방문을 열었다. 한겨울인 십일월 보름의 삭풍이 쏴 밀려들었지만 오랜만에 바람을 쐬는 그녀에겐 그 얼음 같은 냉기가 신선하고 산뜻했다. 모직으로 짠 두툼한 옷에 수달피까지 걸친 든든한 차림으로 문지방을 넘는 그녀의 얼굴은 병석에서 일어난 지 얼마 안 되었음을 보여 주듯 해쓱하다. 걸음걸이도 아직은 힘차지 못하고 흔들거렸다. 별채의 뜰에 내려선 그녀는 담 너머 정원의 커다란 꽃나무를 올려다보다가 앗, 소리를 내며 놀랐다. 드문드문 눈이 얹힌 굵직한 가지 사이에 자리를 잡고 기대어 앉아 있는 건 분명 사람이었다. 곧 그녀는 그 사람을 알아보고 살며시 불렀다.

"양온승동정 나리."

목소리도 걸음걸이만큼이나 약해 바람에 금세 흩어졌다. 하지만 목소리를 듣지 못해도 인기척을 예민하게 느낀 지량이 그녀 쪽으로 고개를 돌렸다.

"아니, 서 소저께서! 추운 날씨에 이렇게 밖으로 나오셔도 괜찮으십니까?"

지량이 걱정스레 묻자 혜완이 희미하게 웃었다.

"다 나은걸요. 하루 이틀 지나면 별채를 떠나 제 방으로 갈 거고요."

"다행입니다. 모두들 몹시 걱정하며 낭자가 낫기를 부처께 빌었습니다."

"고맙습니다. 걱정을 끼쳐 죄송하고요. 이젠 말짱해요. 아직 기운이 좀 없지만 금방 원래대로 돌아갈 거예요. 모두 걱정해 주신 분들 덕분이에요."

혜완의 인사에 지량이 고개를 저었다.

"아뇨, 모두 정 공의 정성 어린 구완 덕분이죠. 급가일과 동지冬至로 등청하지 않은 사흘 동안 꼬박 밤을 새며 낭자의 곁을 지켰으니까요."

문득 그가 짓궂은 웃음을 입가에 매달고 음흉스레 물었다.

"그 사흘, 기억이 좀 나시는지요?"

“전혀 안 나요.”

혜완이 억울한 표정으로 입을 비죽 내밀고 툴툴거렸다.

“열 때문에 정신이 오락가락했었거든요. 열이 내리고 경시령을 알아봤을 땐 사흘째 아침이었다고요. ‘어떻게 이분이 내 곁에 있지? 꿈을 꾸고 있는 걸까?’ 그렇게 생각하고 있는데 그분이 웃으면서 ‘이젠 괜찮습니다. 다 지나갔어요.’ 그러더니 일어나 가 버리는 거예요. 쉬는 날이 다 지나가 경시서에 등청해야 한다나요? 그게 그분과 있었던 시간 중 제가 기억하는 전부예요. 그분이 간 뒤에 무봉 어멈이 들어와 돌봐 주는데, 처음부터 죽 무봉 어멈이 간병을 했던 것 같은 기분이에요. 조금이라도 더 기억나면 좋을 텐데…….”

“그러게 말입니다. 그럼 낭자를 통해 제가 조금이라도 들을 수 있었을 텐데요. 정 공은 도통 제게 말을 해 주지 않거든요.”

“저 역시 기억이 난다고 해도 양온승동정께 말하지 않을 거예요.”

파리한 혜완의 얼굴이 얼핏 붉어졌다. 기억해 내고 싶지만 기억하면 뭔가 부끄러울 것 같은 사흘이다. 그녀는 흠흠, 부기가 완전히 가라앉은 목을 가다듬고 말을 돌렸다.

“그나저나 경시령께선 어찌 그리 위험한 일을 감수하셨는지 모르겠어요. 의원도 가까이 오길 꺼렸다는데…….”

“그 친구가 낭자를 위해 할 수 있는 일이 그것뿐이었기 때문이겠지요. 사랑하는 사람이 죽게 생겼는데 손 놓고 있을 수만은 없는 노릇 아니겠습니까.”

"정말이지 경시령은 제 생명의 은인이에요."

"그리고 귀신까지 쫓아 준 은인이기도 하죠."

지량이 껄껄 웃었다.

"줄곧 누워 계셔서 잘 모르시겠지만, 이제 낭자더러 귀신이 붙은 처녀라고 부를 사람은 없습니다."

"저도 들었어요. 무봉 어멈이 얘기해 줬거든요. 제게 붙은 사귀가 마침내 저를 잡아가려고 했는데 경시령이 쫓아내 버렸다는 얘기가 추동에 쫙 퍼졌다고요."

"무당과 술사들을 내치고 들어가 질진 환자를 살려 냈으니까요. 자당께서도 정 공을 무곡성의 힘을 가진 사람이라고 여기시죠. 그래서 귀신을 물리쳤다고 생각하시고요. 자당의 믿음이 이웃에게 옮아갔는지 정 공에게 엉뚱한 부탁을 하는 이들이 생기고 있습니다. 잃어버린 물건을 찾아 달라는 둥 의원도 완치 못한 오래된 종기를 낫게 해 달라는 둥. 그 친구, 낭자의 평판이 좋아진 걸 다행으로 여기면서도 한편으로는 불만이 가득하죠. 이런 방법으로 자당과 이웃들을 설득할 수밖에 없느냐고요. 헛된 믿음을 깨지 못하고 똑같은 믿음으로 대신한 게 영 떨떠름한 모양입니다."

"그래도 전 좋아요. 이제 밖에 나가도 사람들이 저를 피하면서 이상한 눈으로 보지 않을 테니까요."

"그렇죠. 중요한 건 낭자에게 귀신이 붙었다는 소문이 놀랄 만큼 빨리 사라졌다는 겁니다. 그래서 제가 정 공에게 한마디 했습니다. 세상 사람들이 모두 귀신을 믿고 두려워하는데 한 사람의 노력으로 한순간에 바뀌겠느냐고요. 우리들이나 그런 허황한 믿음에 흔들리지 말자고요. 엇!"

지량이 가지 위에서 몸을 덜렁덜렁 흔들다가 옆으로 크게 휘청했다. 앗, 혜완이 놀라 두 손으로 얼굴을 가리는데 그가 금방 균형을 잡고 크게 웃었다.

"흔들리면 나락으로 떨어지는 거죠."

"내려오세요."

혜완이 불안스레 지량을 올려다보았다. 그가 비교적 안정되게 고쳐 앉았지만 얼어붙은 가지에 얼마든지 미끄러질 수도 있고 나뭇가지가 뚝 부러질 수도 있는 것이다.

"추운데 어째서 그런 곳에 앉아 계신 거예요?"

"추운 곳이라서요."

지량이 대답하며 두 팔로 제 몸을 감싸고 부르르 떨었다.

"이렇게 껴입었는데도 한참 있으니 춥군요. 굳이 봉당(封堂: 방과 방 사이의 흙바닥)에 누워 있을 필요도 없겠습니다."

"무슨 말씀이신지요?"

혜완이 고개를 갸웃하자 지량이 쓰게 웃었다.

"왜 노래에 있잖습니까. 십일월 봉당을 잠자리 삼아 속적삼만 덮고 누워 슬퍼한다고. 바닥에 눕는 것보단 나무에 올라앉는 게 더 운치 있을 거라 생각해 올라왔는데 너무 춥군요. 추워서 슬퍼할 겨를도 없어요."

"그건 임과 떨어져 있어 슬프다는 뜻의 노래예요."

혜완의 해석에 지량은 대꾸하지 않았다. 그가 먼 하늘을 바

416

라보며 엷게 웃었는데, 혜완에게는 그 미소가 아릿하니 슬퍼
보였다. 그녀가 잠시 머뭇거리다가 입을 열었다.

"임씨 부인이……, 사라졌어요. 들으셨나요?"

"……아, 그렇습니까?"

전혀 놀라는 기색 없이 지량이 물었다. 여전히 하늘을 보면
서. 혜완이 고개를 끄덕였다.

"예, 홀연히 연기처럼 사라져 버렸어요. 언제 집을 나갔는지
기억하는 사람이 없어요. 제가 아프기 시작한 무렵에 집 안이
혼란할 때 살짝 나간 모양이에요. 귀영 언니가 제 병을 알리려
고 임씨 부인의 방에 갔을 땐, 편지 한 장만 탁자에 있더래요.
하지만 제가 아주 위중해졌기 때문에 귀영 언니로서는 임씨 부
인이 사라진 사실을 빨리 말할 수가 없었던 거예요. 제가 좀 나
아지고서야 편지를 전해 줬죠. 그동안 신세 많이 져서 미안하
고 고맙다고, 딱 그 말만 적은 짤막한 편지였어요. 어머니께 부
탁드려 금강산으로 무봉이를 보내긴 했는데 무봉이가 임씨 부
인을 만날 수 있을지는 모르겠어요."

"그렇군요."

"임씨 부인이 떠나기 전에 아무에게도 인사를 하지 않았을
까요?"

"글쎄요."

지량이 어깨를 으쓱하며 건성으로 대답했다. 그는 웃음을
잃지 않았지만 혜완은 어쩐지 더욱 슬프게 느껴졌다. 그녀의
목소리가 퍽 작아졌다.

“전……, 양온승동정과 임씨 부인이 잘 어울린다고 생각했어요.”

“그래요?”

그가 빙그레 웃었다. 하늘에서 혜완에게로 다시 눈을 돌린 그는 따뜻한 시선으로 그녀를 내려다보았다.

“그런 말은 처음 들어 봅니다.”

“임씨 부인을……, 쫓아가지 않으실 건가요?”

“제가요? 어째서?”

“……모르겠어요. 하지만 그러셔야 후회하지 않으실 거 같아요.”

“후회를? 제가?”

지량이 어이없는 듯 물었다. 혜완은 주제넘게 나선 느낌에 민망해 고개를 숙였다. 왜 그런 생각이 떠올랐는지 모르겠지만 그가 쓸쓸해 보이는 이유가 임씨 부인의 부재 때문인 듯 여겨졌던 것이다. 왜 두 사람이 한 덩어리로 엮어져 떠오르는 걸까? 단옷날에, 유두일에, 그리고 이후로도 그 둘이 함께 있으면 둘 사이에 특별한 교감이 흐르는 것처럼 보였기 때문인지도 모른다. 하지만 지금 지량의 반응을 보면 그건 혜완 혼자만의 착각이었는지도. 고개를 숙인 그녀의 귀에 지량의 혼잣말이 들렸다.

“대사면이 있고 나흘째…….”

“예? 뭐라고요? 사면이요?”

혜완이 고개를 들자 지량이 얼른 말을 고쳤다.

"아니, 오늘이 팔관회 대회일이라고요. 어제 소회일과 오늘 대회일 의례에 앞서 성상께서 서경으로부터 환궁하시고 곧 사면령을 내리셨거든요. 그게 11일의 일이니 나흘 전이군요. 의례 중 가장 큰 행사가 바로 팔관회라, 오늘은 모두 구경을 나가고 밤을 새워 놀 테니 이 근처도 곧 시끄러워지겠구나, 그런 생각을 하고 있었습니다."

"맞아요. 모두 들떠서 나가고 집에 남아 있는 사람이 거의 없어요. 귀영 언니도 일찌감치 나갔고. 양온승동정께선 놀이를 좋아하시는 줄 알았는데, 이런 날 정원 나무 위에 올라가 무료하게 시간을 보내시다니 뜻밖이네요."

"팔관회는 본디 팔계, 즉 재가 신도가 육재일(六齋日:음력 매월 8, 14, 15, 23, 29, 30일)에 하루 낮밤 동안 여덟 가지 계율을 지키는 것에서 비롯했으니, 저는 그 원래의 취지를 살려 생전엔 재액을 막아 복업을 이루고, 사후엔 죄업을 없애 욕계육천(欲界六天)에 태어날 수 있도록 공덕을 쌓고자 합니다. 팔관회 때 거리에 나가면 살생하지 말라거나 도둑질하지 말라거나 거짓말하지 말라거나 높고 넓고 화려한 평상에 앉지 말라는 계율은 지킬 자신이 있고, 음란한 짓을 하지 말라는 계율까지도 어떻게든 지키려고 노력하겠습니다만, 나머지 계율은 절대 지킬 수가 없습니다. 팔관회 대회일에 어떻게 술을 마시지 않겠습니까? 길거리 여기저기에서 각종 술을 파는데! 어떻게 춤추고 노래하는 것을 보지도 듣지도 않겠습니까? 백희를 보지 않으려고 눈을 가리고 다니다간 군중에게 밟히고 말 겁니다. 정오가 지나면 먹지 않는 것도 감히 지키지 못하겠습니다. 밤새도록 먹고 마시고 노는 게 팔관회인데요! 아차, 생각해 보니 마지막 계율은 벌써 어겼군요. 정오가 지나고 먹어 버렸거든요. 어쨌든 계율을 지켜 자신을 청정하게 하려면 도무지 거리로 나갈 수가 없습니다. 그래서 저는 여기, 고적한 정원의 나무에서 명상을 하려는 것입니다.”

팔계를 들먹여 아무렇게나 둘러대는 지량의 말에 혜완은 웃지 않을 수 없었다.

“태조 신성대왕께서도 연등은 부처를 섬기는 것이고 팔관은 천령天靈과 오악五嶽, 명산名山, 대천大川 그리고 용신龍神의 여러 신령을 섬기는 것이라 유훈을 남기셨으니, 팔관회는 부처를 공양하는 동시에 신령을 즐겁게 하는 모임입니다. 먹고 마시고 놀아야 신령을 즐겁게 하지 않겠습니까. 집에서 이러고 계시지 말고 평소의 양온승동정답게 나가서 즐기세요.”

혜완의 권유에도 지량은 나무 위에 있기를 고수했다. 그는 오히려 혜완을 딱하게 바라보았다.

“낭자는 아직 몸조리를 해야 하니 집에서 나갈 수가 없겠군요. 자당이나 김씨 부인, 무봉 어멈도 없이 별채에서 쓸쓸히 대회일을 보내는 겁니까? 하필 율이도 백관과 더불어 의봉문루儀鳳門樓에서 조하(朝賀:경축일에 신하들이 조정에 나아가 임금에게 하례하는 일)해야 하니 지금 올 수가 없고. 굉장히 심심하실 것 같습니다.”

“전 괜찮아요. 경시령께서 저녁이 되면 들르겠다고 하셨거든요. 내일도 휴일이라 계속 함께 있겠다고 약속해 줬어요.”

“그거 잘됐군요.”

지량이 흡족한 미소를 띠고 열이 아니라 부끄러움으로 발그레해진 혜완을 내려다보았다. 문득 궁금한 것이 생각난 그가 나뭇가지 사이로 몸을 내밀며 물었다.

“율이가 사흘이나 낭자 곁을 밤낮으로 지켰으니 이제 두 사람 모두 서로가 아닌 다른 사람과 혼인할 수는 없는 노릇 아닙니까. 자당께서도 그렇게 생각하시고 율이가 계속 별채로 출입할 수 있도록 내버려두신 거겠죠. 그럼 재경 아우와의 혼담은 어떻게 정리되는 것인지요? 낭자는 거기에 대해 들은 바가 있습니까?”

“아니요. 어머니께선 제게 재경이와의 혼담에 대해선 처음부터 한마디도 않으셨거든요.”

고개를 살래살래 저었지만 혜완의 표정은 밝았다.

“하지만 무봉 어멈이 어머니를 모시고 광통사에 갔는데 거기서 참정 부인을 만날 예정이래요. 아마 두 분이서 오늘 그 얘기를 하지 않으실까요?”

“그러면 율이와 낭자의 혼인은 먼 일이 아니겠군요.”

“그건……, 모릅니다.”

혜완의 얼굴이 더욱 붉어졌다.

“경시령께선 제가 완쾌되면 더 기다리지 않고 서경에 알려 중매인을 보내겠다고…….”

“율이는 그렇게 할 겁니다. 그 친구는 전부터 생각하고 있었어요. 재경이와의 어이없는 혼담이 나오기 전부터요. 미리 축하드립니다."

"그런 말씀은 너무 이른 듯합니다. 계속 놀리실 양이면 저는 이만 들어가겠어요."

혜완이 쑥스러워 그만 방으로 돌아가려는데 지량이 그녀를 불러 세웠다.

"잠깐 기다려 주십시오. 제가 축하하는 뜻으로 낭자에게 드릴 선물이 있습니다."

"그런 거, 필요 없어요."

"아니, 낭자가 아주 놀랄 만한, 무척 좋은 선물입니다. 그리고 언젠간 필요하실 겁니다."

지량은 재빨리 나무에서 내려와 중문으로 다가갔다. 그가 잠긴 문을 가볍게 두드리며 혜완을 불렀다.

"잠깐 문 가까이 오셔서 문틈에 귀를 대 보세요."

"예? 귀를요?"

"예. 그럼 선물을 드리겠습니다."

솔직히 지량의 짓궂고 능글맞은 성품을 생각하면 좋은 선물이라는 말이 의심스러웠지만 혜완은 호기심을 이기지 못하고 중문으로 다가가 옆얼굴을 문틈에 가까이 가져갔다. 이렇게 문이 가로막혀 있는데 선물을 어떻게 준다는 거지? 혜완이 궁금해하는데 지량이 문틈 사이로 작게 속삭였다. 단 몇 마디에 혜완의 눈이 휘둥그레졌다. 문 저편에서 지량이 히죽 웃었다.

"어떻습니까, 제 선물이?"

혜완은 딱 벌어진 입을 두 손으로 막은 채 아무런 말이 없었다. 그의 선물은 언제 필요하게 될지 모르겠지만 분명 아주 놀라웠다.

현씨 부인은 최씨 부인과 나란히 광통사의 탑 앞에 서서 합장하고 있었다. 나한보전 앞에서 만난 두 사람은 불공을 드리고 나와 탑까지 함께 걸어오면서도 서로 말을 아끼는 중이었다. 가슴에 품은 말이 상대를 언짢게 할지도 모르기에 먼저 말을 꺼내기가 쉽지 않았던 것이다. 탑 앞에서도 긴 침묵을 지키던 두 사람 중에서 먼저 말을 건 사람은 최씨 부인이었다.

"완이는 좀 어떤가?"

"거의 다 나았습니다."

"다행이야. 질진이었다면서? 심부름 보낸 사람이 전하는데 얼마나 식겁했던지, 눈앞이 다 하애지더군. 나았다니 정말 다행일세, 정말로."

최씨 부인은 진심으로 기뻐하는 한편 입안이 말랐다. 지금 혼담을 철회하려니 그녀가 혜완의 질진을 꺼리는 걸로 현씨 부인이 오해할까 봐 선뜻 말을 못 하겠다.

"형님께……, 긴히 드릴 말씀이 있습니다. 그, 저……, 재경이와의 그 일에 대해……."

"어, 엉? 그, 그 일?"

현씨 부인이 어렵게 입을 열어 띄엄띄엄 말하자 최씨 부인은 가슴이 철렁하여 혼담에 대해 전혀 생각하고 있지 않은 척 눈을 동그랗게 떴다. 마치 까맣게 잊고 있었던 사람처럼 놀라는 최씨 부인을 보며 현씨 부인은 그녀가 했던 말을 상기시켜 주었다.

"재경이가 회복하면 재개하자던 그 얘기 말이에요. 재경이가 쾌유된 직후에 이번엔 완이가 쓰러져 또 미뤄졌지만 이젠 더 미룰 이유가 없어졌잖습니까."

"아, 아아……, 그 얘기, 그거. 그렇지, 이젠 미룰 이유가 없지……."

아유, 어떡해. 최씨 부인이 안절부절못하고 내리뜬 눈동자를 어지럽게 굴렸다. 혼수 준비를 서두르라고 재촉한 자신이 이 혼인을 반대하고 나서려니 영 체면이 안 선다. 그리고 자매처럼 지내 온 오랜 친구인 현씨 부인에게 너무나 미안하다. 그래도 아들이 우선이라 눈을 딱 감고 사과부터 하려는데, 현씨 부인이 먼저 작은 소리로 속삭이듯 말했다.

"죄송해요, 형님. 그 둘은 혼인을 시킬 수가 없어요. 없게 돼 버렸어요."

"으, 응? 아, 아니, 왜?"

최씨 부인의 귀가 번쩍 뜨였다. 며칠을 잠도 설치며 고민했는데 이렇게 쉽사리 해결되다니?

"혼인을 시킬 수 없게 돼 버리다니, 그게 무슨 뜻인가? 무슨 일이라도 있었는가?"

"완이의 병구완을 젊은 사내에게 맡겼거든요."

"뭐, 뭐라고? 혼인도 안 한 젊은 처녀를 사내에게?"

연거푸 놀란 최씨 부인에게 현씨 부인은 시율이 나서서 혜완을 돌보고 마침내 질진을 고쳐 낫게 했다는 얘기를 털어놓았다. 시율의 간호뿐 아니라 혜완의 체력과 의원의 처방 등이 복합적으로 결합되어 딸이 나은 것이지만 현씨 부인에겐 어디까지나 시율의 놀라운 능력과 용기 덕분에 딸이 회복된 것으로 여겨졌던 것이다. 상세하게 지난 과정을 묘사한 그녀는 최씨 부인에게 몹시 미안해했다.

"전부 제 책임입니다. 그땐 완이를 살리려면 그 방법 외에 없어 보였어요. 그리고 정말로 그 경시령이 완이를 살렸습니다. 귀신도 쫓아냈고요. 하지만 그러기 위해 사흘이나 한방에서 둘만 있도록 놔두었는데 어떻게 형님께 이 일을 속이고 완이를 재경이에게 주겠습니까? 그럴 순 없지요."

"그럼, 그러면 안 되지."

"완이는 경시령에게 줄 수밖에 없게 되었습니다."

"그렇지, 그럴 수밖에 없지."

"경시령이 상국 나리의 문생이기에 더욱 죄송합니다. 이는 모두 제 허물일 뿐, 경시령이 좌주님께 고의로 죄를 지은 것이 아님을 이해해 주세요."

"이해하지, 이해해. 상국께서도 이해하실걸. 사람 목숨이 달린 일 아닌가."

"아아, 형님께서 이렇게 시원시원하게 이해해 주시니 얼마나 기쁜지요! 재경이와 완이의 혼례를 그토록 바라시던 형님께 차마 말을 못 하고 저는 혼자서 속으로 끙끙 앓았답니다."

현씨 부인이 홀가분한 표정으로 미소하자 최씨 부인의 막혔던 가슴도 뻥 뚫렸다. 일이 이렇게도 풀리는구나! 최씨 부인은 후련하니 마음껏 축하를 하면서도 너무 좋아하면 현씨 부인이 섭섭해할까 봐 아쉬워하는 기색을 살짝 비쳐 주었다.

"나는 괜찮네. 완이가 훌륭한 신붓감이니 아쉬운 마음이 어찌 없겠는가마는, 임자가 따로 있었나 보구먼. 상국께는 내가 잘 말씀드릴 터이니 자네는 아무 염려 말게. 경시령 정 공, 그 사람만큼 모두가 탐내는 사윗감이 없어. 그렇게 부처께 공양을 하고 순례를 다니더니, 마침내 자네가 복을 받는구먼."

"그러게요. 10년 동안 부처께 빌고 또 빌었던 숙원이 한꺼번에 풀린 거예요. 완이가 스물이 넘도록 사는 것, 완이에게 깃든 원귀가 사라지는 것, 이 두 가지가요. 아아, 이젠 정말 마음 푹 놓고 순례를 다닐 수 있게 되었어요."

"엥? 자네, 또 떠나려고?"

최씨 부인이 어리둥절하니 고개를 갸웃했다.

"완이 걱정으로 그동안 순례를 다녔던 게 아니었어? 이제 모든 근심이 씻겨 나갔는데 어찌 다시 집을 떠나겠다고 하는 겐가?"

"하도 명산대천과 사찰들을 돌며 불공을 드리는 생활에 익숙해서인지 집에 머무르려니 답답해서요. 이번엔 한가윗날 돌아온 후로 벌써 석 달이나 집에 있었더니 가슴이 콱 막힌 느낌입니다. 완이가 혼인을 하면 살림을 완전히 맡기고 저는 부처께 의지하는 여생을 살며 여행을 계속하려고요. 그러다 나중에

노년이 되어 지치면 작은 암자를 짓고 경을 독송하며 은거하고
싶어요.”

어이구, 이제껏 완이를 위해서 고려 방방곡곡을 돌아다닌
줄 알았더니 그게 아니었구먼. 최씨 부인이 속으로 혀를 찼다.
자기가 좋아서, 자기를 위해서 그렇게 떠돌아다닌 거였어. 그
녀는 딱한 눈길로 현씨 부인을 쳐다보았다. 딸에게 귀신이 붙
었다고 남들보다 더 굳게 믿었던 이유가 이거였나 싶었던 것이
다. 비구니가 되겠다는 것도 아니고 여행을 계속하겠다니 들르
는 절마다 후하게 시주하는 버릇은 여전할 것 같다.

‘완이의 고생은 여간해선 끝나지 않겠구먼.’

최씨 부인은 혜완이 안됐다고 생각하면서도 혜완이 재경과
혼인하지 않게 된 일을 다행스럽게 여겼다. 그런 최씨 부인의
속내를 모르고 현씨 부인은 재경을 걱정했다.

“재경이는 어쩌죠? 완이와 혼인하고 싶어서 병까지 났었다
면서요. 이제 곧 혼인하겠다고 손꼽아 기다릴 텐데 정작 완이
는 다른 사람과 혼인하게 생겼으니……. 다시 자리에 눕는 게
아닐까요?”

“그야 뭐……, 조금 낙담은 하겠지만 어쩔 수 있나.”

최씨 부인은 너그러이 이해하는 척했다. 굳이 자신 쪽에서
도 혼담을 계속하지 못할 이유가 있음을 말하고 싶지 않았던
것이다. 그녀는 도량이 넓은 피해자 시늉을 하면서도 앞으로
진척해야 할 일의 초석을 놓는 것을 잊지 않았다.

“완이와의 혼인은 무산됐지만 재경이 마음이 싱숭생숭할 때

빨리 다른 인연을 찾아 안정을 시켜야겠어. 내년엔 문음으로 초직을 받을 것 같으니 그 전에 처를 맞는 게 좋을 듯해서 말일세. 처가 있으면 들뜬 마음이 가라앉아 공무에 봉공하면서 예부시 준비도 차근차근 할 수 있겠지. 그러면 언젠간 급제를 할지도 몰라.”

“하지만 당장 마음에 드는 여자를 찾을 수 있을까요?”

“내가 서둘러 좋은 사람을 찾아봐야지. 아, 참!”

최씨 부인이 갑자기 두 손을 짝, 마주쳤다. 불현듯 떠오르는 사람이 있는 듯이.

“자네 집에 있는 그 사람, 그 사람은 어떨까?”

“그 사람이라니요?”

“왜, 그 손끝이 야무진 사람. 길쌈도 침선도 썩 잘하는……. 낭천에서 왔다고 했던가……. 내가 지난번 갔을 때 만났었는데.”

“김씨 부인을 말씀하시는 거예요?”

“그렇지! 바로 그 사람. 그 사람은 어떨까?”

점찍어 둔 게 아니라 우연히 생각난 것처럼 최씨 부인이 능청을 떠는데 현씨 부인은 곧이 믿고 반색한다.

“김씨 부인이야 정말 훌륭한 신붓감이죠. 집안이나 재산으로는 재경이와 비교가 되지 않겠지만, 인물도 곱고 인품도 참하고 무엇보다 그 손재주와 성실한 성정은 여느 대갓집 규수들도 따라가지 못할 거예요. 재경이처럼 착하고 검소한 사내를 만나면 금방 가산을 크게 일굴 사람이에요.”

“그러면 그 김씨 부인에게 자네가 넌지시 말해 보겠나? 재경이도 그 사람을 좋게 말하던데, 둘이 모르는 사이 같지는 않아.”

“당장 말해 보죠. 재경이와 김씨 부인이라니, 제 생각엔 참 잘 어울릴 듯해요.”

“내 생각에도 그래.”

현씨 부인이 자기 일처럼 기뻐해 최씨 부인도 기분이 썩 좋았다. 그녀는 현씨 부인과 함께 천천히 탑에서 물러나 나란히 걸으면서 즐거운 앞일을 구상했다.

“우리 재경이가 혼인할 때 완이도 정 공과 혼인하면 되겠구먼.”

“같은 날에요? 그건 점을 쳐 봐야죠.”

“내가 술사를 고를 테니 점도 나랑 같이 봐.”

“안 돼요. 술사라고 다 용한 게 아니란 말이에요. 신통한 이로 신중하게 골라야죠.”

“술사 고르는 데 시간을 얼마나 들이려고? 날 잡는 거, 사실 신부의 편의대로 고르는 거지 점은 형식이라고. 그러니 술사 고를 시간이 있으면 혼수 준비나 더 부지런히 하게. 어차피 혼인할 사람이 정해져 있는데 쓸데없는 것에 돈이며 시간이며 낭비하지 말고. 알겠는가?”

“…….”

“왜 말이 없어? 내 말대로 해. 알겠는가?”

“……알았어요.”

두 사람의 대화는 광통사의 넓은 경내를 가로질러 사찰 밖
으로 나설 때까지도 지속되었다. 해가 뉘엿뉘엿 넘어가는 이른
저녁에 거리 곳곳에서 공연되는 팔관회 백희가무의 음악이 흥
겹게 울리는 것이 꼭 혼례 잔치처럼 왁자했다.

십이월

十二月ㅅ 분디남ᄀ로 갓곤 아으 나울盤잇져다호라
니믜 알픠 드러 얼이노니 소니 가재다 므르숩노이다 아으 動動다리

시율은 집에 늦게 도착했다. 어제가 성평절(成平節:고려 문종의 생일)이라 임금의 길상吉祥과 복을 비는 도량에 참석하고 오는 길이다. 성평절 당일에는 문무백관이 건덕전乾德殿에 나아가 왕에게 하례를 올리고, 왕은 재추(宰樞:종이품 이상의 관원) 등 고위 관료와 함께 선정전宣政殿에서 잔치한다. 그리고 왕실은 이레 동안 외제석원(外帝釋院:태조가 창건한 송악산 소재의 절)에서 기상영복도량(祈祥迎福道場:국왕의 만수무강과 복을 기원하는 불교 의례)을 열었는데, 개경의 관리들은 흥국사에서 행사를 치렀다. 시율은 지금 흥국사에서 온 것이다. 그는 집으로 가는 골목의 어귀에 서 있는 지량을 발견하고 걸음을 빨리했다. 따뜻한 담비 갖옷을 차려입은 지량은 말 위에 올라탄 채였다. 말 등에 작은 보따리까지 실은 걸 보면 그는 멀리 출행할 모양인가 보다.

"지금 떠나려는 거냐?"

시율이 황당한 얼굴로 말에 탄 지량을 올려다보며 물었다.

"낮에 출발한다고 했잖아. 차라리 오늘 하루 더 자고 날이 밝거든 떠나지 왜 캄캄한 밤에 출발하려고?"

"낮에 떠날까 했는데, 아무래도 널 한 번 더 보고 가야 할 것 같아서 말이야."

지량이 히죽 웃었다.

"나랑 헤어지는데 네가 혼자 베개를 껴안고 청승맞게 울지나 않을까 걱정이 돼서."

"쓸데없는 소리. 네가 드디어 실직을 받아 가는데 내가 울긴 왜 울어?"

시율이 흥, 코웃음을 쳤다. 그의 말대로 지량은 양온승동정에서 동북면(東北面:동계, 함경도 이남부터 강원도 삼척 이북에 해당하는 지방) 병마사(兵馬使:군사와 행정을 동시에 맡은 정삼품의 최고 사령관)의 팔품 병마녹사兵馬綠事로 승양하여 임지로 떠나는 참이었다. 이름뿐인 벼슬을 받고 빈둥거리는 게 아니라 마침내 제대로 일할 수 있게 된 것이다.

아침에 멀쩡하니 작별 인사를 해 놓고 밤이 되도록 뭐했나 싶어 시율이 미간을 찌푸리는데 지량이 섭섭하다는 듯 그의 어깨를 툭 쳤다.

"눈물이 안 나와? 내가 더 이상 네 곁에 없는데? 이제 내달이면 혼인을 하니 내가 없어져도 외롭지 않다는 거냐?"

"그래. 난 혼인도 할 거고 꼬맹이도 가까이 있다. 혼자 떨어져 눈물이 나오는 사람은 내가 아니라 너겠지. 그래서 못 떠나고 이렇게 미적거리는 거잖아?”

“음, 그런가?”

시율이 딱 잘라 말하자 지량이 머쓱한 듯 코를 문질렀다.

“난, 내가 동북면으로 가게 된 이후로 네가 자꾸 내게 뭔가 말하고 싶어 하는 것 같아서, 네가 참 서운한 모양이라고 생각했는데.”

“말하고 싶긴, 내가……, 뭘?”

퉁명스레 받아치는 시율의 말이 중간에 잠시 흔들렸다. 그는 재빨리 목소리를 가다듬어 평소처럼 아무렇지도 않게 말했다.

“잘 다녀오라는 말 외에 할 말이 달리 있겠냐.”

“겨우 그거? 그 말 꺼내기가 어려워서 요 며칠 내 눈치를 살살 보고 있었냐, 너?”

“그런 적 없다.”

“그런 적 없긴, 나, 이래 봬도 꽤 예민하거든?”

흠, 시율이 헛기침으로 대답을 대신하며 말고삐를 붙잡아당겼다.

“밤에 나서 봤자 얼마 가지도 못한다. 하룻밤 더 자고 내일 일찍 떠나.”

“아니, 정말로 네 얼굴 한 번만 더 보고 가려고 기다린 것뿐이다.”

지량이 시율의 손에서 고삐를 빼앗았다.

“오후에 꼬맹이며 서 소저며 김씨 부인이며 무봉 어멈까지, 사람들이랑 인사를 다 마치고 집에서 나온 거거든. 그대로 가려다가 네 생각이 나서 기다렸어. 돌아가면 사람들이 왜 다시 왔냐고 물을 테니 내가 우스워진다. 난 이대로 가야겠다, 율아."

"늦어서 위험하잖아. 그냥 우스워지렴."

"오늘이 경신일庚申日이야. 경신일 중에서도 동지가 지나고 오는 섣달 경신일. 온 고려 사람들이 경신수야(庚申守夜:경신일에 잠자지 않고 밤을 지새우는 도교 풍속)로 밤새도록 대낮처럼 불을 밝히는데 위험할 일이 뭐 있겠냐. 들어 봐, 서 소저 집도 잔치로 떠들썩하잖아."

지량의 말에 응수라도 하듯 요란한 웃음소리와 노랫소리가 그들 가까이에 있는 혜완의 집으로부터 흘러나왔다. 지량이 그 소리들에 귀를 기울이더니 빙그레 웃었다.

"서 소저에게 귀신이 붙었다고 했던 시절엔 어떤 명절과 축일이 와도 저렇게 시끄럽게 놀지 않았었지. 의식하지 않는 척하면서도 이웃의 눈치를 봤던 거야. 이젠 그럴 이유가 없어졌으니 다들 아주 마음 놓고 노는군. 초반부터 저렇게 기운을 빼면 밤을 꼬박 새우긴 어렵겠는걸."

그는 시율을 돌아보며 장난스럽게 충고했다.

"율이 너, 저기 어울렸다간 아침이 오기 전에 졸겠다. 전처럼 내가 옆에 있다면 손발에 불이라도 놓아 깨울 텐데 이젠 그렇게 해 줄 사람도 없으니 조심해. 조는 사이에 삼시충(三尸蟲: 사람의 몸에 있으면서 수명, 질병, 욕망 등을 좌우하는 세 가지 벌레)이 하늘로 올라가 천제께 네 죄를 일러바칠 테니. 너처럼 겉으론 단정하고 욕심 없어 보이는 녀석이 속은 더 시커먼 법이거든. 천제가 네 수명을 팍팍 깎아 버리면 어떡해? 서 소저만 불쌍해지지.”

“헤어지는 마당이라고 입 함부로 놀릴래? 길어 봤자 1~2년 후면 다시 볼 텐데, 다시 만나도 내가 너보다 품계가 높을 것이니 돌아오면 가만두지 않겠다. 운이 좋아 같은 관부에서 일하게 되면 아주 혹독하게 부려먹을 거야.”

“너, 날 그저 그런 흔한 관리로 보는 거냐? 두고 보라고, 언젠가 같은 관부에서 네 상관으로 만나 줄 테니. 난 적어도 판중추원사까지 될 운이거든.”

“뭐냐, 그게?”

갑작스레 튀어나온 고위 직명에 시율이 어이없어 입가를 찡그렸다. 지량이 킥, 웃었다.

“있어, 그런 게. 너도 내년 봄 입춘이 오면 내가 잘 가던 찻집에서 만두 한 접시만 사 봐.”

“……?”

시율이 언뜻 말뜻을 이해하지 못하고 ‘뭐야?’ 하듯 눈을 크게 뜨고 웃는데, 지량이 주변을 한번 쓱 둘러보았다. 어둠이 더욱 짙어진 것을 깨달은 그가 고삐를 당겼다.

“이제 난 가야겠다. 잘 있어라, 율아.”

말의 배를 걷어차려는 순간, 주춤한 지량이 다시 한 번 시율에게 물었다.

“나한테 정말 할 말 없어?”

“무슨 말?”

“그거야 나도 모르지. 말할 사람은 너니까. 혼자서 우울한 얼굴을 한 거 몇 번 슬쩍 봤어. 요즘처럼 기분 좋을 때 왜 그런 표정이 나오는지 모르겠는데, 진짜 율이 너, 고민 있는 거 아냐?”

“고민은……. 그런 거……, 없다.”

“흐흥.”

지량이 의심에 찬 콧소리를 냈다가 곧 피식 웃으며 고개를 끄덕였다.

“그래. 네가 없다면 없는 거지. 그럼 난 가마.”

“너무 늦었는데……, 내 말대로 그냥 자고 가지그래?”

“아니, 갈래. 너도 봤고, 난 이제 여기서 볼일이 없거든.”

지량이 말의 배를 차려는 순간이었다. 시율이 그 앞을 가로막았다.

“량아, 잠깐만.”

지량이 그만하라는 듯 손을 홰홰 내저었다.

“난 아침까지 기다릴 생각 없대도. 밤길이 더 좋으니 붙들지 마라.”

“아니, 가지 말라고 붙드는 게 아니라…….”

“그럼 왜?”

“……사실 네게 말을 해야 할까 고민 중이었는데…….”

시율이 그답지 않게 망설이며 지량의 호기심을 자극했다.

438

역시 나한테 할 말이 있었잖아! 지량이 눈짓으로 재촉하자 시율이 결국 결심한 듯 말했다.

"미안하다, 량아. 며칠 전에 알았지만 네게 말하지 않았어. 널 위하는 길이 뭔지 나름대로 생각했는데, 역시 말하는 게 낫다는 결론을 내렸다. 네 앞날을 선택하고 네 인생을 살아가는 사람은 내가 아니고 너니까. 그리고 너와 내 처지가 바뀌었다면 넌 반드시 내게 말해 줬을 테니까."

"……?"

"화주방어사(和州防禦使:현 함경남도 금야군)에 있다고 한다."

지량의 안색이 확 굳었다. 무엇이 있다는 것인지 시율은 더 자세히 밝히지 않았지만 지량은 '화주방어사'란 한마디로 알아차린 것 같았다. 뜻밖의 소식에 놀랐는지 눈만 부릅뜨고 입을 꾹 다물고 있던 그가 이윽고 딱딱하게 경직된 얼굴 근육을 풀고 슬며시 입가를 비틀어 미소했다.

"마침 동북면이로군."

지량이 작게 중얼거리자 시율은 쓰게 입을 다시며 고개를 끄덕였다.

"그래, 공교롭게도."

별로 달가워 보이지 않는 친구를 보며 지량이 히죽 웃었다.

"걱정돼?"

"조금."

시율은 걱정스러운 눈을 들어 지량을 올려다봤지만 연신 히죽거리는 그의 낯을 대하곤 그만 피식 웃어 버렸다.

"아니, 걱정 따윈 안 해. 넌 이지량이니까. 이지량답게 살면 그걸로 좋은 거니까."

"맞았어. 재추가 될 이지량이니 네 걱정 따윈 필요 없지. 넌 근면 성실하게 일해서 날 쫓아오기나 하라고!"

지량이 말의 배를 가볍게 찼다. 무료하게 한참 서 있기만 하던 말이 히힝, 소리를 내며 힘차게 앞다리를 치켜들었다.

"잘 있어라, 율아. 말해 줘서 고맙다. 답례로 내가 네 상관이 되면 살살 다뤄 주마."

"그렇게 되길 바란다. 조심해서 잘 가라."

끝까지 장난스러운 지량을 향해 시율이 손을 흔들었다. 지량을 태운 말이 그를 지나쳐 경쾌하게 걷기 시작했다. 뚜벅뚜벅, 말발굽이 언 땅 위에 부딪는 소리가 몇 번 울리더니 금방 우뚝 멈췄다. 지량이 말의 머리를 돌리더니 시율을 향해 물었다.

"넌 운명이 있다고 믿니, 율아?"

"글쎄."

시율이 자신 없이 어깨를 으쓱했다. 운명이란 말에 지난 몇 달 꽤나 마음고생을 했던 그다. 운명이 있는지 없는지 그로서는 확신할 수 없으나 운명이 실제로 있고 그걸 감지하기에 믿는 건 아닌 듯하다. 시율이 말했다.

"운명이 있다고 해도 그게 우리의 의지나 노력과 무관하게 미래가 정해져 있다는 뜻은 아니겠지. 우연에 불과한 일이라도 운명으로 거창하게 느낀다면, 그건 그만큼 내가 그 우연을 바라거나 그 우연에 매혹되었기 때문이 아닐까? 네가 운명이라고 생각할 만큼 뭔가가 강렬하게 널 끌어당긴다면 실제 운명인지 아닌지 따지지 말고 기꺼이 응해. 그게 시간이 지나도 여전히 운명으로 여겨질지 아닐지는 먼 훗날 돌아보면 알게 되겠지."

"난, 믿고 싶어졌어."

어둠 속에서 지량이 말했다. 뚜벅뚜벅, 다시 말이 걷기 시작했다. 처음엔 천천히 걷던 말이 딸가닥딸가닥, 점점 속력을 내더니 이내 지량의 뒷모습이 어둠에 묻혀 사라졌다.

갑자기 행수기녀가 그녀의 방에 들이닥쳤지만 영롱은 놀라지 않고 태연하게 물었다.

"예정에 없던 연회라도 열리나요?"

대한大寒이 지나 조금 포근해지긴 했지만 동해와 잇닿아 있는 이곳 화주는 여전히 한겨울 추위가 기승을 부렸다. 동여진東女眞의 반란을 진압한 지 얼마 되지 않아 전투에 참가한 군인들을 위무하는 잔치를 연달아 벌이는 중이라 이번에도 그와 같으려니, 영롱은 생각했다. 행수기녀가 야릇하게 고개를 저었다.

"예정에 없던 자리는 맞는데, 너만 불려 가는 거야."

"저만요?"

영롱이 의아하니 눈을 둥글게 떴다.

"저를 특별히 지목하여 벌이는 자리라고요? 그런 일이 있을 수가?"

"그러게. 그런 일이 있을 수가 있다는 걸 나도 오늘 알았다."

행수기녀가 영롱의 말에 기꺼이 맞장구쳤다.

그녀들은 모두 관에 속한 기녀들로 관에서 행하는 각종 행사와 연회에 나가 춤을 추고 노래를 하며 동석한 사내들의 술시중을 드는 것이 주요 임무였지만 한 사람만 따로 불려 나가는 일은 흔치 않았다. 그 지방의 우두머리가 지목해 부르지 않고서는 대개 여럿이 떼로 연회에 나가는 것이 일반적이었다.

영롱이 비록 스물이 넘어 기녀로서 나이가 많은 축에 속한다고 해도 미모와 재주로는 화주의 방어사가 탐낼 만했지만, 그녀에겐 독특한 전력이 있기에 그런 일은 이제껏 없었다. 그녀의 전력이란 다름 아닌 고을 수령에게 상해를 입히고 도망간 일이다. 마땅히 큰 벌을 받아야 했으나, 제 발로 관부에 들어가 죄를 고백한 데다 수령이 먼저 잔혹 행위를 한 점이 참작되고 마침 사면령까지 내려져 동북면 추운 지방의 기녀로 보내지는 정도로 그쳤다.

그러나 수령에게 대든 맹랑한 기녀를 가까이하려는 관원은 없었다. 처음엔 노래하는 그녀에게 호기심을 느끼다가도 행수기녀가 그녀에 대해 비교적 상세히 소개를 하면 그녀를 옆에 두길 꺼렸다. 영롱에게는 퍽 다행스러운 일이 아닐 수 없었다. 행수기녀가 영롱에게 관심을 갖는 관원이 생기면 반드시 그녀의 과거를 밝혔기에 그녀는 남자들의 시중을 들지 않아도 되었다. 다른 기녀들보다 영롱을 특별히 대우해서가 아니라 미리 말하지 않았다가 나중에 무슨 욕을 볼지 모르기 때문에 행수기녀는 이 일만큼은 확실히 했다. 그 점에서 행수기녀가 꽤 성실하다는 것을 알지만 언뜻 납득이 가지 않아 영롱은 확인을 했다.

"제가 어떤 애인지 말씀드렸나요?"

"했지, 그럼."

'그렇게 당연한 걸 묻고 그러니?' 하듯 행수기녀의 짙은 눈썹이 비죽 올라갔다. 그녀는 대단히 흥미로운 이야기를 해 줄 태세로 영롱에게 바싹 다가왔다.

"좀 특이한 이인가 봐. 신출내기 병마녹사에 불과한데 이번 동번東蕃이 난을 일으켰을 때 크게 활약을 해서 병부상서 겸 병마사 나리 눈에 들었나 보더라고. 무관들보다도 활약이 두드러져서 병마사 나리가 기특히 여겨 상을 내려 줄 테니 바라는 것이 있냐고 물었는데, 화려한 개경 생활을 접고 한갓진 시골에 왔으니 쓸쓸하다며 기녀 한 명을 첩으로 삼고 싶다고 했대. 병마사 나리가 그런 전례는 들어 보지 못했다고 성상께서 내리신 정향丁香을 은과 함께 주겠다고 그랬더니 자기는 굳이 기첩이 필요하다고 고집을 피우더라는 거야. 우습지 않니?"

"우습네요. 그래서요?"

"그 애길 판행영병마사判行營兵馬使 나리가 들으시고 허허, 웃더니 개경에서 놀던 젊은이가 쓸쓸할 만하다며 기녀를 하나 주라고 허락하셨다는 거야. 그래서 병마사 나리가 어리고 예쁜 기녀를 하나 골라 주려고 하는데, 그 병마녹사가 이번엔 자기가 데리고 살 계집이니 자기가 골라야 한다고 그랬대. 결국 병마사 나리가 마음대로 하라고 두 손을 들었는데 이 사람이 여기 화주로 온 거야."

"그럼 기첩으로 삼으려고 저를 골랐단 말인가요?"

영롱의 얼굴이 하얘지는데 행수기녀가 고개를 저었다.

"아니, 그건 아니야. 오자마자 마음먹고 널 고른 게 아니고, 처음엔 노래 잘하는 기녀를 보내 달라고만 했거든. 그래서 난 소향素珦이를 보냈지. 노래야 널 따라올 애가 없지만 이건 노래만 부르라는 게 아니잖아. 첩으로 삼으려는 기녀가 사내를 때려 기절시킨 적이 있다면 누가 좋아하겠어? 그래서 열여섯 탐스러운 애를 보낸 건데, 글쎄 그이가 곧바로 되돌려보낸 거 있지? 노래가 마음에 안 든다나? 그걸 곧이곧대로 믿을 수 있니? 솔직히 노래만으로 기첩을 삼겠느냐고. 다른 게 눈에 안 차서 돌려보낸 거지. 그게 뭔지는 모르겠지만."

"그도 그러네요."

"그렇지? 그래서 노래가 문제가 아니라 얼굴이 문제인가 보다, 그렇게 생각해서 그다음엔 운선雲仙이를 보냈지. 그런데 노래 한 곡 불러 보게 하더니 방 밖으로 내몰더란다. 그렇게 하나둘 물리치니 나중엔 누굴 보내야 할지 모르겠는 거야, 내가. 방어사 나리도 이렇게 까다롭지는 않은데 병마녹사 주제에 어찌 화주의 기녀들을 죄다 퇴짜 놓는지, 내가 하도 기가 막혀 만나러 갔지. '나리께서 원하시는 아이를 제가 도무지 못 찾아내겠네요. 어떤 아이를 원하시는지요?' 내가 물었거든. 그러니까 대답하는 말이, '노래를 잘하는 아이가 좋겠네.' 그러는 거야.

‘노래는 지금까지 보낸 아이들도 곧잘 하는데요.’ 내가 또 그랬거든. 그러니까 이이가 ‘그 아이들보다 잘하는 사람이 있다고 들었는데.’ 그러는 거야. 개네들보다 노래를 잘하는 사람이라니, 그건 너밖에 없잖아? 너도 알다시피, 영롱아.”

“그래서요? 행수님이 제 얘길 했나요?”

“했지. 아주 자세하게. ‘노래에 뛰어난 아이가 하나 더 있긴 합니다만 나이도 스물이 넘었고 무엇보다도 고을 수령의 머리를 깨고 도망한 적이 있는 아이라 곁에 두실 만하지 않은데요.’ 이 정도면 다 말한 거 아니니? 그런데 이이가 우습게도 ‘수령의 머리를 깨다니, 재미있군. 맘에 들어. 일단 노래를 들어 보고 싶소.’ 이러는 거야!”

“재미있다고 했단 말이에요?”

영롱의 눈에 불쾌한 빛이 스쳤다. 그런 걸 재미있어 한다면 그 작자 머리도 깨 주고 싶다.

“도대체 어떤 사람이죠?”

“나도 모르지. 개경에서 왔고 기녀와 곧잘 놀았던 것 같고 노래 잘하는 기녀를 찾는 사내지, 뭐. 스물 안팎의 새파란 애송이던데 노래에 대해 꽤 아는 척하며 건방 떨기를 좋아하나 봐. 그래도 얼굴은 잘생겼더라.”

행수기녀는 그 애송이를 떠올리고 흥, 못마땅한 콧소리를 흘렸다.

“혼인도 안 한 것 같던데, 그렇게 젊은 나이에 기첩부터 얻으려고 하다니 보통이 아니야. 나중에 처가 될 여자는 속병을 얻어 단명할걸.”

확신에 찬 목소리로 단정하며 행수기녀는 미간을 찌푸린 영롱의 손을 잡았다.

“이렇게 된 일이니 이젠 네가 가야지, 뭐. 네 노래까지 아니라고 하면 난 더 이상 보낼 아이가 없어.”

“하지만 전……, 가고 싶지 않아요.”

영롱이 행수기녀에게 잡힌 손을 살며시 뺐다.

“기첩이라니……, 싫어요. 전 이대로가 좋다고요.”

“하지만 이건 네가 싫다 좋다 할 문제가 아니지.”

행수기녀가 친한 사람끼리 수다를 떨 때 나오는 풀어진 목소리를 한껏 죄어 엄하게 말했다.

“너도 엄연히 기녀고 기녀는 부르면 가야 해. 예외는 없어. 가서, 노래하고 술 따르고 춤을 추는 거야. 안으면 안기는 거고. 같은 기녀면서도 연회 때 노래만 부르고 술시중이나 잠자리 시중을 들지 않아서 다른 아이들이 널 곱게 보지 않는 걸 모르니? 물론 네가 의도해서 그렇게 된 건 아니다만 다른 아이들이라고 너처럼 살고 싶지 않겠어? 그 무지막지한 현령을 때려준 건 통쾌하지만, 엄연히 네가 저질렀던 일은 큰 죄인데 똑같이 기녀로 일하는 게 그 애들에겐 불만이란 말이다. 네가 관비가 되어 우리 심부름이나 하고 잡일을 맡았으면 또 달랐겠지만. 어차피 기녀로 돌아왔으니 하기 싫더라도 기녀로서 할 일이라면 해야지.”

“기녀라면 괜찮아요. 기녀로 계속 남을 수 있다면. 하지만 누군가의 첩이 되는 건 싫어요. 안 돼요.”

“그건 네 맘대로 되는 게 아니야. 그 녹사 마음대로지.”

행수기녀는 냉정하게 말했다가 문득 영롱의 절망 어린 낯빛을 살피고 의아해했다.

“사실 넌 연회에 나가는 것도 썩 내켜 하지 않잖아? 기첩이 되면 서방 하나만 섬기고 여러 남자들 앞에서 노래와 춤을 팔 일도 없는데 왜 기녀로 남는 게 더 낫다는 거니?”

“그건…….”

“혹시 마음에 따로 둔 사람이 있기 때문이니?”

“……”

영롱은 대답을 하지 않았지만 그것이 곧 긍정의 대답임을 행수기녀는 알아챘다. 행수기녀가 쯧쯧, 한심하다는 듯 혀를 찼다.

“기녀가 정을 주면 그 사내만 좋은 일 시키는 거야. 사내들은 금방 떠나간다고. 우리가 부르는 노래들 속 여자들 거개가 떠나간 사내를 못 잊어 하지만 그걸로 끝이야. 사내가 돌아와 행복해진다는 얘기가 없어. 그 사내들에게 기녀란 몇 번 가지고 노는 장난감인걸. 정을 통했던 기녀가 눈앞에 있는데도 다른 기녀를 안고 논다고.”

“그분은……, 그러지 않아요.”

“어머? 애, 정말 웃기네.”

영롱이 힘겹게 부인하자 행수기녀가 깔깔, 날카로운 비웃음을 터뜨렸다.

“네가 좋아한 그 사람이 대단히 별난 줄 아나 봐? 다 똑같아. 너, 그를 생각해서 잠자리 시중을 안 하게 된 걸 다행으로 여겼을지 모르겠지만…….”

행수기녀의 목소리가 조금 누그러졌다. 영롱을 바라보는 눈길도 살짝 부드러워졌다.

“……그런 수고는 너만 괴롭히고 말 뿐이야. 나이가 몇 살 더 먹으면, 늙었다고 이 짓도 못 해. 그땐 퇴물이 되어 온갖 잡다한 놈들을 받아야 먹고살 수 있게 돼. 한 살이라도 젊고 예쁠 때 누군가를 붙잡아 첩으로라도 들어가면 그런 수모는 겪지 않아도 되잖아? 두 번 다시 만나지 못할 임 따윈 빨리 잊어버리고 널 평생 거둬 먹여 줄 남자를 찾지 않으면 안 돼. 병마녹사가 대단한 벼슬은 아니지만 아직 젊은 나이에 크게 전공을 세운 걸로 봐서 나중에 큰 인물이 될지도 모르니, 이번 기회를 걷어차지 말고 네 노래 실력을 발휘해 봐. 노래에서처럼 널 돌아봐 주지 않을 녹사를 기다리며 어울리지 않는 절개를 지킬 게 아니라 새로운 녹사를 찾아 앞날을 도모해야지. 그게 기녀잖니.”

“하지만…….”

“아유, 더 길게 얘기하지 말자. 나, 네게 부탁하러 온 게 아니라 행수로서 명령하러 온 거야. 지금 당장 치장하고 그 병마녹사에게 가 봐.”

영롱으로서는 더 버틸 도리가 없었다. 애초부터 버틴다는 게 말이 안 되는 일이었다. 그녀는 행수기녀가 시키는 대로 화장을 하고 옷을 갈아입은 뒤 그 특이하고 건방진 애송이 병마녹사가 머무는 집에 심부름꾼의 안내를 받아 갔다.

술상이 차려진 방에 들어가 남자를 기다리는 중에, 영롱은 저절로 흘러나오는 한숨을 막지 못했다. 그동안 좋았던 운이 이제 다한 기분이었다.

'혹시라도 내가 이 방 주인의 기첩이 되면 양온승동정과는 정말로 영영 이별이겠지.'

그런 생각이 들자 가슴이 턱 막혔다. 그 사람이 이 사실을 알면 달려와 또 함께 도망가자고 할까? 그녀는 뒤늦게 그때 그와 함께 도망갔으면 좋았을걸, 후회를 한다. 뜨겁게 입술을 비벼 오며 같이 떠나자는 그에게 그러마고 거짓말을 하고 살짝 빠져나와 경시령을 찾아가 관부로 데려가 달라고 했던 자신이 원망스럽다. 그런 그녀를 그는 어떻게 생각하고 있을까?

'아마 화를 내고 있겠지? 서경의 기녀와 똑같이 자기를 속인 여자가 미워 견딜 수 없겠지?'

아아, 그럼에도 그가 그녀를 찾아와 다른 사내의 기첩이 될 바엔 평생 도주하는 삶을 살자고 말해 주길 바라는 지금의 마음은 뭘까? 영롱은 자신의 이기심에 헛웃음이 나왔다.

'그를 속이고 나왔으면서. 서경의 그 기녀처럼 그를 배신하고 그를 위해서라고 말해 그를 더욱 비참하게 만들었으면서.'

그래도 사랑하는 마음은 진심이었다. 그리고 지금도 그 마음은 변함이 없다. 오직 영롱 자신만이 아는 마음이지만, 그 마음이 있었기에 그녀는 연회에서 노래만 하는 생활에 지극히 만족스러워했던 것이다. 다른 사람의 시중을 들지 않고 오직 그만을 위해 몸을 정결히 지킬 수 있는 생활을. 그에게 안길 날이 영영 오지 않을지라도.

'하지만 첩이 되면 그가 아닌 다른 사람에게 안기게 돼.'

문득 영롱은 부르르 떨었다. 그녀는 술과 안주가 조촐하게 차려진 탁자에서 방 한구석에 놓인 침상으로 눈을 돌렸다. 깨끗하고 폭신한 이불과 베개가 놓인 침상이 그녀에게 모욕감을 안겼다. 기녀이기에 숱한 사내들을 겪었던 그녀지만 지량을 알게 된 지금은 다른 사람이 자신을 만질 수 있다는 상상만으로도 소름이 돋았다.

'내 힘과 의지로 내 몸을 지킬 수 없는 불쌍한 인생이여! 부처께서 이 고통을 이해하시고 내생에는 다른 삶을 살게 해 주실 것인가? 남자를 미혹하고 간음하며 고결한 부인들을 죽음에 이르는 고통에 밀어 넣었다고 죄를 주진 않으실까?'

더할 수 없이 서글퍼진 그녀는 저도 모르게 가는 목소리로 노래를 불렀다.

십이월 분디나무로 깎은 아아 진상할 상의 젓가락 같구나.
임 앞에 들어 가지런히 놓으니 손님이 가져다 뭅니다.
아으 동동다리.

입 밖으로 노래를 부르니 문득 우스웠다. 이런 때 어울리지 않게 혜완이 생각난 것이다.

“세상에, 내 처지를 생각하며 노래를 부르다니. 내가 그 순진한 아씨를 흉내 내고 있네?”

하지만 노랫말이 자신의 마음과 똑같이 느껴지는 것은 어쩔 수 없다. 그에게 몸을 맡기고 싶은데 엉뚱한 사람에게 불려 와 술상과 침상 사이에 앉아 있는 지금의 그녀는 노래 속 여자와 다르지 않은 것이다. 영롱이 길게 한숨을 쉬는데 문이 덜컹, 열렸다.

방 안으로 뚜벅, 걸어 들어오는 발소리에 영롱은 얼른 시선을 내렸다. 남자가 정면으로 그녀를 마주하는 자리를 피해 비스듬히 떨어져 앉았기 때문에 눈을 옆으로 굴리지 않고는 볼 수 없었지만 영롱은 굳이 애써서 남자를 보려 하지 않았다. 그녀는 이 남자에게 아무런 관심이 없고 관심이 없는 상대는 볼 필요도 없는 것이다. 남자가 그녀를 물끄러미 보는 게 똑똑히 느껴졌는데, 남자는 고개를 들라거나 자신을 보라고 말하지 않았다. 한참 동안 침묵을 지키다가 목구멍이 막힌 듯한 쉰 목소리로 남자가 한 말은 이랬다.

“노래 불러 봐.”

다짜고짜 내리는 명령과 그 어조로, 영롱은 탁자 저편의 남자가 무척 무뚝뚝한 사람인가 보다고 생각했다. 그녀에 대해 알고자 하는 어떤 질문도 없이, 이름조차 묻지 않고 노래부터 부르라는 이 남자를 행수기녀의 말대로 특이하고 우스운 사람이라고 생각했지만, 술부터 따르라고 하지 않은 것을 영롱은 다행으로 여겼다. 술을 따르려면 남자에게 가까이 다가가야 하기 때문이다.

그녀는 옆에 놓아 둔 금을 무릎에 놓고 노래를 불렀다. 혜완이 생각난 김에 동동을 불렀는데 일부러 엉망으로 불렀다. 노래를 핑계로 어리고 예쁜 기녀들을 퇴짜 놓은 사내에게 그녀가 퇴짜 맞을 수 있는 방법은 그것뿐일 테니까. 조금밖에 부르지 않았는데 남자가 쉰 목소리를 무겁게 깔았다.

"그만."

노래를 좀 아는 이라면 지금 그녀의 노래를 듣고 혹평하지 않을 수 없으리라. 그따위로 노래를 부르려거든 당장 나가라고 해 줘, 제발. 영롱이 속으로 간절히 부탁하는데 남자가 꾸짖듯 물었다.

"왜 제대로 부르지 않지?"

"원래 실력이 이 정도입니다, 나리."

영롱이 거짓으로 둘러대자 남자가 픽, 웃었다.

"그래? 밖에서 들었을 땐 그 정도가 아니던데. 같은 노래인데 안에서 들으니 영 딴 노래가 됐군."

남자는 밖에서 그녀의 동태를 살피다가 들어온 모양이었다. 영롱이 당황해하는데 이어지는 남자의 말이 그녀를 더욱 당황하게 했다.

"잘 부르더군. 난 노래를 잘하는 여자를 좋아하지."

"그렇게 잘하지는……."

"내 맘에 꼭 들어."

"밖에서는 제대로 들리지 않았을 텐데요."

"그럼 다시 한 번 들어 보지. 내가 청하는 노래를 불러 봐."

"어떤 노래를……."

"음, 그 노래, 비둘기 새는……, 그렇게 시작하는 노래."

"……!"

"뻐꾸기에게 바치는 그 노래 말이야. 응? 이번엔 제대로 불러 줘."

고개 숙인 영롱의 눈이 확 커졌다. 귀에 익은 목소리. 그녀가 눈을 번쩍 들어 남자를 쳐다보니 지량이 마주 보며 빙그레 웃었다.

"조금 전엔 너무 못했어."

"양온승……동정 나리? 어떻게 여기에……."

"양온승 아니야. 동정직도 아니고. 이젠 병마녹사라고."

"병마녹사? 그럼 정말 나리가 그 괴상하고 어이없는……, 녹사? 정말인가요?"

"괴상하고 어이없는지는 모르겠지만 널 불러 달라고 한 녹사인 건 맞지."

"아아, 맙소사!"

영롱이 두 손으로 얼굴을 감쌌다. 가슴을 잔뜩 졸였던 긴장감이 일시에 탁 풀어지면서 머리가 어질해진 것이다. 지량이 그녀를 끌어당겨 자신의 무릎 위에 앉혔다. 그녀의 얼굴에서 손을 떼어 내고 턱을 잡아 올려 눈을 마주치게 한 뒤 그가 싱긋 웃었다.

"녹사라서 실망했어? 병마사였으면 좋았을라나?"

여전히 장난스러운 그를 바라보는 영롱의 눈에 눈물이 차오르기 시작했다. 그것은 미안하고도 두려운 마음에서 솟아난 눈물이었다.

"나리께선……, 어찌 웃으십니까? 나리께 거짓말을 하고 혼자 그 집을 빠져나온 제게, 화나지 않으셨어요?"

"화났어. 무지하게."

울먹여 가늘게 떠는 그녀의 입술에 자신의 입술을 가져다 대며 지량이 간질이듯 속삭였다.

"화내려고 쫓아온 거야."

그는 그녀의 입술을 가득 물고 달게 그녀의 숨결을 들이마셨다. 그리고 깊숙한 입맞춤으로 그녀가 숨 쉴 공기를 죄다 빼앗고도 놓아주지 않아 헐떡이게 했다. 한참 후에 그가 입술을 뗐을 땐 그녀의 입술은 평소보다 훨씬 통통하게 부풀어 올라 있었다. 그 입술을 손가락으로 훑으며 그가 만족스레 웃었다.

"날 화나게 한 벌이야."

"정말 저를 찾아오신 거예요? 저를 데리러?"

그와 코가 닿을 듯이 가까이 있는데도 못 믿겠다는 듯 영롱이 물었다. 그를 바라보는 그녀의 눈동자가 마구 흔들렸다. 지량이 웃으며 그녀의 눈에 가만히 입술을 대었다. 그가 말하자 그의 입술이 그녀의 속눈썹을 어루만졌다.

"그래, 널 찾아왔어. 널 데리러."

느릿하고 달콤하니 그가 물었다.

"내 처가 되어 주겠어?"

"처라니요, 나리. 기첩입니다."

감격하면서도 영롱이 황망히 그의 실수를 지적하자 지량이 콧등을 찡그렸다.

"너 말고 다른 여자를 또 맞을 일이 없으니 내겐 처야."

"그런 말씀으로 저를 두근거리게 하시다니! 하지만 그럴 순 없어요. 가족들도 그렇게 놔두진 못할 거고…….."

"난 가족도 어쩌지 못하는 놈이야."

"계속 승양하여 높은 자리에 오르면 천첩만 둔 것을 사람들이 좋게 보지 않습니다."

"좋게 보지 말라지. 난 남의 눈을 신경 쓰지 않는 놈이기도 하거든."

"전 괜찮아요. 나리께서 절 첩으로 맞아 주신다면 아무래도 상관없어요. 나리께서 부인을 들이면 그분도 공경하겠습니다."

"절대 안 돼."

지량이 그녀의 코를 살짝 잡아 흔들며 짐짓 혼내듯 말했다.

"내가 싫거든. 자존심 센 내 비둘기가 스스로 자존심을 꺾는 것은."

또 한 번 감격한 영롱이 그의 품에 깊숙이 안겼다. 눈물이 그렁거리는 그녀의 얼굴에 조금 전까지는 상상도 못 했던 행복감이 어른거렸다. 눈물을 머금은 채 미소하는 그녀를 내려다보며 지량이 다시 물었다.

"내 하나뿐인 여인이 되어 주겠어?"

"……예."

대답하는 영롱의 목소리가 떨렸다. 지량이 그녀를 무릎에서 내려 의자에 앉혔다.

"그럼 당장 혼인하자."

그는 술병을 들어 잔을 채우고 탁자를 가리켰다.

"이 탁자가 우리의 초례상이고 이 술이 우리의 합환주야."

그는 영롱과 술을 한 모금씩 나누어 마시고 그녀를 번쩍 안아 들어 침상으로 데려가 눕혔다.

"그리고 여긴 우리의 신방이지."

"이렇게 빠르게 진행된 혼인은 본 적도 들은 적도 없어요."

성급하게 그녀의 옷깃을 헤치는 지량에게 영롱이 웃으며 말했다. 지량이 눈을 가늘게 뜨고 물었다.

"그래서 불만인가?"

"아뇨, 전혀."

"그럼 계속하자고."

방 안이 곧 나지막한 속삭임과 키득거리는 웃음소리, 이불과 옷이 스치며 내는 부스럭거리는 소리로 가득 채워졌다.

설달그믐 전날 오후, 혜완의 집은 여느 집들과 마찬가지로 음식 준비로 부산했다. 제석(除夕:설달 그믐날 밤)에 친지들에게 선물할 세찬을 마련하고 곧 다가올 새해 차례상에 올릴 제수도 장만해야 하기 때문이다. 또 정초에 손님들을 대접할 세찬도 넉넉하게 준비하려면 여자들은 그믐날까지도 정신없이 바쁘다.

귀영은 음식 준비보다는 바느질에 더 많은 시간을 쏟았다. 이제 다음 달이면 그녀는 이 집을 떠나서 낭천으로 돌아가 혼례를 올리게 되므로 그동안 고마웠던 이들에게 감사의 표시 겸 새해 선물로 설빔을 지어 줄 생각을 했던 것이다. 고마운 사람들이 한둘이 아니다 보니 지어야 할 옷가지도 적지 않았지만 손이 빠른 그녀는 지금 막 마지막 한 땀을 뜬 참이다. 완성한 옷들을 차곡차곡 깔끔하게 개어 놓고 귀영은 한 벌만 비단 보자기에 곱게 싸서 품에 안은 채 방을 나섰다. 전이며 고기며 생선을 지지고 굽고 찌는 소리와 냄새로 가득 찬 집 안을 종종걸음으로 벗어나 그녀는 살짝 대문 밖으로 나갔다.

보는 사람이 없는지 주위를 조심스레 살피며 그녀가 간 곳은 집에서 가까운 앵계 주변의 수풀가였다. 거기엔 추운 날씨에도 불구하고 꿋꿋하게 그녀를 기다리고 있던 재경이 서성거리고 있었다. 찬바람이 심해 사람들이 찾지 않는 허허한 겨울의 수풀가에 홀로 우두커니 서서 그 바람을 다 맞고 있는 재경을 발견하고 귀영이 뛰듯이 재게 걸어 그에게 다가갔다.

"이를 어째! 공자님 입술이 파래졌어요."

인기척에 그녀를 돌아본 재경의 얼굴에서 제일 먼저 눈에 띈 입술이 핏기를 잃고 얼어 있어 귀영이 안타까워했다.

"제가 너무 늦었지요?"

"늦긴요. 딱 지금쯤 올 거라고 생각했어요. 그리고 나, 하나도 안 춥습니다."

재경이 달달 떨리는 입술로 웃었다. 귀영이 손을 들어 그 딱

한 입술을 따스하게 어루만졌다.

"제가 잘못했어요. 그저 남들 보는 앞에서 만나면 부끄러우니 몰래 보자고 한 건데……."

"난 좋습니다. 이렇게 둘만 있어야 할 수 있는 일도 있으니까."

재경이 그녀의 손에 입을 맞췄다. 그는 귀영의 다른 손에 들린 보따리를 보고 손을 내밀었다.

"웬 짐이죠? 내가 들겠습니다."

"짐이 아니에요. 공자님께 드리는 선물이죠."

귀영이 그에게 보따리를 안겼다. 크기와 무게, 그리고 비단 보자기의 마찰음으로 재경은 안에 든 물건을 짐작했다.

"옷이로군요."

"공자님께 제 손으로 해 드릴 수 있는 게 이것뿐이에요."

"난 그대가 지어 준 옷을 입을 때가 가장 행복합니다. 그대의 손길이 느껴지니까요."

재경이 팔을 벌려 입고 있는 옷을 내보였다.

"그래서 늘 그대가 만든 옷을 입죠. 봐요, 지금 입고 있는 이것도 완이 어머니께서 보내신 옷, 바로 그대가 만든 옷입니다."

"앞으로는 제가 만든 옷만 입게 되실 거예요."

귀영이 그의 두루마기 앞섶을 매만지며 수줍게 웃었다. 미소하는 그녀가 사랑스러워 두 팔로 안으며 재경이 속삭였다.

"어서 그렇게 되었으면! 하루하루가 참 길고도 지루합니다."

"저도 그래요."

귀영이 그의 품에 얼굴을 묻으며 말했다.

"내일 아침 일찍 낭천의 친정으로 돌아가면 공자님이 친영을 오실 때까지 기다려야 하는데, 달포도 안 될 그 시간이 너무 길게 느껴집니다. 마치 오늘 헤어지고 나면 영영 못 만날 것처럼 가슴이 아파요."

재경도 한동안 그녀를 보지 못한다는 생각에 아쉬워져 그녀를 꼭 끌어안았다. 예법에 철저히 따르자면 지금 그들이 만나는 것도 가능하지 않았지만 성혼 직전까지도 얼굴을 마주 보고 싶은 그들이었다.

귀영은 진작 친정으로 돌아가 재경 쪽의 청혼을 기다려야 했지만 여전히 혜완의 집에 머물고 있었다. 친정에는 금행과 이혼한 얘기며, 혜완의 집에 의탁한 일이며, 재상 아들과의 만남 등 그간의 사정을 장문의 편지로 알렸다. 그녀의 부모는 무척 놀라고 당황했지만 한편으로는 좋아했다. 현씨 부인이 편지와 함께 들려 보낸 많은 선물에 감동하기도 했고, 무엇보다 재상 아들과의 혼인이라는 엄청난 행운이 귀영의 친정집은 물론 그 동리 전체를 들썩이게 만들었다.

귀영의 부모는 기꺼이 최씨 부인이 보낸 중매인에게 허혼서를 주어 되돌려보냈다. 귀영이 개경에 있으면서 의혼이 다 이루어진 것이다. 이제 그녀가 친정으로 가 예물을 받고 재경이 대례를 치르러 낭천으로 가는 과정만 남았다. 귀영은 돌아갈 날을 최대한 늦춰 섣달그믐, 새로운 해가 오기 직전에 출발하기로 했다. 그동안 사람들의 눈을 피해 이따금 재경을 만나 즐거운 시간을 가졌는데 이제 그것도 마지막이다.

"그대가 낭천에 가지 않고 그냥 여기서 혼례를 올렸으면 좋겠습니다."

그녀를 안은 팔에 힘을 더하며 재경이 애틋하니 말했다. 귀영도 그의 가슴에 찰싹 달라붙어 옷깃에 뺨을 비비며 한숨을 흘렸다.

"정말이지 그럴 수 있다면 좋겠어요!"

"아아, 우리도 시율 형님이랑 완이처럼 혼례 직전까지도 바로 이웃해 살았으면……."

"하지만 그 두 사람은 가까이 살아도 거의 만나지 않잖아요. 완이가 낫고 난 다음부턴 경시령이 찾아오지도 않고."

귀영이 불만이 살짝 섞인 말투로 말하자 재경이 시율을 변명했다.

"바로 옆에 사니 더욱 조심스러운 거겠지요. 그리고 시율 형님이 그 집에 들어갈 마땅한 핑계가 이젠 없잖아요. 완이가 큰 병에서 나은 지 그리 오래지 않으니 완이 어머니나 무봉 어멈이 외출을 자꾸 막기도 하고. 내달엔 그이들도 혼인하니 조급할 게 없겠죠."

"그래도 서로 좋아하면 어떻게 해서든 만나려고 할 거 아니에요. 우리처럼. 제가 공자님을 몰래 만나고 왔다고 하면 완이는 굉장히 부러워한다고요. 경시령께선 여자의 마음을 잘 모르시는 거 같아요."

"시율 형님이 그런 면에선 좀 눈치가 없고 맹하죠."

재경이 시율을 옹호하길 그만두고 자신에게 동조해 주자 귀영은 다소 흥분했다.

"그렇죠? 오늘도 완이는 좀 외로워 보였는데, 경시령은 원정 급가 중이라 등청하지도 않는데 집에만 가만히 있잖아요. 그러다가 완이 마음이 흔들리면 어쩌려고."

"마음이 흔들려요? 완이가?"

그녀의 말에서 미심쩍은 부분을 발견하고 재경이 의혹 어린 눈을 가늘게 떴다.

"시율 형님이 아닌 다른 사람이라도 있단 말입니까?"

"아니, 확실히 그렇다기보다는……, 어쩌면 그럴 수도 있겠다는 얘기예요. 오늘 완이랑 얘기하면서 그런 낌새를 느꼈거든요."

"무슨 일이 있었습니까?"

"무슨 일이 있었다기보다는 무슨 일이 생길지도 몰라요. 완이에게 내일은 좀 특별한 날이거든요."

재경은 불길한 느낌이 들었다. 그의 그녀가 허튼소리를 할 리도 없고 내일이라고 날을 특정한 걸 보면 분명히 뭔가 있기는 있는 것이다. 시율 형님은 아무것도 모르고 있을 텐데! 조금 전 시율의 집에서 나왔던 그는 평소와 다름없이 책을 읽고 있던 시율을 떠올리고 불안해졌다. 소꿉동무였던 혜완보다 친형님 같은 시율을 더 좋아하고 소중히 여기는 재경은, 혼인을 앞두고 마음이 흔들린다는 혜완을 이해할 수 없었다. 다른 사람도 아니고 시율 형님과 혼인하는데 어떻게? 재경은 좀 더 상세히 알고 싶었다.

“내일은 제석이니 모든 사람들이 한 해를 갈무리하는 날인데 완이에게만 특별하겠습니까.”

“그런 게 아니에요. 내일은 완이가 열아홉 살 된 해의 섣달 그믐이거든요.”

“누구나 열아홉의 섣달그믐을 보냅니다. 그대가 잊고 있지는 않겠지만 굳이 상기시켜 주자면 내게도 내일은 열아홉의 섣달그믐이랍니다.”

“아니, 그렇게 누구나 맞을 수 있는 하루가 아니라, 완이에겐 어떤 사람을 만나기로 한 날이거든요. 바로 내일 새벽에.”

“그 어떤 사람이 어떤 사람인지 알고 있습니까?”

“물론이죠. 그 어떤 사람이 어떤 사람인지 아마도 경시령께선 아직 모르실 것 같은데…….”

재경과 밀착해 있어 아무리 작은 소리로 말해도 잘 들리겠건만 귀영은 양손으로 그의 뺨을 붙잡아 고개를 숙이게 한 후 그의 귀에 대고 비밀스럽게 속삭였다.

“……바로 완이의 첫사랑이요.”

“첫……사……랑?”

재경의 눈이 휘둥그레졌다. 솔직히 혜완이 시율과 좋아하는 사이란 걸 알았을 때도 좀처럼 믿기지 않았던 그였다. 그에겐 어린 시절의 혜완이나 지금의 그녀나 다를 바가 없었기에, 그의 머리칼을 쥐어뜯고 뺨을 할퀴던 그녀가 귀영과 같은 여자라고 느껴지지 않았던 것이다. 그런 혜완이 남자를 사랑할 수 있다니! 재경은 진심으로 놀랐었고 처음엔 그의 존경하는 시율 형님이 안돼 보이기까지 했다. 그런데 시율 이전에도 좋아하는 남자가 있었다니? 가까이 지냈던 사이임에도 혜완이 무척 낯설게 느껴졌다.

"하지만 완이에겐 시율 형님 이전에 만날 만한 남자가 없었는데요? 아는 남자라곤 거느리는 종복들과 나 정도……."

문득 재경이 화들짝 놀랐다.

"……설마 나를?"

자신이 시율의 경쟁자가 되어 혜완의 마음을 흔들게 되었다면 큰일이라고 생각한 재경의 얼굴이 하얘졌다. 귀영이 재빨리 고개를 저어 그를 안심시켰다.

"아니에요. 첫사랑이란, 7년 전에 우연히 만난 사람을 말하는 거예요."

"아, 그렇군요."

재경이 놀란 가슴을 쓸었다. 안도하는 동시에 새로운 궁금증이 그의 머릿속에 돋았다.

"7년 전이면 우리가 열두 살이었는데 완이가 그때 처음 남자를 좋아했었다고요? 난 전혀 몰랐습니다."

"아니, 벌써 다 잊으신 거예요? 7년 전 완이가 어느 숲에서 만났던 아이 초라니요. 그 앤 그 사람에게 운명을 느꼈다니까요. 전에 말씀드렸잖아요."

"아아, 그 운명의 남자!"

재경이 뒤늦게 기억하고 아하, 소리를 쳤다. 그리고 이내 다른 것도 기억해 냈다.

"하지만 그 운명의 남자와는 이미 틀어졌다고 하지 않았습니까? 완이는 그자를 다시 만날 생각이 없다고……."

"그게, 사실은 그때 나타난 운명의 남자가 가짜였거든요. 진짜는 아직 못 만난 거예요. 진짜가 아니었으니 당연히 완이가 끌리지 않았겠죠. 하지만 완이는 그자가 가짜인 줄 모르고 운명의 남자 대신 경시령을 택했어요. 진짜를 만났다면 그 선택은 달라졌을지도 모르죠."

"그래서 진짜를 만나 보겠다는 겁니까? 시율 형님 몰래?"

"그럴지도 몰라요. 7년 전에 완이는 진짜 운명의 남자와 약속을 했는데, 그 약속이란 게 완이가 열아홉이 되는 해의 섣달그믐에 만나는 거거든요. 그게 바로 오늘 밤에서 내일 새벽 사이예요. 완이는 그 약속을 지키러 오늘 밤 나갈지도 몰라요."

"하지만 완이는 시율 형님의 혼약자인데!"

재경이 분노하여 목소리를 높였다.

"엄연히 혼인할 이가 바로 옆집에 있는데 어째서 그를 만나러 갈 생각을 했답니까? 첫사랑이건 뭐건 잊어야죠!"

"그건……."

거침없이 술술 말하던 귀영이 멈칫했다. 그녀의 얼굴에 난감한 표정이 떠올랐다.

"……저 때문이에요."

"그대 때문에? 아니, 그대가 어쨌기에?"

"전 완이가 그 운명의 남자를 혼자 얼마나 그리워하며 재회하길 바랐는지 잘 알아요. 물론 완이는 경시령을 좋아하게 되어 혼약도 했고 혼례도 올릴 거지만 마음속으로는 운명의 남자를 끝내 만나지 못해 아쉬움이 가득할 거예요. 전 알 수 있어요. 사실, 운명이라고까지 느꼈는데 완전히 잊기는 어렵지 않겠어요?"

"글쎄요……."

"남자들은 모르겠지만 여자는 안 그래요. 오늘 제 방으로 완이가 찾아왔는데 표정이 쓸쓸해 보였어요. 완이는 저와 헤어지기 아쉬워서라고 했지만 그것만은 아닐 거란 직감이 들었어요. 그래서 제가 말했죠. '완아, 내일 새벽이 바로 네가 말한 그날이야. 열아홉 되는 해의 섣달그믐. 오늘 밤이 지나고 내일 아침이 오면 네가 그 운명의 남자를 만날 기회는 앞으로 없을 텐데, 괜찮니?' 그렇게요."

"그래서 완이가 괜찮지 않다고 하던가요? 그 남자를 여전히 보고 싶다고 그래요?"

아무것도 모를 불쌍한 시율을 생각하니 재경은 화가 치밀어 올랐다. 완이 너 정말, 내가 그렇게 안 봤는데 말이야! 그가 성난 얼굴을 하자 귀영이 그의 뺨을 어루만지며 달랬다.

"아니요. 완이는 그렇게 말하지 않았어요. '아무렇지도 않아요. 전에도 말했듯 내게 이젠 경시령이 진짜 운명의 남자니까요.' 그렇게 말하더라고요. 하지만 겉으로 말하는 게 전부는 아니잖아요? 그래서 제가 또 말했어요. '사실은 예전의 아이 초라니를 영영 만날 것 같지 않으니 경시령을 좋아하게 된 거 아니니? 나 때문에 가짜를 만나게 돼서 그만 포기해 버린 거 아니야?’ 그렇게요.”

“가짜를 만나요? 그대 때문에? 그건 뭔가요?”

“아……, 그건……, 대수롭지 않은 일이 있었어요.”

자기 얘기에 푹 빠져 말하던 귀영은 재경이 뜻밖의 문제점을 날카롭게 짚어 내자 당황했다. 그녀는 그의 품속을 파고들어 더욱 달라붙는 것으로 그의 주의를 돌렸다.

“완이는 그런 게 아니라고 했지만 제가 ‘정말 그 아이 초라니, 운명으로 느꼈던 그 사람을 보고 싶지 않아? 후회하지 않겠어?’라고 거듭 물었더니 결국 속내를 털어놓더군요. ‘보고 싶긴 해요. 다시 그때로 돌아가서 그 시절 그대로의 그 사람을. 어떻게 생겼었는지, 어떤 표정으로 날 봤는지, 어떤 목소리로 말했는지 생생하게 다시 보고 다시 듣고 싶긴 해요.’ 이게 무슨 뜻이겠어요? 바로 운명의 남자에게 아직 미련이 남아 있다는 뜻이죠.”

“아아, 그런 미련을 가져서는 안 되지! 시율 형님을 생각한다면…….”

“그러니까 경시령껜 비밀이죠. 완이가 또 말했어요. ‘그 사람이 나를 기억하고 있을까요? 어떻게 기억하고 있을까요? 그것도 궁금하긴 해요.’ 말하면서 완이가 아련하게 웃는데, 그게 제겐 왠지 쓸쓸해 보이는 거예요. 원래 혼인을 앞둔 처녀는 기쁘기도 하지만 마음이 싱숭생숭해지면서 허전하고 허무하고 울적하고 그렇거든요.”

“그럼 그대도?”

"저는 안 그래요. 공자님과 떨어지는 게 우울할 뿐이지 어서 혼인하기만 초조하게 기다리는걸요."

가슴이 덜컥했던 재경은 귀영의 대답이 마음에 들어 그녀를 끌어안고 이마와 콧등에 입을 맞췄다. 귀영은 달콤하니 눈을 감으면서도 이야기를 끝맺는 걸 잊지 않았다.

"제가 완이를 슬쩍 떠봤거든요. '내일 새벽이면 그가 나타나지 않을까? 널 기억하고 그 약속을 기억한다면 말이야.' 그랬더니 완이가 움찔하더라고요. 정말 그럴 수도 있겠다고 생각하는 눈치였어요."

"그럼 완이는 새벽에 그 운명의 남자를 만나러 나가겠다는 거군요?"

"그건 모르겠어요. 확실하진 않아요. 완이는 그 얘긴 더 하지 않고 낭천에 조심히 잘 다녀오라는 말만 했거든요. 그러고는 제 방에서 나갔고요. 하지만 여자의 직감으로, 전 알 수 있었어요. 오늘 밤 늦게, 완이가 나갈 거라는 걸."

귀영은 단정적으로 말을 마쳤다가 재경의 일그러지는 눈썹을 보고 급히 덧붙였다.

"그렇다고 그 남자와 꼭 만날지는 몰라요. 완이가 해마다 섣달그믐 전날 밤에 나갔지만 그 남자는 오지 않았다고 했거든요. 올해도 완이는 허탕만 치고 돌아올 수도 있는 거예요. 그러니 경시령께는 비밀이에요. 공연히 말했다가 두 사람 사이가 벌어질 수도 있으니까요."

"만약에 그 남자를 만나면 어쩌죠?"

재경이 분노로 부르르 떨었다.

"완이의 마음이 흔들리고 있다면 시율 형님 대신 그 남자를 택할 수도 있지 않을까요?"

"어머, 설마요."

재경을 한껏 불안하게 해 놓고선 귀영이 웃으며 고개를 저었다.

"경시령께서 하도 태평하시니 얄미워 제가 한마디 한 거예요. 날까지 다 잡아 놓고서 완이가 도망이라도 갈까 봐요? 다만 오랫동안 가슴에 품었던 사람이니 한번 보고 싶긴 하다, 그 정도인 거죠, 완이는."

"그럴 순 없습니다. 그러면 안 됩니다!"

"왜 그리 흥분하세요? 완이가 정말 그 사람을 만난 것도 아니고 그럴지도 모른다는 것뿐인데……."

아무래도 혜완을 부추긴 자신이 잘못했나 싶어서 귀영이 재경의 눈치를 살피는데, 그가 열렬히 그녀를 끌어안으며 애원하듯 소리쳤다.

"만일 그대가 완이처럼 흔들린다면 난 못 견딜 겁니다. 첫사랑이든 전남편이든 다른 남자는 아무도 만나지 않았으면 좋겠습니다. 나만 바라봤으면 좋겠습니다!"

"저는 물론 공자님만 바라보고 있어요."

그가 너무 꼭 껴안아 숨 막히는 속에서도 귀영이 행복하게 웃었다.

"다른 누군가가 제 앞을 지나가더라도 제 눈엔 보이지 않아요. 전 오로지 공자님만 생각하고 공자님만 보는걸요. 전 결코, 누구에게도 흔들리지 않아요.”

그녀의 달콤한 다짐이 재경에게 위로와 용기를 주었다. 그는 귀영을 오랫동안 끌어안고 제발 그녀가 흔들리는 일이 없기를 바라며 그녀의 얼굴과 목에 뜨거운 입맞춤을 무수히 뿌렸다. 두 사람은 한 몸이 된 듯 부둥켜안고 서로의 온기를 나누며 사랑을 확인했다. 이윽고 해가 저물어 땅거미가 푸르스름하니 내린 저녁이 되자 두 사람은 혼인날 만나자는 약속과 함께 아쉬움 속에서 헤어졌다. 귀영은 혜완의 집으로 들어갔지만 재경은 부모가 있는 집이 아닌 시율의 집으로 갔다.

그는 요즘 시율의 집을 제집처럼 드나들었는데, 사실 이 집은 곧 그가 살 집이 될 터였다. 시율이 혜완과 혼인해서 그녀의 집으로 들어가면 재경이 이 집을 빌려 귀영과 함께 살 신혼집으로 삼기로 했던 것이다. 아직 국자감의 유생이기도 했고 음직을 받아 입사하면 개경에 거처를 마련해야 했기에, 국자감과 황성의 중간 지점쯤에 있고 부모의 집과도 그리 멀지 않은 이 집이 여러모로 알맞아 최씨 부인이 아들 부부를 위해 세를 얻은 것이다.

재경은 집에 들어가서 곧장 시율이 있는 방으로 향했다. 귀영을 만나러 가기 전 재경은 시율이 독서하는 것을 보고 나갔는데 돌아와 보니 그는 여전히 같은 자세로 책을 읽고 있었다. 재경이 방에 들어서자 시율은 고개를 살짝 들어 알은체를 하더니 곧 다시 책에 시선을 박았다. 탁자를 사이에 두고 시율과 맞은편에 앉은 재경은 턱을 괴고 그를 물끄러미 바라보았다. 재경의 시선을 느끼고 시율이 책에서 눈을 떼지 않은 채 예사로이 물었다.

"김씨 부인은 잘 만나고 왔느냐?"

재경이 그의 관심을 끌고 싶어 하는 이유는 그것 하나라고 생각한 시율이었다. 귀영과의 혼례와 신혼살림, 이것이 요즘 재경이 꺼내는 화제의 전부였기에 그렇다. 그래서 나름대로 재경을 생각해 물어봐 줬는데 돌아오는 대답이 그의 예상과 달리 굉장히 짧았다.

"예."

그녀와 만나서 어쩌고저쩌고 할 말이 많을 줄 알았는데 그가 입을 꾹 다물어 버려 시율은 책에서 재경에게로 눈길을 옮겼다. 재경 앞에 놓인 비단 보자기로 싼 꾸러미가 먼저 눈에 띄었다. 분명 귀영에게서 선물로 받은 옷이리라. 그러면 자랑을 한바탕 늘어놓아야 재경이다운데 이상하게도 그는 묵묵하니 말이 없고 걱정스러운 얼굴로 시율을 바라볼 뿐이다. 그의 눈에 비친 연민에 시율이 미간을 찌푸리며 물었다.

"왜 그렇게 보느냐?"

대답 대신 한숨이 들렸다. 마치 불쌍한 사람을 대하는 듯한 재경의 태도에 시율은 조금 언짢아졌다.

"내게 할 말이라도 있니?"

"할 말……이라기보다는……, 그게, 참……, 해도 되는 건지…….."

모호하게 띄엄띄엄 말을 늘이더니 또 한숨을 에휴, 내쉰다. 안타까운 눈으로 시율을 봤다가 탁자로 눈을 내렸다가 다시 옆으로 눈동자를 굴렸다가, 갈팡질팡하는 그 모습이 시율을 어리둥절하게 만들었다.

"무슨 일이냐? 뜸 들이지 말고 말해라."

"만약에, 만약에 말이에요, 형님."

재경이 결심한 듯 시율 쪽으로 가까이 옮겨 앉으며 말을 꺼냈다.

"혼인하기 직전에 신부가 예전 남자를 만나고자 한다면 어떻게 하는 게 좋겠습니까?"

"뭐?"

시율은 깜짝 놀랐다. 이거, 심각한 얘기잖아? 그는 재경이 말하는 신부가 귀영이라고 생각하고 즉각 진지해졌다. 귀영이 만나려는 예전 남자로 그의 머릿속에 당연히 금행이 떠올랐다. 금행이 얼굴만 그럴싸하게 생긴 사기꾼임을 잘 아는 시율로서는 해 줄 수 있는 충고가 하나밖에 없었다.

"만나지 못하게 해야지. 곧 혼인하는데 무의미한 만남이 아니냐. 오해를 부를 수도 있고."

"역시 그렇죠?"

재경이 시율에게 더욱 가까이 가 그의 손을 굳게 잡았다.

"형님, 완이를 말리세요."

"어?"

순간 시율이 얼빠진 표정을 했다. 거기서 왜 갑자기 혜완의 이름이 나오는지 모르겠다는 표정. 재경이 한층 더 강하게 그의 손을 잡았다. 손을 놓으면 시율이 충격에 쓰러질지도 모른다는 생각에.

"완이가 남자를 만나러 간답니다. 그것도 첫사랑을."

"뭐? 첫사랑?"

그녀에게 첫사랑이라고 부를 만한 사람이 있던가? 아니, 없다. 나 외엔. 자신 있게 생각한 시율이 재경의 손을 뿌리치고 그의 이마를 콕 찍었다.

"함부로 지껄이지 마라. 그리고 그 이름 부르지 마. 이젠 친구가 아니라 형수님인데."

"아이, 시율 형님, 왜 제 말을 믿지 않으세요? 전 형님이 걱정돼서 비밀로 하자는 걸 말한 건데!"

"비밀?"

재경이 방금 듣고 온 따끈따끈한 비밀을 죄다 털어놓았다. 귀 기울여 처음부터 끝까지 듣고 난 시율이 흐흠, 가만히 고개를 끄덕였다.

"7년 전의 아이 초라니와 만나기로 한 날이란 말이지."

"그렇다니까요. 그러니까 완이를, 아니, 형……수님을 오늘 밤 나가지 못하도록 무봉 어멈에게 단단히 일러두는 게 좋겠어요. 제가 지금 무봉이를 시켜 무봉 어멈더러 여기로 오라고 할까요?"

"그렇게 호들갑 떨지 마라. 서 소저는 나가지 않을 거야."

"아니, 형님, 무슨 자신감으로 그렇게 확신하시는 거예요?

김씨 부인이 그랬단 말입니다, 완이가 그 첫사랑인지 아이 초라니인지를 만나고 싶어 한다고. 다 형님이 제대로 못해서 그렇다고요."

"뭐야?"

시율의 눈초리가 찌릿 올라가자 재경이 높였던 목소리를 스르르 내렸다.

"저랑 비교해서 형님이 너무 가만히 있는 건 사실이잖아요. 전 국자감에 복귀하고도 틈만 나면 김씨 부인을 만나기 위해 애쓰는데, 형님은 팔관회 이후로 완이, 앗, 형수님을 보지도 않고. 지금도 그렇죠. 원정 전후로 이레나 급가를 받아 놓고 어제부터 집에 줄곧 있으면서도 완……이, 아니고 형수님을 불러낼 생각조차 않잖아요."

"그건 다 이유가 있어서잖아. 서 소저가 팔관회 날에 뜰에 내려가 찬바람을 쐬는 바람에 질진에서 간신히 나은 몸에 무리가 와서 다시 누웠고, 그때부턴 무봉 어멈이 간병하게 돼 난 아예 그 집에 들어가지를 못했어. 그녀가 금방 회복했지만 모친께서 외출을 엄히 금하셔서 만날 꿈도 못 꿨고. 섣달에 접어들어선 내가 바빴지. 경시서의 일도 많은데다 혼인 얘기가 나와 서경과 개경을 오갔잖아. 납일(臘日:섣달 신에게 제사 지내는 날. 동지 뒤 세 번째 술일) 전후로 이레 급가 때도 서경에 머물며 혼례 준비를 했고. 지금은 제석과 원정 준비로 서 소저도 모친과 함께 한창 일하는 중일 텐데 내가 어찌 불러내겠니?"

재경이 없는 틈에 무봉이를 시켜 헤완을 불러내려다가 무봉 어멈에게 막혀 그녀를 보지 못했음을 시율은 굳이 말하지 않았다. '곧 혼례인데 왜 아씨를 나리 혼자 계신 집에 오라 하시나요? 예의도 아니고 지금은 아씨가 무지 바빠 못 가신답니다.' 무봉 어멈의 말이었다. 혼자 있으니 부르지 남들 같이 있을 때 만나서 어쩌라고, 뭐하라고? 시율은 분했지만 틀린 말이 아니어서 그저 참았다. 그랬는데 아무것도 모르는 재경이가 와서 속을 긁으니 짜증이 왈칵 난다. 그런데 이놈이 잘난 척하며 멈출 줄을 모른다.

"바빠도 불러내면 좋아한다고요, 여자들은. 김씨 부인을 보세요. 저랑 남몰래 만나면 얼마나 좋아하는데요."

"곧 혼례야. 혼례 직전이면 어른들이 더욱 눈여겨보시는데 몸가짐을 조심해야지."

"정말이지 문제라니까! 어휴, 시율 형님은 진짜, 지량 형님이 그렇게 답답하니 멍청하니 그러더니, 정말……."

시율의 눈이 또 한 번 찌릿 째려 재경이 얼른 말머리를 돌렸다.

"어쨌든 형님이야 견딜 수 있다고 해도 형수님은 첫사랑을 만나러 갈까 고민할 정도로 싱숭생숭한 모양입디다."

"아까도 말했지만 서 소저는 나가지 않아. 아니, 나간대도 그 아이 초라니를 만나지 못할 거야."

"만나면요? 사람 일은 몰라요."

"만나도 괜찮아. 서 소저의 마음이 흔들릴 일은 없을 테니까."

재경은 기가 막혔다. 자기 여자가 다른 남자를 만나도 괜찮다니? 이건 도량이 넓은 정도를 넘어선 문제다. 난 내 사랑이 다른 남자를 만난다면 피를 토할지도 모르는데! 재경이 뭐라고 한마디 쏘아붙이려는데 시율이 조용히 덧붙였다.

"하지만 밤늦게 혼자 외출을 하는 건 위험하니 만일을 위해 나가지 못하도록 말려야겠지."

어휴, 그럼 그렇지. 속으로는 완이가 남자를 만나러 갈까 봐 졸이면서 겉으로만 태연한 척했던 거야. 재경은 웃음이 나오려는 것을 간신히 참았다. 이런 일로 야단을 떠는 것이 대장부답지 못하다고 여겨 시율이 애써 냉정을 유지했음에 틀림없다고 생각했다. 그래서 다른 남자를 절대 만나지 못하도록 말리겠다는 말을 솔직하게 못 하고 늦은 밤의 외출이 위험하니 어쩌니 핑계를 둘러대는 것 아니겠는가. 재경은 시율이 자신과 다를 바 없는 보통의 사내임을 확인하고 기뻤다. 아무리 잘나도 속 내용은 거기서 거기인 것이다. 그리고 입 밖으로야 얼마나 멋지게 말하든 간에 시율이 실은 그 첫사랑 남자를 질투하고 있다고 생각하니 귀엽게도 보였다. 재경은 귀여운 형님을 돕고자 기꺼이 일어났다.

"그럼요, 밤에 과년한 처녀가 외출하다니 위험하죠. 제가 무봉 어멈을 부를게요."

재경은 무봉이를 시켜 무봉 어멈을 불렀다. 재경을 워낙 좋아했고 지금도 좋아하는 무봉 어멈은 바빠서 정신없는 외중에도 군말 없이 달려왔다. 혜완이 오늘 밤 늦게 나가려고 하면 옆에서 단단히 지키고 있다가 반드시 말리라는 재경의 말에 무봉 어멈은 어리둥절했다.

"혜완 아씨를 말려요? 낭천 아씨가 아니고요?"

"그래, 완이를 잘 지켜보다가 외출할 기미가 보이거든 꼭 말하라고. 밤엔 위험하니까 말이야. 폭죽놀이를 구경하러 나간다고 해도 못 가게 해."

"이렇게까지 혜완 아씨를 걱정하시면서 왜 인연이 안 닿은 건지……."

무봉 어멈이 혼잣말로 탄식했다. 그녀는 시율도 좋아했지만 재경이 아까웠다. 제 것이 아니고 제 것이 될 수도 없는 재상 가문의 명성이 아까웠고 엄청난 재산이 아까웠다. 그게 모두 혜완 아씨에게로 올 수 있었는데! 그녀의 예상과 달리 혜완은 시율과, 재경은 귀영과 각각 혼약을 함으로써 참정 댁의 재산은 혜완이 아니라 귀영에게로 넘어가게 되었다. 그게 무척이나 속상했고, 또 재경이 왜 혜완이 아닌 귀영을 좋아하는지 이해할 수 없었지만 무봉 어멈은 여전히 재경이라면 깜빡 죽었고 그의 말을 잘 따랐다. 그녀는 재경에게 꼭 그렇게 하마고 약속을 하고서 돌아갔다.

재경은 안심하고 시율의 옆에서 함께 공부를 하고 늦은 저녁을 먹었다. 평소와 다름없이 책에만 열중하는 시율도 자신과 같은 마음이리라 생각하며. 그리고 늦게 잠자리에 들었는데 무봉 어멈이 밖에서 부르는 게 아닌가. 옷을 다시 챙겨 입은 재경이 문을 열고 나가자 무봉 어멈이 두 손을 모아 쥐고 안절부절못하고 있었다.

"공자님, 혜완 아씨가 없어졌어요! 경시령 나리께선 주무시는지요?"

"뭐? 없어져? 언제?"

"그게……, 잘 모르겠지만 지금 아씨 방에 가 봤는데 방이 텅 비었지 뭡니까."

재경이 깜짝 놀라 무봉 어멈을 나무랐다.

"내가 잘 지켜보고 있으라 하지 않았나!"

"제가 세찬이다 뭐다 준비할 게 워낙 많다 보니 정신이 없어서요. 저녁때까지도 식사를 드렸으니 분명히 방에 있었고, 재경 공자님께서 절대 나가지 말라고 당부했다고 전하기까지 했는데……."

무봉 어멈은 재경의 당부에 혜완이 어떻게 반응했는지까지는 말하지 않았다. 그녀가 주인에게 '재경 공자님이 밤 나들이는 위험하니 외출하면 안 된다고 엄청 걱정하시더라고요.'라고 하자 혜완은 '언제부터 나한테 하라 말라 그랬지, 그 재경이가?' 하며 코웃음을 쳤던 것이다. 재경이 자신을 믿고 간곡히 부탁했을 텐데 그 믿음에 부응하지 못했으니 무봉 어멈은 마음이 무겁다. 그리고 재경의 말대로 늦은 밤의 외출은 젊은 여자에게 권할 일이 아니라, 그녀의 얼굴에도 걱정하는 빛이 가득했다.

"낭천 아씨가 이른 아침에 출발할 예정이라 집 안엔 잠자는 사람들이 거의 없었거든요? 이왕 바쁜 거, 날을 새면서 다 하고 낭천 아씨를 배웅하자 생각해서요. 혜완 아씨도 그럴 마음

으로 밤에도 비단을 짜고 있었는데, 밤참이라도 올릴까 해서
지금 가 봤더니 사라진 거예요. 모두들 각자 일에 바빠서 혜완
아씨가 나간 줄 아무도 몰랐네요, 글쎄. 이 늦은 시간에 말도
안 하고 어딜 가신 걸까요? 마님께는 아직 말씀을 못 드렸는데
어쩌죠? 사람들을 보내 찾아야겠죠?”

“그러게. 그럴까? 그게 낫겠지?”

“걱정 말게. 내가 서 소저를 찾아 데려올 테니.”

무봉 어멈과 재경이 호들갑을 떠는데 시율이 어느새 외출복
을 갖춰 입고 나오며 말했다.

“아무 일 없을 것이니 소란을 피우지 말고 돌아가 조용히 기
다리게.”

“아, 예.”

시율의 침착하고 담백한 목소리는 무봉 어멈을 진정시키기
에 충분했다. 이럴 땐 무봉 어멈도 아직 어린애 같은 재경보다
시율이 더 믿음직하고 든든하게 여겨진다. 시율이 빠르게 대문
을 나서는데 재경이 다급히 쫓아왔다.

“형님, 그냥 막 가시면 어떡해요? 완이가 간 데가 어딘지도
모르시잖아요.”

“알아.”

시율의 짤막한 대답에 재경이 엇, 하고 눈을 크게 떴다.

“아신다고요? 완이랑 그 남자가 만나는 장소를?”

시율이 재경을 돌아보고 손가락으로 이마를 쿡, 찔렀다.

“큰 소리로 떠들지 마. 그리고 이름 부르지 마.”

머쓱하니 이마를 문지르는 재경을 뒤로하고 시율은 잰걸음으로 곧장 흥국사 옆 숲으로 향했다. 추위를 못 느낄 정도로 단숨에 달려간 그는 수풀가에 어른거리는 희미한 불빛으로 그녀가 있는 곳을 금방 찾아냈다.

'여기서 7년 전에 이미 난 그녀를 만났었다.'

그렇게 생각하니 어쩐지 가슴속 깊은 곳에서부터 감개가 뭉클하게 솟구쳤다. 지금의 그에겐 기억이 나지 않는 7년 전의 그녀를 어쩌다 보니 사랑하게 됐고 혼인까지 앞뒀다. 그가 7년 전의 소녀를 기억했어도 지금의 그녀를 만나 사랑하게 되었을까?

'물론 사랑하게 되었으리라. 둘이 동일인이라는 걸 모른다고 해도.'

그러면 그녀도 자신과 같은 마음일까? 시율은 그것을 잘 모르겠다.

'그녀가 지금 저기서 기다리는 사람은 나지만 그녀는 나인 줄 모르고 있다.'

시율은 묘한 기분에 사로잡혔다. 그녀에게 7년 동안이나 잊지 못할 정도로 강한 인상을 주었던 열다섯 어린 자신이 기특한 한편, 지금의 그를 사랑하는 그녀가 굳이 7년 전 아이 초라니를 찾아 추억의 장소에 혼자 왔다는 사실에 씁쓸했다.

'그녀는 아직도 운명의 상대라는 허상에 미련이 남아 있는 걸까?'

시율은 불빛 쪽으로 더 다가가지 않고 우뚝 섰다. 그녀에게 그와 7년 전의 그는 전혀 다른 사람. 그녀가 이 캄캄한 숲 속으로 만나러 온 사람은 그가 아닌 다른 남자다. '신부가 예전 남자를 만나려 한다면 어떻겠습니까?'라고 재경이 물었었다. 어떻긴, 눈이 뒤집힐 만큼 분통 터지는 거지! 그 남자를 늘씬하게 두들겨 패서 다시는 그녀를 넘보지 못하도록 하겠지. 하지만 7년 전으로 돌아가지 않는 이상 그건 불가능하다.

'또 다른 내게 호감을 가진 아내라…….'

시율이 한 걸음 뒤로 물러났다. 그가 아닌 다른 사람을 기다리고 있는 그녀를 당황하게 만들고 싶지 않았다.

'이 밤이 지나고 나중에, 내가 그때 그 아이 초라니였음을 넌지시 비쳐야겠다. 그러면 자연스레 해결되겠지.'

그는 또 한 걸음 뒤로 물러났다. 7년 전 그 일에 대해 끝까지 입을 다물 생각이었지만 혜완이 이렇게까지 미련을 떨치지 못하는 걸 알게 됐으니 마냥 침묵할 수만도 없는 노릇이었다.

'오늘은 내가 나서는 것보다 그녀가 기다리다 지쳐 스스로 돌아가기를 기다려야겠다.'

재경에게 말한 대로 밤은 위험하니 몰래 그녀를 보호할 작정으로 시율이 몸을 돌리는 순간 부스럭, 마른 가지가 쓸리는 소리가 나더니 불빛이 환하게 주위를 밝혔다.

"아, 지금 막 돌아가려던 참이었는데……."

시율을 발견한 혜완이 멍한 얼굴로 그를 바라보며 입속말로 중얼거렸다.

'당황하고 있어. 다른 남자를 기다리던 곳에서 나를 만났기 때문에. 어떻게 하지? 뭐라고 하지?'

그가 더 당황해서 허둥거리는데 혜완이 활짝 웃었다.

"아아, 오실 것 같았어요! 오늘은, 꼭, 오실 것 같았어요."

"어……, 제가, 말입니까?"

그를 반기는 그녀의 표정에 시율은 벙하니 자신을 손으로 가리켰다.

"그럼요. 제가 달리 누구를 기다리겠어요?"

그녀가 날듯이 걸어와 그의 앞에 섰다. 수줍은 미소를 머금고 혜완이 기대에 찬 눈을 반짝였다.

"그 약속을 기억하고 오신 거죠? 제가 열아홉이 되는 섣달 그믐에 여기 흥국사 옆 배천이 시작되는 수풀로 찾아와 축귀해 주신다는 그 약속."

"저……, 낭자는 제가 그때 그 아이 초라니인 줄 알고 있는 겁니까?"

"물론이죠!"

알고 있었다고? 시율은 머리를 한 대 맞은 듯 멍해졌다. 방금 전까지 그의 고민이란 다 뭐였던가. 그답지 않게 말이 어눌하게 나왔다.

"알다니, 어, 어떻게……."

"양온승동정, 아니, 병마녹사가 떠나기 얼마 전에 얘기해 주었어요."

그 망할 녀석이! 시율이 가만히 입술 끝을 물었다. 량이 녀석, 내겐 그런 말 한마디도 안 했잖아. 혜완이 말을 계속했다. 그녀의 얼굴에 기뻐하는 빛이 역력했다.

“하지만 나리께서 정말 오실 줄은 몰랐어요. 병마녹사가 그랬거든요. 경시령께선 운명 같은 거 믿지 않아서 7년 전 일을 염두에 두지도 않고 새삼스레 꺼낼 생각도 없다고요. 그래서 사실 저, 오늘 이 숲에 오면서도 나리께서 오실 거라곤 거의 기대하지 않았어요. 그런데 정말 오시다니……. 일부러 말씀드리지 않고 혼자 와서 기다려 본 건데, 마음이 통한 것 같아서 기뻐요. 역시 운명인 걸까요?”

“……그러게 말입니다.”

혜완의 밝은 얼굴을 마주하고 시율은 따라 웃으며 고개를 끄덕일 수밖에 없었다. 뭐가 운명인지는 모르겠지만 그녀가 기뻐하니 그것으로 족했다. 이제 홀가분하게 그녀와 함께 돌아가면 될 것 같다.

“그럼 이제…….”

집으로 가자고 시율이 말을 꺼내려는 순간 혜완이 빙글 몸을 돌리며 등롱으로 발밑을 비췄다.

“7년 전에 저를 만났던 곳, 기억하세요?”

갑작스런 질문에 시율은 일순 말문이 막혔다. 지량에게서도 들었고 방금 그녀도 말했듯이 그 장소는 당연히 흥국사 옆 풀숲, 바로 여기리라. 이 자리에 함께 서 있는데 새삼 그곳을 기억하느냐고 묻다니, 어떻게 대답해야 하는 것인가. 이내 시율은 그녀가 수풀 저편에서 나온 것을 기억하고 손을 들어 대충 그쪽 방향을 가리켰다.

“아마도 저기…….”

"어머, 기억하시는군요. 오래되어 이 근방 어디라는 것까지는 떠올려도 그 이상은 기억 못 하실 줄 알았어요. 맞아요, 저쪽."

혜완이 흐뭇해하며 그가 가리킨 쪽으로 걸어갔다. 시율도 그녀의 뒤를 따랐다. 키 작은 관목들이 우거진 그곳엔 아주 작은 빈터가 있었다. 그녀가 그 빈터의 안으로 들어가 서자 그도 나란히 섰다.

"나리께선 여기에 서 계셨죠."

그녀가 그의 옆에 등롱을 놓고 옆의 덤불을 헤쳐 들어갔다.

"전 여기 숨어 있었어요. 나리가 귀신인 줄 알았거든요. 무서웠어요. 하지만 용기를 내서 뛰어나왔죠. 이렇게."

그녀가 폴짝 뛰어 덤불을 빠져나와 시율의 앞에 섰다. 그가 가만히 서 있자 혜완이 킥, 작게 웃었다.

"그때 나리는 깜짝 놀라 뒤로 넘어지셨는데, 지금은 하나도 놀라지 않네요."

헛, 그런 망신스러운 일이 있었단 말이야? 시율은 그가 7년 전의 일을 기억하지 못하는 이유를 알 것 같았다. 하지만 이렇게 그 당시 일을 세세하게 곱씹는 그녀 앞에서 전혀 기억에 없다고 밝히기가 미안해 그는 그저 가만히 웃기만 했다. 혜완이 또 과거를 돌이켰다.

"제가 제게 붙은 귀신 때문에 괴로우니 먹어 달라고 했더니 나리가 안 먹는다고 퉁명스럽게 말씀하셨죠. 자신은 귀신이 아니라 귀신을 쫓는 사람이라고, 제게 붙은 귀신을 쫓아 주겠다고 하셨어요. 그러곤 나례 주문을 외워 줬어요. 나뭇가지로 제 주위를 마구 두드리면서. 기억하시지요?”

시율은 여전히 미소를 지었다. 기억은 안 나지만 괜찮은 일을 했군. 그는 과거의 자신을 기특하게 여겼다. 혜완이 또 말했다.

“제가 스물까지 살지 못하면 어쩌나 걱정하니 스물이 되기 전에 다시 이 자리에서 주문을 외워 주겠다고 하셨어요. 그 약속한 날이 바로 오늘이죠.”

시율은 미미하게 고개를 끄덕였다. 의도하지 않았지만 약속을 지킨 셈이 됐으니 다행이다……라고 생각하는데 혜완의 말이 그를 찔끔하게 했다.

“제가 정말 와 줄 거냐고 몇 번이나 물었더니 나리가 와락 성을 냈었죠.”

내가 화를 냈어? 왜 그런 짓을? 바보 같으니, 그 나이 땐 왜 그리도 참을성이 없었담! 시율이 멋쩍어하는데 혜완이 그의 앞으로 더욱 가까이 다가와 꿈꾸는 듯한 눈길로 그를 올려다보았다.

“화를 내면서 탈을 벗어 얼굴을 보였는데, 그 순간 제 심장이 멈췄어요.”

“…….”

“전 7년 전의 나리를 사랑했어요.”

고백하는 혜완의 수줍은 목소리가 달콤하게 들렸다. 그녀의 눈을 깊숙이 들여다보는 그의 눈동자가 가늘게 흔들렸다. 그녀의 목소리가 더 달고 더 느려지고 더 작아졌다.

“그리고 7년이 지나 나리를 다시 사랑하게 됐어요.”

새삼스러운 사랑 고백이 그의 가슴을 마구 흔들었다. 기억 나지 않는 7년 전의 그녀까지 사랑하게 된 것 같은 기분이었 다. 그녀가 믿기 어렵다는 듯 머리를 저으며 속삭였다.

"다른 사람이라고 생각하고 두 번 사랑에 빠졌는데 그 둘이 똑같은 사람이었어요. 어떻게 된 걸까요? 나리가 제 운명의 사 람이기 때문일까요?"

"……."

"재경이가 뭐든지 먹어 치우는 무시무시한 귀신에 대해 말 해 주지 않았다면 전 그날 밤 여기에 오지 않았을 거예요."

나도 량이가 억지로 보내지 않았으면 그날 밤 여기에 오지 않았겠지. 시율이 생각했다. 별것 아닌 우연이 그들을 만나게 한 것이 새삼스레 신기하게 느껴진다. 그녀가 말했다.

"7년 전의 만남이 없었다면 나리에게 세를 주지 않았을지도 몰라요. 잘못 알고 말한 거지만 재경이가 7년 전 아이 초라니 는 바로 병마녹사라고 그랬거든요. 그래서 세를 준 거예요. 그 때의 아이 초라니가 어떤 사람인지 가까이서 보고 싶어서. 그 때 세를 주지 않았다면 나리와 빈번히 마주칠 일도 없었을 거 고, 나리와 혼인할 사이까지 되지 않았을지도 몰라요. 오늘 이 자리에 온 것도 그래요. 귀영 언니가 아이 초라니와 한 약속의 날이 오늘이라고 일깨워 주지 않았다면 전 지금쯤 제 방에서 자고 있을지도 몰라요. 그랬다면 여기서 나리를 만나지 못했을 테니 나리 역시 7년 전의 저를 기억하고 저만큼이나 그날 밤의 약속을 소중히 생각하시는 줄 몰랐겠죠. 그렇죠?"

시율은 말없이 고개를 끄덕였다.

그녀의 말이 맞다. 그와 그녀가 사랑하게 되기까지는, 그리고 서로의 마음을 알게 되기까지는 수많은 우연들이 있었다. 그녀의 어머니가 자련사에 공양하지 않았더라면, 그녀가 은을 아끼기 위해 그 절에 내려오지 않았더라면, 주지가 은을 고수하고자 그에게 도움을 청하지 않았더라면, 그래서 그가 그녀를 만나지 못했더라면, 재경이 그와 지량을 세입자로 소개해 주지 않았더라면…….

그들이 연인으로, 부부로 맺어지기까지는 지량과 재경과 귀영과 영롱, 현씨 부인과 최씨 부인, 무봉 어멈을 비롯한 하인들 등이 없었다면 가능하지 않았을 것이다. 다지와 득재, 금행 같은 사기꾼들까지 포함해서. 그리고 그나 그녀가 미처 알지 못하고 의식하지 못하는 무수한 사람들도 그들의 만남과 사랑에 일조했으리라. 오늘만 해도, 귀영이 재경에게 아무 말도 안 했다면, 또 재경이 그에게 귀영의 말을 옮기지 않았다면, 무봉 어멈이 그녀가 외출하지 못하도록 잘 감시했다면 고적한 숲 속 빈터에서의 달콤한 만남은 없었을 것이다.

운명이라. 시율은 생각했다. 그에게 운명이란 그의 의지와 저항을 무력하게 만드는, 이미 정해져 그것에서 벗어날 수 없는 커다란 굴레와 같은 의미였었다. 그래서 그는 운명이란 말에 거북함을 느꼈었다. 하지만 그들의 사랑처럼 그와 그녀 두 사람만이 아니라 많은 사람들이 교차하는 우연들이 그물처럼 얽혀 빚어낸 이 결과물을 운명이라 한다면, 그는 그 운명을 만

들어 준 수많은 이들에게 감사하며 기꺼이 받아들이고 싶다. 하루하루가, 순간순간이, 그와 그녀와 다른 사람들이 씨실과 날실이 되어 직조해 낸 운명의 연속이다.

가슴이 뭉클해진 시율은 저도 모르게 그녀에게로 손을 뻗었다. 마침 팔랑팔랑 눈이 내리기 시작했다.

"눈이 갑자기……. 춥지 않습니까?"

따뜻하게 해 주려는 듯 그가 팔 안에 그녀를 가두고 자신에게로 가까이 끌어당겼다. 그의 의도를 알아차린 혜완이 순순히 그의 가슴에 얼굴을 묻었다.

"지금 추워졌어요."

시율이 웃으며 더욱 세게 그녀를 껴안았다. 그의 품에서 혜완이 고개를 들었다.

"7년 전에 저를 보고, 나리는 어떤 생각을 하셨나요?"

"어……."

"귀찮은 꼬마라고 생각하지 않으셨어요?"

"……아니었을 겁니다."

"하지만 막 화를 내셨잖아요. 말투도 퉁명스러웠어요."

"그때는……, 아무래도 어렸기 때문에……."

"그 약속, 사실은 지킬 마음이 없었던 거 아닌가요?"

"그럴 리가요. 어려도 유생이었는데 거짓말을 했겠습니까? 그리고 이렇게 왔잖습니까."

"7년 전 그 여자아이가 저인 줄 모르셨대도 오셨을까요?"

"오지 않았을 겁니다."

“왜요? 그럼 거짓 약속을 한 게 되잖아요. 선비가 그래도 되나요?”

시율이 그녀의 눈에 옅게 스며든 불안감을 읽고 빙그레 웃으며 말했다.

“열아홉의 처녀를 이 시간에 만나러 오는 일인걸요. 낭자가 아닌 다른 처녀를 만나러 오는 건, 저로선 상상도 할 수 없습니다. 비록 거짓 약속을 한 게 되더라도 말입니다.”

혜완이 얼굴을 살짝 붉히며 즐거이 웃었다. 그 웃음에 끌려 시율은 그녀의 입술에 자신의 입술을 포갰다. 그녀가 수줍어하면서도 기꺼이 그의 숨결을 받아들였다. 얕고 탐색하는 듯한 입맞춤이 조금씩 길어지면서 보다 짙고 뜨거워졌다.

눈이 점점 많이 내려 이내 수풀가 전체가 새하얗게 물들어 바르르 떠는데, 꼭 끌어안은 두 사람은 서로의 열기에 취해 추운 줄을 몰랐다.

『열두 달의 연가』 끝